등대로

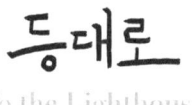
To the Lighthouse

버지니아 울프 장편소설   최애리 옮김

TO THE LIGHTHOUSE
by VIRGINIA WOOLF (1927)

이 책은 실로 꿰매어 제본하는 정통적인 사철 방식으로 만들어졌습니다.
사철 방식으로 제본된 책은 오랫동안 보관해도 손상되지 않습니다.

창문

7

세월이 가다

168

등대

191

역자 해설
추억을 그리는 세월의 원근법

275

버지니아 울프 연보

309

창문

1

「그럼, 물론이지, 내일 날씨만 좋다면 말이야.」 램지 부인은 말했다. 「하지만 꼭두새벽에 일어나야 할걸.」

그 말을 들은 아이는 마치 가는 것이 확정되기라도 한 듯 기뻐했다. 이제 한 밤만 자고 한나절만 배를 타면, 그토록 기대했던, 벌써 몇 년째 바라 온 것만 같은, 멋진 곳에 가게 될 것이었다. 겨우 여섯 살의 나이에도 이미 드러나는 기질로 보아 그는 이 느낌과 저 느낌을 가름하지 못하고 앞날에 대한 기쁘거나 슬픈 예감에 따라 지금 이 순간의 기분이 달라지는 사람들의 부류에 속하는 터라, 그리고 그런 사람들은 아주 어린 시절부터 감정의 수레바퀴가 조금만 돌아도 그 그늘이나 빛이 드리우는 순간을 선명하게 포착하기 마련이라, 제임스 램지는 어머니의 말에 한껏 부푼 마음으로 가위를 놀렸다. 그는 마룻바닥에 앉아 아미 앤드 네이비 상점[1]의

---

[1] 런던 시내 빅토리아 가에 있는 백화점. 1872년 개점 당시에는 군인 가족 전용이었으나, 1920년대에는 일반에게도 회원제로 개방되었다.

카탈로그에서 그림들을 오려 내는 중이었다. 냉장고 사진에 기쁨으로 테가 둘렸다. 손수레, 잔디 깎는 기계, 포플러 나무들이 내는 소리, 비 오기 전에 희어지는 잎사귀들, 깍깍대는 까마귀들, 탁탁 벽에 부딪히는 빗자루, 사락거리는 옷자락 — 그 모든 것이 그의 마음속에는 그처럼 뚜렷한 빛깔로 분명히 새겨져서, 그는 이미 자기만의 암호를, 자기만의 은밀한 언어를 지니고 있었다. 비록 높직한 이마와 예리하고 푸른 눈, 흠잡을 데 없이 솔직하고 순수하며 인간의 약점을 보면 흠칫 찌푸려지는 눈매는 준엄하고 타협할 줄 모르는 엄격한 인상을 주기는 했지만 말이다. 어머니는 아이가 냉장고 사진 둘레를 말끔하게 오려 내는 것을 지켜보면서, 그가 담비를 두른 붉은 법복 차림으로 판사석에 앉거나 국사가 위기에 처했을 때 뭔가 엄숙하고 중대한 업무를 지휘하는 모습을 그려 보았다.

「하지만 날씨가 좋지 않겠는데.」 아버지가 거실 창문 앞에서 걸음을 멈추고 말했다.

만일 도끼나 부지깽이, 그 자리에서 당장 아버지 가슴팍에 구멍을 내어 죽일 수 있는 무기가 뭐라도 있었다면, 제임스는 그걸 집어 들었을 것이다. 램지 씨는 그저 눈앞에 있는 것만으로도 자식들의 가슴속에 그처럼 극단적인 감정을 불러일으키곤 했다. 지금도 꼬챙이처럼 마르고 칼날처럼 여윈 몸집으로 서서 빈정거리듯 히죽이는 것이 아들의 꿈을 깨고 아내 — 모든 면에서 그 자신보다 만 배는 더 훌륭한(이라는 것이 제임스의 생각이었다) — 를 비웃는 데서 즐거움을 누릴 뿐 아니라 자기 판단의 정확성에 대해 은근한 자부심마저 느끼는 듯한 태도였다. 그가 하는 말은 뭐든 옳았다. 항상 옳았다. 그는 틀린 말을 할 수가 없는 사람이었다. 결코 사실을 왜곡하지 않으며, 그 누구의 기분이나 형편을 맞추기 위해서도 언짢은 말을 돌려 하지 않는 사람이었다. 하물며 자기 자식들, 자기 몸에서 난 자식들이라면 마땅히 어린 시절부터 인생이란 녹록지 않다는 것을 알아야만 했다. 사실들은 내 멋대로 바꿀 수 있는 것이 아니며, 우리의 가장 아름다운 희망들이 무산되고 빈약한 조각배들이 암흑 속으로 가라앉아 가는 저 이상향으로의 여행이란(이 대목에서 램지 씨는 허리를 꼿꼿이 세우며, 작고 푸른 눈을 가늘게 뜨고 수평선을 지긋이 바라보곤 했다) 모든 용기와 진실과 인내를 필요로 하는 법이라는 것이었다.

「하지만 좋을 수도 있어요 — 좋아질 거예요.」 램지 부인은 조바심이 난 듯, 짜고 있던 적갈색 긴 양말을 조금 당겨 다잡으며 말했다. 오늘 밤 안에 양말을 완성한다면, 그리고 내일 정말로 등대에 가게 된다면, 그건 등대지기의 어린 아들, 결핵성 고관절염을 앓는 아이에게 줄 작정이었다. 묵은 잡지도 한 무더기, 그리고 담배도 약간, 하여간 꼭 필요하지 않은데 방 안에 나뒹구는 것이라면 뭐든 눈에 뜨이는 대로 그들에게 갖다 줄 생각이었다. 등대의 등을 닦거나 심지를 자르거나 손바닥만 한 채마밭을 일구는 일 말고는 온종일 심심하기 짝이 없을 그 딱한 사람들에게 무엇인가 기분 전환이 될 만한 것을 갖다 주고 싶었다. 한번 들어가면 한 달 내내, 어쩌다 폭풍우라도 닥치면 그보다 더 오랫동안, 고작해야 테니스장만 한 그 바위섬에 갇혀 지내야 한다면 대체 어떤 기분이 들겠어? 그녀는 묻곤 했다. 편지도 신문도 없고, 사람 구경도 못 하고 지내야 한다면? 결혼을 했는데 아내도 볼 수 없고, 자식들이 어떻게 되었는지, 아픈지, 넘어지거나 팔다리가 부러졌는지도 모르는 채로 말이야. 날이면 날마다 지겹도록 똑같은 파도가 밀려와 부서지는 것이나 바라보면서, 그러다가는 무시무시한 폭풍우가 닥쳐와 창유리가 물보라로 뒤덮이고, 새들이 등대를 스칠 듯이 가까이 날아가고, 섬 전체가 들썩거려 자칫 바다로 떨어질까 봐 문밖에 코빼기도 내밀지 못하는 채로 지내야 한다면? 너희라면 대체 어떤 기분이 들 것 같아? 그녀는 특히 딸들을 향해 그런 질문을 던지곤 했다. 그러고는 다소 어조를 바꾸어, 그 사람들에게 위로가 될 만한 것이라면 뭐든 갖다 주어야 한다고 덧붙이는 것이었다.

「정서풍인데요.」 무신론자 탠슬리가 뼈만 앙상한 손가락들을 펼쳐 그 사이로 지나가는 바람을 가늠해 보며 말했다. 그는 램지 씨의 저녁 산책에 따라나서서 테라스를 이리저리 함께 거니는 중이었다. 그러니까 바람은 등대에 배를 대기에 가장 나쁜 방향에서 불어오는 것이었다. 그래, 저 사람이 기분 나쁜 말을 하는 건 사실이야, 램지 부인은 인정했다. 그런 식으로 끼어들어서 제임스를 한층 더 낙심시키다니 밉살스러웠다. 하지만 그래도 그녀는 사람들이 그를 비웃도록 내버려 두지 않았다. 다들 그를 〈무신론자〉라고, 그것도 〈꼬마 무신론자〉라고 불렀다. 로즈는 그를 비웃었고, 프루도 그를 비웃었으며, 앤드루, 재스퍼, 로저도 그를 비웃었다. 심지어 이빨 하나 남지 않은 늙은 개 배저조차도 그를 물었다. (낸시의 표현에 따르면) 식구들끼리만 있는 것이 훨씬 좋은데 굳이 헤브리디스까지 그들을 따라온 백 하고도 열 번째 청년이기 때문이었다.

「말도 안 돼.」 램지 부인은 정색을 하고 말했다. 아이들이 그녀에게서 물려받은 과장벽이나 그녀가 너무 많은 사람들을 초대한다는(사실 그렇기는 했다) 암시는 차치하고라도, 손님들에게 무례하게 구는 것은 질색이었다. 더구나 교회 쥐처럼 가난하고 남편이 말하기로는 〈드물게 재능이 있다〉는 청년들, 그를 숭배하여 휴가지까지 따라온 청년들에게는 두말할 것도 없었다. 실제로 그녀는 남성들 전체를 자기 보호 아래 두고 있었는데, 그 이유는 그녀 자신도 설명할 수 없었다. 그들의 기사도와 용맹함 때문인지, 그들이 조약을 체결하고 인도를 다스리고 재정을 관리하기 때문인지, 그들이 그녀를 대하는 태도에 어떤 여성도 기분 좋게 여길 수밖에 없는 어린아이 같은 신뢰와 존경이 담겨 있기 때문인지. 그런 것이야말로 나이 든 여성이 위신을 잃지 않고서 젊은이로부터 받을 수 있는 것이니, 그 가치와 거기 담긴 모든 것을 마음속 깊이 느끼지 못하는 아가씨에게 — 부디 그녀의 딸들은 그렇지 않기를! — 화 있을진저!

그녀는 엄격한 눈길로 낸시를 돌아보았다. 그는 우리를 따라온 것이 아니라고 그녀는 말했다. 그는 초대받아 온 것이라고.

계속 이런 식이라면 곤란했다. 뭔가 좀 더 단순한, 덜 힘든 해결책이 있을 텐데, 하고 그녀는 한숨지었다. 거울을 들여다보며 나이 쉰에 머리칼이 세고 볼이 꺼진 모습을 마주할 때마다, 어쩌면 좀 더 잘 꾸려 올 수도 있었을 텐데 하는 생각이 들곤 했다. 남편도 돈도, 그리고 그의 책들도. 하지만 자기 자신에 대해서는 단 한 순간도 자신의 결정을 후회하거나 어려움을 회피하거나 의무를 소홀히 하지 않을 것이었다.

그런 생각을 하는 그녀의 모습이 어찌나 단호해 보였던지, 찰스 탠슬리 때문에 엄한 꾸지람을 들은 딸들 — 프루, 낸시, 로즈 — 은 접시에서 고개를 들고는 어머니와는 다른 인생을 살겠다는 불온한 생각을 속으로만 곱씹었다. 어쩌면 파리에서, 좀 더 자유분방하게 살아야지. 그저 남자들의 시중만 들 것이 아니라. 딸들의 마음속에는 겸양이니 기사도니 하는 것들, 영국 은행, 인도 제국, 반지 낀 손가락과 레이스 같은 것들에 대한 말 없는 회의가 이는 것이었다. 물론 그녀들도 그런 것에서 아름다움의 정수와도 같은 무엇을 느끼기는 했고, 그 때문에 젊은 마음에 남자처럼 씩씩한 기운이 일어나, 그렇게 어머니의 눈총을 받으며 식탁 건너편에 앉아 있노라니, 어머니의 이상한 엄격함이, 극단적인 예의범절이 새삼 우러러보였다. 스카이 섬[2]까지 자기들을 따라온 — 정확히 말하자면 초대받아 온 — 저 한심한 무신론자 때문에 그처럼 자기들을 꾸짖는 어머니가 마치 진창에 빠진 거지의 더러운 발을 꺼내 씻겨 주는 여왕처럼 고귀하게 생각되는 것이었다.

「내일은 등대에 배를 댈 수 없을 겁니다.」 찰스 탠슬리는 그녀의 남편과 함께 창가에 서서 손뼉을 치며 말했다. 정말이지 그는 도가 지나쳤다. 그녀는 그 두 사람이 자신과 제임스는 내버려 두고 자기들 하던 얘기나 계속했으면 싶었다. 그녀는 그를 바라다보았다. 참 딱한 인간이라니까, 하고 아이들은 말했다. 말라깽이에 구부정한 몸으로, 크리켓도 못 치고, 괜스레 들쑤시며 다니고, 어물쩡대고. 한마디로, 깐죽거리기나 하는 등신이라는 것이 앤드루의 말이었다. 그가 가

---

2 스코틀랜드 북서쪽, 헤브리디스 제도에 속한 섬.

장 좋아하는 일이 뭔지는 다들 알고 있었다. 램지 씨의 산책에 노상 따라다니며, 누구는 이 상을 탔고 누구는 저 상을 탔다는 둥, 누구는 라틴어 운문에서 〈일류 급〉이고 누구는 〈총명하지만 제 생각에는 근본적으로 건전치 못하다〉는 둥, 누구는 〈베일리얼[3]에서 가장 유능한 친구〉이고 누구는 잠시 브리스틀이나 베드퍼드에 묻혀 있지만 머잖아 수학이나 철학의 어느 분야에 관한 그의 서설이 빛을 보기만 하면 유명해질 거라는 둥, 자기가 그 서설의 처음 몇 페이지를 교정쇄로 가지고 있으니 램지 씨가 원한다면 보여 드리겠다는 둥, 그런 것이 그들이 하는 얘기였다.

가끔은 그녀도 웃지 않을 수 없었다. 얼마 전에는 그녀가 〈산더미 같은 파도〉가 어쩌고 하는 말을 했더니 그는 〈예, 좀 거칠었지요〉 하고 정색을 했다. 〈흠뻑 젖지 않았나요?〉 하고 물었더니 〈축축하지만 아주 젖지는 않았습니다〉라고 탠슬리 씨는 소매를 집어 보고 양말을 더듬으며 대답하는 것이었다.

하지만 그런 게 싫어서가 아니에요, 라고 아이들은 말했다. 생김새나 태도 때문이 아니라, 그 사람 자체, 그가 세상을 바라보는 방식이 싫은 것이었다. 그들이 뭔가 흥미로운 것, 사람들이나 음악, 역사에 대한 얘기를 하거나, 하다못해 저녁 날씨가 좋으니 밖에 나가 앉을까 하는 말만 해도, 탠슬리는 사태를 이리저리 돌려 결국 자신을 내세우고 그들을 깎아내리고야 만다, 무엇이든 그 특유의 신랄한 방식으로 까발리는 바람에 다들 기분을 잡치고야 만다는 것이 아이들의 불만이었다. 아이들의 말에 따르면, 그는 가끔 화랑에 가곤 하는데, 거기서도 기껏 자기 넥타이가 어떠냐고 물어본다는

[3] 옥스퍼드 대학의 유명 칼리지.

것이었다. 도대체 그런 걸 누가 좋아하겠어! 로즈는 말했다.

식사가 끝나자 램지 씨네 여덟 아들딸들은 사슴 떼처럼 가뭇없이 식탁에서 자취를 감추고는 자기들의 침실로 올라갔다. 사생활이라고는 없는 집 안에서 침실은 무엇이든 다 얘기할 수 있는 그들만의 요새로, 탠슬리의 넥타이며 선거법 개정안 통과,[4] 바닷새와 나비, 사람들, 온갖 것이 토론의 대상이 되었다. 칸막이벽이 널빤지로 되어 다른 방의 발자국 소리나 스위스에서 온 하녀가 그리종[5]의 어느 골짜기에서 암으로 죽어 가는 아버지 때문에 흐느껴 우는 소리까지 고스란히 들려오는 그 다락방들에 햇살이 비쳐 들 때면 박쥐들, 플란넬 옷가지며 밀짚모자들, 잉크병과 물감 통, 딱정벌레들과 작은 새들의 해골 같은 것이 빛 속에 드러나고, 벽에 걸어 놓은 기다란 해초 넌출에서는 소금과 풀의 냄새, 해수욕 때 쓴 모래투성이 수건에서 나는 것과 같은 냄새가 피어났다.

투쟁, 분열, 의견 차이, 편견, 삶의 모든 가닥에 짜여 들어가는 그런 것들이 그토록 일찍 시작되다니, 하고 램지 부인은 탄식했다. 그녀의 자식들은 너무 비판적이었다. 너무나 말도 안 되는 얘기들을 했다. 그녀는 다른 형제들과 함께 가

---

4 19세기 영국 의회에서는 세 가지 선거법 개정안이 채택되었다. 1832년에는 선거권이 중산층 일부에게 확대되었고, 1867년에는 그 범위가 좀 더 넓어졌으며, 1884년에는 농민과 광부 들에게까지 확대되었다. 이 작품 제1부의 배경인 1908년경 — 제2부에서 제1차 세계 대전(1914~1918)이 일어나는 것으로 보아 — 에는 여성 투표권 운동으로 인해 이런 개정안들에 관해 새삼 논란이 일던 터였다.

5 Grisons(불), Graubünden(독), Grigioni(이). 스위스 동부의 주*canton*. 독일어, 로만슈어, 이탈리아어를 쓰는 지역으로, 울프는 〈그리종〉이라는 프랑스식 지명을 쓰고 있다.

려 하지 않는 제임스의 손을 잡고 식당에서 나왔다. 굳이 그러지 않더라도 사람들은 이미 충분히 다른데, 차이들을 만들어 낸다는 것이 그녀에게는 말이 안 되는 일로 보였다. 실제 차이들만으로도 이미 충분하다고 그녀는 거실 창가에 서서 생각했다. 그녀가 생각한 것은 부자와 가난한 자, 신분이 높은 자와 낮은 자의 차이였다. 지체 높은 이들에 대해서는 썩 내키지는 않지만 어느 정도 존경을 바칠 수밖에 없었으니, 그녀 자신도 저 대단히 고귀한 — 다소 전설적일망정 — 이탈리아 가문의 피를 물려받고 있지 않은가.[6] 그 가문의 딸들은 19세기에 영국 곳곳의 거실로 흩어져서 그토록 매혹적으로 혀 짧은 소리를 내며 그토록 사교계를 휩쓸었으니, 그녀 자신의 재치와 행동거지와 기질도 실은 그들로부터 오는 것이지 결코 굼뜬 영국인이나 냉랭한 스코틀랜드인에게서 오는 것이 아니었다. 하지만 그녀가 좀 더 골똘히 생각에 잠긴 것은 빈부의 문제, 여기서나 런던에서나 날이면 날마다 자신이 눈으로 보는 일들에 대해서였다. 팔에 가방을 끼고 과부들이나 고생하는 아내들을 직접 방문할 때면, 급료와 지출, 고용과 실업 상태 등을 물어 공책에 따로 줄을 쳐 만든 칸에 가지런히 적어 넣으면서, 자기가 그저 개인적인 분노를 무마하고 호기심을 만족시키기 위해 자선을 베푸는 한낱 아녀자가 아니라 — 그런 지적 훈련을 받지 못한 그녀로서는 감탄해 마지않는 — 사회 문제를 밝혀내는 연구자가 되기를 소

---

6 버지니아 울프의 어머니 줄리아 스티븐은 프랑스 귀족의 후예였다. 램지 부인은 이탈리아 귀족의 후예로 그려지지만, 뒷부분에서 〈프랑스 여자처럼〉 손을 놀리기도 하고, 할머니로부터 물려받은 〈프랑스 요리〉를 준비하기도 한다.

망했다.

거기 거실 창가에서 어린 아들의 손을 잡고 서 있는 그녀에게 그런 것들은 해결할 수 없는 문제로만 생각되었다. 등 뒤에서는 그가, 아이들의 비웃음을 사던 젊은이가 거실로 따라 들어와 탁자 곁에서 자기만 겉도는 듯 어색해하며 괜스레 뭔가 만지작거리고 있는 것을 돌아보지 않고도 알 수 있었다. 다들 가버린 모양이었다. 아이들도, 민타 도일과 폴 레일리도, 오거스터스 카마이클도, 남편도, 모두 다 가버렸다. 그녀는 한숨지으며 돌아서서 말했다. 「탠슬리 씨, 괜찮다면 저와 함께 가시겠어요?」

그녀는 마을에 소소한 볼일이 있었다. 편지도 한두 장 써야 하는데 10분쯤 걸릴 테고, 모자도 써야 했다. 그리하여 10분 후에 그녀는 양산과 바구니를 들고 다시 나타나, 준비가 다 되었다는, 나들이 채비를 갖추었다는 뜻을 알렸다. 하지만 테니스장을 지나가다 말고 카마이클 씨에게 필요한 것이 있느냐고 물어보느라 또 잠시 걸음을 멈추어야 했다. 노인은 눈을 게슴츠레하게 뜨고 햇볕을 쪼이는 중이었는데, 고양이 눈처럼 노란 눈에는 움직이는 나뭇가지나 지나가는 구름이 비칠 뿐, 마음속의 느낌이나 생각은 전혀 내비치지 않았다.

원정을 가는 길이라고, 그녀는 웃으며 말했다. 마을에 나가는 길이라고. 「우표? 편지지? 담배?」 그녀는 그의 곁에 걸음을 멈추고서 뭔가 사다 드릴까 물었지만, 아니, 그는 아무것도 필요치 않았다. 그는 불룩한 배 위에 양손을 깍지 낀 채 눈을 끔뻑이는 품이, 마치 그런 달콤한 말에(그녀는 매혹적이지만 조금 신경질적이었다) 친절하게 대답하고 싶지만 그릴 수 없다는 듯한 투였다. 그는 그들 모두를, 집 전체와 온 세상과 그 안에 있는 모든 사람을 거대하고 자비로운 나른함으로 감싸는 푸르스레한 졸음에 잠겨, 말이 필요 없는 상태였다. 그것은 그가 점심때 물컵에 무엇인가를 몇 방울 흘려 넣은 덕분으로, 아이들은 우윳빛으로 희어야 할 콧수염과 턱수염에 샛노란 줄이 생긴 것은 그 때문이라고 여겼다. 아니, 아무것도, 라고 그는 중얼거렸다.

위대한 철학자가 되었을 분인데, 하고 램지 부인은 어촌으로 난 길을 내려가며 말했다. 그런데 결혼을 잘못했어요. 그녀는 검정 양산을 똑바로 들고, 마치 길모퉁이를 돌면 누군가를 만나기라도 할 것처럼 뭐라 형용할 수 없이 기대에 찬 태도로 걸어가면서 그 이야기를 들려주었다. 옥스퍼드 시절 어떤 여자와 연애를 해서 일찍 결혼했는데, 가난하게 살다가 인도에 갔었고, 약간의 시를 〈제 생각에는 아주 아름답게〉 번역하는가 하면 남학생들에게 페르시아어인지 힌두스탄어인지를 가르쳐 보기도 했건만, 그게 무슨 소용이 있겠는가? 결국은 방금 보았듯이 잔디밭에 누워 있게 되었다는 것이었다.

그는 기분이 좋아졌다. 아까는 다들 자기를 따돌리는 것만 같았는데, 램지 부인이 그런 속사정까지 말해 주다니 위로가 되었다. 찰스 탠슬리는 활기를 되찾았다. 더구나 그녀는 남자의 지성이 비록 쇠퇴했을망정 위대함을 인정하고 아내들이 남편의 노고를 존중해야 한다는 뜻을 — 그렇다고 해서 카마이클 부인을 탓하는 것은 아니고, 그 결혼 생활도 나름대로 행복했으리라고 생각하지만 — 은근히 비쳤으므로, 그는 이전 어느 때보다도 자신에 대해 기꺼운 기분이 들었다. 만일 택시라도 탔다면 기꺼이 요금을 내고 싶은 심정이었다. 그 작은 가방이라도 들어 드리면 어떨는지? 아니, 아니, 그녀가 말했다, 그건 언제나 직접 들고 다니는 것이라고. 사실이었다. 그렇다는 것을 그도 느낄 수 있었다. 실로 많은 것이 느껴지는 가운데, 이유는 잘 알 수 없지만 자신을 흥분시키고 혼란스럽게 하는 무엇인가가 있었다. 그는 자기가 학위 가운에 휘장을 걸치고 행렬에 끼어 걸어가는 모습을 그녀가 보아 주었으면 싶었다. 대학의 한자리를, 교수직을, 그는 뭐든 얻을 수 있을 것만 같았고, 그런 자신의 모습이 눈에 선했다 — 하지만 그녀는 뭘 보고 있는 걸까? 벽보에 풀을 발라 붙이는 남자였다. 크고 펄럭이는 종잇장이 벽 위에 펼쳐져 솔질을 할 때마다 매끈해져서 늘씬한 다리들, 굴렁쇠들, 말(馬)들, 반짝이는 빨강과 파랑이 드러나더니 어느새 벽의 반쯤이 서커스 광고로 덮이기에 이르렀다. 기수 1백 명, 재주넘는 물개 스무 마리, 사자들, 호랑이들……. 근시 때문에 목을 길게 앞으로 빼며 그녀는 소리 내어 읽었다. 「……우리 마을을 방문할 것이다.」 팔이 하나밖에 없는 사람이 저렇게 사다리 꼭대기에 서다니 정말 위험한 일이라고 그녀는 탄식했다. 벽보 붙이는 이는 2년 전 수확용 기계에 왼팔을 잃었던 것이다.

「우리 모두 갑시다!」 그녀는 계속 걸어가면서 외쳤다. 마치 그 말과 기수 들을 보자 어린애처럼 흥분한 나머지 연민의 감정도 잊어버린 것만 같았다.

「갑시다.」 그는 그녀의 말을 고스란히 되받았지만, 그의 어조에 담긴 거북한 기분에 그녀는 멈칫했다. 「서커스에 갑시다.」 아니다. 저런 말투가 아니다. 서커스에 가자는 사람이 저런 기분일 수는 없다. 왜 그럴까? 저 사람은 뭐가 문제일까? 순간, 그녀는 그에 대해 자애로운 기분이 들었다. 그는 어렸을 때 서커스에 가본 적이 있는지? 한 번도, 라고 그는 대뜸 대답했다. 마치 그녀가 바로 그 질문을 해주기를 기다리기라도 했다는 듯한, 어째서 자기네는 한 번도 서커스에 가지 않았던가를 요 며칠 내내 설명하고 싶었다는 듯한 태도였다. 그의 가족은 형제자매가 아홉이나 되는 대식구이며 아버지는 일을 해서 생계를 꾸려야 한다는 것이었다. 「제 아버지는 약제사예요, 램지 부인. 약방을 하십니다.」 그 자신으로 말할 것 같으면 열세 살 때부터 고학을 해온 터였다. 겨울에 외투 없이 다닐 때도 있었다. 대학에서는 친구들에게 얻어먹고도 〈답례〉(라는 것이 그의 뻣뻣이 굳어진 표현이었다) 한 번 해보지 못했다. 다른 사람들보다 물건을 두 배는 더 오래 써야 했고, 담배는 제일 싸구려, 부두의 늙은 노동자들이 피우는 것과 같은 살담배를 피웠다. 하루 일곱 시간씩 진짜 열심히 공부했으며, 지금 연구하는 주제는 무엇인가가 누군가에게 미친 영향이라고 했다. 그들은 계속 걷는 중이라 램지 부인은 그가 하는 말을 다 알아듣지 못했다. 이따금 단어들만이 들려올 뿐이었다. 학위 논문이 어떻고 연구원이 어떻고 강사는…… 교수는……. 그녀는 그의 입에서 유창하게 흘러나오는 볼썽사나운 학문적 용어들을 다 따라가지 못한 채, 서커스에 가자는 말에 그가 왜 그리 난색이었는지, 아버지 어머니 형제자매 얘기까지 다 꺼내야 했는지, 이제야 알겠다고 생각했다. 불쌍한 사람 같으니. 다시는 그를 비웃거나 하지 못하게 할 작정이었다. 프루에게도 이 이야기를 해주리라 마음먹었다. 그는 램지 가족과 서커스가 아니라 입센의 연극을 보러 갔다고 말하고 싶어 하리라는 것도 짐작할 수 있었다. 그는 그토록 유식한 티를 내기 좋아했고 정말이지 참을 수 없이 따분한 청년이었다. 이제 마을로 들어서서 자갈길 위를 구르는 수레바퀴 소리가 요란한 대로를 따라가면서도, 그는 여전히 빈민 구제 사업이니, 교육이니, 노동자니, 강연이니, 자신이 속한 계층을 돕는다느니 하고 떠들어 대며 서커스 얘기에서 완전히 회복되어 자신감을 되찾은 듯(그런 그에게 그녀는 또다시 자애로운 마음이 들었다) 그녀에게 또 뭔가를 말하려 하는데 — 길 양옆의 집들이 드문드문해지더니 부두가 나오고 만(灣) 전체가 그들 앞에 펼쳐지는 바람에 램지 부인은 저도 모르게 탄성을 질렀다. 「아, 아름다워라!」 눈앞에는 한가득 푸른 물이 펼쳐지고, 멀리 안개 속에 희부연한 등대 하나가 수수한 모습을 드러냈다. 그 오른쪽으로는 눈이 닿는 한 멀리까지 녹색 모래 언덕들이 부드럽고 나지막한 능선을 그리며 아스라이 이어져 있었다. 야생화들이 피어나는 풀밭을 인 그 언덕들은 마치 사람이 살지 않는 어느 달나라로 이어지는 듯이 보였다.

남편이 좋아하는 풍경이라고, 그녀는 걸음을 멈추고 눈에는 한층 더 잿빛을 띠며 말했다.

그녀는 잠시 말이 없었다. 그런데 화가들이 몰려왔지요, 이윽고 그녀는 말했다. 사실 지금도 몇 발짝 떨어진 곳에 화가가 한 사람 서 있었다. 파나마모자에 노란 장화 차림으로, 여남은 명의 어린 소년들이 지켜보는데도, 둥그렇고 붉은 얼굴에 만족한 듯한 표정을 띠고서 진지하고 온화하고 골똘하게 먼 곳을 바라보다가, 고개를 돌려 붓 끝을 녹색인지 분홍색인지 부드러운 물감 덩어리에 담그는 것이었다. 퐁스포르트 씨가 3년 전에 이곳을 다녀간 후로는 다들 저런 그림만 그린다고 그녀는 말했다.[7] 녹색에 회색, 그 위에 레몬 빛깔 돛단배들, 그리고 해변에는 분홍색 여인네들.

그런데 제 할머니 친구분들은,[8] 하고 그녀는 지나는 길에 슬며시 그림에 눈길을 주며 말했다. 그녀들은 아주 힘들게 작업했으니, 우선 색을 섞은 다음 곱게 빻아서 습기가 유지되도록 축축한 천으로 덮어 두어야 했다는 것이었다.

그 말에 탠슬리는 그녀가 지금 저 남자의 그림이 빈약하다는 것을 알려 주려는 것인가 보다고 짐작했다. 빈약하다는 것이 맞는 표현이던가? 색채에 힘이 없다고 하나? 그게 맞는 표현이던가? 함께 걸어오는 동안 차츰 자라난 놀라운 감정, 처음 정원에서 그녀의 가방을 들고 싶어졌을 때부터 시작되어 마을에 들어와 그녀에게 자신에 관한 모든 것을 털어놓고 싶어지면서 한층 더 자라난 감정의 영향으로, 그는 자기 자신을 보게 되었고 이제껏 알아 온 모든 것이 다소 뒤틀려 보이기 시작했다. 너무나 이상한 일이었다.

그는 그녀를 따라 들어간 옹색한 집의 응접실에서 우두커니 기다리며 서 있었다. 그녀는 어떤 여자를 만나러 위층으로 올라갔고, 위층에서는 그녀의 빠른 발소리와 명랑한 음성이 들려오다가 이내 나직이 잦아들었다. 그는 식탁 깔개와 차(茶)통, 유리 등갓 같은 것을 바라보면서 초조하게 그녀를 기다렸다. 이번에는 꼭 가방을 들어야겠다고 생각하면서 어

---

[7] 퐁스포르트란 물론 허구의 인물이다. 『등대로』의 실제 배경인 세인트아이브스는 19세기 말부터 화가들이 모여든 곳으로 유명하다. 20세기에도 벤 니컬슨, 바버라 헵워스 등이 이곳에서 활동했으며, 오늘날에도 테이트 갤러리, 헵워스 박물관 등이 있는 예향이다.

[8] 실제로는 줄리아 스티븐의 어머니 마리아 잭슨의 자매들인 줄리아 마거릿 캐머런(사진가), 세라 프린셉 등이 예술가들과 교분이 있었다.

서 귀로에 오르기를 기다리는데, 그녀가 나오는지 문이 닫히는 소리가 났다. 창문들은 열고 문들은 닫아야 한다고, 뭐든 필요한 것이 있으면 집에 오라고, 아이에게 이르는 듯한 소리가 들리더니 어느새 그녀가 나타났다. 잠시 말없이 서 있는(마치 위층에서는 뭔가 역할을 하다가 이제야 자신으로 돌아온 듯이), 푸른 가터 훈장을 단 빅토리아 여왕의 초상을 배경으로 서 있는 그녀의 모습을 보자, 그제야 그는 깨달았다. 바로 그것이었다 — 그녀는 그가 이제껏 본 가장 아름다운 사람이라는 사실이었다.

눈에는 별을 담고, 머리에는 너울을 쓰고, 시클라멘과 야생 제비꽃을 꽂은 — 도대체 무슨 생각을 하는 건가? 그녀는 적어도 쉰 살은 되었을 터였고, 여덟 아이의 어머니였다. 꽃 핀 들판을 이리저리 거닐며 부러진 꽃송이나 넘어진 새끼 양을 가슴에 품어 안는, 눈에는 별을 담고 산들바람에 머리칼을 나부끼는 — 그녀의 가방을 그는 받아 들었다.

「잘 있어, 엘시.」 그녀는 말했고, 그들은 길거리를 걸어갔다. 양산을 똑바로 들고 길모퉁이를 돌면 누군가를 만나기라도 할 것처럼 꼿꼿한 자세로 걸어가는 그녀 곁에서, 찰스 탠슬리는 평생 처음으로 엄청난 자부심을 느꼈다. 도랑에서 땅을 파던 남자가 땅파기를 멈추고 그녀를 바라보았다. 팔을 늘어뜨린 채 그녀를 바라보았다. 평생 처음으로 찰스 탠슬리는 엄청난 자부심을, 아름다운 여인과 함께 걸으며 산들바람과 시클라멘과 제비꽃을 느꼈다. 그는 그녀의 가방을 들고 있었다.

2

「등대에는 못 간단다, 제임스.」 그는 창가에 서서 부자연스러운 말투로, 하지만 램지 부인에게 경의를 표하느라 적어도 상냥하게 들리도록 목소리를 부드럽게 하여 말했다.

밉살스러운 사람 같으니, 하고 램지 부인은 생각했다. 왜 자꾸 그런 말을 한담?

3

「아침에 일어나 보면 해가 빛나고 새들이 노래하고 있을지도 모르지.」 그녀는 어린 아들의 머리를 쓰다듬으며 달래듯 말했다. 내일 날씨가 맑지 않을 거라는 남편의 신랄한 말이 아이의 기를 꺾어 놓은 것을 잘 알기 때문이었다. 등대에 가겠다는 것은 아이에게는 아주 중요한 일인데, 날씨가 안 좋을 거라는 남편의 냉정한 말로 충분치 않다는 듯이 저 밉살스러운 젊은이까지 끼어들어 찬물을 끼얹는 것이었다.

「내일은 날씨가 좋을지도 몰라.」 그녀는 아이의 머리를 쓰다듬으며 말했다.

그녀가 아이를 위해 할 수 있는 것이라고는 냉장고를 잘 오렸다고 칭찬해 주고, 백화점 카탈로그를 뒤적여 가며 갈퀴나 제초기처럼 들쭉날쭉하여 오려 내기 힘든 그림을 찾아 주는 것뿐이었다. 젊은이들이 그녀의 남편을 흉내 내고 있다고 그녀는 생각했다. 그가 내일은 비가 온다고 하면, 그들은 한술 더 떠서 태풍이 온다고 하는 것이다.

그 순간, 갈퀴나 제초기 그림을 찾아 카탈로그를 뒤적이다 말고 그녀는 멈칫했다. 파이프를 입에 물었다 뺐다 하느라 불규칙하게 끊어지는 걸걸한 말소리가 줄곧 들려와 (그녀는 테라스 쪽으로 열린 창가에 앉아 있었으므로) 비록 무슨 말을 하는지는 알 수 없지만 남자들이 기분 좋게 담소를 나누고 있다는 것을 알 수 있었는데, 반 시간째 계속되던 그 웅얼거림이, 그녀 주위의 여러 가지 소리, 가령 공이 배트에 맞는 소리나 크리켓을 하는 아이들이 이따금씩 심판을 향해 〈아웃이야? 아웃이야?〉[9] 하고 외치는 새된 목소리 가운데 확고하게 자리 잡고 있던 그 소리가 뚝 그친 것이었다. 그러자 해변에 철썩이는 단조로운 파도 소리가 들려왔다. 대체로 파도 소리는 그녀의 생각에 일정한 리듬을 부여하여 마음을 가라앉혀 주었고, 아이들과 함께 앉아 있노라면 오래된 자장가의 가사처럼 〈내가 너를 지켜 주마 — 내가 너를 붙들어 주마〉 하고 웅얼대는 자연의 음성이 연신 들려오는 듯했다. 하지만 어떤 때는 문득 뜻밖에도, 특히 그녀의 마음이 당장 손에 들고 있는 일거리에서 약간 벗어나거나 할 때면, 파도 소리는 그런 친절한 음성은커녕 둥둥대는 유령 북소리처럼 가차 없이 인생의 박자를 두들겨 섬이 파괴되고 바다에 삼켜질 것만 같은 불안을 안겨 주면서 그녀의 삶이 그저 바쁜 일상 속에 소모되어 버리는, 무지개처럼 덧없는 것임을 상기시켜 주었다. 바로 그 소리가, 다른 소리들 밑에 깔려 희미해졌던 파도 소리가, 갑자기 그녀의 귓전에 우레처럼 밀려

---

9 *How's that?* 크리켓 경기에서 상대 팀의 타자를 아웃시키는 데 성공했다고 생각한 선수가 묻는 외침이다. 스티븐가의 아이들은 세인트아이브스에서 보낸 휴가 동안 크리켓 경기에 열광했었다.

들어, 그녀는 충동적으로 공포를 느끼며 고개를 들었다.

그들이 대화를 그쳤던 것이었다. 이유는 그것밖에 없었다. 한순간 사로잡혔던 긴장이 풀리자 불필요하게 감정을 소모한 것을 만회하려는 듯 정반대로 냉정하면서도 유쾌하고 약간은 심술궂은 기분이 되어, 그녀는 불쌍한 찰스 탠슬리가 버림을 받았구나 하고 결론지었다. 그녀에게는 대수로울 것 없는 일이었다. 만일 남편이 희생 제물을 필요로 한다면(사실 그랬는데), 그녀는 어린 아들의 기를 꺾어 놓았던 찰스 탠슬리를 기꺼이 바칠 용의가 있었다.

잠시 더 고개를 든 채로 그녀는 무엇인가 귀에 익은 소리를, 기계적이고 규칙적인 소리를 기다리는 듯 귀를 기울이다가, 반쯤은 말소리이고 반쯤은 노랫가락처럼 리드미컬하게 읊조리는 소리, 정원 쪽에서 그녀의 남편이 테라스를 이리저리 오가는 데 따라 개구리 울음소리와 노랫소리의 중간쯤 되는 소리가 들려오자, 다시금 모든 것이 제대로 돌아가고 있다는 듯 안심을 하고는 무릎 위에 놓인 책자로 눈길을 돌려 날이 여섯 개나 달린 주머니칼 사진을 찾아냈다. 그걸 오리려면 제임스는 온 정신을 쏟아야 할 것이었다.

갑자기 우렁찬 소리, 마치 반쯤 깨어난 몽유병자가 내는 것 같은 소리,

   총탄과 포탄의 세례를 받으며[10]

10 앨프리드 테니슨의 「경기병대의 돌격 The Charge of the Light Brigade」(1854)에 나오는 시구. 크리미아 전쟁 중이던 1854년 10월 25일 발라클라바 전투에서 명령 시달 착오로 이 기병대 소속 673명 중 271명(수치는 기록에 따라 약간씩 다름)이 전사하거나 중상을 입었다. 테니슨은 이들의 용기와 충성을 기리는 시를 썼다.

인가 하는 구절을 열렬히 외쳐 대는 소리가 그녀의 귓전을 때리는 바람에, 그녀는 행여 누가 들을세라 걱정스러운 듯 주위를 돌아보았다. 다행히도 릴리 브리스코밖에는 보이지 않았고, 그렇다면 문제 될 것이 없었다. 하지만 잔디밭 가장자리에 서서 그림을 그리는 젊은 여자의 모습을 보자 그제야 그녀는 자기가 릴리의 그림을 위해 고개를 가능한 한 똑같은 자세로 유지하고 있기로 했던 것이 생각났다! 릴리의 그림! 램지 부인은 미소 지었다. 그렇게 중국 사람처럼 가느다란 눈과 주름이 자글자글한 얼굴로는 영 결혼을 못할 테고, 그림도 썩 잘 그리는 편은 아니지만, 그래도 자립심이 강한 아가씨라 램지 부인은 그녀를 좋아했다. 그래서 약속을 기억하고는, 다시 고개를 숙였다.

4

정말이지 램지 씨는 그녀의 이젤을 넘어뜨릴 뻔했다. 〈용감하게 우리는 말을 타고 달렸노라〉고 양팔을 휘저어 가며 외치다 그녀에게 들이닥쳤던 것이다. 하지만 천만다행하게도 홱 몸을 돌려 달려 나가는 품이 발라클라바 고지에서 영광스럽게 죽으러 가는 모양이었다. 그렇게 우스꽝스러우면서 그렇게 대하기 어려운 사람은 또 없었다. 하지만 그가 그렇게 팔을 휘젓고 고함을 치며 돌아다니는 한은 안심이었으니, 곁에 서서 그녀의 그림을 들여다보거나 하지는 않을 것이었다. 그거야말로 릴리 브리스코가 참을 수 없는 일이었다. 화폭 위의 매스와 선과 색채를 들여다보다 창가에 제임스와 함께 앉아 있는 램지 부인을 바라보다 하면서도 내내 그녀는 행여 누군가 살그머니 다가와 그림을 들여다볼세라 주위에 촉각을 세웠다. 모든 감각이 생생하게 살아나 벽 색깔과 그 너머의 보라색 으아리꽃[11]이 눈을 찌를 듯이 선명한 지금, 집에서 누가 나오더니 그녀 쪽으로 걸어오고 있었다. 발소리로 보아 윌리엄 뱅크스인 것을 알 수 있었다. 그래서 비록 붓이 좀 떨리기는 했지만, 탠슬리 씨나 폴 레일리, 민타 도일, 아니 다른 누구였더라도 그랬을 것처럼 화폭을 잔디밭 쪽으로 돌려놓지 않고 그대로 두었다. 윌리엄 뱅크스가 그녀 곁에서 걸음을 멈추었다.

두 사람 다 마을에 묵고 있었고, 그래서 집을 나설 때나 집으로 돌아갈 때 함께 걷기도 하고 늦은 시간에 문간까지 바래다주기도 하면서 수프니 아이들이니 이런저런 얘기들을 나누는 동지처럼 되어 있었다. 그래서 그가 마치 심판관처럼 그녀 곁에 다가와 서는데도(그는 그녀의 아버지뻘이 될 만큼 나이가 많았고, 식물학자에 홀아비로, 비누 냄새를 풍기고 매우 단정하고 청결했다) 그녀는 그냥 서 있었다. 그 역시 그냥 서 있었다. 그는 그녀가 아주 참한 구두를 신고 있다고 생각했다. 발가락이 조이지 않고 편안한 구두라고. 그녀와 같은 집에서 묵는 터라, 그는 그녀가 얼마나 성실하게 사는지도 알고 있었다. 아침 식사 전에 일어나 혼자 그림을 그리러 나가는 모양이었다. 짐작하건대 가난하고 도일 양 같은 외모도 매력도 없지만 양식을 갖추고 있어, 그가 보기에는 그 젊은 아가씨보다 훨씬 나았다. 가령, 지금처럼 램지가 손

---

11 원문의 꽃 이름은 *jacmanna*인데, *jackmanii*의 오기로 보인다. 으아리꽃의 일종으로 짙은 보라색이다.

짓 발짓 고함을 쳐가며 다가올 때도, 브리스코 양이라면 이해하리라고 그는 확신했다.

누군가 실수를 저질렀도다.[12]

램지 씨는 이글대는 눈을 그들 쪽으로 향했다. 하지만 그러면서도 실은 그들을 보고 있는 것 같지 않았다. 그 때문에 두 사람 다 조금 불편해졌다. 그들은 보지 말아야 할 것을 보았다. 말하자면 남의 사생활을 엿본 것이었다. 그래서 뱅크스 씨가 대뜸 날씨가 차다느니 좀 걷지 않겠냐느니 하고 말을 꺼낸 것도 아마 그 소리가 들리지 않는 데로 자리를 옮기기 위한 변명일 거라고 릴리는 생각했다. 그래요, 가요. 하지만 그녀는 좀처럼 자기 그림에서 눈을 떼기 힘들었다.

으아리꽃은 선명한 보라색이었고 벽은 새하얀 색이었다. 퐁스포르트 씨가 다녀간 후로는 모든 것을 창백하고 우아하고 반투명하게 그리는 것이 유행이기는 했지만, 그녀는 자기 눈에 선명한 보라색과 새하얀 색으로 보이는 것을 그런 식으로 손질하는 것은 정직하지 못하다고 생각했다. 게다가 색채 밑에는 형태가 있었다. 눈으로 보면 그 모든 것이 너무나 분명하여 거스를 수 없었다. 하지만 붓을 손에 들기만 하면 온통 달라져 버렸다. 풍경에서 화폭으로 눈을 옮기는 그 짧은 순간에 악마가 덮치고 말아 때로는 눈물이 날 지경이었고, 머릿속의 구상에서 작품으로 가는 것이 마치 어린아이가 어두운 복도를 통과하는 것만큼이나 두려운 일이 되고 말았다. 그녀는 자주 그런 기분이 되어 무시무시한 역경과

---

12 계속해서 테니슨의 시 「경기병대의 돌격」에 나오는 구절.

싸우면서 용기를 잃지 않으려고 〈하지만 이게 내가 보는 거야, 이게 내가 보는 거야〉 되뇌며 자기가 본 것의 오죽잖은 잔영이나마 가슴에 끌어안아 보지만, 그럴 때마다 온갖 힘들이 그녀에게서 그것을 빼앗아 가려고 달려들곤 했다. 뿐만 아니라 그림을 그리기 시작하노라면 그렇듯 찬바람처럼 엄습해 오는 또 다른 문제들이 있었다. 자신의 무능력함과 브롬프턴 로드[13] 근방에 사는 아버지를 위해 살림을 꾸려야 하는 보잘것없는 처지 같은 것들이 떠오를 때면 램지 부인의 무릎에 뛰어들어 다 털어놓고 싶은 충동(천만다행하게도 아직까지는 그런 충동을 누를 수 있었지만)을 억누르느라 무진 애를 써야 했다. 하지만 무슨 말을 한담? 〈난 당신을 사랑해요〉라고? 아니, 그건 사실이 아니다. 〈난 이 모든 것을 사랑해요〉라고 손을 저어 울타리와 집과 아이들을 한꺼번에 가리켜 보이며 말해야 할 것이었다. 말도 안 되는, 있을 수도 없는 일이었다. 그래서 그녀는 붓들을 화구 상자에 가지런히 챙겨 담고는 윌리엄 뱅크스에게 말했다.

「날씨가 갑자기 선선해지네요. 해가 좀 기운 것 같아요.」 그녀는 주위를 둘러보며 말했다. 아직 충분히 밝았고, 잔디밭은 부드러운 암녹색이었으며, 집은 자주색 시계초가 만발한 녹음 가운데 빛나고 있었고, 까마귀들은 높은 창공에서 울음소리를 떨구고 있었다. 하지만 무엇인가가 반짝 움직이면서 공중에서 은빛 날개를 뒤집었다. 어떻든 9월 하고도 중순이었고, 저녁 6시가 지나 있었다. 그래서 그들은 정원을 떠나 늘 다니던 길로 해서 테니스장을 지나고 억새밭을 지나

---

13 런던의 하이드 파크 남쪽 웨스트엔드의 간선 도로. 이 주소지는 그녀가 중산층에 속함을 나타낸다.

두꺼운 산울타리가 끊어진 틈새를 향해 걸어갔다. 울타리 가에는 빨갛게 타는 잉걸불 같은 레드핫포커꽃들이 피어 있고, 그 사이로 내다보이는 만의 푸른 물은 그 어느 때보다도 푸르렀다.

 그들은 뭔가 필요에 이끌린 듯 매일 저녁 그곳에 가곤 했다. 마치 마른 땅에서는 정체되어 있던 생각들이 그곳에 이르면 물결에 실려 돛을 달고 떠나가는 듯하고, 몸에도 일말의 해방감이 찾아드는 것만 같았다. 푸른 물빛이 밀려들어 만을 가득 채우면 마음도 덩달아 부풀어 오르고 몸도 헤엄치는 듯하다가, 다음 순간 헝클어지는 파도의 뾰죽뾰죽 곤두선 먹빛에 멈칫 움츠러들었다. 그러다가 커다란 검은 바위 뒤편에서 치솟는 하얀 물보라를 기다리기도 했다. 거의 매일 저녁 불규칙하게 물보라가 치솟았고, 그래서 기다리다가 한 번씩 보게 될 때마다 기뻐하는 것이었다. 그렇게 기다리는 동안, 창백한 반원형 해안에는 잔잔한 파도가 연신 밀려와 진주모 빛깔의 막을 남겨 놓곤 했다.

 두 사람 다 그렇게 서서 미소를 지었다. 두 사람 다 들뜨고 즐거운 기분으로 넘실대는 파도와 문득 나타난 돛단배가 쏜살같이 질주하는 것을 바라보았다. 배는 만을 한 바퀴 휘돌고는 부르르 떨며 정지하더니 돛을 모두 내렸다. 그 빠른 움직임을 바라본 다음에는 마치 그림을 완성하려는 본능에서인 듯 두 사람 다 멀리 모래 언덕을 바라보았고, 즐거움 대신 알 수 없는 슬픔이 엄습해 왔다. 한편으로는 그렇게 해서 무엇인가가 완결되었다는 느낌 때문이기도 하고, 또 한편으로는 그 광활한 풍경이 바라보는 자보다 1백만 년은 더 오래갈 것(이라고 릴리는 생각했다)이며 완전한 휴식에 잠긴 대지를 내려다보는 하늘과 이미 교통하고 있기 때문이었다.

멀리 모래 언덕들을 바라보면서, 윌리엄 뱅크스는 램지에 대해 생각했다. 웨스트몰런드의 어느 길에 대해, 마치 숨 쉬는 공기인 듯 고독에 둘러싸여 홀로 길을 걸어가던 램지에 대해 생각했다. 하지만 그는 갑자기 걸음을 멈추었지, 하고 윌리엄 뱅크스는 회상했다(이것은 분명 무엇인가 눈앞에서 일어나는 일과 관련이 있을 터였다). 암탉 한 마리가 병아리 떼를 보호하려는 듯 날개를 펼쳐 퍼덕이고 있었고, 그 앞에서 걸음을 멈춘 램지는 지팡이로 가리키며 〈이쁘다, 참 이뻐〉 하고 말했다. 그 일은 뜻밖에도 그의 마음속을 비추어 하찮은 것들에도 공감하는 그의 소박한 성품을 보여 주는 것 같다고 뱅크스는 생각했었다. 하지만 또 한편으로는 바로 거기 그 길에서 그들의 우정이 끝나 버린 것처럼 느껴졌다. 그 후에 램지는 결혼했다. 그 후에, 이런저런 일로 해서, 그들의 우정에서는 신선함이 빠져나가 버렸다. 딱히 누구의 잘못이라 할 수도 없는 일이었고, 다만 시간이 지나면서 참신함 대신 반복이 자리 잡았을 뿐이다. 그저 그런 만남이 반복될 뿐이었다. 하지만 모래 언덕들과의 이 말 없는 대화 가운데서, 그는 램지에 대한 자신의 애정이 전혀 줄어들지 않았다고 주장했다. 한 세기째 이탄(泥炭) 속에 묻혀 있는 입술 붉은 젊은이의 몸처럼,[14] 그의 우정은 여전히 생생하게 만 저편의 모래 언덕들 사이에 누워 있는 것이었다.

그는 그 우정을 위해, 그리고 어쩌면 자신이 메마르고 쭈

---

[14] 스칸디나비아 반도 및 영국 제도의 이탄 습지에서는 종종 인간 미라들이 발견되었다. 이탄 습지 특유의 여건 덕분에 이 미라들은 피부 조직이나 내장 기관 일부가 보존된 예가 많다.

그러든 것 같은 기분을 마음속에서 몰아내기 위해 — 램지는 구름 떼 같은 아이들에 둘러싸여 사는데, 뱅크스는 아이도 없는 홀아비였으니까 — 노심초사했다. 릴리 브리스코가 램지를 나쁘게 말하지 말았으면(그 나름으로는 훌륭한 사람이니까), 그들 사이가 어떻게 된 것인지 이해해 주었으면 했다. 오래전에 시작된 그들의 우정은 암탉이 병아리 떼 앞에서 날개를 펼치던 웨스트몰런드의 길가에서 스러져 버렸고, 그 후에 램지는 결혼했고 각자 길이 달라져 버렸다. 딱히 누구의 잘못이랄 것도 없이, 그저 그런 만남을 반복하게 되었던 것이다.

그래, 그렇게 된 것이다. 더 이상 생각할 것도 없었다. 그는 풍경에서 눈을 돌렸다. 다른 길로 해서 가려고 돌아선 뱅크스 씨는 만일 그 모래 언덕들을 바라보며 이탄 속에 묻힌 채 입술 붉은 자기 우정의 시신을 떠올리지 않았더라면 무심히 지나쳤을 것들에 새삼 마음이 쓰였다. 가령, 램지의 막내딸 캠만 하더라도 그랬다. 아이는 언덕에서 냉이꽃[15]을 따고 있었다. 아이는 아직 버릇이 없어서, 〈신사분께 꽃을 드리라〉는 유모의 말에 막무가내로 뻗대었다. 싫어! 싫어! 안 줄 거야! 주먹을 쥐고 발을 굴러 댔다. 뱅크스 씨는 서글프고 늙은 느낌이 들었고, 그러는 아이를 보니 자신의 우정이 스러져 버린 것이 어쩐지 자기 탓인 것만 같았다. 그는 분명 메마르고 쭈그러든 모양이었다.

램지네는 부유하지 않았고, 어떻게 꾸려 가는지 신기할 정

---

15 *Sweet Alice*. 알리숨이라는 꽃의 별칭으로, 작고 흰 십자화가 동그랗게 모여 피는 야생초이다. 우리나라에서는 향기알리숨, 해변냉이, 해변알리숨, 애기냉이꽃, 뜰냉이 등 여러 가지 이름으로 불린다.

도였다. 아이가 여덟이라니! 철학 교수 노릇을 해서 아이 여덟을 키우다니! 또 한 아이가 나타났다. 이번에는 재스퍼였다. 아이는 슬렁슬렁 걸어오면서 새를 쐈다고 아무렇지 않게 말하고는 릴리의 팔이 마치 펌프 손잡이나 되는 듯이 한 차례 흔들고 지나갔다. 그 광경을 본 뱅크스 씨는 씁쓸한 어조로 그녀는 과연 인기가 좋다고 말했다. 다들 잘 자란, 튼튼하고 억척스러운 애들이니 매일같이 닳아 없어지는 신발이나 양말은 말할 것도 없고, 교육에도 신경을 써야 할 것이었다(물론, 램지 부인의 재산도 얼마간 있는 모양이지만). 누가 누구인지, 누가 형이고 아우인지, 그로서는 도무지 분간도 가지 않았다. 그는 혼자 속으로는 그 아이들을 영국 왕과 여왕의 이름으로 부르는 터였다. 마녀 여왕 캠, 무정 왕 제임스, 정의 왕 앤드루, 미녀 여왕 프루 — 프루는 보나 마나 미인이 될 테고 앤드루는 명석해지리라고 생각했다. 그는 오솔길을 따라 올라가는 동안, 릴리 브리스코가 그의 말에 예 또는 아니요, 라고 대꾸하며 이따금 토를 다는 동안(그녀는 그 아이들 모두와, 이 세상과 사랑에 빠져 있는 터였다), 램지의 인생을 달아보고 동정하기도 하고 부러워하기도 했다. 마치 그가 젊은 날의 고독과 준엄함이라는 영광을 버리고 날개를 퍼덕이고 꼬꼬댁거리는 가정사에 꼼짝없이 묶여 버리는 것을 눈으로 보기나 한 것처럼 말이다. 물론 가정을 가져 좋은 점도 있다 — 윌리엄 뱅크스도 그 점은 인정했다. 어린 캠이 웃옷 주머니에 꽃을 꽂아 주거나 어깨에 기어올라 베수비오 화산이 분출하는 사진을 함께 본다거나 하면 기분이 좋을 것이다. 하지만 그의 오랜 벗들로서는 가정 때문에 잃는 점도 있다는 것을 보지 않을 수 없다. 아예 남이라면 어떻게 생각할는지? 릴리 브리스코는 어떻게 생각하는지? 그가 타성에 젖어 들고 있다는 것이 보이지 않는지? 타성과 기벽, 어쩌면 나약함에? 그만한 지성을 갖춘 사람이 그처럼 낮아지다니 — 아니 이것은 너무 지나친 표현이고 — 사람들의 칭찬에 그토록 의존하게 되다니 놀랍지 않은지?

「하지만 그의 저작을 생각해 보세요!」 릴리가 말했다.

그녀는 〈그의 저작을 생각할〉 때마다, 항상 커다란 식탁이 눈앞에 그려지곤 했다. 앤드루 때문이었다. 앤드루에게 아버지의 책들은 무엇에 관한 것이냐고 물었더니, 〈주체와 객체와 현실의 본질〉이라고 앤드루는 대답했었다. 그래서 그녀가 맙소사, 도대체 그게 무슨 뜻인지 모르겠다고 했더니, 〈그럼 식탁을 생각해 보세요〉라고 대답하는 것이었다. 〈우리가 보고 있지 않을 때 말이에요〉라고.[16]

그래서 이제는 램지 씨의 저작을 생각할 때면 항상 잘 문질러 닦은 식탁이 떠오르는 것이었다. 그 영상은 이제 배나무 가지들이 갈라진 곳에 자리 잡았으니, 그들은 어느새 과수원에 들어서 있었다. 애써 집중하고 정신을 모아 그녀는 나무의 우툴두툴한 은빛 껍질이나 물고기 모양의 잎사귀들이 아니라 상상 속의 식탁을 바라보았다. 그것은 나뭇결과 옹이가 그대로 살아 있는 판목으로 만든 탁자로, 여러 해 동안 성실하게 닦여 진면목을 온전히 드러내게 된 것이었다.

---

16 버지니아 울프의 아버지 레슬리 스티븐의 『불가지론자의 변명 An Agnostic's Apology』(1893)에는 이런 대목이 있다. 「〈이것은 탁자이다〉라는 말은 무엇보다 내가 일련의 조직된 감각적 인상들을 지니고 있음을 단언하는 진술이다.」 그런가 하면, E. M. 포스터의 『가장 긴 여행 The Longest Journey』(1907) 서두에는 암소의 존재에 관한 이런 논쟁이 나온다. 「그들은 사물들의 실존에 대해 토론했다. 사물들은 그것들을 보는 이가 있을 때에만 존재하는가?」

그런 탁자가 이제 다리 넷을 공중에 든 채 배나무에 걸려 있었다. 만일 어떤 사람이 날마다 이처럼 각진 본질들을 바라보느라, 저 홍학 같은 분홍빛, 푸른빛, 은빛 구름이 떠가는 아름다운 저녁들을 다리가 넷 달린 전나무 탁자로 환원하느라 세월을 보냈다면(그렇게 한다는 것 자체가 최고의 지성을 지녔다는 증거이다), 그를 보통 사람과 같은 기준으로 판단할 수는 없을 것이었다.

뱅크스 씨는 〈그의 저작을 생각해 보라〉고 말하는 그녀가 마음에 들었다. 그도 그 점에 대해 노상 생각해 왔다. 그가 수없이 말해 온바, 〈램지는 나이 마흔이 되기 전에 최고의 저작을 내는 사람 중 하나〉였다. 램지는 겨우 스물다섯 살 때 쓴 작은 책으로 철학에 확실한 기여를 했는데, 그 후에 나온 것은 다소간 첫 저서를 확대 반복한 것이었다. 하지만 무슨 일에건 확실한 기여를 하는 사람들의 수는 아주 적다고, 그는 배나무 곁에서 걸음을 멈추며 말했다. 그는 말끔히 솔질한 옷을 입고, 세세한 데까지 정확하고, 더할 나위 없이 공정했다. 문득, 그의 손짓에 촉발이 된 듯, 그녀 안에 축적되었던 그에 대한 인상들이 기우뚱하더니만, 그녀가 그에 대해 느끼는 모든 것이 육중한 눈사태처럼 쏟아져 내렸다. 그것이 첫 번째 감각이었다. 그러더니 마치 한 가닥 연기처럼 그라는 사람의 본질이 피어올랐다. 그것이 또 다른 감각이었다. 그녀는 자신의 감각이 띠는 강렬함에 못 박힌 듯 꼼짝도 할 수가 없었다. 그의 엄격함, 그의 선량함이 일시에 압도해 왔다. 나는 당신을 속속들이 존경해요(라고 그녀는 그에게 무언의 말을 건넸다), 당신은 허영심이라고는 없고 완전히 공평무사하지요, 당신은 램지 씨보다 훌륭한 사람이에요, 당신은 제가 아는 가장 좋은 사람이에요, 당신은 아내도 자식도 없이(그녀는 아무런 이성 간의 감정 없이, 그의 고독을 보듬고 싶었다) 학문을 위해 살지요(자기도 모르게 그녀의 눈앞에는 감자 토막들이 떠올랐다), 당신에게는 칭찬이 오히려 모욕이 될 거예요, 당신은 참으로 너그럽고 순수하고 영웅적인 사람이에요! 하지만 동시에 그녀는 그가 이 외진 곳까지 하인을 데려왔다는 것, 개들이 의자에 올라가는 것을 참지 못하며 채소에 들어 있는 무기질이나 영국 요리사들의 부당함에 대해 몇 시간이고(램지 씨가 참다 못해 문을 쾅 소리 나게 닫고 나가 버릴 때까지) 장광설을 늘어놓곤 한다는 것도 생각이 났다.

그렇다면 이 모든 것을 어떻게 생각해야 할 것인가? 사람들을 어떻게 생각하고 판단할 것인가? 어떻게 이런저런 것들을 더하여 좋아한다거나 싫어한다고 결론을 내릴 것인가? 더구나 그런 말들도 따지고 보면 무슨 뜻이 있는가? 여기 배나무 곁에 꼼짝 않고 서 있는 그녀에게는 그 두 사람에 대한 갖가지 인상이 밀려들어, 생각을 따라가는 것이 마치 받아 적을 수도 없을 만큼 빠르게 말하는 목소리를 따라가는 것만 같았다. 그 목소리는 그녀 자신의 목소리로, 부인할 수 없고 영속적이면서 모순되는 일들을 누가 불러 주는 것도 아닌데 줄기차게 말하고 있어, 심지어 배나무 껍질이 갈라지고 우툴두툴한 것까지도 영구히 거기 고정되어 버린 것만 같았다. 당신에게는 위대함이 있지만, 하고 그녀는 계속 생각했다. 램지 씨는 그런 것이 전혀 없지요. 그는 옹졸하고 이기적이고 허영심 많고 자기중심적이에요, 모두들 떠받드는 바람에 폭군이 되었지요, 램지 부인을 죽음으로 몰아가고 있어요, 하지만 그는 당신에게 없는 것을 갖고 있어요(그녀는 계속 뱅크스 씨를 향해 속으로 말하고 있었다), 불같은 초연함이지요, 그는 사소한 일상사에 대해서는 아는 게 없어요, 개와 자기 자식들을 사랑하지요. 그는 자식이 여덟이나 있었다. 뱅크스 씨는 자식이라고는 없고. 얼마 전 밤에도 그는 재킷을 두 벌이나 껴입고 내려와, 부인에게 머리를 푸딩 그릇 모양으로[17] 다듬어 달라지 않았던가? 이 모든 것이 마치 각다귀 떼처럼 오르락내리락하면서 춤을 추는데, 제각기 뿔뿔이 흩어져 있으면서도 마치 보이지 않는 고무줄 망에 잡혀 있는 듯, 릴리의 마음속을 오르락내리락하면서 배나무 가지 주위를, 여전히 잘 닦인 식탁이 램지 씨에 대한 그녀의 깊은 존경심의 상징처럼 걸려 있는 나뭇가지 사이를 넘나들었다. 그녀의 생각은 점점 더 빨리 맴돌다가 마침내 그 자체의 강도를 못 이겨 폭발하고 말았다. 그제야 그녀는 한숨 돌렸다. 가까이서 총성이 한 방 들리더니, 놀란 찌르레기들이 부산스레 떼 지어 날아올랐다.

「재스퍼로군!」 뱅크스 씨가 말했다. 그들은 찌르레기가 날아가는 쪽을, 테라스 너머를 돌아다보았다. 새들이 빠르게 하늘로 흩어져 가는 것을 바라보며, 그들은 높다란 산울타리가 끊어진 틈새를 지나 정원에 들어서다 곧장 램지 씨와 마주쳤다. 그는 그들을 향해 비극적인 어조로 우렁차게 읊어댔다. 「누군가 실수를 저질렀도다!」

격한 감정으로 이글거리며 비극적인 강렬함으로 도전적

---

17 이른바 볼 커트 *bowl cut*로, 원래는 푸딩 그릇을 머리에 쓰고 그릇 밖으로 비어져 나오는 머리칼을 가지런히 잘라 내는 것을 말한다. 즉, 머리 모양 같은 것에 별로 신경 쓰지 않는 램지 씨의 초탈한 면모를 가리킨다.

인 빛을 띤 그의 눈은 잠시 그들의 눈과 마주쳤으나, 그들을 알아보는 순간 파르르 떨리더니, 창피하고 당황한 나머지 그들의 심상(尋常)한 눈길을 쓸어 내기라도 하려는 듯 손을 들어 반쯤 얼굴로 가져갔다. 마치 그들에게 자기도 어쩔 수 없음을 아는 것을 잠시 보류해 달라고 애원하는 듯한, 그렇게 중단당한 데 대한 자신의 어린애 같은 원망을 그들에게 돌리기나 하는 듯한 동작이었다. 하지만 그렇게 들킨 순간에도 완전히 패하지 않고 그 감미로운 감정의 무엇인가를, 자신이 수치스러워하면서도 즐기는 이 불순한 랩소디를 고수하기로 결심한 듯이, 그는 몸을 홱 돌려 그들 눈앞에서 마음의 문을 쾅 닫아 버렸다. 릴리 브리스코와 뱅크스 씨는 불편한 기분으로 하늘로 눈을 돌려 재스퍼가 총으로 쫓아 버린 찌르레기 떼가 느릅나무 꼭대기에 앉아 있는 것을 올려다보았다.

5

「그리고 만일 내일 날씨가 좋지 않더라도,」 램지 부인은 고개를 들어 윌리엄 뱅크스와 릴리 브리스코가 지나가는 것을 흘긋 보며 말했다. 「또 다른 날이 있겠지. 자, 어디.」 그녀는 릴리의 매력은 그 작고 주름진 하얀 얼굴에 중국 사람처럼 가느다란 눈매인데 그걸 알아보려면 머리가 좋은 사람이라야 할 거라고 생각하며 말했다. 「자, 어디 한번 일어나 보렴. 네 다리에 길이를 맞춰 보자꾸나.」 어떻든 등대에는 가게 될 테니까, 긴 양말의 다리 부분을 1~2인치 더 짜야 할지 봐야 했다.

순간 떠오른 멋진 생각 — 윌리엄과 릴리가 결혼하면 좋겠다는 — 에 미소 지으며, 그녀는 얼룩덜룩한 털실로 짜는 중인 긴 양말을 주둥이에 뜨개바늘들이 어긋매껴진 채로 들어 제임스의 다리에 대보았다.

「애야, 가만히 좀 서 있어 봐.」 그녀는 말했다. 아이는 샘이 난 데다 등대지기네 아이 대신 잣대 노릇을 하는 것에 심통이 나서 일부러 몸을 움직거렸다. 자꾸 그러면 양말이 긴지 짧은지 어떻게 알겠느냐고 그녀는 꾸짖었다.

그녀는 고개를 들어 — 도대체 귀염둥이 막내가 왜 이러는 걸까? — 방 안을 둘러보았고, 의자들이 눈에 띄자 형편없이 낡았다고 생각했다. 의자들은 속이 다 터져서, 며칠 전 앤드루의 표현을 빌리자면, 그 내장이 바닥 곳곳에 널려 있었다. 하지만 좋은 의자를 사봤자 무슨 소용이 있겠는가? 겨우내 집을 관리할 이라고는 노파 하나뿐이니 습기가 차서 금방 망가지고 말 텐데? 신경 쓰지 말자, 집세라야 몇 푼 안 되고, 아이들이 좋아하는 데다가, 남편에게도 서재와 강의와 제자들로부터 3천, 아니 정확히는 3백 마일이나 떨어져 지내는 것이 유익했다. 뿐만 아니라 방문객들을 위한 방도 있었다. 깔개, 간이침대, 낡아 빠진 괴상한 의자며 탁자 들은 런던에서는 수명이 다한 것이지만, 여기서는 충분히 쓸 만했다. 거기다 사진 한두 장과 책들. 책들은 저절로 늘어난다고 그녀는 생각했다. 도무지 책을 읽을 시간이 없었다. 심지어 그녀에게 헌정된, 시인이 직접 〈감히 그 뜻에 따르지 않을 수 없는 이에게〉라든가 〈우리 시대의 좀 더 행복한 헬레네를 위하여〉라든가 하는 헌사를 써준 책들도 그랬다. 민망한 말이지만, 그녀는 그 책들을 읽어 본 적이 없었다. 하지만 인간

정신에 관한 크롬의 책이나 폴리네시아의 야만적 관습에 관한 베이츠의 책(「아이참, 가만히 좀 있어 봐.」 그녀는 말했다) — 이런 것은 등대에도 보낼 수 없었다. 가끔은 집이 너무나 추레해져서 무슨 수를 내봐야지 하는 생각도 들었다. 다들 신발을 제대로 털고 들어와 집 안에 해변을 끌어들이지만 않는다 해도 좀 나을 텐데. 하지만 앤드루가 정말로 게를 해부해 보고 싶다면 허락해야 했고, 재스퍼가 해초로 수프를 만들 수 있다고 믿는다면 말릴 수 없는 일이었다. 로즈가 가져오는 조개껍질, 갈대, 돌멩이 같은 것들도. 그녀의 자식들은 모두 각기 다른 방면에 재능이 있었다. 그래서 그 결과가 이런 거지, 하고 그녀는 제임스의 다리에 양말을 재보면서 바닥부터 천장에 이르기까지 온 방을 둘러보고는 한숨을 쉬었다. 매년 여름 이곳에 돌아올 때마다 집은 한층 더 추레해지는 것이었다. 깔개는 색이 바래고, 벽지는 너덜너덜해지고. 벽지에 그려진 것이 장미인지도 알아볼 수 없었다. 하지만 온 집의 문이란 문이 끊임없이 열려 있고 스코틀랜드를 통틀어 빗장 하나 제대로 고칠 열쇠장이도 없다면, 추레해지는 것이 당연했다. 액자에 녹색 캐시미어 숄을 걸쳐 둔들 무슨 소용이 있겠는가? 보름쯤 지나면 완두콩 수프 빛깔이 되어 버리고 말 것이었다. 하지만 그녀를 짜증 나게 하는 것은 문들이었다. 문이란 문은 다 열려 있었다. 그녀는 귀를 기울였다. 거실 문도 열려 있고, 현관문도 열려 있었다. 침실 문들도 열려 있는 것 같았고, 층계참의 창문은 확실히 열린 것이 그녀 자신이 열어 두었었다. 창문들은 열고 문들은 닫아야 하는데 — 그 단순한 것을 아무도 기억하지 못한다는 말인가? 그녀는 밤중에 하녀들의 방에 가보곤 했는데, 다들 창문을 꼭꼭 닫아 놓아 찜통 같았다. 스위스 처녀 마리만은 예외였지만. 그녀는 목욕은 못 해도 신선한 공기 없이는 못 산다고 했다. 그러더니, 고향에는, 하고 말했다. 「산들이 너무 아름다워요.」 간밤에 그녀는 눈물이 글썽한 채 창밖을 내다보며 말했었다. 「산들이 너무 아름다워요.」 처녀의 아버지가 거기서 죽어 가고 있다는 것을 램지 부인은 알고 있었다. 아비 없는 자식들을 남기고 갈 것이었다. 꾸지람도 하고 시범을 보이기도 하다가(침대는 어떻게 정돈하고 창문은 어떻게 여는지 마치 프랑스 여자처럼 날랜 손으로), 그 말을 듣자, 그녀 주위의 모든 것이 조용히 접히는 듯했다. 마치 햇살 속을 날아간 새가 조용히 날개를 접으면 깃털의 푸른색이 밝은 강철색에서 부드러운 보라색으로 바뀌는 것처럼, 그녀는 할 말이 없어서 잠자코 서 있었다. 처녀의 아버지는 후두암이었다. 그 생각을 하자 — 그렇게 잠자코 서 있던 것, 처녀가 〈고향에는 산들이 너무 아름다워요〉라고 말했던 것, 희망이라고는 눈곱만큼도 없다는 것에 생각이 미치자, 그녀는 문득 짜증이 나서 제임스에게 날카롭게 말했다.

「가만히 좀 서 있어. 성가시게 굴지 말고.」 그러자 아이는 어머니의 엄한 말투가 진짜인 것을 알고는 다리를 똑바로 폈고, 그녀는 길이를 쟀다.

양말은 적어도 0.5인치는 짧았다. 솔리의 어린 아들이 제임스보다 발육이 더디다는 사실을 감안하더라도 그랬다.

「너무 짧구나.」 그녀는 말했다. 「아직 너무 짧아.」

그녀는 더없이 슬픈 얼굴이 되었다. 쓸쓸하고 암담하게, 일광에서 심연에 이르는 우물의 중간쯤 되는 어둠 속에서, 어쩌면 눈물이 한 방울 맺혔고 떨어져 내렸다. 이리저리 일렁이던 물은 그것을 받았고 잔잔해졌다. 세상 어느 누구도 그렇게 슬퍼 보이지는 않았다.

하지만 그 모든 것은 겉모습이 아닐까? 사람들은 물었다. 그 뒤에는 — 그녀의 아름다움과 화려함 뒤에는 무엇이 있을까? 그 남자는 권총으로 머리를 쏘아 자살을 했다던가? 그들은 물었다. 결혼 일주일 전에 죽었다던가? — 그녀는 소문에 들리는 그 옛사랑을 간직하고 있는 걸까? 아니면 거기에는 아무것도 없을까? 그저 그녀가 그 뒤에서 살고 있는, 그녀로서도 바꿀 수 없는, 비할 데 없는 아름다움뿐일까? 위대한 사랑 이야기, 어긋난 사랑 이야기, 좌절된 야망의 이야기가 나오면 그녀도 한 번쯤은 허심탄회하게 자기도 그런 일이 있었다든가 겪어 보았다든가 하는 말을 할 법도 했건만, 그녀는 결코 말하지 않았다. 그녀는 항상 말이 없었다. 그녀는 배우지 않고도 아는 것이 많았다. 그녀의 단순성은 영리한 사람들이 그르치는 것을 똑바로 꿰뚫어 보았다. 그녀의 올곧은 마음은 다림줄을 돌멩이처럼 똑바로 떨구고 새처럼 정확하게 내려앉게 하여, 진실을 곧장 낚아채게 했다. 사람을 기쁘게 하고 안심시키고 — 어쩌면 거짓되게 지탱해 주는 진실을.

(「자연에 그런 흙은 별로 없지요.」 뱅크스 씨는 언젠가 그녀의 전화 목소리에 감동하여 말한 적이 있었다. 그녀는 그저 기차에 관한 사실을 말해 주었을 뿐인데도. 「자연이 당신을 빚은 그런 흙 말입니다.」 그는 전화선 저편에 있는 그녀의 그리스인처럼 반듯한 윤곽과 푸른 눈을 보는 듯했다. 그런 여인과 전화를 하고 있다는 것은 얼마나 신기한 일인가. 아름다움의 여신들이 아스포델 초원에서 힘을 합쳐 그런 얼굴

을 만들었으리라. 그는 유스턴[18]에서 10시 30분 기차를 타면 될 것이었다.

「그런데도 그녀는 자신의 미모에 대해 어린아이처럼 무신경하거든.」뱅크스 씨는 수화기를 내려놓으며 중얼거리고는, 자기 집 뒤쪽에 호텔을 짓는 공사가 얼마나 진척되었는지 보러 갔다. 아직 완성이 덜 된 벽들 사이에서 사람들이 일하는 것을 바라보며, 그는 램지 부인 생각을 했다. 그녀의 얼굴에는 항상 무엇인가 조화에 맞지 않는 것이 있었다. 그녀는 사냥 모자를 되는대로 눌러쓰기도 하고, 투박한 방수 장화를 신은 채 달려가 아이를 말썽에서 구해 내기도 했다. 그러니 그녀의 미모만을 생각한다면, 그 전율하는 것, 생동하는 것을 기억하고 (그가 지켜보는 동안 그들은 작은 판자 위를 오가며 벽돌을 운반하고 있었다) 그림 속에 넣어야 한다. 또는 그녀를 그저 단순히 한 여자로 생각한다면, 다소간 괴짜로 취급하거나, 아니면 자신의 미모와 남자들이 그 미모에 대해 말하는 모든 것에 싫증이 난 나머지 그 우아한 자태를 벗어 버리고 다른 사람들처럼 눈에 띄지 않게 되고 싶다는 잠재적인 욕망이 있다고 보아야 할 것이다. 그로서는 알 수 없는 일이었다. 하여간 하던 일로 돌아가야 했다.)

보송보송하고 긴 적갈색 양말을 짜면서, 녹색 숄을 걸쳐 둔 금빛 액자와 미켈란젤로의 공인된 걸작이 머리 뒤편에 묘한 배경을 이룬 채, 램지 부인은 조금 전 자기 태도가 거칠었던 것을 가다듬듯 아이의 얼굴을 들어 올려 이마에 입 맞추며 말했다. 「우리 또 오릴 그림을 찾아보자꾸나.」

---

18 런던의 기차역. 스코틀랜드로 가는 북서쪽 노선의 시발역이다.

6

그런데 무슨 일이 일어났다는 걸까?
누군가 실수를 저질렀다니.

잠겨 있던 생각에서 깨어나 그녀는 아까부터 별 뜻 없이 듣고 있던 말들에 새삼 의미를 부여했다. 「누군가 실수를 저질렀도다.」 그녀는 이제 자신을 향해 돌진해 오는 남편을 근시인 눈으로 골똘히 바라보다가 그가 아주 바짝 다가온 다음에야(시의 각운이 비로소 머릿속에 자리 잡으면서) 무슨 일이 일어나기는 일어났다는 것, 누군가가 실수를 저질렀다는 것을 알아차렸다. 하지만 도무지 무슨 일인지는 알 길이 없었다.

그는 부르르 떨며 몸서리쳤다. 그의 모든 허영심, 자신의 영광에 대한 자만심, 천둥처럼 가차 없이 내달리던, 사망의 골짜기를 지날 때도 자기 학생들의 머리 위에서 매처럼 사납던 그것이 박살이 났고 파괴되었다. 총탄과 포탄의 세례를 받으며, 용감하게 우리는 말을 타고 달렸노라, 사망의 골짜기를 쏜살같이 지나, 우레처럼 곧장 돌진[19] — 릴리 브리스코와 윌리엄 뱅크스에게로. 그는 몸서리치며 부르르 떨었다.

무슨 일이 있어도 그녀는 그에게 말을 걸지 않을 것이었다. 익히 보는 징후들, 그가 사람들을 외면한 채, 균형을 되찾으려면 혼자 있는 시간이 필요하다는 듯 자기 껍질 안에 들어앉아 묘하게 도사리는 태도에서, 그녀는 그가 기분이 몹시 상했고 괴로워하고 있다는 것을 알았다. 그녀는 제임스의 머리를 쓰다듬었다. 남편에 대한 감정이 아이에게로 옮겨 간

19 테니슨, 「경기병대의 돌격」.

것이었다. 아이가 아미 앤드 네이비 상점 카탈로그에 나오는 신사들의 하얀 와이셔츠를 노란색으로 칠하는 것을 보며, 만일 아이가 위대한 화가가 되면 얼마나 기쁠까 하고 생각했다. 그러지 말란 법도 없지 않은가? 아이는 이마가 정말 잘생겼다. 다시 고개를 들어 남편이 자기 앞을 지나가는 것을 보자, 그녀는 파멸이 베일에 가려지고 가정생활이 승리한 것을 알고 안도했다. 일상의 음성이 그 위로하는 듯한 리듬을 나직이 흥얼댔고, 그래서 다시 걸음을 돌이킨 남편은 창가에 멈추고는 다소 쑥스러운 듯 몸을 굽히더니 뭔가 나뭇가지 같은 것을 집어 들고는 제임스의 드러난 장딴지를 장난스레 간질였다. 그녀는 그에게 〈그 딱한 젊은이〉, 즉 찰스 탠슬리를 보내 버린 것을 부드럽게 나무랐다. 탠슬리는 들어가서 논문을 써야 했다고, 그는 말했다.

「제임스도 머잖아 논문을 써야겠지.」 그는 놀리듯이 말하며 잔가지를 흔들었다.

아버지가 싫어서, 제임스는 껄끄러운 잔가지를 밀어냈다. 아버지는 특유의 엄격함과 유머가 뒤섞인 태도로 막내아들의 맨다리를 간질여 댔다.

이 골치 아픈 양말을 내일 솔리네 어린 아들에게 갖다 줄 수 있도록 마치려는 중이라고, 램지 부인은 말했다.

내일 등대에 갈 수 있을 가능성은 눈곱만큼도 없다고, 램지 씨는 성내듯 잘라 말했다.

어떻게 알아요? 그녀는 물었다. 바람이 바뀌기도 하잖아요.

그녀가 한 말의 어처구니없는 불합리함이, 여자들이 하는 생각의 어리석음이 그를 화나게 했다. 그는 사망의 골짜기를 지나왔고, 박살이 나서 떨고 있는데, 그런데 그녀는 엄연한 사실 앞에서 그의 자식들로 하여금 불가능한 것에 희망을 걸게 만드는, 요컨대 거짓말을 하는 것이었다. 그는 돌층계에 발을 굴렀다. 「이런, 빌어먹을!」 그는 말했다. 하지만 그녀가 뭐라 했기에? 그저 내일 날씨가 좋을 수도 있다고 했을 뿐이다. 실제로 그럴 수도 있고.

기온이 이렇게 떨어지고 바람이 정서풍일 때는 아니지.

다른 사람들의 감정에 대한 배려가 그토록 놀랍게 결여된 채 진리를 추구한다는 것, 문명의 엷은 베일을 그토록 제멋대로 거칠게 찢어 버린다는 것이 그녀에게는 인간다운 예의를 무참히 짓밟는 것으로 여겨져서, 그녀는 아무 대꾸도 하지 않고, 멍멍하고 눈앞이 아득한 채로, 마치 그 우툴두툴한 우박이 퍼붓는 것이나, 구정물을 덮어쓰는 것을 감내하려는 듯 고개를 숙였다. 더는 할 말이 없었다.

그는 잠자코 그녀 곁에 서 있었다. 그러더니 마침내 아주 겸손한 태도로 말했다. 그녀가 원한다면 해안 경비대에 가서 물어보겠노라고.

그녀가 그만큼 존경하는 사람은 없었다.

그녀는 그의 말을 액면 그대로 받아들일 용의가 있다고 말했다. 등대에 못 간다면 샌드위치를 싸지 않으면 그만이었다. 온종일 다들 이런저런 일로 그녀에게 다가와서, 물론 그녀가 여자니까 당연한 일이지만, 이 사람은 이걸 원하고 저 사람은 저걸 원했다. 아이들은 한창 자라는 중이었고, 그녀는 가끔 자신이 사람들의 온갖 감정으로 가득 적셔진 해면처럼 느껴졌다. 그런데 그가 말했다. 〈빌어먹을〉이라고. 반드시 비가 올 거라고. 그러고는 또 말했다. 비가 안 올 거라고. 그러자 즉시 안전한 낙원이 그녀 앞에 열렸다. 그녀가 그보다 더 존경하는 사람은 없었다. 그녀는 그의 신발 끈도 맬 자격이 없다고 느꼈다.

자기 군대를 이끌고 돌격하면서 그토록 열나게 손짓 발짓을 한 것이 이미 부끄러워진 램지 씨는 다소 무안한 듯 아들의 맨다리를 다시 한 번 찔러 보고는, 마치 아내의 허락을 받기라도 한 듯, 그녀에게는 묘하게도 동물원의 거대한 바다사자가 물고기를 삼키고 뒤로 돌아 수조로 텀벙 뛰어들어 물을 사방으로 출렁이게 하는 것을 연상시키는 동작으로, 저녁 공기 속으로 뛰어들었다. 이미 어슴푸레한 저녁 공기 속에서 나뭇잎과 산울타리의 빛깔은 지워져 갔지만, 장미들과 분홍 꽃들은 오히려 낮에 드러내지 못했던 선명함을 띠고 있었다.

「누군가 실수를 저질렀도다.」 그는 여전히 읊어 대며 성큼성큼 테라스를 오갔다.

하지만 그의 음조는 얼마나 놀랍게 바뀌었는지! 마치 뻐꾸기와도 같았다. 「6월이면 가락을 잃는다네.」[20] 마치 새로운 기분을 위한 구절을 찾는데 얼른 생각나는 것은 이것밖에 없어서, 금이 가긴 했지만 여전히 읊어 본다 하는 느낌이었다. 하지만 〈누군가 실수를 저질렀도다〉 하고 아무런 확신 없이, 거의 물음처럼, 노래하듯이 읊어 대는 것은 우스꽝스럽게 들렸다. 램지 부인은 미소를 금치 못했고, 테라스를 오락가락하면서 웅얼대던 그는 얼마 안 가 잠잠해졌다.

그는 안전했다. 다시금 자신만의 세계를 되찾은 것이었다. 파이프에 불을 댕기다 말고, 그는 다시 한 번 창가의 아내와 아들을 바라보았다. 급행열차에서 책을 읽다 말고 고개를 들

---

20 「뻐꾸기 노래The Cuckoo Song」라는 민요의 한 구절.

어 농장들과 나무들과 작은 집들을 삽화처럼 바라보고는 읽고 있던 무엇인가를 확인한 듯 만족스럽고 힘차게 다시 책으로 돌아가듯이, 그는 아들과 아내를 딱히 구분하지도 않은 채 그들의 모습을 보는 것만으로도 힘이 나고 만족스러워져서 자신의 찬란한 지성의 힘을 온통 쏟고 있는 문제에 대한 완전하고 분명한 이해에 도달하기 위해 노력을 집중했다.

실로 찬란한 지성이었다. 만일 사상이라는 것이 피아노의 건반과도 같아서 수많은 음으로 나뉠 수 있다면, 또는 알파벳 스물여섯 글자를 차례대로 늘어놓은 것과도 같다면, 그의 찬란한 지성은 그 글자들을 하나하나 확실하고도 정확하게 짚어 나가는 데 아무 어려움이 없었다. 말하자면 Q 자에 이르기까지는 그랬다. 그는 Q에 도달했다. 영국 전체를 통틀어 Q까지 가 본 사람은 극히 드물었다. 여기 제라늄이 심긴 돌 항아리 곁에 잠시 멈추어 선 채, 그는 이제 멀리서 창가의 아내와 아들을 바라보았다. 그들은 마치 조개껍질을 줍는 어린아이들, 순진무구하게 발치에 떨어진 사소한 것들에 몰두하면서도 다가오는 숙명, 그에게는 감지되는 숙명에 전혀 무방비한 아이들 같았다. 그들은 그의 보호를 필요로 했고, 그는 그들을 보호해 주었다. 하지만 Q 다음에는? 그다음에는 무엇이 오는가? Q 다음에도 많은 글자들이 있었고, 그 마지막 글자는 필멸의 인간들 눈에는 거의 보이지 않으며 멀리서 불빛처럼 어른거릴 뿐이었다. Z에는 한 세대에 한 명이 단 한 번 도달할 뿐이었다. 그래도, R까지 갈 수만 있다면 대단한 일이 될 것이었다. 적어도 Q에는 도달했고, 그는 발뒤꿈치로 Q를 들이팔 수도 있었다. Q에 대해서는 자신이 있었다. Q는 논증할 수 있었다. 만일 Q라면, 그렇다면 R은 ─ 그는 물고 있던 파이프를 꺼내 항아리 손잡이에 두어 번 탁탁 두드린 다음 생각을 계속했다. 〈그렇다면 R은…….〉 그는 자신을 단단히 다잡으며 이를 악물었다.

 거친 바다에서 비스킷 여섯 개, 물 한 병밖에 가진 것이 없는 선원 전원이라도 구해 낼 법한 자질들 — 인내심과 정의감, 선견지명, 헌신, 숙련, 그 모든 것이 그를 도왔다. 그렇다면 R은 — R은 무엇인가?

 마치 도마뱀의 가죽 눈꺼풀과도 같은 셔터가 그의 강렬한 시선 위를 철컥 내리덮어 R 자를 가려 버렸다. 그 순간의 어둠 속에서 그는 사람들의 말소리가 들리는 것만 같았다. 실패했어 — 그는 R에 미달이야 — R에는 절대로 도달하지 못할걸. R은 그의 능력 밖이지. R을 향해, 다시 한 번 R을…….

 극지방의 얼어붙은 고독을 가로질러 가는 황량한 원정에서라면 그를 인도자요 안내자요 상담자로 만들어 주었을 자질들, 다혈질도 우울질도 아닌 기질로 닥쳐올 일을 침착하게 점검하게 했을 자질들이 다시금 나타나 그를 도왔다. R은…….

 도마뱀의 눈이 또다시 깜빡했다. 이마의 정맥들이 부풀어 올랐다. 항아리에 심긴 제라늄은 놀랍도록 선명해졌고, 잎사귀 사이에 그가 보려 하지 않아도 볼 수밖에 없게끔 두 부류의 인간들 사이의 명백한 구별을 드러내었다. 한편에는 초인적인 강인함을 가지고 꾸준히 뚜벅뚜벅 나아가면서 알파벳 스물여섯 글자를 처음부터 끝까지 반복하는 자들이 있고, 다른 한편에는 재능과 영감을 지니고 기적적으로 모든 글자들을 단 한 번에 뭉뚱그려 버리는 자들이 있었다 — 그야말로 천재의 방식으로. 그 자신은 천재가 아니었고, 감히 그런 주장은 해본 적도 없었다. 하지만 그에게는 알파벳의 모든 글자를 A부터 Z까지 정확히 순서대로 반복할 힘은 있었다. 아니, 한때는 가지고 있었을 것이다. 그런데 Q에서 그만 걸려 버린 것이었다. 그러니 R로 나아가야만 했다.

이제 눈이 내리기 시작했고 산정은 안개로 덮였으니, 그만 누워서 아침이 오기 전에 죽으리라는 것을 아는 지도자라면 부끄러울 것 없는 감정이 슬그머니 그를 덮쳐 와, 그의 눈빛을 창백하게 하고, 테라스에서 돌아서는 단 2분 사이에도 시든 노년의 표정을 탈색해 버렸다. 하지만 그는 그대로 누워 죽지는 않으리라. 어딘가 바위틈을 찾아 눈(目)은 폭풍우를 향한 채 끝까지 어둠 속을 꿰뚫어 보려 애쓰면서 꿋꿋이 서서 죽으리라. 그는 결코 R에 도달하지 못하리라.

그는 꼼짝도 하지 않고 제라늄이 심긴 항아리 곁에 서 있었다. 대체 10억 중에 몇 명이나 Z에 도달하는 것일까? 그는 자문했다. 분명 헛된 희망을 지녔던 지도자는 그 점을 자문할 것이고, 자신을 뒤따르는 원정대를 속이지 않고도 그 답은 〈어쩌면 한 명〉일 것이었다. 한 세대에 단 한 명. 그러니 그가 그 한 사람이 아니라 해서 비난받아야 할 것인가? 그가 정직하게 노력했고, 자기 능력의 최선을 바쳤다면, 그리고 더 이상 바칠 것이 없다면? 그렇다면 그의 명성은 얼마나 오래갈 것인가? 죽어 가는 영웅이라 해도 죽기 전에 얼마나 많은 사람이 훗날 자신을 기억할까 생각하는 것은 허용될 만한 일이다. 그의 명성은 어쩌면 2천 년쯤 갈 것이다. 그런데 2천 년이 뭐란 말인가? (램지 씨는 산울타리를 응시하며 냉소적으로 물었다.) 정말이지 산 위에 올라 그토록 허비한 세월을 굽어본다면 2천 년쯤이야 뭐란 말인가? 발끝에 차인 돌멩이 하나도 셰익스피어보다 오래갈 것이다. 그 자신의 작은 불빛은 그리 밝지는 않아도 1년에서 2년쯤은 빛날 것이고, 그다음에는 좀 더 큰 다른 빛에, 또 그다음에는 한층 더 큰 빛에 흡수될 것이다. (그는 산울타리 속을, 뒤얽힌 잔가지들 속을 들여다보았다.) 그렇다면 어쨌든 허비된 세월과 스러지는 별들이 보일 만큼은 높이 올라온 저 헛된 원정대의 지도자를 누가 비난할 수 있을 것인가? 죽음이 그의 사지를 움직일 수 없이, 뻣뻣하게 만들기 전에, 굳어진 손가락을 조금 의식적으로 이마로 가져가고 어깨를 반듯이 펴서 탐색대가 왔을 때 그가 자기 위치에서 군인답게 죽은 것을 발견하게 한다고 해서? 램지 씨는 어깨를 반듯이 펴고 항아리 곁에 똑바로 섰다.

누가 그를 비난하겠는가, 만일, 그렇게 잠시 선 채로, 명성에 대해, 탐색대에 대해, 감사하는 추종자들이 그의 유해 위에 쌓을 돌무덤에 대해 생각한다 해도? 요컨대 누가 그 불운한 원정대의 지도자를 비난하겠는가? 만일, 극한까지 모험을 추구하여 자기 힘을 마지막 1온스까지도 다 써버린 후에 자신이 깨어날지 여부조차 상관하지 않고 잠들어 버려, 발끝을 찌르는 감각으로나 겨우 자신이 살아 있음을 지각할 뿐, 사는 데 반대하지는 않지만 동정을, 그리고 위스키를, 또 누군가 당장 자신의 고통을 이야기할 상대만을 원한다면? 누가 그를 비난할 것인가? 누가 은밀히 기뻐하지 않겠는가? 영웅이 자기 무장을 벗어 버리고 창가에 멈춰 선 채 아내와 아들을 바라보다가 — 그들의 모습은 처음에는 아주 멀다가 차츰 더 가까워져서 책과 책을 읽는 입술과 머리가 그의 눈앞에 분명히 나타나는데, 비록 여전히 사랑스럽고 그의 고립과 허비된 세월과 스러지는 별들과는 동떨어지지만 — 마침내 파이프를 주머니에 넣고 그 위대한 머리를 그녀 앞에 숙일 때에, 누가 그를 비난하겠는가? 그가 세상의 아름다움에 경의를 표한다 해서?

7

하지만 그의 아들은 그를 미워했다. 그는 아버지가 다가와 걸음을 멈추고 자기들을 내려다보는 것이 싫었다. 그가 자기들을 방해하는 것이 싫었다. 그의 의기양양함과 숭고한 척하는 동작이 싫었다. 그의 거만한 얼굴이 싫었다. 그의 까다로움과 자기 본위가 싫었다(그는 거기 서서 그들에게 자기를 보라고 명령하고 있었다). 하지만 무엇보다도 그는 아버지가 이러쿵저러쿵 감정을 토로하여 자기들 주위를 동요시키고 어머니와 단둘이 있을 때의 완벽한 단순함과 편안함을 망쳐 놓는 것이 싫었다. 페이지를 뚫어져라 들여다보면서, 그는 아버지가 그대로 지나가 주기를 바랐다. 손가락으로 단어를 가리키면서 어머니가 다시 자기를 보아 주기를 바랐다. 하지만 아버지가 걸음을 멈추자 어머니의 주의가 금방 흔들려 버리는 것을, 그는 알아채고 성이 났다. 아니, 램지 씨는 그대로 지나가 버리지 않을 것이었다. 그는 거기 우뚝 선 채 동정을 구하고 있었다.

램지 부인은 아이의 어깨에 팔을 두른 채 편안히 앉아 있다가, 몸을 바로 세우고 반쯤 돌아보며 막 일어나려는 것처럼 보였다. 그러자 공기 중에 빗줄기 같은 기운이 물보라처럼 뿜어져 나오고, 마치 그녀의 모든 기운이 힘으로 녹아들어 활활 타며 빛을 내는 듯 생기 있어 보였고(그녀는 여전히 앉은 채로, 다시 뜨개질거리를 집어 들었지만), 이 감미로운 풍요로움 속으로, 이 생명의 물보라 속으로, 남성의 치명적인 불모성은 놋쇠로 된 부리를 들이밀었다. 그는 동정을 원했다. 자신이 낙오자라고 말했다. 램지 부인은 뜨개바늘을 부지런히 놀렸다. 램지 씨는 그녀의 얼굴에서 시선을 떼지 않은 채 다시 말했다. 자기는 낙오자라고. 그녀는 그 말에 반박했다. 「찰스 탠슬리는……」 그녀는 말했다. 하지만 그는 그 이상의 것을 원했다. 그는 동정을 원했고, 자신의 천재성을 확인받고 싶었고, 그런 다음 다시 삶의 울타리 안에 받아들여져 온기와 위로를 얻고 무뎌진 감각을 되찾고 싶었다. 그의 불모가 된 황량함이 비옥해지기를, 온 집의 방들이, 거실과 거실 뒤편 부엌과 부엌 너머 침실들과 그 너머 유아실까지, 모두 삶으로 가득 차기를 바랐다. 방방이 살림살이로, 삶으로 가득 차기를 바랐다.

찰스 탠슬리는 그가 당대의 가장 위대한 형이상학자라고 생각한다고, 그녀는 말했다. 하지만 그는 그 이상을 원했다. 그는 동정을 얻어야만 했다. 그는 자기도 삶의 중심에서 살고 있다는, 자기도 필요한 존재라는, 여기서뿐 아니라 온 세상에 필요한 존재라는 확신이 필요했다. 그녀는 자신 있게 똑바로 앉아 뜨개바늘을 휙휙 움직여 가면서 거실과 부엌을 창조하고, 활기를 불어넣었다. 그에게 들어오든 나가든 편안히 즐기라고 말했다. 그녀는 소리 내어 웃으며 뜨개질을 했다. 그녀의 무릎 사이에 뻣뻣하게 선 채, 제임스는 그녀의 모든 힘이 뿜어져 나와 놋쇠로 된 부리의 갈증을 채우는 것을, 거듭거듭 동정을 구하며 가차 없이 휘둘러지는 남성의 메마른 언월도에 베이는 것을 보았다.

　자기는 낙오자라고, 그는 되풀이했다. 자, 어디 한번 둘러보세요, 느껴 보세요. 그녀는 뜨개바늘을 휙휙 움직여 가면서, 자기 주위를 둘러보고, 창밖과 방 안과, 제임스를 번갈아 보며, 웃음과 침착성과 유능함으로 의심의 그림자를 몰아내고 그를 안심시켰다(어두운 방에 등불을 가지고 들어온 유모가 까다로운 아이를 안심시키듯이). 이것이 현실이고, 집은 가득 찼고, 정원에는 꽃이 만발하고 있다고. 만일 그가 그녀를 절대적으로 믿기만 한다면, 아무것도 그를 해치지 못할 거라고. 그가 아무리 깊이 묻힌들, 아무리 높이 올라간들, 그녀는 잠시도 그의 곁을 떠나지 않을 거라고. 그렇듯 감싸고 보호하는 능력을 자랑하느라, 그녀 자신에게는 이것이 나라고 할 만한 것조차 남아나지 않았다. 모든 것이 그처럼 소모되었고 탕진되었다. 제임스는 그녀의 무릎 사이에 뻣뻣이 선 채, 그녀가 장밋빛 꽃이 핀 과일나무처럼 풍성히 일어나고, 그 무성한 잎사귀와 춤추는 가지들 속으로 자기밖에 모르는 아버지의 놋쇠 부리가, 메마른 언월도가 동정을 구하며 파고 들어 내리치는 것을 보았다.

　배부른 아이가 곯아떨어지듯이, 그녀의 말에 안심한 그는 마침내 겸허한 감사의 눈길로 그녀를 바라보며 다시 기운을 차리고는 한 바퀴 돌고 오겠노라고 말했다. 아이들이 크리켓을 하는 것을 보고 오겠다는 것이었다. 그가 갔다.

　그 즉시 램지 부인은 오므라드는 것만 같았다. 마치 꽃잎이 하나씩 접히듯, 기진맥진하여 무너져 내리는 것만 같았다. 겨우 손가락 움직일 힘밖에 없는 듯이, 노곤함에 감미롭게 몸을 맡기며, 그림 형제의 동화책 페이지를 겨우겨우 넘겼다. 그러면서 온몸에 고동치는 것은, 마치 끝까지 늘어났던 스프링이 떨리다가 차츰 정지하는 것처럼, 뭔가 성공적으로 창조해 냈다는 기쁨이었다.

그가 멀어져 가는 동안, 그 고동치는 기쁨이 그녀와 남편을 감쌌다. 동시에 울린 두 개의 다른 음, 하나는 높고 하나는 낮은 음이, 함께 어우러지며 서로서로 위로를 주는 것만 같았다. 하지만 그 울림이 사라지자, 그녀는 다시 동화로 돌아갔다. 램지 부인은 몸이 지쳤을 뿐 아니라(당시에는 아니지만, 훗날 그녀는 항상 그랬다) 무엇인가 출처가 다른, 막연히 언짢은 느낌이 그녀의 신체적 피로에 섞여 드는 것이 느껴졌다. 어부의 아내 이야기[21]를 소리 내어 읽어 내려가면서, 그녀는 그것이 정확히 어디서 오는 느낌인지 알 수 없었고, 페이지를 넘기느라 읽던 것을 멈추자 불길하게도 파도가 철썩이는 소리가 들려오는 순간 그 느낌의 출처를 깨달았지만 그래도 자신의 불만을 말로 표현할 수는 없었다. 그녀는 자기가 남편보다 우월하다는 느낌을 단 한 순간도 좋아하지 않았던 것이다. 하물며 자기가 남편에게 하는 말의 진실성을 전적으로 확신하지 못한다는 것도 참을 수 없었다. 대학과 그를 필요로 하는 사람들과 강연과 책과 그것들이 갖는 중요성, 그 모든 것을 그녀는 의심해 본 적이 없었다. 그러나 그녀를 불편하게 하는 것은, 누구라도 볼 수 있듯이, 그들의 관계, 그가 그녀에게 그런 식으로 공공연히 다가오는 것이었다. 왜냐하면 그걸 보고 사람들은 그가 그녀에게 의지하고 있다고 말하기 때문이었다. 둘 중에서 그가 무한히 더 중요

---

21 그림 형제가 수집, 편찬한 독일 민담 및 설화집 『어린이와 가정을 위한 이야기』(1812~1857), 일명 『그림 동화』에 실려 있는 이야기 중 하나.

한 사람이라는 것을 알아야 하는데, 그녀가 세상에 기여하는 바는 그가 기여하는 바에 비하면 무시할 만한 것인데. 하지만 또 다른 문제도 있었다. 가령 온실 지붕에 대해, 그것을 수리하는 데 50파운드가량의 비용이 들리라는 것에 대해 그에게 사실대로 말할 수 없다는 것, 그리고 그의 책들에 대해서도, 어쩌면 그 자신도 짐작하고 있는 것 같기도 하지만, 그의 지난번 책이 가장 잘 쓴 책은 아니라는 것을(그녀는 윌리엄 뱅크스로부터 그런 말을 들었다) 그가 알아차릴까 봐 두렵다는 것, 소소한 일상사들을 숨겨야 하는 것, 아이들이 그런 사정을 알아차리고 그 때문에 마음의 짐을 갖는 것 — 이 모든 것이 두 음이 한데 섞일 때의 완전한 기쁨, 순수한 기쁨을 앗아 갔고, 마침내 그 소리는 그녀의 귓전에서 허전히 사라져 갔다.

  책 위에 그림자가 어른거려 고개를 들었다. 오거스터스 카마이클이 지나가는 것이었다. 하필 인간관계의 불완전함을 떠올리는 것이 고통스러운 바로 그 순간, 가장 완전한 관계라 할지라도 흠이 있으며 남편을 사랑하면서도 진실에 대한 본능 때문에 남편에 대해 내릴 수밖에 없는 비판적 시각을 견뎌 내지 못한다는 사실을 상기하는 순간, 그녀 자신이 여지없이 무가치하며 그런 거짓말들과 과장들로 인해 자신의 역할을 제대로 하지 못하고 있다는 느낌에 고통스러운 순간, 행복감에 뒤이어 그처럼 무참히 애태우는 순간, 카마이클 씨가 노란 슬리퍼를 끌며 지나갔다. 그러자 그녀는 자신도 모르게 소리 높여 말을 건넸다.

  「안으로 들어가시게요, 카마이클 씨?」

8

그는 묵묵부답이었다. 아편을 한 것이었다. 아이들은 그의 수염이 누렇게 물든 것도 그 때문이라고들 했다. 어쩌면 사실일 것이었다. 그녀가 보기에 명백한 것은 그 가련한 남자가 불행하다는 사실이었다. 해마다 피난하듯이 그들의 휴가지로 따라왔지만, 해마다 그녀는 똑같은 느낌이 들었다. 즉, 그가 그녀를 신뢰하지 않는다는 것이었다. 그녀가 〈시내에 가는데 뭐 좀 사다 드릴까요? 우표, 종이, 담배?〉 하고 물을 때면 그가 움츠러드는 것이 느껴졌다. 그는 그녀를 신뢰하지 않았다. 그의 아내 탓이었다. 그녀는 그의 아내가 그에게 얼마나 못되게 굴었던가를 기억했다. 그녀는 세인트존스우드[22]의 그 지독히 작은 방에서 심장이 멎어 버리는 것만 같았다. 그 끔찍한 여자가 그를 집 밖으로 몰아내는 것을 직접 목격했던 것이다. 그 여자는 그가 단정치 못하고, 겉옷에 노상 뭔가 흘리고, 세상에 아무 할 일도 없는 늙은이처럼 성가시게 군다면서, 방에서 내쫓았다. 그러면서 그 가증스러운 말투로 〈램지 부인과 나는 얘길 좀 하고 싶거든요〉라고 말했고, 램지 부인은 그의 삶의 이루 헤아릴 수 없는 참담함을 눈앞에서 보는 것만 같았다. 그는 담배를 살 돈은 있는지? 그나마도 아내에게 달라야 하는지? 단돈 반 크라운을? 18페니를? 그 여자가 그에게 겪게 하는 그런 사소한 곤욕들을 생각만 해도 참을 수가 없었다. 그리고 이제 그는 (왠지는 모르지만 아마도 그 여자 때문이리라는 것 말고는 달리 이유를 짐작할 수 없었는데) 그녀로부터 몸을 사리는 것이었다.

22 런던 북서쪽의 조용한 주택지. 리전트 파크에서 가깝다.

그는 그녀에게 말 한마디 하지 않았다. 하지만 그 이상 더 어떻게 할 수 있겠는가? 해가 잘 드는 방도 그에게 내주었고, 아이들도 그에게 친절한데. 그가 달갑지 않다는 기미 한번 비친 적이 없는데. 다른 사람들보다 일부러 더 친절하게 대했는데. 우표가 필요하세요? 담배가 필요하세요? 맘에 드실 만한 책이 있는데요, 등등. 그런데 따지고 보면 ― 따지고 보면(여기서 그녀는, 드문 일이지만 자신의 아름다움을 의식한 듯, 자세를 설핏 가다듬었다) ― 그녀는 사람들의 호의를 얻는 데 대체로 별 어려움이 없었다. 가령, 조지 매닝이나 월러스 씨 같은 유명 인사들도 저녁때면 찾아와 그녀를 상대로 이야기를 하곤 했다. 그녀가 지나가기만 해도 그 아름다움으로 주위가 환해진다는 것을 그녀 자신도 모르지 않았다. 그녀는 어떤 방에 들어가든 아름다움의 횃불을 똑바로 치켜들고 다니는 것 같았고, 그러기에 지친 나머지 좀 덮어 감추려 해도 그녀의 아름다움은 여전히 눈에 띄었다. 그녀는 찬사와 사랑을 한 몸에 받았다. 상을 당한 이들이 있는 방에 들어가면 다들 그녀 앞에서 눈물을 흘렸다. 남녀 할 것 없이 그녀 앞에서 잡다한 일들을 다 털어놓으면 마음이 홀가분해지는 것이었다. 그녀는 그가 그렇게 몸을 사리는 데 마음이 상했다. 마음에 상처를 입었다. 하지만 개운치 않고 떳떳지 않은 기분이었다. 마음에 걸리는 것은, 하필 남편에 대해 불만을 품고 있는 때에, 카마이클 씨가 그녀의 질문에 건성으로 고개만 끄덕하고는 책을 겨드랑에 낀 채 노란 슬리퍼를 끌며 가버리자 드는 느낌, 자신이 의심을 사고 있다는 느낌이었다. 그녀가 베풀고 도우려는 것이 모두 허영이라는 느낌이었다. 그녀가 그토록 본능적으로 남을 돕고 베풀려 하는 것은 자신의 만족을 위해서일까? 사람들이 〈오 램지 부인! 친애하는 램지 부인…… 아무렴 램지 부인이지!〉 하고 말하며 그녀를 필요로 하고 그녀를 찾고 그녀를 칭송하게 하려는 것일까? 그녀가 내심 원하는 것은 바로 그런 것이 아닐까? 그래서 카마이클 씨가 방금 그랬듯이 그녀로부터 몸을 사리고 또 어느 구석에 가서 마냥 글자 맞추기 놀이라도 하려는지 멀어져 가자, 본능적으로 무시당했다는 느낌이 들었을 뿐 아니라 자기 마음속 어딘가에 있는 용렬함을, 인간관계라는 것이 얼마나 흠이 많고 경멸할 만하며 기껏해야 자기 본위인가를 깨닫지 않을 수 없었던 것이다. 초라하고 지치고, 아마도(그녀는 볼도 꺼졌고 머리칼도 세었다) 더는 보는 눈을 즐겁게 하는 모습도 아닐 테니, 그냥 어부와 아내의 이야기나 읽으며 이 예민덩어리인 막내아들 제임스(그녀의 다른 자식들은 아무도 그렇게 예민하지 않았다)나 가라앉혀 주는 편이 나을 것이었다.

「그 남자는 마음이 무거워서,」 그녀는 소리 내어 읽었다. 「가지 않으려 했습니다. 그는 〈이건 옳지 않아〉라고 생각했지만, 그래도 결국 갔습니다. 그가 바다에 이르자, 바닷물은 전처럼 밝은 푸른빛이 아니라 아주 검푸르고 우중충한 빛을 띠고 있었지만 그래도 여전히 잔잔했습니다. 그는 거기 서서 말했어요……」

램지 부인은 자기 남편이 하필 그때 걸음을 멈추지 않았더라면 싶었다. 아이들이 크리켓 치는 것을 보러 간다더니 왜 가지 않고? 하지만 그는 아무 말도 하지 않았다. 그저 바라보고, 고개를 끄덕이고, 수긍하고, 가던 길을 갔다. 생각이 막힐 때마다 무수히 그 안에서 맴돌았던, 때로는 결론에 이르게도 해주었던 산울타리를 보며, 아내와 아이를 보며, 생각의 과정을 그토록 자주 장식해 주었던 붉은 제라늄, 그 잎사귀들 사이에 마치 책을 읽다 급히 끼적여 두는 쪽지들이라도 담고 있는 듯한 제라늄으로 넘쳐 나는 항아리들을 다시 보며 — 이 모든 것을 보며 그는 「타임스」에서 매년 셰익스피어의 생가를 방문하는 미국인들의 수에 관한 기사를 읽고 떠올랐던 상념 속으로 부드럽게 미끄러져 들어갔다. 만일 셰익스피어가 아예 존재하지 않았더라면, 세상은 많이 달라졌을 것인가? 문명의 발전은 위대한 인물들에 달려 있는가? 평균적인 인간의 삶은 파라오들의 시대보다 오늘날 더 나은가? 하지만 평균적인 인간의 삶이야말로 문명의 척도가 아닌가? 그는 자문했다. 어쩌면 아닐 것이다. 어쩌면 최대의 선은 노예 계층의 존재를 요구할지도 모른다. 지하철의 승강기 문을 여닫는 사람도 필요하니까. 그 생각을 하자 마음이 편치 않았다. 그는 고개를 흔들었다. 그 생각을 물리치기 위해, 그는 예술의 우월성을 반박할 방법을 찾으려 했다. 세상은 평균적인 인간을 위해 존재하는 거라고 주장할 셈이었다. 예술이란 인생의 맨 꼭대기에 얹힌 장식에 불과하며, 인생을 표현하지 못한다고. 인생에는 셰익스피어가 꼭 필요하지 않다고. 자신이 왜 셰익스피어를 폄하하고 영원히 승강기 문 곁에 서 있는 사람의 편을 들려는 것인지 명확히 의식하지 못한 채, 그는 산울타리에서 잎사귀 하나를 잡아챘다. 이 모든 것을 버무려서 다음 달 카디프의 청년들 앞에 내놓을 작정이었다. 여기, 자기 집 테라스에서, 그는 마치 말 등에서 몸을 굽혀 장미꽃 다발을 꺾는 사람처럼, 또는 어린 시절부터 알아 온 시골 들판과 오솔길을 느긋하게 돌아다니며 밤톨을 주워 주머니에 넣는 사람처럼, 그저 쏘다니며 노닐 뿐이었다 (그는 조금 전에 그토록 짜증스럽게 뜯어냈던 잎사귀를 던져 버렸다). 이 모퉁이, 저 층계, 또 저 들판을 가로지르는 지름길, 모든 것이 다 친숙했다. 저녁때면 그렇게 파이프를 물고 오래전부터 친숙한 오솔길과 풀밭을 들락거리고 오르내리면서 생각에 잠겨 시간을 보내는 것이었다. 곳곳에 지난날 전투의 역사나 어느 정치가의 생애, 시와 일화, 이런 사상가와 저런 군인의 모습이 서려 있었다. 모든 것이 활기차고 명백했다. 하지만 어느덧 오솔길도 들판도 풀밭도 열매가 잔뜩 달린 밤나무나 꽃 피는 산울타리도 지나 그는 길이 더 멀리서 꺾어지는 곳까지 나아갔다. 거기서는 언제나 말에서 내려 말을 나무에 묶어 둔 채 걸어서 나아가야 했다. 그는 잔디밭 가장자리까지 가서 그 아래 만을 내려다보았다.

그것이 그의 숙명이요 그의 남다른 점이었다. 그가 원하든 원치 않든 간에, 그렇듯 바다가 서서히 잠식하는 땅끝까지 나아가 외로운 바닷새처럼 홀로 서는 것이. 그것이 그의 능력이요 재능이었다 모든 피상적인 것들을 일시에 떨쳐 버리고 한없이 움츠러들어 헐벗고 여위고 심지어 몸까지 줄어드는 듯하지만 정신의 강렬함만은 조금도 잃지 않고서 절벽에서 튀어나온 그 작은 바위에 서서 인간의 무지라는 어둠에 직면하는 것이. 우리는 얼마나 아무것도 모르며 바다는 우리가 서 있는 지반을 잠식하는가를 직면하는 것 — 그것이 그의 숙명이요 그의 재능이었다. 하지만 그렇듯 말에서 내려 모든 겉치레와 너스레를 떨쳐 버리고, 장미꽃이나 밤톨 같은 전리품을 다 버리고 명성뿐 아니라 자신의 이름마저도 잊어버릴 만큼 줄어든 채, 그는 그 고독 가운데서도 허상을 용인치 않고 환상에 빠지지 않게끔 경계심을 늦추지 않았으니, 바로 이런 점에서 그는 윌리엄 뱅크스에게나(어쩌다 한 번씩) 찰스 탠슬리에게나(비굴할 만큼) 또 이제 그가 잔디밭 끝에 서 있는 것을 바라보는 아내에게나, 깊이, 존경과 동정과 감사를 불러일으키는 것이었다. 마치 수로 바닥에 박혀 있는 말뚝 위에 갈매기들이 올라앉고 파도가 부딪쳐 오르는 광경이, 명랑한 선객(船客)들에게 물살 속에 홀로 서서 물길을 표시하는 임무를 다하고 있는 말뚝에 대해 감사의 마음을 품게 하는 것과도 같았다.

「하지만 자식이 여덟이나 되고 보면 별도리 없지.」 반쯤 소리 내어 중얼거리다 말고, 그는 돌아서서 한숨을 쉬고는 고개를 들어 어린 아들에게 책을 읽어 주는 아내의 모습을 찾으며 파이프에 담배를 재웠다. 그는 인간의 무지와 인간의 숙명으로부터, 우리가 서 있는 땅을 잠식하는 바다로부터 돌아서서 — 만일 그가 그것을 끝까지 응시할 수 있었다면 무엇인가에 도달할 수도 있었으련만 — 조금 전까지 눈앞에 있던 엄숙한 주제에 비하면 너무나 하찮은 일상사에서 위로를 얻으면서, 또 한편으로는 그렇게 하찮은 데서 얻어진 위로를 짐짓 무시하고 싶은 기분이었다. 비참한 세상에서 행복하다는 것을 들키는 것이야말로 정직한 사람에게는 가장 비열한 범죄나 된다는 듯이. 사실 그는 대체로 행복했다. 그에게는 아내가 있고 자식들도 있었다. 6주 후에는 카디프의 청년들에게 로크니 흄이니 버클리니 프랑스 혁명의 원인이니 하는 것에 대해 〈시시한 얘기〉를 하기로 되어 있었다. 하지만 그 일도, 그 일에서 느끼는 즐거움도, 자신이 만들어 내는 어구들에서나, 젊음의 열기에서, 아내의 아름다움에서, 스완지, 카디프, 엑시터, 사우샘프턴, 키더민스터, 옥스퍼드, 케임브리지로부터 답지하는 찬사에서 맛보는 영광도 — 모든 것이 〈시시한 얘기〉라는 말로 무시되고 감추어져야 했다. 왜냐하면, 사실, 그는 어쩌면 할 수도 있었을 일을 하지 못했기 때문이었다. 그것은 변장이요 자신의 감정을 솔직히 터놓기 두려워하는 자의, 이게 내가 좋아하는 거고 이게 나라는 사람이오 하고 말하지 못하는 자의 피난처였다. 윌리엄 뱅크스나 릴리 브리스코가 보기에는 딱하고도 맞갖잖은 일이었으니, 그들로서는 도대체 왜 그런 위장이 필요한지 알 수 없었다. 왜 항상 칭찬이 필요한지, 왜 사상에서는 그토록 용감한 사람이 인생에서는 그토록 소심한지, 얼마나 이상할 만큼 존경스러우면서도 가소로운지.

가르치고 설교하는 것은 인간의 능력을 넘어서는 것 같다고 릴리는 말했다. (그녀는 화구를 챙기는 중이었다.) 아무리 잘나가던 사람도 어떻게든 넘어지는 법이다. 램지 부인은 뭐든 그가 요구하는 걸 너무 쉽게 들어주는데, 그러다 보면 변화가 한층 더 낭패스러울 것이었다. 그는 책을 읽다 말고 방에 들어와 우리가 게임을 하고 쓸데없는 잡담을 하는 걸 보지요. 그가 생각하던 것들로부터 얼마나 큰 변화이겠나 상상해 보세요, 그녀는 말했다.

그는 그들을 향해 다가오고 있었다. 그러다 우뚝 멈춰 서서 묵묵히 바다를 바라보았다. 그러더니 다시 등을 돌려 멀어져 갔다.

9

그래요, 뱅크스 씨는 그가 가는 것을 지켜보며 말했다. 정말 딱한 일이지요. (릴리는 그 때문에 당혹스럽다던가 하는 말을 했었다 — 그는 너무나 갑자기 기분이 변한다고.) 그래요, 뱅크스 씨는 말했다. 램지가 좀 더 남들처럼 처신하지 못하는 것은 정말 딱한 일이에요. (릴리 브리스코를 좋아하기 때문에 하는 말이었다. 그녀한테라면 램지 얘기를 터놓고 할 수 있으니까.) 바로 그런 이유 때문에, 하고 그는 말했다. 젊은이들은 칼라일을 읽지 않는 겁니다. 고작 죽이 식었다거나 하는 이유로 노발대발하는 까다로운 늙은이가 우리를 가르치다니? 하는 것이 요즘 젊은이들의 불평이라는 것이었다. 램지처럼 당신도 칼라일이 인류의 위대한 스승 중 한 사람이라고 생각한다면, 정말 딱한 일이에요. 릴리는 자기가 학창 시절 이후로 칼라일을 읽어 본 적이 없다고 말하기가 창피했다. 하지만 램지 씨가 자기 새끼손가락이 아프면 온 세상에 종말이 올 거라는 식으로 생각한다는 것은 오히려 그에게 호감이 가는 점이었다. 그녀는 그런 것에는 개의치 않았다. 그런 말에 누가 속겠어요? 그는 아주 내놓고 아첨과 찬사를 바라지만, 그의 오죽잖은 책략에는 아무도 안 넘어가지요. 하지만 그녀가 싫은 것은 그의 편협함, 맹목성 같은 것이라고, 그녀는 그를 눈으로 뒤좇으며 말했다.

「다소 위선자 같은 데가 있지요?」 뱅크스 씨도 램지 씨의 뒷모습을 바라보며 말했다. 그는 자신의 우정이나, 캠이 자기에게 꽃을 주지 않은 것이나, 램지의 아들딸에 대해, 그리고 안락하기는 하지만 아내가 죽은 후로 적막해진 자신의 집에 대해 생각하던 참이었다. 물론 그에게는 일이 있었지만······ 하여간, 그는 램지가 〈다소 위선자 같다〉는 자기 말에 릴리가 찬성해 주었으면 싶었다.

릴리 브리스코는 계속 고개를 들었다 숙였다 하면서 화구를 챙겼다. 고개를 들면 램지 씨가 자기들 쪽으로 다가오는 것이 보였다. 팔을 휘두르면서, 방심한 듯이, 아득한 표정으로. 다소 위선자 같다고? 그녀는 되뇌었다. 아니, 절대로 그렇지 않아 — 더없이 진지하고, 더없이 진실하고(그가 가까이 와 있었다), 더없이 좋은 사람이지. 하지만 고개를 숙이면 또 다른 생각이 들었다. 그는 자기 자신에만 몰두해 있고, 폭군 같고, 부당해. 그래서 그녀는 일부러 고개를 숙이고 있었다. 그래야만 램지 가족과 함께 지내면서 평정을 잃지 않을 수 있었기 때문이다. 고개를 들어 곧장 바라볼 때면, 그녀가 〈사랑에 빠진 상태〉라 부르는 것이 후광처럼 그들을 감싸곤 했다. 그들은 사랑의 눈을 통해 본 세상이라는, 저 비현실적이지만 마음을 뒤흔들어 놓는 세상의 일부가 되었다. 하늘도 그들에게 달라붙었고, 새들도 그들을 통해 노래했다. 게다가, 한층 더 흥미로운 사실은, 램지 씨가 다가왔다 멀어졌다 하는 것이나 램지 부인이 제임스와 창가에 앉아 있는 것, 그리고 구름이 움직이고 나무가 굽어지고 하는 것들을 바라보노라면, 삶이란 낱낱이 살아지는 사소한 일들로 이루어지다가도 또 일시에 파도처럼 커다란 전체가 되어 사람을 휘말아 올리기도 하고 해변에 철썩 던져 버리기도 하는구나 하고 느껴지는 것이었다.

뱅크스 씨는 그녀의 대답을 기다리고 있었다. 그래서 그녀는 뭔가 램지 부인을 비판하는 말을 하려고, 부인 또한 나름대로 얼마나 상대에게 부담을 주며 독단적인가, 그런 뜻으로 뭔가 말하려고 했지만, 뱅크스 씨의 황홀한 표정은 그녀가 그런 말을 할 필요가 전혀 없게 만들어 버렸다. 예순이 갓 지난 나이와 깔끔하고 냉정한 성격, 마치 하얀 실험용 가운이라도 입고 있는 듯한 그에게 그런 표정은 황홀경이라고밖에 표현할 수 없는 것이었다. 그가 지금 릴리의 눈앞에서 램지 부인을 바라보는 태도는 수십 명 젊은이들의 사랑에 맞먹는(램지 부인도 수십 명 젊은이들에게 사랑을 불러일으키지는 않았을 터인데) 황홀경이었다. 그것은 증류되고 걸러진 사랑이라고, 그녀는 캔버스를 옮기는 척하며 생각했다. 대상을 붙잡으려는 시도조차 해보지 않은 사랑, 하지만 수학자들이 수학 기호에 바치는 사랑이나 시인들이 시구에 바치는 사랑처럼, 온 세상에 퍼져 인류의 성취에 기여하는 사랑이었다. 정말이지 그런 사랑이었다. 왜 저 여자가 그토록 마음을 기쁘게 하는지, 아들에게 동화를 읽어 주는 그녀의 모습이 마치 과학 문제를 풀었을 때와 똑같은 효과를 미치는지, 그래서 그것을 바라보면 뿌듯하여 마치 식물의 소화 기관에 대해 무엇인가 절대적인 것을 증명했을 때와도 같은 느낌이 드는지, 야만성이 정복되고 혼돈의 지배가 억제되었다고 느껴지는지, 뱅크스 씨가 말할 수만 있다면, 온 세상이 어떻게든 그 사랑을 나누어 가질 것이었다.

   그런 황홀경이 — 달리 어떤 이름으로 부를 수 있겠는가? — 릴리 브리스코로 하여금 자기가 하려던 말을 잊어버리게 만들었다. 뭔가 램지 부인에 대한 말이었지만, 전혀 중요한 것이 아니었다. 이 황홀경에, 이 말 없는 응시에 견주면 그런 것은 다 부질없어지고 말았다. 그 앞에서 그녀는 무한한 감사를 느꼈다. 이 숭고한 힘, 이 천상으로부터의 선물보다 더 위로가 되고 삶의 당혹스러움에서 헤어나게 해주며 기적적으로 그 짐을 덜어 주는 것은 없었다. 그러니 그런 상태가 계속되는 동안 방해하지 않을 것이었다. 곧장 비쳐 드는 햇살을 마룻바닥에 드러누워 가로막지 않을 것처럼.

사람들이 그런 식으로 사랑할 수 있다는 것, 뱅크스 씨가 램지 부인에 대해 그처럼 느낄 수 있다는 것(그녀는 아직도 몰두해 있는 그를 흘긋 돌아보았다)은 고무적인 일이었다. 그녀는 일부러 허드렛일이라도 하려는 듯, 낡은 천 조각에 붓을 하나씩 하나씩 닦아 나갔다. 모든 여성에게 미치는 듯한 존경을 피해 보려는 것이었다. 그녀까지도 칭송되는 듯한 느낌이 들었기 때문이다. 그가 무아경에 빠져 있는 동안, 그녀는 자기 그림이나 한 번 더 들여다보기로 했다.

울고 싶었다. 한심하고 한심하고 또 한심했다! 물론 다르게도 그릴 수 있었을 것이다. 색깔을 더 엷고 바래게 칠하고, 형태도 아련하게 그리고, 그것이 퐁스포르트가 보는 방식일 것이었다. 하지만 그녀에게는 그렇게 보이지 않았다. 그녀에게는 색채가 강철 구조물 위에서 불타는 듯 강렬하면서도, 성당의 아치들 위에 내려앉은 나비 날개의 빛과도 같이 섬세하게 보였다. 하지만 그 모든 것에서 남은 것이라고는 캔버스 위에 그저 아무렇게나 긁적여 놓은 것 같은 자국들뿐이었다. 아무에게도 보여 주어서도 벽에 걸어서도 안 되었다. 탠슬리 씨가 수군대는 소리가 귓가에 들리는 듯했다. 「여자들이란 그림도 못 그리고 글도 못 쓰고······.」

그제야 자기가 램지 부인에 대해 하려던 말이 생각났다. 어떻게 말해야 할지는 알지 못했지만, 무엇인가 비판적인 것이었다. 며칠 전 밤에 부인의 독단에 짜증이 났었기 때문이다. 뱅크스 씨가 부인을 바라보는 시선을 따라가면서, 그녀는 어떤 여자도 다른 여자를 그런 식으로는 우러러볼 수 없다고 생각했다. 그녀들은 뱅크스 씨가 두 사람 모두 위에 펼쳐 놓은 차일 밑으로 피할 수 있을 뿐이었다. 그의 시선을 따라가면서, 그녀는 거기에 자기만의 시선을 더했다. 부인이 (책 위에 고개 숙인 모습이) 더없이 아름답고 아마도 더없이 선한 사람이라는 것은 의문의 여지가 없는 사실이지만, 그래도 그저 눈에 보이는 완벽한 모습과는 다르다는 생각이었다. 하지만 왜 다를까? 어떻게 다를까? 그녀는 팔레트에서 녹색과 청색의 물감 덩어리를 긁어내며 자문했다. 그 물감들은 생명이라고는 없는 덩어리로 보였지만, 내일이면 그것들에 영감을 불어넣어 자기 뜻대로 움직이고 흐르게 하리라고 맹세했다. 그런데 램지 부인은 어떻게 다른 걸까? 그녀 안에 있는 정신은, 본질적인 것은, 가령 소파 구석에서 구겨진 장갑 한 짝을 찾는다고 할 경우 손가락 부분이 꼬인 모양이라든가, 하여간 그녀의 것임에 틀림없다고 알아볼 만한 것은 대체 무엇일까? 그녀는 전속력으로 날아가는 새, 곧장 날아가는 화살과도 같았다. 고집이 셌고, 명령적이었다(물론, 하고 릴리는 상기했다. 여자들과의 관계에서 그렇다는 거지. 나는 나이도 적고, 브롬프턴 로드 부근에 사는 별 볼일 없는 여자니까). 부인은 침실의 창문들은 모두 열고, 문들은 닫는다(그녀는 램지 부인의 노랫가락을 머릿속으로 떠올려 보았다). 밤늦게 찾아와 침실 문을 가볍게 두드리고는 오래된 모피 코트로 몸을 감싼 모습으로 나타나(그녀의 아름다움은 항상 그렇게 대충 걸친 듯하면서도 적절한 차림으로 돋보였다), 그녀는 무엇이건 그렇듯 생생하게 되살려 내곤 했다 — 우산을 잃어버린 찰스 탠슬리, 킁킁대고 훌쩍대는 카마이클 씨, 〈채소의 무기질이 파괴되었다〉고 말하는 뱅크스 씨 등등. 이 모든 것을 그녀는 재치 있게 흉내 내고, 심지어 짓궂게 비틀기도 하고, 그러다가 곧 가야 할 것처럼 창가로 다가가 — 새벽이었고, 해가 뜨는 것을 볼 수 있었다 — 반쯤 등을 돌린 채 좀 더 친근하게, 하지만 여전히 깔깔대면서, 그녀도, 민타도, 모두가 결혼해야 한다고 주장하는 것이었다. 왜냐하면 세상에서 어떤 영광을 누린다 해도(하지만 램지 부인은 그녀의 그림에 눈곱만 한 관심도 없었다), 또는 승리를 거둔다 해도(아마 램지 부인은 자기 몫의 승리를 거두었을 것이다), 하고 말하다가 그녀는 문득 서글프고 우울한 표정으로 자기 의자로 돌아와 앉으며, 이 점에는 이의의 여지가 없다고, 결혼하지 않은 여자는, 하고 말하면서 릴리의 손을 살짝 잡았다. 결혼하지 않은 여자는 인생에서 최고의 것을 놓친 것이라고. 집은 잠든 아이들로 가득한 듯했다. 램지 부인은 귀를 기울였다. 집은 갓을 씌운 등불과 규칙적인 숨소리로 가득했다.

오, 하지만, 릴리는 말하고 싶었다. 아버지가 계시다고, 돌봐야 할 가정이 있노라고, 그리고 감히 말할 수만 있다면, 자기에게는 그림이 있다고. 하지만 그 모든 것은 램지 부인이 말하는 삶에 비하면 너무 소극적이고 물정 모르는 것으로 보였다. 그래도, 밤이 다해 가고, 커튼 사이로 흰빛이 새어 들고, 정원에서 새들이 깨어나기 시작하자, 그녀는 필사적인 용기를 모아 자신만은 보편적인 법칙에서 예외라고 주장하며 자기 입장을 변호하고 싶었다. 그녀는 혼자 있고 싶고, 자기 자신이 되기를 원한다, 결혼에 맞는 사람이 아니다. 그리하여 비할 데 없이 그윽한 눈의 진지한 눈길을 받으며 램지 부인의 단순한 확신(순간 그녀는 어린아이처럼 보였다)과 맞닥뜨려야만 했다. 릴리, 친애하는 브리스코 아가씨는 바보라고 말이다. 그 말에 그녀는 램지 부인의 무릎에 얼굴을 묻고서 소리 내어 웃고 웃고 또 웃었던 것을 기억했다. 램지 부인이 자신은 전혀 이해하지 못하는 여러 삶들을 그렇듯 요지부동의 차분한 태도로 주재하는 모습을 떠올리자 거의 히스테릭한 웃음에 사로잡혔던 것이다. 부인은 여전히 단순하고도 진지한 얼굴로 앉아 있었다. 그녀는 이제 부인에게서 받았던 인상을 되찾은 것이었다 ─ 그것이 바로 장갑의 꼬인 손가락인 셈이었다. 하지만 릴리는 대체 어떤 성역을 엿보았던 것일까? 릴리 브리스코는 마침내 고개를 들었고, 램지 부인은 대체 그녀가 왜 그렇게 웃었는지 전혀 눈치채지 못한 채 여전히 주재하는 태도였지만, 이제 자기주장의 흔적은 말끔히 사라지고 그 대신 마치 구름 걷힌 하늘과도 같이 맑은 무엇 ─ 달 곁에서 잠든 하늘 한 귀퉁이와도 같은 무엇이 있었다.

    그것이 지혜일까? 지식일까? 아니면 또다시 아름다움의 기만일까? 그래서 모든 지각이 반쯤 진실에 다가가다가 금빛 그물코에 걸려 버리는 것일까? 아니면 그녀 안에 무엇인가 비밀을 간직하고 있는 것일까? 릴리 브리스코도 어떻든 세상이 계속 굴러가려면 사람마다 그런 것을 가져야 하리라고 믿는 터였다. 모든 사람이 자기처럼 어설프게 대충대충 살 수는 없으니까. 하지만 그들이 안다면, 자기가 아는 것을 말할 수 있을까? 바닥에 내려와 앉아 램지 부인의 무릎을 바짝 감싸 안은 채, 자기가 그토록 다가드는 이유를 부인은 결코 모르리라는 생각에 미소 지으며, 그녀는 자기와 몸이 닿아 있는 여인의 정신과 마음의 방들에 마치 왕들의 무덤 속 보물처럼 신성한 말이 새겨진 서판들이 세워져 있는 것을 상상해 보았다. 만일 그것들을 해독할 수 있다면 모든 것을 가르쳐 줄 수도 있으련만, 그런 것은 결코 바깥으로 알려지지 않고 공개되지도 않을 것이었다. 그런 밀실들로 뚫고 들어가려면 어떤 기술이, 사랑이나 계략이 필요한 것일까? 한 항아리에 부어 합친 물이 나눌 수 없이 하나이듯이, 그처럼 찬탄해 마지않는 대상과 하나가 되는 방법은 무엇일까? 몸으로? 아니면 두뇌의 복잡한 통로 안에서 미묘하게 섞여 드는 정신으로? 아니면 마음으로 도달할 수 있을까? 이른바 사랑이 그녀와 램지 부인을 하나로 만들어 줄 수 있을까? 그녀가 원하는 것은 지식이 아니라 하나가 되는 것, 서판에 새겨진 글이나 인간에게 알려진 어떤 언어로도 쓰일 수 있는 것이 아니라, 친밀함 그 자체이며, 그것이 바로 지식이라고, 그녀는 램지 부인의 무릎에 머리를 기댄 채 생각했었다.

아무 일도 일어나지 않았다. 전혀 아무 일도! 그렇게 램지 부인의 무릎에 머리를 기대고 있는 동안에도! 하지만 그래도 부인의 마음속에는 지식과 지혜가 저장되어 있다는 것을 릴리는 알 수 있었다. 그렇다면 도대체 사람들에 대해 무엇을 알 수 있단 말인가? 다들 그렇게 밀봉되어 있는데? 어쩌면 우리는 꿀벌과도 같이, 만질 수도 맛볼 수도 없이 공중에 떠도는 어떤 감미로움이나 새콤함에 이끌려 돔 모양의 벌집을 드나들고, 홀로 세계 방방곡곡의 광막한 하늘을 헤매 다니며, 부산스레 웅성거리며 벌집들을 드나드는 것이다. 그

벌집이란 바로 사람들이고. 램지 부인은 자리에서 일어났다. 릴리도 일어났다. 램지 부인은 갔다. 여러 날 동안 그녀의 주위에서는, 마치 꿈을 꾸고 나면 꿈속에서 본 사람에게서 뭔가 미묘한 변화가 감지되듯이, 그녀의 말소리보다도 더욱 생생히 뭔가 웅성거리는 소리가 감돌았다. 거실 창가의 고리버들 의자에 앉아 있는 부인의 모습이, 릴리의 눈에는, 마치 돔과도 같이 위엄 있게 보였다.

그 시선은 제임스를 무릎에 앉히고 책을 읽어 주는 램지 부인을 곧장 바라보는 뱅크스 씨의 시선과 평행을 이루었다. 하지만 그녀가 여전히 바라보는 동안, 뱅크스 씨는 시선을 거두었다. 안경을 쓰고 한 걸음 물러나더니 손을 치켜들고 맑고 푸른 눈을 가느스름하게 떴다. 그제야 릴리는 정신을 차리고 그가 무엇을 하려는지 깨닫고는 마치 자기를 때리려고 쳐든 손을 본 개처럼 움찔했다. 이젤에서 그림을 홱 낚아챌 수도 있었겠지만, 그녀는 자신을 타일렀다. 겪어야 할 일이야. 그녀는 누군가가 자기 그림을 바라본다는 그 끔찍한 시련을 견디기 위해 자신을 추슬렀다. 만일 누군가에게 보여야 한다면, 다른 사람보다는 뱅크스 씨가 덜 불편할 것이었다. 그래도 누군가 다른 사람의 눈이 자신의 33년간의 잔재를 본다는 것, 나날의 삶이 그동안 그녀가 한 번이라도 입 밖에 내어 말하거나 내보인 것보다 더 은밀한 무엇인가와 섞여 있는 퇴적물을 본다는 것은 고문과도 같았다. 그러면서도 엄청나게 흥분되는 일이기도 했다.

더없이 냉정하고 조용한 순간이었다. 뱅크스 씨는 주머니칼을 꺼내 들고는 뼈로 된 손잡이로 캔버스를 톡톡 두드렸다. 〈여기 이〉 보라색 세모진 형태로는 뭘 나타내려 했는지?

그는 물었다.

그것은 제임스에게 책을 읽어 주는 램지 부인이라고 그녀는 말했다. 그가 반대할 것을 — 아무도 거기서 인간의 형태를 알아보지 못하리라는 것을 그녀도 알고 있었다. 하지만 모델과 닮게 그리려 한 것이 아니라고 그녀는 말했다. 그렇다면 어떤 이유로 그들을 그림에 넣은 것인지? 그가 물었다. 정말이지 왜 그랬을까? — 저쪽 귀퉁이가 밝다면 여기 이쪽은 어둡게 할 필요를 느꼈다는 것 말고는? 단순 명료하고 평범한 설명이었지만, 뱅크스 씨는 관심이 동했다. 그러니까 어머니와 아이가 — 모자상은 어디서나 경외의 대상이고, 이 경우에는 어머니가 미인으로 소문이 난 터인데 — 불경을 저지르지 않고도 보라색 그림자로 환원될 수 있다는 것인지, 그는 생각에 잠겼다.

하지만 그림은 꼭 그들을 그린 게 아니라고 그녀는 말했다. 적어도, 그가 생각하는 그런 방식으로는 아니었다. 모자상에 대한 경외는 다른 방식으로도 표현될 수 있는 것이었다. 가령 여기는 그림자, 저기는 빛이라는 식으로 말이다. 만일 그녀가 막연히 짐작하는 바, 그림이 대상에 대한 찬사가 되어야 한다면, 그녀의 찬사는 그런 형태를 띠었다. 어머니와 아이는 불경한 느낌 없이도 하나의 그림자로 환원될 수 있는 것이었다. 여기 빛이 있으니 저기는 그림자가 져야 한다는 식으로. 그는 곰곰이 생각에 잠기며 흥미를 보였다. 전적으로 진지하게 과학적인 입장에서 받아들였다. 사실대로 말하자면 그가 지금껏 그림에 대해 생각했던 것은 전혀 반대라고 그는 설명했다. 그의 거실에 있는 가장 큰 그림, 화가들도 칭찬했고 자기가 산 값보다 훨씬 더 값이 나가는 그림은 케넷[23] 강변의 꽃 핀 벚나무들을 그린 것이었다. 신혼여행을 케넷 강변으로 갔었다고 그는 말했다. 릴리도 그 그림을 한번 보러 오라고 그는 말했다. 하지만 그런데, 하고 그는 그녀의 그림을 과학적으로 검토하기 위해 안경을 추켜올렸다. 문제는 매스들의 관계, 빛과 그림자 들의 관계인 것 같은데, 솔직히 말해 그는 전에 그런 것을 생각해 본 적이 없으며 설명을 듣고 싶다는 것이었다. 그녀는 그 그림으로 무엇을 의도하는 것인지? 그러면서 그는 그들 앞에 놓인 그림을 가리켰다. 그녀도 보았다. 자신이 그 그림으로 무엇을 의도하는 것인지 그에게 보여 줄 수 없을 뿐 아니라, 손에 붓을 들지 않은 상태에서는 자신도 볼 수가 없었다. 그녀는 다시금 평소 그림을 그릴 때의 자세로 돌아가 눈에서 힘을 빼고 마음을 비운 채, 한 여자로서의 모든 인상을 좀 더 보편적인 무엇인가에 맡겼다. 그렇듯 다시금 자신이 한때 분명히 보았던 것의 힘 아래로 들어가 산울타리와 집들과 어머니들과 아이들을 헤치며 — 자신의 그림을 찾아 더듬어야 하는 것이었다. 오른쪽의 이 매스를 왼쪽의 것과 어떻게 연결하느냐가 문제라는 것을 그녀는 기억해 냈다. 나뭇가지의 선으로 가로지르거나 아니면 전면의 빈 공간에 대상(아마도 제임스)을 그려 넣어도 될 것이다. 하지만 그럼으로써 전체의 통일성이 깨질 수 있다는 것이 문제였다. 그녀는 말을 멈추었다. 그를 진력나게 하고 싶지 않았으므로, 그녀는 이젤에서 캔버스를 가볍게 들어냈다.

하지만 어떻든 그림이 남에게 보여지고 나니, 자신에게서 떨어져 나간 듯한 느낌이 들었다. 이 사람은 그녀의 아주 깊

---

[23] 런던 서쪽 버크셔에 있는 강. 레딩 근처에서 템스 강과 만난다.

은 속마음을 나눠 가진 것이었다. 그 점에 대해 램지 씨에게 감사하고, 그 점과 그 시간과 장소에 대해 램지 부인에게 감사하고, 온 세상에 그녀가 전에는 감지하지 못했던 힘이 있음을 인정하면서 — 그 긴 회랑을 혼자가 아니라 누군가와 팔짱을 낀 채 걸어 내려올 수 있다는 것은 세상에서 가장 이상하고 가장 즐거운 느낌이었다 — 그녀는 화구통의 걸쇠를 평소보다 더 단단히 닫아걸었다. 걸쇠는 화구통과 잔디밭과 뱅크스 씨와 쏜살같이 스쳐 가는 저 개구쟁이 캠을 하나의 원 안에 영원히 감싸 안는 것만 같았다.

10

캠은 이젤을 스칠 듯 아슬아슬하게 지나쳐 갔다. 뱅크스 씨나 릴리 브리스코를 보고 멈춰 설 턱이 없었다. 뱅크스 씨는, 자기도 딸이 있었으면 하는 터라, 아이를 향해 손을 내밀었지만. 아이는 자기 아버지를 보고도 멈추지 않은 채 스칠 듯 지나쳤고, 〈캠, 잠깐만!〉 하고 부르는 어머니 역시 지나쳐 버렸다. 아이는 새처럼, 총알처럼, 화살처럼 가버렸다. 대체 무엇에 끌려, 누가 쏘았기에, 무엇을 향해 가는지, 누가 알랴? 대체 뭐지? 램지 부인은 아이를 바라보며 생각에 잠겼다. 아마 뭔가를 보았는지도 모른다 — 조개껍질이나 손수레, 아니면 산울타리 저편의 요정 나라일까. 아니면 그저 달리는 그 자체에 취해 있는 걸까. 알 길이 없었다. 하지만 램지 부인이 또다시 〈캠!〉 하고 부르자, 쏜살같이 달려가던 아이는 가다 말고 돌아서서, 느릿느릿한 걸음으로, 도중에 잎사귀도 하나 뜯으면서, 어머니에게로 돌아왔다.

　대체 무슨 공상을 하는 걸까, 램지 부인은 아이가 뭔가 골똘히 생각에 잠겨 서 있는 것을 보며 의아해했다. 마음이 전혀 다른 데 가 있는 아이에게, 부인은 심부름시킬 말을 되풀이해야 했다 — 밀드레드한테 가서, 앤드루랑 도일 양, 레일리 씨가 돌아왔는지 물어보라고. 말들이 우물 속으로 떨어지는 것만 같았다. 비록 물은 맑지만 너무 심한 굴절을 일으켜서, 말들이 떨어지는 와중에도 일그러지는 것이 보이는 듯했으니, 아이의 마음 바닥에 어떤 무늬를 만들어 낼지 알 수 없는 일이었다. 캠이 요리사한테 가서 뭐라고 하려나? 램지 부인은 안심이 되지 않았다. 한참이나 참을성 있게 기다린 다음에야, 부엌에 볼이 빨간 할머니가 있어요, 수프를 대접으로 마시고 있어요, 하는 얘기를 들어 준 다음에야, 앵무새처럼 또박또박 밀드레드의 말을 꽤 정확하게, 흥 없는 노랫가락처럼 전하는 아이의 말을 들을 수 있었다. 몸을 이리저리 흔들며 캠은 말을 전했다. 「아니, 아직 안 왔대요. 그래서 엘런한테 차를 치우라고 했대요.」

　민타 도일과 폴 레일리가 아직 안 돌아왔다고. 그렇다면 그게 의미하는 건, 하고 램지 부인은 생각했다. 한 가지뿐이지. 그의 청혼을 받아들였거나, 거절했거나. 점심 식사 후에 그렇게 함께 산책을 나간다는 건, 비록 앤드루가 함께 갔다고는 하지만, 그를 받아들이기로 결심했다는 것 외에 다른 어떤 뜻일 수가 있겠어? 잘한 일이야, 하고 램지 부인은 생각했다(그녀는 민타를 아주, 아주 좋아했다). 폴은 좋은 청년이지, 그리 명석하지는 않을 수도 있지만. 램지 부인은 제임스가 어부와 아내를 계속 읽어 달라고 조르는 손길을 느끼며, 자기도 논문이나 쓰는 머리 좋은 남자들, 찰스 탠슬리라든가, 그런 사람들보다는 다소 둔한 편이 훨씬 더 좋다고 생각했다. 어떻든 지금쯤은 어느 쪽으로든 결정이 났을 것이었다.

그녀는 소리 내어 읽었다. 「이튿날 아침 어부의 아내가 먼저 일어났습니다. 막 동이 틀 무렵이었는데, 침대에서 보니 아름다운 나라가 눈앞에 펼쳐져 있었습니다. 어부는 아직 기지개를 켜는 중이었고……」

하지만 이제 와서 어떻게 민타가 그를 거절할 수 있겠는가? 오후 내내 함께 들판을 돌아다니는 데 따라나선 마당에? 그것도 단둘이서? 앤드루야 게를 잡으러 가버렸을 테니 말이다 — 하지만 낸시가 함께 갔을지도 모르지. 그녀는 그들이 점심 식사 후 현관 문간에 서 있던 모습을 떠올리려 해보았다. 거기서 그들은 하늘을 쳐다보며 날씨가 어떨지 의논하고 있었고, 그녀는 그들이 서로 수줍어하는 것을 덮어 주는 한편 함께 산책을 나서도록 격려하려는 뜻에서(그녀는 폴을 밀어주고 싶었기 때문에) 이렇게 말했었다.

「몇 마일 안에는 구름 한 점 없는데.」 그러자 그들을 따라 나왔던 찰스 탠슬리가 비웃듯 킬킬거리는 것이 느껴졌다. 하지만 그녀는 일부러 그렇게 말한 것이었다. 낸시가 거기 있었는지 아닌지, 기억을 더듬어 보았지만 확실치 않았다.

그녀는 계속 읽어 나갔다. 「〈아, 여보〉 하고 어부는 말했습니다. 〈왜 우리가 왕이 되어야 하지? 난 왕이 되고 싶지 않아.〉 그러자 아내가 말했습니다. 〈당신이 왕이 되지 않겠다면, 내가 되겠어요. 가자미한테 가서 말해요. 나는 왕이 될 테니까.〉」

「들어오든지 나가든지 해라, 캠.」 그녀는 말했다. 캠은 그저 〈가자미〉라는 말에 솔깃해졌을 뿐, 얼마 안 있어 싫증을 내고 늘 그렇듯 제임스와 자그락거릴 것이 뻔하기 때문이었다. 캠은 휭하니 가버렸다. 램지 부인은 안심하고 계속 읽어 나갔다. 그녀와 제임스는 취향이 비슷해서 함께 있으면 편안했다.

「그래서 어부가 바다로 나가자, 날은 어두운 잿빛이었고 물은 깊은 데서부터 올라와 악취를 풍기고 있었습니다. 어부는 바닷가에 서서 말했습니다.

〈가자미야, 바닷속 가자미야,

나와다오, 부탁이야, 내게 좀 와다오.

내 아내, 착한 일자빌이

내 뜻과 다르니 내가 따를 수밖에.〉

〈그래, 그녀는 뭘 원하나요?〉 가자미가 물었습니다.」 그런데 그들은 지금쯤 어디 있을까? 램지 부인은 책을 읽으면서도 생각을 계속했으니, 어부와 아내의 이야기는 마치 베이스처럼 나직하게 반주를 하다가 이따금씩 멜로디에 끼어들 뿐이었다. 언제쯤 소식을 듣게 될까? 만일 아무 일도 일어나지 않았다면, 민타에게 진지하게 얘기를 좀 해야 할 것이었다. 설령 낸시가 함께 다닌다 해도, 그렇게 사방 들판을 쏘다녀서는 곤란했다(그녀는 또다시 그들이 오솔길을 따라 사라지는 모습을 그려 보며, 낸시가 함께 갔었는지 떠올려 보려 했지만 소용이 없었다). 어떻든 그녀가 책임을 지고 있었으니까 — 민타의 부모, 그러니까 올빼미와 부지깽이에게 말이다. 그녀는 책을 읽으면서도 자기가 그들에게 붙여 주었던 별명이 생각났다. 올빼미와 부지깽이는 램지네 집에 간 민타가 어쩌고저쩌고 하는 얘기를 듣게 되면 — 분명 듣게 될 텐데 — 언짢아할 것이었다. 「부지깽이는 하원에서 가발을 쓴대요, 올빼미는 손님 접대로 내조를 하고.」 그녀는 어느 날 파티에서 돌아오는 길에 남편을 웃기려고 했던 말을 기억 속에서 건져 올렸다. 세상에, 마상에, 램지 부인은 속으로 탄식했다. 도대체 그런 사람들이 어떻게 구멍 난 양말을 예사로 신고 돌아다니는 민타 같은 선머슴 딸을 두었는지? 하녀가 노상 쓰레받기를 들고 다니며 앵무새가 흩어 놓은 모래를 쓸어 담아야 하는 그런 근엄한 분위기 가운데서, 대화라야 거의 언제나 그 새가 부리는 재주에 관한 것 — 재미는 있지만 결국은 빤한 — 이 전부인 그런 집에서, 민타는 도대체 어떻게 살까? 당연히 그녀를 오찬이나 다과회, 만찬 등에 초대했고, 결국 핀레이[24]에 함께 오자고까지 하게 되었다. 그 때문에 민타의 어머니 올빼미와 약간의 마찰이 생겼고, 그래서 더 많은 방문과 더 많은 대화와 더 많은 모래와…… 마침내 앵무새에 대해 평생은 갈 만큼 많은 거짓말을 하기에 이르렀다(고 그녀는 그날 밤 파티에서 돌아오는 길에 남편에게 말했다). 하지만 어떻든 민타는 왔고…… 그래, 그 애가 왔지, 하고 생각하다 말고, 램지 부인은 문득 생각의 갈피에 뭔가 불편한 가시 같은 것이 있다는 느낌이 들었고, 곰곰이 헤집어 찾아내 보니 이런 것이었다. 언젠가 한 여자가 그녀에게 〈딸의 애정을 빼앗아 간다〉고 비난한 적이 있었는데, 도일 부인이 말한 무엇인가가 그 비난을 상기시켰던 것이다. 지배하고 참견하려 들며 사람들을 자기 뜻대로 움직이려 한다는 것이 그녀에 대한 비난이었는데, 그녀가 생각하기에는 당찮

[24] 램지 가족의 별장이 위치한 스카이 섬의 허구의 마을.

은 소리였다. 그녀의 외모가 〈그런〉 거야 자신이 어쩔 수 있는 일이 아니지 않은가? 그녀가 일부러 남에게 깊은 인상을 주려 한다고는 아무도 비난할 수 없을 터였다. 차림새가 너무 초라해 부끄러울 때도 있었다. 그녀는 지배적이지도 않고, 제멋대로 남을 휘두르거나 하지도 않았다. 병원이나 하수도나 낙농장에 관해서라면 그렇게 말할 수 있을지도 모르지만. 그녀는 그런 일에 대해서는 정말이지 열정적이었고, 그럴 기회만 있다면 사람들의 뒷덜미를 잡아끌어서라도 똑똑히 보여 주고 싶었다. 섬 전체를 통틀어 병원 하나 없다니 수치스러운 일이었다. 런던의 집집마다 배달되는 우유는 흙투성이라 해도 과언이 아니었다. 그런 일은 법으로 금해야 할 것이었다. 모범적인 낙농장과 여기 이 섬에 병원을 만드는 것은 그녀가 직접 하고 싶은 일이었다. 하지만 어떻게? 이 모든 아이들을 데리고? 아이들이 다 자라면 시간이 나겠지, 모두 학교에 가고 나면.

오, 하지만 그녀는 제임스가 단 하루라도 나이를 더 먹는 것이 싫었다! 캠도 그렇고. 이 막둥이들은 언제까지나 지금처럼, 심술쟁이 악마로, 기쁨을 주는 천사로 있고, 다리 긴 괴물로 자라지 말았으면 싶었다. 그런 상실은 무엇으로도 메울 수 없었다. 방금도 제임스에게 〈그러자 큰북과 나팔을 든 병정들이 무수히 나타났습니다〉라고 읽어 주자 그의 눈길이 어두워지는 것을 보면서, 그녀는 생각했다. 도대체 왜 아이들은 자라서 이 모든 걸 잃어야 하는 것일까? 제임스는 그녀의 아이들 중에 가장 예민하고 재주가 많았다. 하지만 다들 제각기 뛰어난 데가 있다고 그녀는 생각했다. 프루는 사람들에게 천사처럼 상냥했고, 요즘은 가끔, 특히 저녁에 보면 너무 아름다워 숨이 멎을 지경이었다. 앤드루는 — 그녀의 남편조차도 그가 수학에 대단한 재능이 있다고 인정했다. 그리고 낸시와 로저는 둘 다 망아지처럼 온종일 들판을 쏘다니는 나이였고, 로즈는 입이 너무 크긴 하지만 손재주가 놀라웠다. 변장 놀이를 할 때면 로즈가 의상을 만들었고, 그 밖에도 뭐든지 만들었다. 식탁을 차리고 꽃을 꽂고 하는 일들을 가장 좋아했다. 재스퍼가 새들을 쏘는 건 마땅치 않지만, 그것도 한때이겠지. 다들 그러면서 크는 법이다. 하지만 도대체 왜, 하고 그녀는 제임스의 머리 위에 턱을 지긋이 누르며 자문했다. 왜들 그렇게 빨리 자라는 거지? 왜 학교에 가야 하는 거지? 그녀는 언제까지나 어린아이가 있었으면 했다. 아기를 품 안에 안고 있을 때가 가장 행복했다. 그러면 또 사람들은 그녀가 폭군이라느니 지배적이라느니 권위적이라느니 할지도 모르지만, 그래도 상관없었다. 아이의 머리칼에 입술을 대어 보며, 이 아이도 다시는 이렇게 행복하지 않겠지, 하고 생각하다 멈칫했다. 그녀가 그런 말을 했다고 남편이 얼마나 화냈던가를 상기했던 것이다. 하지만 그래도 사실이었다. 아이들은 지금이 장차 그 어느 때보다도 더 행복할 것이었다. 캠은 10페니짜리 소꿉놀이 찻잔 세트로도 며칠씩 행복해했다. 아침에 아이들이 잠에서 깨어나기만 하면 그녀의 머리 위 마룻바닥에서 쿵쿵대고 떠드는 소리가 들려왔다. 그러고는 복도를 따라 우당탕거리며 내려오는 소리가 들리고, 문이 벌컥 열리면서 아이들이 뛰어든다. 갓 피어난 장미처럼 싱싱하고 잠이 활짝 깨어 초롱초롱한 눈매로, 마치 아침 식사 때 식당으로 오는 것이, 지금껏 날마다 그래 왔으면서도, 신나는 사건이기나 한 것처럼. 하루 온종일 그런 식으로 사건에 사건이 이어졌고, 마침내 밤에 잘 자라는 인사를 해주러 올라가 보면 녀석들은 각기 작은 침대에 마치 버찌며 산딸기 사이에 누워 있는 새들처럼 둥지를 틀고서 여전히 뭔가 대단찮은 일을 놓고 조잘대고 있었다. 뭔가 들은 얘기나, 정원에서 주운 것이나 — 아이들은 제각기 자기 보물들을 가지고 있었다……. 그래서 그녀는 내려가 남편에게 말했던 것이다. 왜 아이들이 자라서 저런 걸 다 잃어버려야 하지요? 다시는 저렇게 행복하지 못할 텐데. 그랬더니 그는 벌컥 성을 냈다. 왜 인생을 그렇게 어둡게 보느냐고 그는 말했다. 그런 태도는 현명하지 못하다는 것이었다. 이상한 일이지만, 그는 평소에 우울하고 낙심해 있으면서도, 전반적으로는 그녀보다 훨씬 더 긍정적이고 낙관적인 것이 사실이었다. 인간적인 근심 걱정을 덜 겪어서 — 아마 그래서일 것이었다. 그는 항상 자기 일로 돌아가면 그만이었으니까. 그렇다고 그녀 자신이 그가 말하듯 〈비관적〉이냐 하면 그렇지는 않았다. 다만 그녀는 삶을 — 길지 않은 시간이 눈앞에 나타났다 — 자기가 살아온 50년을 생각했다. 삶은 그렇게 그녀 앞에 놓여 있었다. 삶이란, 하고 그녀는 생각했지만, 생각을 끝까지 밀고 나갈 수가 없었다. 그저 흘긋 바라볼 뿐이었다. 삶이 거기 있다는 것은 분명히 감지할 수 있었지만, 그 느낌은 확실히 실감되면서도 자기만의 것이라 자식들과도 남편과도 나눌 수 없는 것이었다. 한편으로는 삶과, 다른 한편으로는 그녀 사이에, 모종의 거래가 진행 중이었고, 그 거래에서 그녀는 삶을, 삶은 그녀를 줄곧 서로 이기려 들었다. 때로는 대화를 하기도 했고(그녀가 혼자 앉아 있을 때면), 때로는 감동적인 화해의 장면들도 있었다고 기억하지만, 대개는,

묘하게도, 자신이 삶이라 부르는 그것이 끔찍하고 적대적이고 틈만 보이면 공격을 해올 것처럼 느껴진다는 것을 인정하지 않을 수 없었다. 영원한 문제들이 있었다. 고통이니 죽음이니 가난한 자들이니 하는. 언제나 암으로 죽어 가는 여자가 있었다. 심지어 이곳에도. 그래도 그녀는 아이들에게 말해 두기는 했다. 너희도 그 모든 걸 겪어야 할 거야. 여덟 아이 모두에게 그녀는 냉정하게 그렇게 말해 두었다(그런데 온실을 고치는 데 50파운드는 들 텐데). 그렇기 때문에, 그들을 기다리는 것 — 사랑과 야망, 황량한 곳에서 홀로 비참한 것 — 이 무엇인지 알기 때문에, 왜 자라서 이 모든 걸 잃어야 하는 걸까? 하는 느낌이 드는 것이었다. 그러다가도 삶을 향해 검을 휘두르며, 다 헛소리야, 그 애들은 아주 행복해질 거야, 하고 혼잣말을 하기도 했다. 그런데 자기는, 하고 그녀는 또다시 삶을 암담하게 느끼면서 생각했다. 민타를 폴 레일리와 결혼시키려 하고 있는 것이다. 왜냐하면, 자기 삶과의 거래에 대해 어떤 느낌이 들든 간에, 자기는 모든 사람에게 반드시 일어나지는 않을 일들도 겪었으니까(그녀는 그것들을 굳이 되새기지 않았다). 그녀는 자기가 생각해도 성급할 만큼, 마치 그것이 자신에게도 피난처나 된다는 듯이, 사람들은 결혼을 해야 한다고, 자식을 낳아야 한다고, 말하게 되곤 했다.

이 일은 잘못한 것일까, 하고 그녀는 지난 1~2주 동안의 자기 행동을 떠올려 보면서 자문했다. 정말로 자기가 겨우 스물네 살밖에 되지 않은 민타에게 결심을 하도록 압력을 행사한 것일까. 마음이 불편해졌다. 자신은 그 일에 대해 웃어넘기지 않았는지? 자신이 얼마나 강하게 사람들에게 영향을 주는지 또다시 잊고 있는 것은 아닌지? 결혼에는 온갖 종류의 자질이 필요한데(온실 수리비가 50파운드는 나올 것이었다), 그중 한 가지 — 딱히 이름 붙일 필요는 없지만 — 그녀가 남편과 공유하고 있는 것, 그것을 그들도 가지고 있을까?

「그래서 그는 바지를 입고 미친 사람처럼 달려 나갔습니다.」 그녀는 계속 읽었다. 「하지만 밖에는 폭풍우가 하도 굉장하게 몰아쳐서, 그는 제대로 서 있을 수도 없었습니다. 집들과 나무들이 쓰러지고, 산들이 흔들리고, 바위들이 바닷속으로 굴러 들어가고, 하늘은 먹물처럼 새까만데, 천둥 번개가 쳤고, 바다는 교회 탑처럼 산처럼 높고 시커멓고 꼭대기에 새하얀 거품이 이는 파도로 몰려들었습니다.」

그녀는 페이지를 넘겼다. 이제 겨우 몇 줄이 남아 있었으므로, 아이가 자러 갈 시간이 지나기는 했지만, 끝까지 읽어 줄 작정이었다. 시간이 많이 늦었다. 정원에 불이 켜진 데다가, 꽃들이 희어지고 나뭇잎들 사이에 뭔가 어스름한 것이 합세하여 그녀에게 불안감을 일으켰다. 무엇이 불안한 것인지 얼른 알 수 없었지만, 뒤미처 기억이 났다. 폴과 민타와 앤드루가 아직 돌아오지 않은 것이었다. 그녀는 현관문 앞 테라스에 서 있던 작은 무리를 다시금 떠올려 보았다. 앤드루는 그물과 바구니를 들고 있었다. 그것은 그가 게라든가 하는 것을 잡으러 간다는 뜻이었다. 바위를 타고 기어오르기도 하고 다칠 수도 있다는 뜻이었다. 또는 절벽 위에 나 있는 작은 오솔길을 따라 일렬로 돌아오다가 그중 하나가 발을 헛디딜 수도 있었다. 그러면 그는 굴러떨어질 수도 있었다. 벌써 꽤 어두워지고 있었다.

하지만 그녀는 목소리를 바꾸지 않은 채 이야기를 끝까지 읽고서, 책을 덮고는 제임스의 눈을 들여다보며 마치 자기가 만들어 낸 듯이 마지막 말을 덧붙였다. 「그래서 그들은 지금까지도 거기서 살고 있답니다.」

 「자, 그게 끝이란다.」 그녀는 말했고, 그의 눈 속에서 이야기에 대한 흥미가 걷히는 동시에 또 다른 무엇인가가 자리 잡는 것을 보았다. 무엇인가 꿈꾸는 듯한, 빛의 반사처럼 희미한 것이 그의 시선을 붙들고 있었다. 아이가 바라보는 쪽을 돌아보니, 아니나 다를까, 만 저편에서, 규칙적으로, 처음에는 짧게 두 번, 그러고는 길게 한 번, 파도를 건너오는 것은 등대의 불빛이었다. 등대에 불이 켜진 것이었다.

 금방이라도 아이는 물을 것이었다. 「등대에 가요?」 그러면 이렇게 대답해야 할 것이었다. 「아니, 내일은 안 돼. 아버지가 아니라고 했어.」 하지만 다행히도 밀드레드가 아이들을 데리러 왔고, 북적이는 바람에 정신이 없었다. 하지만 그는 밀드레드에게 업혀 가면서도 어깨 너머로 계속 돌아보고 있었고, 그녀는 그가 내일은 등대에 못 가겠구나, 하고 생각하고 있다는 것을 알 수 있었다. 저 애는 평생 이 일을 기억하겠지, 하고 그녀는 생각했다.

11

 그래, 하고 그녀는 그가 오려 놓은 그림들 — 냉장고, 제초기, 야회복을 입은 신사 — 을 주워 모으며 생각했다. 아이들은 절대로 잊지 않지. 그렇기 때문에 아이들 앞에서 말하는 것, 행동하는 것이 그렇게 중요한 거고, 아이들이 자러 간 다음에야 한숨 돌리는 거야. 이제 그녀는 그 누구에 대해서도 생각할 필요가 없었다. 그녀는 홀로 자기 자신이 될 수 있었다. 바로 그것이 그녀가 이제 필요로 하는 것이었다 ─ 생각하는 것. 아니 생각하는 것조차도 아니고, 그저 잠자코 있는 것, 혼자 있는 것. 모든 존재와 행위가, 팽창하고 번쩍이고 소리 내는 것들이 사라지고 줄어들어 거의 엄숙한 가운데 자기 자신이 되는 것, 쐐기 모양을 한 어둠의 핵심, 다른 사람들에게는 보이지 않는 무엇인가가 되는 것. 그녀는 여전히 똑바로 앉은 채 뜨개질을 계속했지만 그러면서도 자기 자신을 느낄 수 있었고, 그렇듯 착념을 떨쳐 버린 자아는 자유로워져서 그 어떤 기이한 모험도 할 수 있을 것만 같았다. 삶이 잠시 가라앉을 때면, 경험의 범위는 무궁무진해 보였다. 누구에게나 항상 이런 무한한 가능성에 대한 느낌은 있으리라고 그녀는 생각했다. 그녀도, 릴리도, 오거스터스 카마이클도, 모두가 알고 있을 것이었다. 우리의 겉모습, 사람들이 우리에 대해 알고 있는 것은 그저 유치할 따름이라는 것을. 그런 외관 밑에는 어둡고 광활하고 측량할 수 없이 깊은 무엇이 있으며, 우리는 이따금씩 표면으로 떠오르는데, 그것이 남들에게 보이는 모습인 것이다. 그녀의 지평은 무한해 보였다. 그녀가 가보지 못한 곳들이 얼마든지 있었다. 인도의 평원이라든가. 자신이 로마 어느 교회의 두꺼운 가죽 커튼을 열어젖히는 모습도 상상해 보았다. 이 어둠의 핵심은 어디든 갈 수 있었다. 아무의 눈에도 띄지 않으니까. 그들이 막을 수 없지, 하고 그녀는 기뻐하며 생각했다. 자유가 있고, 평화가 있고, 무엇보다 반갑게도, 자신을 한데 모아 안정된

발판 위에서 안식할 수 있었다. 그녀가 경험한 바로는, 안식은 결코 자기 자신으로서가 아니라(그녀는 여기서 다소 공이 드는 뜨개질을 해냈다) 어둠의 쐐기로서만 가능했다. 자기 자신을 잃어야만 초조하고 분주하고 소란스러운 것들이 사라지는 것이었다. 그렇듯 모든 것이 이 평화와 안식과 영원 가운데서 하나가 될 때면 그녀의 입술에서는 삶에 대한 승리의 외침이 터져 나오곤 했다. 그녀는 한숨 돌리며 고개를 들어 등대의 불빛을, 세 번 중 마지막인 긴 불빛을 바라보았다. 그것이 그녀의 불빛이었다. 항상 이런 시간 이런 기분으로 불빛을 바라보노라면, 보이는 것들 중 특별히 어느 하나에 애착을 갖게 되기 때문이었다. 자주 그녀는 그렇게 앉아서 일감을 손에 든 채 바라보곤 했으므로, 마침내는 자신이 바라보는 것 ― 가령 그 불빛 자체가 되어 버리곤 했다. 그러고는 마음속에 남아 있던 어구가 떠올라 ― 〈아이들은 잊지 않지, 아이들은 잊지 않지〉 ― 중얼중얼하면서 뭔가 다른 말을 덧붙이게 되기도 했다. 지나가 버릴 거야, 지나가 버릴 거야, 언젠가는 올 거야, 언젠가는 올 거야, 그러다가 자기도 모르게 그녀는 덧붙였다. 우리는 주님 손안에 있지.

자신이 그런 말을 한 데 대해 대번에 짜증이 일었다. 대체 누가 그런 말을 했을까? 그녀 자신은 아니었다. 자기도 모르게 입에서 나온 말일 뿐이었다. 그녀는 뜨개질감에서 고개를 들고 세 번째 불빛을 기다렸다. 그 불빛은 마치 그녀의 눈과 마주치는 그녀 자신의 눈과도 같이, 그녀의 마음속을 오직 그녀만이 할 수 있는 것처럼 샅샅이 비추며 삶에서 그 거짓말을, 어떤 거짓말도, 제해 버렸다. 그녀는 그 빛을 칭찬하면서, 우쭐함 없이 자신을 칭찬할 수 있었다. 그녀는 그 불빛처럼 준엄하게 자신을 비추었고, 그 불빛만큼이나 아름다웠기 때문이다. 이상한 일이지, 하고 그녀는 생각했다. 혼자 있다 보면 나무나 시냇물, 꽃 같은 것들에 마음이 기울거든. 그런 것들이 내 마음을 표현해 주고, 내가 되고, 나를 알고, 어떤 의미로는 나인 것만 같아서, 마치 내 자신에 대해 느끼듯 맹목적인 애정을 느끼게 되는 거야(그녀는 그 길고 한결같은 불빛을 바라보았다). 그러자 마음의 바닥에서부터, 존재의 호수로부터, 안개가, 연인을 맞이하러 나오는 신부가 일어나는 것을, 그녀는 뜨개바늘을 멈춘 채 하염없이 바라보았다.

대체 무엇 때문에 〈우리는 주님 손안에 있다〉고 말했던 걸까? 그녀는 의아했다. 진실들 사이에 끼어든 이 진심이 담기지 않은 말이 마음에 걸려 짜증스러웠다. 그녀는 다시 뜨개질로 돌아갔다. 도대체 어떤 주님이 이 세상을 만들었담? 그녀는 자문했다. 그녀의 지성은 이 세상에 이성도 질서도 정의도 없다는 사실, 고통과 죽음과 가난한 자들이 있다는 사실을 항상 알고 있었다. 이 세상에 너무 비열해서 저지르지 못할 배신 따위는 없다는 것, 그 또한 알고 있었다. 어떤 행복도 영구적이지 않다는 것, 또한 알고 있었다. 그녀는 굳건하고 침착한 태도로, 자기도 모르게 입술을 약간 오므린 채, 뜨개질을 계속했다. 그녀의 표정은 엄격함이 습관이 된 나머지 너무나 침착하고 경직되어 보였으므로, 그녀의 남편은 지나가다 말고, 비록 그 순간 철학자 흄이 엄청나게 뚱뚱해져서 웅덩이에 처박혔던 것을 생각하며 쿡쿡 웃고 있었지만, 지나가다 말고 그녀의 아름다움의 핵심에 있는 엄격함을 보지 않을 수 없었다. 그것은 그를 슬프게 했고, 그녀가 그처럼 멀게 느껴지는 것이 그를 고통스럽게 했다. 그는 그렇게 지나가면서, 자신이 그녀를 보호할 수 없다고 느꼈고, 그래서 산울타리에 다다랐을 때는 울적해졌다. 그는 그녀를 돕기 위해 아무것도 할 수가 없었다. 그저 멀거니 서서 지켜볼 뿐이었다. 정말이지, 최악의 진실은, 그 자신이 그녀를 한층 더 힘들게 한다는 것이었다. 그는 성마르고 툭하면 화를 냈다. 등대 문제로도 성질을 부리고 말았다. 그는 산울타리를, 그 뒤얽힌 속을, 어둠을, 들여다보았다.

언제나, 하고 램지 부인은 생각했다. 뭔가 사소한 기적 때문에, 뭔가가 보이거나 들리거나 하는 바람에 마지못해 고독에서 빠져나오게 된다고. 하지만 귀 기울여 보니 사방이 조용했다. 귀뚜라미 소리도 잦아들었고, 아이들은 목욕을 하고 있을 것이었다. 바닷소리뿐이었다. 그녀는 뜨개질을 멈추고 기다란 적갈색 양말을 잠시 손에 들어 보았다. 다시 등대의 불빛이 눈에 들어왔다. 그녀는 약간은 자조적인 의문을 담은 눈길로, 왜냐하면 현실로 돌아올 때면 사물과의 관계가 달라지기 마련이니까, 그 한결같은 불빛을, 냉혹하고 사정없는, 그토록 그녀 자신이면서 또 자신이 아닌, 그토록 자신을 사로잡는(한밤중에 잠이 깨어 보니 그 불빛은 마룻바닥을 지나 침대를 가로지르고 있었다) 불빛을 바라보았다. 그 모든 것에도 불구하고, 그녀는 매혹되어 꼼짝할 수 없는 채로 불빛을 바라보면서, 마치 그것이 그 은빛 손가락으로 그녀의 머릿속에 밀봉되어 있는 어떤 것을 쓰다듬거나 하는 듯한, 그 어떤 것이 터지기만 하면 기쁨으로 넘쳐흐를 듯한 기분으로, 자신은 행복을, 절묘한 행복, 강렬한 행복을 맛보았었다고 생각했다. 날빛이 시들어 바다에서 푸른빛이 빠져나가자, 불빛은 거친 파도를 조금 더 밝은 은빛으로 물들였고, 순수한 레몬빛 파도 속에 뒹굴었다. 파도가 휘어지며 부풀어 해변에서 부서지자, 그녀의 눈 속에서도 황홀감이 터졌고 순수한 기쁨의 파도가 그녀 정신의 바다을 질주했다. 이걸로 충분해! 이걸로 충분해! 하는 느낌이었다.

  그는 돌아서서 그녀를 보았다. 아! 그녀는 아름다웠다. 그 어느 때보다도 더 아름답다고 그는 생각했다. 하지만 그는 그녀에게 말을 걸 수가 없었다. 그녀를 방해할 수 없었다. 제임스가 들어가고 마침내 그녀 혼자 있게 된 지금 당장이라도 그녀에게 말을 걸고 싶었지만, 아니, 그녀를 방해하지 않으리라고 그는 결심했다. 그녀는 그렇게 아름답고도 슬픈 모습으로 그에게서 멀리 떨어져 있었다. 그녀를 그대로 두기로 하고, 그는 말없이 그녀를 지나쳤다. 그녀가 그처럼 멀게 느껴지는 것이 마음 아팠지만, 그로서는 그녀에게 도달할 수 없고, 그녀에게 도움이 될 수도 없었다. 또다시 그는 아무 말 없이 그녀 앞을 지나치려 하는데, 그 순간 그녀 쪽에서 그가 결코 청하지 않을 것을 자기 쪽에서 알아차리고 먼저 그를 소리쳐 부르며 액자에서 녹색 숄을 떼어 들고는 그를 향해 다가왔다. 그가 그녀를 보호해 주고 싶어 한다는 것을 알기 때문이었다.

12

  그녀는 녹색 숄을 접어 어깨에 두르고는 그의 팔짱을 꼈다. 하도 잘생겨서 말이에요, 하고 그녀는 정원사 케네디에 대해 얘기하기 시작했다. 하도 기막히게 잘생겨서 해고할 수 없었다는 것이었다. 온실에 사다리가 걸쳐져 있고 여기저기 퍼티 덩어리가 눌어붙어 있는 것은 온실 수리를 시작했기 때문이었다. 그거였군, 하고 그녀는 남편과 함께 거닐면서 생각했다. 그 알 수 없는 근심의 원인을 찾은 것이었다. 〈비용이 50파운드는 될 거예요〉라는 말이 혀끝까지 나왔지만, 돈 얘기를 꺼낼 용기가 나지 않아서, 그 대신에 재스퍼가 새들을 쏜다는 얘기를 했고, 그러자 그는 즉시 그녀를 달래면서 사내애는 워낙 그런 법이며 얼마 안 가 더 재미난 놀이를 찾아낼 거라고 말했다. 그래서 그녀도 〈그래요, 다들 그러면서 크는 거지요〉라고 대답하고는 큰 꽃밭의 달리아를 들여다보며 내년에는 어떤 꽃이 필까 궁금해하는 한편, 그도 아이들이 찰스 탠슬리에게 붙인 별명을 아느냐고 물어보았다. 무신론자래요, 그것도 꼬마 무신론자. 「그 친구는 별로 세련된 본보기는 못 되지.」 램지 씨가 말했다. 「그러게 말이에요.」 램지 부인이 말했다.

그 사람은 자기 혼자 알아서 하게 놔두는 게 좋겠다고 램지 부인은 말하면서, 구근을 주문할 필요가 있을지 궁금해했다. 구근을 심을 것인지? 「아, 그 친구는 논문을 써야 해.」 램지 씨가 말했다. 그녀도 그 얘기라면 알고 있다고, 램지 부인은 말했다. 그는 온통 그 얘기뿐이었다. 누군가가 무엇인가에 미친 영향에 대한 거라고 했던가. 「그야, 그가 의지할 거라고는 그것뿐이니까.」 램지 씨가 말했다. 「제발 그 사람이 프루와 사랑에 빠지지나 말기 바라요.」 램지 부인이 말했다. 만일 그 애가 그 친구와 결혼한다면 자식으로 여기지도 않겠다고 램지 씨가 말했다. 그는 아내가 들여다보는 꽃밭이 아니라, 그 위쪽 1피트가량 되는 높이를 응시하고 있었다.

그 친구야 크게 나무랄 데 없지만, 하고 그는 말을 이었다. 어쨌든 그는 영국 젊은이 중에 내 업적을 알아보는 유일한 친구거든…… 하고 그는 말하려다 말았다. 그는 또다시 자기 책 얘기로 그녀를 골치 아프게 하고 싶지 않았던 것이다. 이 꽃들은 괜찮아 뵈는데, 하고 램지 씨는 무엇인가 붉은 것들, 갈색인 것들을 내려다보며 말했다. 그래요, 하지만 그건 그녀가 직접 심은 것이라고 램지 부인이 말했다. 문제는 만일 구근을 주문해 오면 어떻게 될까 하는 것이었다. 케네디가 그걸 심으려는지? 참 못 말리게 게으르니 말이에요, 하고 그녀는 걸음을 옮기며 덧붙였다. 온종일 꽃삽을 들고서 직접 감독하면 그제야 그도 조금 일을 하는 것이었다. 그렇게 대화를 나누면서 그들은 레드핫포커꽃이 있는 쪽으로 걸어갔다. 「당신 때문에 딸애들까지 과장하는 버릇이 들고 있어.」 램지 씨가 그녀를 나무라며 말했다. 카밀라 아주머니는 자기보다 훨씬 더 심하다고 램지 부인은 대꾸했다. 「당신한테 카밀라 아주머니를 미덕의 본보기로 삼으라고 한 사람은 내가 알기로는 없는데.」 램지 씨가 말했다. 「그분은 제가 본 최고의 미인이었어요.」 램지 부인이 말했다. 「최고 미인은 따로 있는걸.」 램지 씨가 말했다. 자기보다는 프루가 훨씬 더 미인이 되리라고 램지 부인은 말했다. 글쎄 그럴 기미가 보이지 않는데, 램지 씨가 말했다. 「그럼 오늘 밤에 잘 보세요.」 램지 부인이 말했다. 그들은 잠시 말이 없었다. 그는 앤드루가 좀 더 열심히 공부하게끔 했으면 싶었다. 만일 그러지 않으면 장학금을 탈 기회가 없을 것이었다. 「아, 장학금요!」 그녀는 말했다. 램지 씨는 그녀가 장학금처럼 진지한 문제에 대해 그런 식으로 말하는 것이 어리석다고 생각했다. 앤드루가 장학금을 탄다면 무척 자랑스러우리라고 그는 말했다. 하지만 못 탄다고 해도 그녀는 똑같이 자랑스러우리라는 것이 그녀의 대답이었다. 그 문제에 대해서는 항상 그렇게 의견이 엇갈렸지만, 문제 될 것은 없었다. 그녀는 그가 장학금을 중요하게 생각하는 것이 좋았고, 그는 그녀가 앤드루를 무조건적으로 자랑스러워하는 것이 좋았다. 문득 그녀는 절벽 위의 오솔길들이 생각났다.

너무 늦지 않았는지? 그녀는 물었다. 아이들은 아직도 집에 오지 않았는데. 그는 대수롭지 않게 시계를 열어 보았다. 겨우 7시가 지났을 뿐이었다. 그는 잠시 시계 뚜껑을 연 채로 들고서, 자신이 테라스에서 느꼈던 바를 말하기로 결심했다. 우선, 그렇게 걱정을 하는 것은 현명치 못했다. 앤드루도 제 앞가림은 할 수 있으니까. 그러고는 자신이 방금 테라스 위를 걸으며 말하고 싶었던 것인데 — 말하다 말고 그는 그녀의 그 고독과 자신만의 세계에 있는 듯한 느낌을 침범하는 것 같아 거북해졌다. 하지만 그녀가 그를 채근했다. 무슨 말을 하려 했느냐고. 그녀는 아마도 등대에 가는 문제에 관해서일 거라고, 아마도 〈빌어먹을〉이라 한 것에 대해 미안하다고 말하려는 것이리라고 생각하며 물었다. 하지만 아니었다. 그는 그녀가 그렇게 서글퍼 보이는 것이 싫다는 것이었다. 그저 부질없는 공상에 잠겨 있었노라고, 그녀는 조금 얼굴을 붉히며 부인했다. 두 사람 다 어색해져서, 더 가야 할지 돌아가야 할지 망설이기나 하는 것처럼 머뭇거렸다. 그녀는 제임스에게 동화를 읽어 주고 있었노라고 했다. 아니, 그런 것까지는 함께할 수 없었다. 그런 것까지는 말할 수 없는 것이었다.

그들은 양쪽에 레드핫포커꽃이 무더기로 핀 울타리 틈새

에 이르렀고, 또다시 등대가 보였지만, 그녀는 그것을 보려 하지 않았다. 만일 그가 그녀를 보고 있는 줄 알았더라면, 하고 그녀는 생각했다. 그랬더라면 거기 그렇게 앉아서 생각에 잠기거나 하지 않았을 것이었다. 그녀는 자신이 우두커니 앉아 생각에 잠겨 있었다는 사실을 떠올리게 하는 것은 무엇이든 싫었다. 그래서 그녀는 어깨 너머 마을 쪽을 돌아다보았다. 불빛들이 마치 바람에 붙들린 은빛 물방울들처럼 일렁이며 미끄러지고 있었다. 모든 가난과 모든 고통이 그렇게 집약되는 것이라고 램지 부인은 생각했다. 마을과 항구와 배들의 불빛이 마치 무엇인가 침몰한 것을 나타내느라 떠도는 유령 어망처럼 보였다. 그래, 만일 그녀의 생각을 함께 나눌 수 없다면, 하고 램지 씨는 생각했다. 그렇다면 그냥 가서 하던 생각이나 계속해야 할 것이었다. 그는 하던 생각을 계속하고 싶었다. 흄이 어떻게 웅덩이에 빠졌는지를 생각하며 웃고 싶었다. 어쨌든 앤드루 걱정을 할 필요는 없었다. 그가 앤드루만 한 나이였을 때는, 하루 종일 주머니에 빵 한 조각밖에 지니지 않은 채 들판을 쏘다녀도 아무도 걱정하거나 절벽에서 떨어지지나 않았을까 생각하는 사람이 없었다. 날씨가 좋으면 자기도 하루 종일 그렇게 돌아다녀 봐야겠다고 그는 짐짓 말했다. 뱅크스니 카마이클과 함께 지내는 데도 싫증이 나서, 좀 혼자 있고 싶다는 것이었다. 그렇겠지요, 그녀는 말했다. 그녀가 반대하지 않자 그는 마음이 불편해졌다. 그녀는 그가 결코 그런 일을 하지 않으리라는 것을 알고 있었다. 온종일 주머니에 빵 한 조각만 넣고 돌아다니기에 그는 너무 늙었다. 그녀는 아들들에 대해서는 걱정했지만, 그에 대해서는 걱정하지 않았다. 여러 해 전, 결혼하기 전에는, 하고 그는 만 저편을 바라보며, 레드핫포커꽃이 핀 덤불 사이에 서서 생각했다. 그 시절에는 온종일 걸어 다녔었다. 아무 식당에서나 빵과 치즈만으로 식사를 했었다. 쉬지 않고 열 시간씩 일하기도 했고, 그러다 보면 이따금씩 불을 봐 주러 나이 든 여자가 들르곤 했다. 저 너머, 어둠에 묻혀 가는 모래 언덕들이 그가 가장 좋아하는 곳이었다. 하루 종일 걸어가도 사람 그림자도 비치지 않을 때도 있었다. 집이라고는 없고, 몇 마일씩 가도 마을 하나 나타나지 않았다. 그렇게 혼자서 고민과 씨름할 수 있었다. 태초부터 인적이 없었던 것만 같은 작은 모래톱들도 있었다. 물개들이 일어나 앉으며 사람을 쳐다보았다. 때로는 그런 데 작은 집에서 혼자 — 하고 그는 생각하다 말고 한숨을 쉬었다. 그에게는 그럴 권리가 없었다. 자식을 여덟이나 둔 아버지라는 사실을 상기했던 것이다. 조금이라도 다른 소원을 품는다는 것은 짐승만도 못한 비열한 일이 될 것이었다. 앤드루는 그가 살아온 것보다 더 나은 사람이 될 것이다. 프루는 미인이 될 거라고, 아이 엄마가 말했다. 그들은 세파를 좀 더 잘 헤쳐 갈 테지, 그것이 그나마 나은 작품이었다 — 그의 여덟 아이들이. 그들은 그가 이 한심한 우주에 완전히 절망하지 않는다는 증거였다. 왜냐하면 오늘 같은 저녁, 하고 그는 어둠 속에 사라져 가는 땅을 바라보며 생각했다. 바다에 잠긴 저 작은 섬은 비장할 만큼 작아 보이니 말이다.

「가련한 작은 섬.」 그는 한숨을 쉬며 중얼거렸다.

그녀는 그가 말하는 것을 들었다. 그는 그렇게 암담한 말을 하곤 하지만, 그렇게 말하고 나면 대개 평소보다 더 명랑해 보인다는 것을 그녀는 눈치채고 있었다. 다 언어유희일 뿐이지, 하고 그녀는 생각했다. 그녀로서는 만일 그가 한 말의 반이라도 했다면, 지금쯤 머리를 쏘아 자살했을 것이었다.

그런 언어유희가 짜증스러워서, 그녀는 아주 심상한 어조로 아주 아름다운 저녁이라고 말했다. 그러면서 뭐 때문에 그렇게 신음을 하느냐고, 반쯤 웃으며 반쯤 불평처럼 물었다. 사실 그가 무슨 생각을 하는지 짐작하고 있었기 때문이었다 — 만일 결혼하지 않았더라면 더 좋은 책들을 썼으리라는 것일 터였다.

불평하는 게 아니라고, 그는 말했다. 그야 그녀도 아는 일이었다. 그에게 불평할 게 도무지 없다는 것을 말이다. 그러자 그는 그녀의 손을 잡고는 자기 입술로 가져가 어찌나 열렬히 입을 맞추는지, 그녀는 눈물이 핑 돌았다. 그러나 그는 재빨리 손을 놓았다.

그들은 풍경에 등을 돌리고, 은빛 나는 녹색 창(槍) 모양의 풀이 우거진 오솔길을 따라, 팔짱을 끼고 걸었다. 그의 팔은 가늘고 단단한 것이 마치 청년의 팔 같다고, 램지 부인은 생각했고, 그가 예순이 넘었지만 아직도 튼튼하다는 것을 기쁘게 여겼다. 게다가 얼마나 때묻지 않고 낙관적이며, 온갖 끔찍한 일들을 확신하고 있으면서도 낙심하기는커녕 명랑해 보이니 얼마나 신기한 일인가. 이상한 일이잖아? 하고 그녀는 생각했다. 정말이지 그는 가끔 다른 사람들과는 전혀 다르게 만들어진 것만 같았다. 평범한 일에 대해서는 나면서부터 장님이요 귀머거리요 벙어리 같으면서도, 평범하지 않은 것들에 대해서는 독수리처럼 예리한 눈을 가지고 있었다. 그의 지성은 종종 그녀를 놀라게 했다. 그에게 저 꽃들이 눈에 들어오나 할까? 아니었다. 풍경은 눈에 들어오는 걸까?

그것도 아니었다. 그는 심지어 자기 딸이 얼마나 아름다운지도 모르고, 자기 접시에 놓인 것이 푸딩인지 로스트비프인지도 모르는 사람이었다. 함께 식탁에 둘러앉아서도 그는 마냥 꿈꾸는 사람 같았다. 게다가 소리 내어 혼잣말을 한다거나 시를 읊어 대는 버릇이 점점 심해져서 걱정이 되었다. 가끔은 정말이지 난처할 때도 있었다.

가장 선하고 아름다운 이여, 떠납시다![25]

그가 그렇게 외치면서 다가오자 불쌍한 기딩스 양은 얼마나 놀랐던지 기절할 뻔했었다. 하지만 램지 부인은 어느새 또 세상에 있는 모든 어리석은 기딩스들에 맞서 그의 편을 들면서, 오르막길을 가는 그의 걸음이 너무 빠르다는 뜻으로 그의 팔을 살짝 힘주어 잡고는 잠시 걸음을 멈추고서 저기 둑 위에 보이는 것들이 새로 생긴 두더지 굴인지 알아보느라 몸을 굽혀 들여다보며, 생각하는 것이었다. 그처럼 위대한 지성은 모든 면에서 우리와는 다를 수밖에 없다고. 그녀가 일찍이 알았던 모든 위대한 사람들은, 하고 그녀는 토끼가 들어갔나 보다 하고 결론을 내리면서 생각했다. 위대한 사람들은 다 그랬었다. 젊은 사람들은(비록 강의실 분위기가 그녀에게는 거의 참을 수 없이 답답하고 숨이 막혔지만) 그저 그를 보고 그의 말을 듣는 것만으로도 도움이 될 것이었다. 그런데 토끼를 총으로 쏘지 않고 어떻게 쫓아낸다지? 그녀는 궁리했다. 어쩌면 토끼이고 어쩌면 두더지일 것이었

---

25 퍼시 비시 셸리(1792~1822) 「제인에게: 초대To Jane: The Invitation」 시의 첫 구절.

다. 하여간 그녀의 달맞이꽃을 망가뜨리는 뭔가가 있었다. 고개를 드니 가느다란 나무들 위쪽에 커다랗게 빛나는 별이 막 떠오른 것이 보여, 너무나 기쁜 나머지 남편에게도 보라고 하고 싶었지만, 이내 그만두었다. 그는 도무지 사물들을 제대로 보는 법이 없었다. 기껏 보라고 해봤자, 그는 또 〈가련한 작은 세상!〉이라며 한숨지을 것이었다.

바로 그 순간, 그는 〈아주 멋진데!〉 하고, 그녀를 기쁘게 해주려고 꽃들을 바라보는 척했다. 하지만 그녀는 그에게 꽃들은 아무래도 좋다는 것을, 눈에 들어오지도 않는다는 것을 잘 알고 있었다. 그저 그녀를 기쁘게 해주려는 것뿐이었다. 아, 그런데 저기 윌리엄 뱅크스와 함께 걸어가는 건 릴리 브리스코가 아닌가? 그녀는 근시인 눈을 가늘게 뜨며 멀어져 가는 한 쌍의 뒷모습을 바라보았다. 맞아, 정말로 그들이었다. 혹시 그들이 결혼한다는 뜻이 아닐까? 암, 그래야지! 얼마나 멋진 생각인가! 그들은 결혼해야 해!

13

암스테르담에 간 적이 있었다고, 뱅크스 씨는 릴리 브리스코와 함께 잔디밭을 가로질러 거닐며 말하고 있었다. 렘브란트 그림들을 보았다고. 마드리드에도 갔었는데, 운 나쁘게도 성금요일이라 프라도가 닫혀 있었다. 로마에도 갔었고. 브리스코 양은 로마에 안 가보았는지? 오, 가봐야만 했다 — 그녀에게는 정말이지 근사한 경험이 될 것이었다. 시스티나 성당, 미켈란젤로…… 파도바에 가서 조토 그림들도 보고. 그의 아내는 여러 해 동안 건강이 좋지 못해서, 그들도 구경을 그리 많이 하지는 못했었다.

그녀는 브뤼셀에 가보았고, 파리에도 갔었지만, 편찮으신 숙모를 뵈러 잠깐 들렀을 뿐이었다. 드레스덴에도 갔었는데, 전에 본 적이 없는 그림들이 대단히 많았다. 하지만 릴리 브리스코는 어쩌면 그림들을 보지 않는 편이 낫다고 생각했다. 그런 그림들을 보고 나면 자기 작품에 대해 영 낙망하게 되기 때문이었다. 뱅크스 씨는 그런 시각은 지나친 것일 수도 있다고 생각했다. 누구나 다 티치아노가 될 수 없고, 누구나 다 다윈이 될 수는 없지요, 그는 말했다. 또 한편으로는 우리 자신 같은 평범한 사람들이 없다면 다윈도 티치아노도 없으리라 생각한다고. 릴리는 그에게 당신은 평범하지 않아요, 뱅크스 씨, 하고 아첨의 말을 해주고 싶었지만, 그는 아첨을 좋아하지 않았고(대개의 남자들은 좋아하는데, 하고 그녀는 생각했다), 자기가 그런 마음이 들었던 것이 조금 창피해져서 그가 어쩌면 자기가 한 말은 그림에는 적용되지 않으리라고 하는 말을 잠자코 듣고만 있었다. 어떻든, 하고 그녀는 자신이 아첨의 말을 하려 했던 작은 불성실을 떨쳐 버리며 말했다. 그림은 좋아하니까 계속 그릴 거라고. 그럼요, 뱅크스 씨는 그녀가 그러리라 확신한다고 말했다. 어느새 잔디밭 끝에 이르러 그가 그녀에게 런던에서 그림 소재를 찾기는 어렵지 않느냐고 묻는데, 언뜻 고개를 돌리니 램지 내외가 보였다. 그러니까 저런 것이 결혼이야, 하고 릴리는 생각했다. 남자와 여자가 공놀이하는 소녀를 바라보는 것. 저번 날 밤에 램지 부인이 내게 말하려 했던 게 바로 저런 거야, 그녀는 생각했다. 램지 부인은 녹색 숄을 두르고 있었고, 그들은 가까이 붙어 서서 프루와 재스퍼가 공을 던지고 받는 것을 구경하고 있었다. 그러자 문득, 아무 이유 없이, 마치 지하철에서 나올 때나 현관의 초인종을 누를 때 갑자기 닥쳐오는 것처럼, 그들 위에 어떤 의미가 덮이면서 그들을 어스름 가운데 서 있는 결혼의 상징, 남편과 아내의 상징처럼 보이게 만들었다. 그러고는 잠시 후, 실제 모습을 넘어서던 상징적 윤곽이 걷히면서 그들은 다시금 아이들이 공놀이하는 것을 구경하는 램지 씨와 램지 부인으로 돌아갔다. 하지만 그래도 잠시 동안, 램지 부인이 평소와 같은 미소를 띠며 그들에게 인사를 건네고(아, 부인은 우리가 결혼할 거라고 생각하나 봐, 릴리는 짐작했다) 〈오늘 밤은 제가 이겼군요〉(즉, 뱅크스 씨가 자기 하숙집으로 돌아가 하인이 제대로 요리한 채소를 먹는 대신 자기들과 함께 저녁 식사를 하기로 동의했다는 뜻이었다)라고 말하는데도, 잠시 동안은 무엇인가가, 공간이, 무책임함이, 한없이 증폭되는 듯한 느낌이 들었다. 공이 드높이 솟아 그것을 눈으로 좇아가는데, 공은 어디로 가버렸는지 새로 뜬 별 하나와 늘어진 나뭇가지들만 눈에 들어왔다. 희미해지는 빛 속에서 가지들은 서로서로 멀리 떨어진 듯 여리고 날카롭게 부각되어 보였다. 그 순간, (마치 견고함이라고는 사라져 버린 듯한) 광활한 공간을 날래게 뒷걸음질 쳐 프루는 곧장 그들 쪽으로 돌진하면서 높이 뜬 공을 왼손으로 멋지게 잡아 냈다. 그러자 그녀의 어머니가 〈그 애들은 아직 안 돌아왔니?〉 하고 묻는 바람에 마법 같던 순간이 깨지고 말았다. 램지 씨는 이제 흄이 구덩이에 빠졌는데 웬 노파가 그가 주기도문을 외우는 조건으로 구해 주었다라는 얘기를 생각하고는 마음껏 소리 내어 웃으며 자기 서재를 향해 가고 있었다. 램지 부인은 프루가 잠시 벗어났던 공놀이를 계속하게끔 돌려보내면서 물었다. 「낸시도 함께 갔니?」

14

(확실히, 낸시가 그들과 함께 갔었다. 민타 도일이 점심 식사 후 그 얼뜬 표정으로 손을 내밀며 함께 가달라고 부탁했던 것이다. 낸시는 가족적인 삶의 지겨움에서 벗어나려고 다락방으로 가려던 참이었는데. 그래서 가주는 수밖에 없다고 생각했다. 그 모든 것에 말려들고 싶지는 않았지만. 절벽으로 가는 길 동안 민타는 줄곧 그녀의 손을 잡곤 했다. 그러다 손을 놓아 버리기도 하고 또 잡기도 했다. 대체 뭘 원하는 거지? 낸시는 생각했다. 사람들은 뭔가 원하는 게 있는 법이므로, 민타가 손을 잡고 놓지 않을 때면 낸시는 마치 안개 속의 콘스탄티노플처럼 발아래 펼쳐진 온 세상을 마지못해 내려다보면서 아무리 눈까풀이 무겁더라도 〈저게 아야 소피아인가?〉, 〈저게 골든 혼인가?〉 하고 물어야만 하는 것처럼 느껴졌다. 그렇듯 민타가 손을 잡을 때면 낸시는 〈원하는 게 무엇인지? 저건가?〉 하고 물었다. 그런데 저건 또 뭔가? 여기저기 안개로부터(낸시는 자기 발밑에 펼쳐진 삶을 내려다보았다) 첨탑이나 반구형 지붕이 솟아나기도 했다. 이름도 없이, 두드러진 것들이었다. 하지만 민타가 그녀의 손을 놓을 때면, 언덕길을 달려 내려갈 때 그랬던 것처럼, 그 모든 것, 반구형 지붕과 첨탑과, 하여간 안개 속을 뚫고 나왔던 모든 것이 다시금 안개 속에 가라앉아 사라져 버렸다.

민타는 제법 잘 걷는다고 앤드루가 말했다. 그녀는 대개의 여자들보다는 합리적인 옷차림으로, 짧은 스커트 아래 검정 니커보커를 받쳐 입고 있었다. 그녀는 곧장 개울에 뛰어들어 휘적대며 건너가곤 했다. 그는 그녀의 경솔함을 좋아했지만, 그게 별로 도움이 되지 않으리라는 것은 알고 있었다. 아마 머잖아 어리석은 방식으로 자살을 하든가 할 것이었다. 그녀는 아무것도 두려워하는 기색이 없었다. 단 황소만 빼고. 들판에서 황소만 보면 그녀는 양팔을 치켜들고 비명을 지르며 달아나곤 했는데, 그거야말로 황소를 성나게 하는 방법이었다. 그래도 그녀는 그 점을 고백하는 것을 전혀 꺼리지 않는 눈치였다. 그 점은 인정해야 했다. 그녀는 자신이 황소 앞에서는 한심한 겁쟁이라는 사실을 아노라고 털어놓았다. 아마 아기 때 유모차에서 황소에게 받히거나 한 모양이라는 것이었다. 그녀는 자기가 말하거나 행동하는 것에 대해 개의치 않는 듯했다. 이제 문득 그녀는 절벽 가장자리에 주저앉아 이런 노래를 부르고 있었다.

빌어먹을 그대 눈, 빌어먹을 그대 눈.

그들 모두 그 곁에 가서 앉아 합창으로 고래고래 소리 질렀다.

빌어먹을 그대 눈, 빌어먹을 그대 눈.

하지만 밀물이 들어와 그들이 미처 해변에 닿기 전에 사냥터를 덮어 버리면 큰일이었다.

〈큰일이지〉 하고 폴이 벌떡 일어나며 말했고, 함께 벼랑을 미끄러지며 내려가는 동안, 그는 줄곧 〈이 섬들은 공원 같은 경관과 다양하고 기묘한 해양 생물들로 유명하다〉든가 하는 안내서를 인용해 댔다. 하지만 앤드루는 절벽을 조심조심 내려가면서, 그 빌어먹을 그대 눈을 외쳐 대는 것이나, 등짝을 후려치며 〈어이 친구〉라고 부르는 것이나 다 마땅치 않다고 생각했다. 여자들을 산책에 데려오는 데서 제일 나쁜 게 바로 그런 점이었다. 일단 해변으로 내려간 다음에는 갈라졌다. 그는 신발을 벗어 양말을 쑤셔 넣은 다음 포프스노즈 쪽으로 갔고, 두 사람은 자기들끼리 알아서 하도록 내버려 두었다. 낸시도 자기 마음에 드는 바위며 물웅덩이를 찾아 돌아다니며, 두 사람을 자기들끼리 내버려 두었다. 그녀는 쭈그리고 앉아서, 바위 옆구리에 젤리 덩어리처럼 붙어 있는 부드러운 고무 같은 말미잘을 만져 보았다. 공상에 잠겨, 그녀는 물웅덩이가 바다라 치고, 피라미들을 상어나 고래라 치고, 손으로 해를 가려 이 작은 세계 위에 구름을 드리우며, 마치 하느님 자신이나 된 것처럼 이 무지하고 무죄한 생물들에게 어둠과 황량함을 가져다주었다가, 또 갑자기 손을 치우고 햇살이 쏟아져 들게도 해보았다. 이리저리 골이 진 희끄무레한 모래밭 위에서는 뭔가 너덜너덜한 것이 달리고 둔탁한 장갑을 낀 바다 괴물이 발을 성큼성큼 쳐들며 걸어가(그녀는 여전히 물웅덩이를 넓히는 중이었다) 산허리가 갈라진 거대한 틈새로 미끄러져 들어갔다. 그녀는 웅덩이 위쪽으로 살며시 눈을 돌려 바다와 하늘이 만나 가물거리는 선을 바라보다 증기선의 연기 때문에 수평선 위에서 가물거리는 나무둥치들을 바라보다 하면서, 사납게 휩쓸며 밀려들었다가 어쩔 수 없이 물러 나가는 그 모든 힘에 차츰 마비되었고, 그 광대함과 그 안에서 피어나는 이 작디작음(웅덩이는 다시금 줄어들어 있었다)이라는 두 가지 감각 때문에 손발이 묶인 듯 꼼짝도 할 수가 없었다. 그 느낌이 너무나 강렬하여 자신의 몸, 자신의 삶, 세상 모든 사람들의 삶이 영원히 무화되는 듯한 느낌이었다. 그렇게 파도 소리를 들으며, 물웅덩이 가장자리에 쭈그린 채, 그녀는 몽상에 빠져들었다.

그러다 앤드루가 바다가 들어온다고 고함치는 소리에, 그녀는 벌떡 일어나 얕은 파도를 철벅이며 물가로 뛰어가 해변을 달려 올라갔고 그 맹렬한 기세와 속도에 대한 충동 때문에 곧장 바위 뒤편에 이르렀는데 ― 맙소사! 거기서는 폴과 민타가 서로 껴안고, 어쩌면 키스를 하고 있었던 듯했다. 그녀는 기가 막히고 화가 치밀었다. 그녀와 앤드루는 그 일에 대해 아무 말도 하지 않은 채 잠자코 양말과 신발을 신었다. 공연히 서로에게 신경이 곤두섰다. 가재인지 바다 괴물인지를 보았을 때 자기를 불러 줄 수도 있었을 텐데, 하며 앤드루는 투덜거렸다. 하지만 둘 다, 우리 잘못이 아니야, 하는 느낌이었다. 이런 성가신 일이 일어나는 것은 둘 다 바란 적이 없었다. 하지만 그래도 앤드루는 낸시가 여자라는 것을, 낸시는 앤드루가 남자라는 것을 못마땅해하며, 둘 다 신발 끈을 말끔하게 묶고 리본 매듭을 단단히 조였다.

일행이 다시 절벽 꼭대기까지 올라간 다음에야 민타는 할머니의 브로치를 잃어버렸노라고 소리쳤다 ― 할머니의 브로치는 그녀가 가진 유일한 패물인데 ― 진주 박힌(그들도 분명 생각이 날 것이었다) 수양버들 모양이었다. 그들도 분명히 보지 않았느냐고, 그녀는 눈물을 흘리며 말했다. 할머니께서 돌아가시던 날까지 모자에 꽂고 계시던 브로치였다. 그런데 그걸 잃어버린 것이었다. 다른 거라면 몰라도 그건 잃어버리면 안 되는데! 돌아가서 찾아야만 했다. 그래서 그들은 모두 돌아갔다. 여기저기 쑤시며 샅샅이 찾아보았다. 다들 고개를 잔뜩 수그린 채, 어쩌다 한마디씩 툭툭 던질 뿐이었다. 폴 레일리는 자신들이 앉아 있던 바위 주위를 미친 사람처럼 들쑤셨다. 폴이 〈이 지점부터 저 지점까지 철저하게 찾아보라〉고 하자, 앤드루는 브로치 하나 때문에 이 난리법석을 떤다는 것이 말도 안 된다는 생각이 들었다. 밀물이 빠르게 밀려들고 있었다. 바다는 그들이 앉았던 자리까지 순식간에 뒤덮어 버릴 것이었다. 지금 브로치를 찾을 가망은 바늘 끝만큼도 없었다. 「이러다 바다에 갇히겠어!」 민타가 더럭 겁이 나서 비명을 질렀다. 마치 당장 그러기라도 할 것처럼. 황소가 나타났을 때와 똑같아 — 도대체 자기 감정을 다스리질 못하잖아, 앤드루는 생각했다. 여자들은 다 그렇다니까. 딱하게도 폴이 그녀를 달래야만 했다. 남자들은(앤드루와 폴은 대번에 평소와는 달리 남자다워졌다) 잠깐 의논하더니, 그들이 앉았던 자리에 레일리의 지팡이를 꽂아 두고 썰물 때 다시 와보기로 결정했다. 지금으로서는 더 이상 할 수 있는 것이 없었다. 만일 브로치가 거기 있다면 아침까지도 그대로 있을 거라고 그들은 그녀에게 장담했지만, 민타는 절벽 위로 올라가는 동안 내내 흐느껴 울었다. 할머니의 브로치인데, 다른 건 몰라도 그것만은 잃어버리면 안 되는데. 낸시는 그녀가 브로치를 잃어버린 것도 속상하겠지만 그저 그 때문에만 우는 것은 아니라는 느낌이 들었다. 무엇인가 다른 이유로도 우는 것이었다. 차라리 다 같이 주저앉아서 울어 버릴까. 하지만 도무지 이유를 알 수가 없었다.

폴과 민타가 나란히 앞장서 갔고, 그는 그녀를 위로하면서 자기가 물건 찾는 데 선수라고 말했다. 어렸을 때는 금시계를 찾아낸 적도 있었다. 동이 트자마자 일어나서 반드시 찾아내겠다고 했다. 아마 아직 어두울 테고 해변에는 자기밖에 없을 테니 좀 위험하기는 하겠지만, 그래도 자기가 반드시 찾아 주겠노라고 말하기 시작했고, 그녀는 그가 새벽에 일어나겠다느니 하는 얘기는 듣고 싶지 않다고 말했다. 잃어버린 게 분명하다고, 그날 오후 그걸 달고 나올 때부터 뭔가 예감이 있었다는 것이었다. 그러자 그는 그녀에게 더는 말하지 않겠지만 새벽에 다들 잠들었을 때 집에서 빠져나와야겠다고, 그래도 만일 찾지 못하면 에든버러에 가서 꼭 그런 브로치를, 하지만 훨씬 더 아름다운 것을 사다 주어야겠다고 결심했다. 자신의 능력을 입증할 작정이었다. 언덕 위로 올라가 마을의 불빛들이 발밑에 보이기 시작하자, 문득 그 불빛 하나하나가 그에게 일어날 일들 — 그의 결혼, 자녀들, 집 — 처럼 보였다. 키 큰 관목들이 그늘을 드리우는 큰길로 나오자 다시금 그는 단둘만의 곳으로 마냥 걸어갔으면 싶었다. 자기는 여전히 그녀를 이끌고 그녀는 자기 허리에 찰싹 달라붙은 채(지금처럼) 말이다. 십자로를 돌아서자 비로소 그는 자신이 얼마나 엄청난 일을 겪었던가를 생각하고는 누군가에게 — 물론 램지 부인에게 — 털어놓아야 할 것만 같은 생각이 들었다. 오늘 자신이 한 일을 생각하면 숨이 멎을 지경이었다. 민타에게 결혼해 달라고 청했던 것은 그의 평생 최악의 순간이었다. 곧장 램지 부인을 찾아가야겠다. 왜냐하면 어쩐지 그녀야말로 그에게 그런 일을 하게 만든 사람이라는 느낌이 들었기 때문이다. 아무도 그의 말을 진지하게 받아들이지 않는데, 부인은 그도 무엇이건 원하는 일을 할 수 있다고 믿게 만들었던 것이다. 그는 오늘 온종일 그녀가 자신을 바라보고 따라다니며 〈그래, 너도 할 수 있어. 널 믿어. 네가 그러리라 기대해〉 하고 말하는 것처럼(비록 실제로는 한마디도 하지 않았지만) 느껴졌었다. 그녀는 그에게 그 모든 것을 느끼게 했으니, 돌아가는 즉시(그는 만 위쪽 그 집의 불빛들을 찾아보았다) 그녀에게 달려가 〈해냈어요, 램지 부인, 당신 덕분이에요〉 하고 말할 것이었다. 그리하여 집으로 가는 오솔길로 접어들자, 위층 창문들에 움직이는 불빛들이 눈에 들어왔다. 엄청나게 늦었을 것이었다. 다들 저녁 식사를 기다리고 있을 것이었다. 집에는 온통 불이 켜져 있었고, 어두운 길을 걸어온 후에 만나는 불빛들이 그의 눈을 가득 채워, 그는 진입로를 따라 걸으며 어린아이처럼 불빛, 불빛, 불빛, 하고 중얼거렸다. 집 안에 들어서서도 여전히 굳은 얼굴로 주위를 둘러보며 눈부신 듯 멍하여 불빛, 불빛, 불빛, 하고 중얼거렸다. 하지만, 맙소사, 그는 넥타이를 고쳐 매며 스스로 타일렀다. 바보처럼 굴면 안 돼.

15

「그래요.」 프루는 특유의 사려 깊은 어조로 어머니의 질문에 대답했다. 「낸시가 그들과 함께 갔다고 생각해요.」

16

그래, 낸시가 함께 갔구나, 램지 부인은 솔을 내려놓고 빗을 집어 들며, 문 두드리는 소리에 〈들어와〉라고 답하면서 (재스퍼와 로즈가 들어왔다), 낸시가 그들과 함께 갔다는 사실이 무슨 일이 일어날 위험을 더하거나 덜하게 만드는 걸까 하고 자문했다. 그렇다면 위험이 좀 덜하겠지, 그녀는 불합리하게도 그런 느낌이 들었다. 어떻든 그다지 큰 재앙이야 일어날 법하지도 않았지만. 그 애들이 몽땅 익사하거나 할 리는 없으니까. 다시금 그녀는 오랜 숙적인 삶의 면전에 홀로 있는 느낌이 들었다.

재스퍼와 로즈는 밀드레드가 저녁 식사를 좀 늦춰야 할지 알고 싶어 한다고 말했다.

「영국 여왕이 오신대도 안 될 말씀이지.」 램지 부인은 힘주어 말했다.

「멕시코 여제가 오신대도 말이야.」 그녀는 재스퍼를 향해 소리 내어 웃으며 덧붙였다. 그 역시 어머니의 나쁜 버릇을 닮아 과장하기를 좋아하는 것이었다.

로즈는 원한다면, 하고 그녀는 말했다. 재스퍼가 말을 전하러 간 동안, 그녀가 어떤 보석을 달지 골라도 좋다고. 열다섯 사람이나 식사를 할 텐데, 언제까지나 기다리게 할 수는 없는 노릇이었다. 이제 그들이 그렇게 늦어지는 데 대해 슬슬 짜증이 나기 시작했으니 — 정말이지 생각 없는 아이들이다 — 조바심 위에 하필 그날 밤 그렇게 늦는가 하는 짜증이 얹혔다. 마침내 윌리엄 뱅크스가 식사 초대를 받아들였으므로, 그녀는 그날 밤 식사가 특별히 훌륭했으면 싶었고, 밀드레드는 야심작인 뵈프앙도브까지 만들었던 것이다. 모든 것이 준비된 제때 상에 내느냐에 달려 있었다. 쇠고기와 월계수 잎과 포도주와 — 모든 것이 꼭 알맞게 요리되어야 했다. 시간을 끄는 것은 있을 수 없는 일이었다. 그런데 하필 오늘 밤 그들은 나갔고, 귀가가 늦어지고 있으니, 음식을 도로 부엌에 보내 식지 않게 해야 할 테고, 그러다 보면 뵈프앙도브는 엉망이 되고 말 것이었다.

재스퍼는 오팔 목걸이를, 로즈는 금목걸이를 권했다. 어느 것이 검은 드레스에 더 잘 어울릴지? 글쎄, 어떤 게 더 어울릴까, 하고 램지 부인은 거울 속에 비친 목과 어깨를(하지만 얼굴은 피하며) 별생각 없이 바라보며 말했다. 그렇게 아이들이 그녀의 물건들을 뒤적이는 동안, 그녀는 창밖의 풍경을 내다보았다. 그녀가 언제든 재미있어하는 것은 까마귀들이 어느 나무에 내려앉을까 망설이는 듯한 광경이었다. 매번 그들은 마음을 바꾸어 다시금 공중으로 날아오르는 듯했는데, 그녀가 생각하기에 그건 우두머리인 늙은 까마귀, 그녀가 조셉 영감이라 이름 붙인 까마귀가 매우 까다로운 새였기 때문이었다. 날개의 깃털이 반쯤 떨어져 나간, 악명 높은 새였다. 어느 주점 앞에서 실크해트를 쓰고 호른을 불고 있던 지저분한 노신사와도 비슷했다.

「저것 좀 봐!」 그녀는 웃으며 말했다. 싸움이 벌어진 것이었다. 조셉과 메리가 싸우는 중이었다. 어떻든 모두 다시 날아올랐고, 그들의 검은 날개는 날렵한 언월도 모양으로 공기를 갈랐다. 밖으로, 밖으로, 밖으로, 날개를 퍼덕이는 움직임은 — 그녀는 그것을 마음에 꼭 들게 표현할 수가 없었다 — 그녀에게는 가장 아름다운 것 중 하나였다. 저것 좀 봐, 하고 그녀는 로즈에게 말하며, 로즈는 자기보다 좀 더 분명히 보기를 바랐다. 아이들은 가끔 부모 자신이 보고 느낀 데서 한 발 더 나아가곤 하기 때문이었다.

하지만 어느 걸로 할까? 아이들은 그녀의 보석함 서랍을 모두 열어 놓았다. 이탈리아제인 금목걸이, 아니면 제임스 삼촌이 인도에서 가져다준 오팔 목걸이, 아니면 자수정이 나을까?

「골라 봐, 얘들아, 골라 보렴.」 그녀는 아이들이 좀 서둘러 주었으면 하면서 말했다.

하지만 그녀는 아이들이 천천히 고르게 내버려 두었다. 특히 로즈가 이것저것 집어 들어 보고 검은 드레스에 갖다 대보고 하는 것을 내버려 두었다. 매일 밤 장신구를 고르는 이 작은 예식은 로즈가 가장 좋아하는 일이라는 것을 알고 있었기 때문이다. 아이에게는 어머니가 어떤 장신구를 달지 고르는 일을 그토록 중요하게 여기는 자기만의 이유가 있을 것이었다. 그 이유가 뭘까, 램지 부인은 아이가 고른 목걸이를 어머니의 목에 직접 걸어 주도록 가만히 선 채로, 자신의 과거를 돌아보며 로즈만 한 나이 때 어머니에게 품게 마련인 깊고 내밀한, 말로 표현하기 어려운 감정을 헤아려 보았다. 다른 사람들이 우리를 향해 품는 모든 감정은 우리 마음을 아프게 한다고 램지 부인은 생각했다. 보답으로 줄 수 있는 것이 너무 적기 때문이었다. 게다가 로즈가 어머니에 대해 느끼는 것은 실제의 그녀에 비해 크게 과장되어 있었다. 하여간 로즈도 성장할 것이고, 언젠가는 이런 깊은 감정들 때문에 마음이 아프리라고 생각하며, 이제 준비가 다 되었으니 내려가자고 말했다. 재스퍼는 신사니까 팔짱을 껴 주고, 로즈는 숙녀니까 손수건을 들어야지(그녀는 손수건을 아이에게 건네주었다), 그리고 또 뭐가 있을까? 아, 그래 추울지도 모르니 숄을 가져가야겠다, 숄도 하나 골라 주렴, 그녀는 로즈를, 언젠가 마음 아플 로즈를 기쁘게 해주려고 말했다. 「아, 저기 좀 봐!」 그녀는 층계참의 창문 앞에서 걸음을 멈추며 말했다. 「저기 또 왔네.」 조셉은 다른 나무 꼭대기에 앉아 있었다. 「넌 저 새들이 날개가 부러져도 아무렇지 않을 거라고 생각하니?」 그녀는 재스퍼에게 말했다. 왜 저 불쌍한 조셉과 메리를 쏘고 싶어 하는지? 그는 계단에서 발을 좀 끌며 꾸지람을 들은 기분이 들었지만, 별로 진지하게 받아들이지는 않았다. 어머니는 새들을 쏘는 재미를 이해하지 못하는 것이다. 게다가 새들은 뭘 느끼거나 하지도 않는다. 어머니는 어머니니까 다른 세상에 사는 것이다. 하지만 그래도 메리와 조셉에 대한 얘기는 재미있었고, 들으면 웃음이 났다. 하지만 저 새들이 메리와 조셉인지 어떻게 안단 말인가? 어머니는 정말로 매일 밤 같은 새들이 같은 나무에 온다고 생각하는지? 그는 물었다. 하지만 어른들이 다 그렇듯이, 그녀는 갑자기 다른 데 신경을 쓰느라 그의 말은 거의 듣지 않는 듯했다. 그녀는 현관에서 나는 소리에 귀를 기울이고 있었다.

「돌아왔구나!」 그녀는 부르짖었다. 하지만 이내 안도보다는 짜증이 밀려왔다. 그러면서도 그 일은 어떻게 되었을까 궁금했다. 내려가 보면 알겠지 — 아니, 그들도 사람들이 이렇게 많은 데서는 말할 수 없을 것이었다. 그러니 내려가서 저녁 식사를 시작하고 기다려야 했다. 그래서 마치 현관에 모여 있는 신하들을 발견하고, 그들을 내려다보며 그들 가운데로 내려와 말없이 그들의 인사에 답하며 그들의 헌신과

부복을 받아들이는(폴은 그녀가 자기 앞을 지나가는 동안 꼼짝도 않고 앞만 바라보았다) 여왕과도 같이, 그녀는 내려가서 현관을 지나며 가볍게 고개를 까딱해 보였다. 마치 그들이 감히 말할 수 없는 것을, 그녀의 아름다움에 대한 찬사를 받아들이기나 하는 것처럼.

하지만 그녀는 멈칫했다. 타는 냄새가 났다. 뵈프앙도브를 너무 졸아들게 내버려 둔 것은 아니겠지? 제발 아니기를! 하는 순간, 징 소리가 엄숙하고 위엄 있게 울려 퍼졌다. 다락방에, 침실에, 자기만의 구석에, 제각기 흩어져서, 읽거나 쓰거나 마지막 머리 손질을 하거나 옷을 잠그거나 하던 모든 사람이 그 모든 것을 멈추고, 세면대와 화장대에 자질구레한 것들을 그대로 놔둔 채, 침대 머리맡에 소설책을, 그토록 비밀스러운 일기들을 내버려 둔 채, 저녁 식사를 위해 식당으로 모여들어야 하는 것이었다.

17

대체 난 내 인생으로 뭘 한 거지? 램지 부인은 식탁 상석에 자리를 잡으며, 식탁 위에 빙 둘러 놓인 흰 접시들을 보고 생각했다. 「윌리엄, 제 곁에 앉으세요.」 그녀는 말했다. 「릴리는,」 그녀는 지친 듯이 말했다. 「저기 앉고.」 그들에게는 ─ 폴 레일리와 민타 도일에게는 ─ 그것이 있는데, 그녀에게는 이것 ─ 끝없이 긴 식탁과 접시와 나이프 ─ 뿐이었다. 식탁 반대편 끝에서는 남편이 잔뜩 찌푸린 얼굴로 무너지듯 주저앉는 것이 보였다. 뭐가 못마땅한 거지? 알 수 없었다.

알 바 아니었다. 대관절 어떻게 그에게 애정이든 그 어떤 감정이든 느낄 수 있었던 것인지 이해할 수가 없었다. 그녀는 모든 것을 꿰뚫고 지나 벗어나 버린 듯한 느낌으로, 수프를 떠 담았다. 마치 거기 소용돌이가 하나 있어서 누군가는 그 안에 있을 수도 밖에 있을 수도 있는데 자신은 그 밖에 있다는 느낌이었다. 이제 다 끝난 거야, 그녀가 생각하는 동안, 사람들이 하나둘 들어와 — 찰스 탠슬리 —「이쪽에 앉으세요.」그녀는 말했다 — 오거스터스 카마이클 — 자리에 앉았다. 그녀는 누군가가 자신에게 대답하기를, 무엇인가가 일어나기를 수동적으로 기다렸다. 하지만 이런 건, 하고 그녀는 수프를 떠 담으며 생각했다. 말로 할 수 있는 게 아니지.

그 괴리감에 — 생각은 저기 가 있는데, 여기서 이렇게 수프를 떠 담고 있다는 것 — 눈썹을 추켜올리면서, 그녀는 점점 더 그 소용돌이의 바깥에 있다는 느낌이 들었다. 또는 마치 그늘이 드리워 색깔을 앗아 가자, 비로소 사물이 참되게 보인다는 느낌이었다. 방은(그녀는 방을 둘러보았다) 정말이지 누추했다. 아름다운 구석이라고는 없었다. 그녀는 탠슬리 씨를 바라보지 않으려 했다. 아무것도 서로 섞여 들지 않았다. 모두 따로따로 앉아 있었다. 그리고 좌중이 섞여 들어 어울리게끔 창조하는 노력은 온전히 그녀의 몫이었다. 그녀는 새삼 남자들의 무미건조함을 — 별다른 적의 없이, 그저 사실로서 — 느꼈다. 만일 자신이 그런 노력을 하지 않으면 다른 아무도 하지 않을 것이었다. 그래서 마치 멈춰 버린 시계를 조금 흔들듯 자신을 추슬렀고, 그러자 시계가 똑딱이기 시작하듯이 저 익숙한 맥박이 하나, 둘, 셋, 하나, 둘, 셋, 고동치기 시작했다. 마치 약한 불꽃이 꺼지지 않게 신문지로 가리듯이, 그녀는 아직 희미한 맥박에 거듭거듭 귀를 기울이며 지켜 내고 살려 내려 애썼다. 그래서 말없이 윌리엄 뱅크스 쪽을 향해 고개를 기울이는 것으로 일에 착수했다 — 불쌍한 사람! 아내도 자식도 없이, 오늘 밤 말고는 하숙집에서 혼자 식사를 하겠지. 그러자 그에 대한 연민 가운데, 삶은 다시금 그녀에게 힘을 미칠 만큼 강해져서, 그녀는 또다시 그 모든 일을 시작했다. 마치 지친 뱃사람이 바람에 부푸는 돛폭을 바라보면서도 다시 떠나고 싶지 않다는 기분, 만일 배가 침몰하면 자기도 빙글빙글 떨어져 내려 바다 바닥에서 안식을 찾겠지 하는 기분이었지만.

「당신한테 온 편지들을 보셨어요? 현관에 갖다 두라고 일렀는데.」 그녀는 윌리엄 뱅크스에게 말했다.

릴리 브리스코는 그녀가 저 낯선 무인 지대로 흘러드는 것을 지켜보았다. 그리로 가는 사람들을 따라 들어갈 수는 없지만, 그들이 그렇게 가는 것을 보노라면 너무나 철렁한 느낌이 들어 적어도 그들을 눈으로나마 뒤좇지 않을 수 없는 것이었다. 마치 침몰하는 배의 돛이 수평선 너머로 가라앉을 때까지 지켜보는 것과도 비슷했다.

그녀는 얼마나 늙어 보이는지, 얼마나 지쳐 보이는지, 릴리는 생각했다. 그리고 얼마나 멀리 있는 것만 같은지. 그런데 그녀가 윌리엄 뱅크스 쪽을 돌아보며 미소를 띠자, 마치 배가 빙그르 돌아 다시금 돛폭에 햇살이 내리쬐는 것만 같았다. 릴리는 일단 안도하자 다소 우스워지면서 그런데 왜 그녀는 그를 동정하는 걸까 하는 의문이 들었다. 부인이 그에게 온 편지들이 현관에 있다고 말할 때, 왠지 그런 인상이 들었기 때문이다. 불쌍한 윌리엄 뱅크스, 하고 말하는 것처럼 보였다. 마치 그녀 자신의 지친 느낌은 한편으로는 사람들을 동정하는 데서 오는 것이고, 그녀에게는 삶도 다시금 살려는 결의도 동정심에서 일어나는 것만 같았다. 하지만 사실이 아니지, 릴리는 생각했다. 그건 다른 사람들의 필요가 아니라 그녀 자신의 필요에서 나오는, 그녀에게는 본능인 듯한 오판 중 하나일 뿐이었다. 그는 전혀 불쌍하지 않았다. 그에게는 그의 일이 있다고 릴리는 생각했다. 그러고는 마치 보물이라도 찾은 듯이, 자신에게도 일이 있다는 사실을 상기했다. 순간 자신의 그림이 눈앞을 스치는 듯했다. 그래, 나무를 좀 더 가운데 두어야겠어. 그러면 그 어색한 공간이 해결되지. 그렇게 해야겠어. 그 때문에 고민했던 거야. 그녀는 소금 병을 집어 들어 식탁보의 무늬에 있는 꽃 위에 내려놓았다. 나무를 옮겨야 한다는 것을 기억하기 위해서였다.

「우편으로 별 대단한 것도 올 게 없는데, 그래도 늘 편지가 기다려지지요.」 뱅크스 씨가 말했다.

무슨 시시한 소리들을 하는 거야, 찰스 탠슬리는 깨끗이 핥은 스푼을 정확히 접시 한복판에 내려놓으며 생각했다. 저 사람은 마치 식사를 확실히 하기로 작정한 것 같다고 릴리는 생각했다(그는 창문을 등진 채, 풍경의 정중앙에 앉아 있었다). 그의 모든 것이 그 빈약한 경직성을, 적나라한 못생김을 드러내고 있었다. 하지만 그래도, 어떤 사람도 찬찬히 들여다보면 싫어할 수만은 없다는 것은 여전히 사실이었다. 그녀는 그의 눈이 마음에 들었다. 파랗고 우묵한, 매서운 눈매였다.

「편지를 많이 쓰시나요, 탠슬리 씨?」 램지 부인이 물었다. 그에게도 역시 동정심에서 저렇게 말을 건네는 것이겠지, 릴리는 짐작했다. 램지 부인에게는 정말로 그렇게 생각될 테니까 — 부인은 남자들은 언제나 뭔가 결핍된 것처럼 동정하는 반면, 여자들은 뭔가 가진 것처럼 결코 동정하지 않았다. 자기는 어머니에게 편지를 쓰며, 그 외에는 한 달에 한 통도 쓰지 않을 거라고, 탠슬리 씨는 짤막하게 대답했다.

그는 절대로 이 사람들이 자기를 끼워 넣으려는 그런 식의 공허한 대화에는 끼지 않을 작정이었기 때문이다. 이 어리석은 여자들 때문에 자세를 낮추지는 않겠다. 그는 자기 방에서 책을 읽고 있었는데, 이제 내려와 보니 모든 것이 어리석고 피상적이고 조잡해 보였다. 왜 저렇게들 차려입었지? 그는 평상복을 입은 채로 내려왔다. 물론 더 차려입을 옷도 없었지만. 〈우편으로 별 대단한 게 올 것도 없다〉라는 것은 사람들이 으레 하는 말이었다. 이 사람들은 기껏해야 그따위 말이나 주고받지. 그래, 사실이긴 해. 그는 생각했다. 그들은 1년이 가야 진정 가치 있는 우편물을 받아 보는 일은 없을 것이었다. 그저 말하고, 말하고, 말하고, 먹고, 먹고, 먹을 뿐이지. 다 여자들의 잘못이었다. 여자들은 그녀들의 〈매력〉으로, 온갖 어리석음으로, 문명이라는 것을 불가능하게 만드는 것이다.

「내일은 등대에 못 갑니다, 램지 부인.」 그는 자기주장을 내세우며 말했다. 비록 부인을 좋아하고 숭배했지만 — 그는 배수관 일을 하던 남자가 그녀를 우러러보던 것을 상기했다 — 그래도 자기주장을 내세울 필요가 있었다.

그는 정말이지, 하고 릴리 브리스코는 생각했다. 눈은 그렇다 쳐도, 코며 손이며, 아마 그녀가 만난 가장 매력 없는 인간일 것이었다. 그렇다면 그가 한 말이 왜 그렇게 신경이 쓰이는 걸까? 여자들은 글도 못 쓰고 그림도 못 그린다고 ─ 그가 한 말이 무슨 대수란 말인가. 그는 진심에서가 아니라 뭔가 자신에게 이익이 될 만한 이유에서 그렇게 말한 것이 분명한데? 그렇다면 그 이유는 뭘까? 왜 그의 한마디에 그녀의 전 존재가 마치 바람에 쓸리는 옥수수밭처럼 납작해졌다가, 힘들게 노력해 가며 겨우 그런 굴욕에서 일어서는 것일까? 그녀는 한 번 더 그런 노력을 해야만 했다. 식탁보 무늬의 나뭇가지, 저기 내 그림이 있다. 나무를 가운데로 옮겨야지. 중요한 건 그것뿐이야. 그것을 굳게 붙들고 성을 내지도 논쟁을 하지도 않으면 안 될까, 그녀는 자문했다. 보복을 원한다면 그를 비웃어 주면 되지 않을까?

「오, 탠슬리 씨.」 그녀는 말했다. 「부디 등대에 함께 데려가 주세요. 그러면 정말 기쁘겠어요.」

그녀가 거짓말을 하는 것이 그에게도 뻔히 보였다. 그녀는 무엇 때문인지 그를 난처하게 하기 위해 마음에도 없는 말을 하는 것이다. 그를 비웃고 있는 것이다. 그는 낡은 플란넬 바지를 입고 있었다. 다른 바지가 없었으니까. 그는 자신이 매우 거칠고 고립되고 외롭게 느껴졌다. 그녀가 무엇 때문인지 자신을 놀리고 있다는 것을 알고 있었다. 그녀는 그와 함께 등대에 가고 싶어 하지 않았다. 그를 경멸하고 있었다. 프루램지도 그렇고. 그들 모두가 그랬다. 하지만 그는 여자들의 비웃음을 당하지 않을 작정이었고, 그래서 일부러 의자에서 돌아앉으며 창밖을 내다보고는, 내일 날씨가 너무 나빠서 그녀는 안 되겠다고 퉁명스레 대꾸했다. 멀미를 할 거라고.

그녀가 자기를 몰아세워 그런 식으로 말하게 만들다니 짜증이 났다. 램지 부인도 듣고 있는데. 그냥 자기 방에서, 책들에 둘러싸여 일이나 하면 좋겠는데. 거기가 가장 마음 편한 곳이었다. 자기는 남한테 한 푼도 빚진 적이 없고, 열다섯 살 이후로 아버지한테 한 푼도 신세 진 적이 없으며, 오히려 자기 저금으로 집에 있는 식구들을 도울 뿐 아니라 여동생의 학비도 대고 있었다. 그렇지만, 자기도 브리스코 양에게 적절히 대꾸할 줄 안다면 좋을 텐데 싶었다. 그런 식으로 〈멀미를 할 겁니다〉라고 퉁명스럽게 쏘아붙이지 않았더라면 싶었다. 램지 부인에게도 뭔가 할 말을, 자기가 그저 멋대가리 없는 샌님이 아니라는 걸 보여 줄 만한 말을 생각해 낼 수 있다면 좋을 텐데. 다들 자기를 그렇게 생각할 것이었다. 그는 부인을 향했다. 하지만 램지 부인은 윌리엄 뱅크스에게 그가 전혀 모르는 사람들 얘기를 하고 있었다.

「그래, 그건 치워.」 그녀는 하녀에게 짤막하게 이르고는 뱅크스 씨에게 하던 말을 계속했다. 「15년 — 아니, 20년 전이었어요. 그녀를 마지막으로 본 건.」 그녀는 하던 이야기에 몰두한 나머지 잠시도 한눈을 팔 수 없다는 듯 다시 그를 향하며 말했다. 그런데 오늘 저녁 그가 그녀의 편지를 받았다고! 캐리는 여전히 말로[26]에 살고 있는지? 모든 것이 여전한지? 오, 바로 어제 일처럼 기억할 수 있었다 — 강에 가던 것, 아주 춥던 것. 하지만 매닝네는 일단 계획을 세웠다 하면 지켜야 하는 사람들이었다. 허버트가 강둑에서 말벌을 티스푼으로 죽이던 것도 잊지 못할 것이다! 그런데 그 모든 것이 여전하다니, 램지 부인은 20년 전 그토록 추웠던 템스 강변 거실의 의자며 탁자 사이를 마치 유령처럼 돌아다니며 생각에 잠겼다. 지금은 그저 유령처럼 그 사이를 떠돌 뿐이지만, 그래

---

[26] 템스 강변, 버킹엄셔의 소도시. 아름다운 전원에 둘러싸여 있다.

도 감심하지 않을 수 없었다. 그녀가 변하는 동안에도, 그 어느 하루, 고즈넉하고 아름다웠던 것으로 기억 속에 새겨진 그날은 그 세월 내내 거기 남아 있었던 것만 같았다. 캐리가 직접 편지를 썼는지? 그녀는 물었다.

「그럼요. 새 당구실을 만드는 중이랍니다.」 그가 말했다. 아니! 아니! 그럴 리가! 당구실을 만들다니! 있을 수 없는 일로 여겨졌다.

뱅크스 씨는 그게 왜 이상한지 알 수 없었다. 그들은 이제 아주 풍족하게 살았다. 캐리에게 그녀의 안부를 전할지?

「오.」 램지 부인은 조금 움찔하며 말했다. 「아뇨.」 그녀는 새 당구실을 만든다는 캐리가 자기가 알던 캐리와 전혀 다른 사람 같다고 생각하며 대답했다. 하지만 얼마나 신기한 일인지, 하고 그녀는 재미있어하는 뱅크스 씨를 향해 거듭 말했다. 그들이 아직도 거기 살고 있다니. 그렇게 오랜 세월 동안 그녀는 그들 생각을 한 적이 있을까 말까 한데, 그들은 내내 거기서 살고 있었다니 정말이지 신기했다. 그 세월 동안 그녀 자신의 삶에는 얼마나 많은 일이 있었던가. 하지만 어쩌면 캐리 매닝도 그녀를 까맣게 잊고 있을지도 몰랐다. 그 생각은 낯설고 씁쓸했다.

「살다 보면 뿔뿔이 흩어지게 마련이지요.」 뱅크스 씨는 말은 그렇게 했지만, 내심 자기는 매닝네와 램지네를 모두 알고 있다는 생각에 만족을 느꼈다. 그 자신은 그렇게 흩어지지 않았다고 생각하며, 스푼을 내려놓고 말끔히 면도한 입가를 꼼꼼히 닦았다. 어쩌면 그 점에서는 자신이 다소 특이한지도 모르겠다는 생각이 들었다. 그는 결코 자기 틀에 박히지 않고 두루 친구들을 사귀는 편이었다……. 램지 부인은 여기서 하던 말을 끊고 하녀에게 음식이 식지 않게 하라고 일러야 했다. 이러니 혼자 식사하는 편이 더 낫다고 그는 생각했다. 그런 식으로 중단되는 것이 짜증스러웠다. 하지만 뭐, 하고 윌리엄 뱅크스는 깍듯이 세련된 태도를 유지하고 그저 왼손의 손가락을 마치 기계공이 잠시 쉬는 동안 말끔히 광을 내어 쓸 준비를 해놓은 도구를 검사하듯이 식탁보 위에 가지런히 펼쳐 보며 생각했다. 이런 게 친구를 위해 치르는 희생이지. 만일 그가 초대를 거절했다면 그녀는 기분이 상했을 것이었다. 하지만 그에게는 그럴 만한 가치가 없는 일이었다. 자기 손을 내려다보며 그는 만일 혼자였다면 저녁 식사가 지금쯤 거의 끝났을 거라고 생각했다. 그러면 일을 할 수도 있었을 텐데. 그래, 끔찍한 시간 낭비야. 그는 생각했다. 아이들은 이제야 겨우 나타나고 있었다. 「너희 중에 누가 로저 방에 좀 가보면 좋겠구나.」 램지 부인이 말하고 있었다. 얼마나 쓸데없고 지루한지, 그는 다른 것 — 자신의 일 — 과 비교해 보며 생각했다. 지금 식탁보나 톡톡 두드리고 있는 이 시간에, 집에 있었더라면 — 그는 자기 일을 언뜻 떠올려 보았다. 이 모든 게 엄청난 시간 낭비가 될 게 분명했다! 하지만, 하고 그는 생각했다. 그녀는 가장 오래된 친구 중 하나이고, 나도 나름대로 그녀에게는 성의를 다하고 있지. 하지만 바로 이 순간만은 그녀의 존재도 그에게 전혀 무의미했고, 그녀의 아름다움도, 그녀가 창가에서 어린 아들과 함께 앉아 있던 모습도 — 아무 의미가 없었다. 그는 그저 혼자가 되어 읽던 책을 다시 집어 들고 싶을 뿐이었다. 그는 불편해졌다. 그녀의 곁에 앉아서 그녀에게 이렇게 무관심하다니 그녀를 배신하는 듯이 느껴졌다. 사실은 그가 가정생활을 즐기지 않는다는 것이었다. 이런 상태가 되면, 도대체 왜 사나? 하는 의문이 들곤 했다. 인류가 존속하기 위해 이 모든 수고를 해야 한단 말인가? 그게 그토록 바람직한 일인가? 인류가 그토록 매력적인 종인가? 별로 그렇지도 않지, 하고 그는 다소 단정치 못한 소년들을 바라보며 생각했다. 그가 귀여워하는 캠은 아마 자러 간 모양이었다. 어리석은 질문들, 공연한 질문들, 바쁠 때는 생각도 나지 않는 질문들이었다. 이게 인간의 삶인가? 인간의 삶이란 이런 건가? 그런 걸 생각할 시간이라고는 없었는데, 여기 앉아서 그따위 질문들을 떠올리고 있는 것이다. 램지 부인이 하녀들에게 이런저런 지시를 내리고 있기 때문에, 그리고 또 — 그는 캐리 매닝이 아직 건재하다는 데 램지 부인이 얼마나 놀랐던가를 상기했다 — 우정이란, 최상의 경우라도, 부질없기 때문에…… 살다 보면 뿔뿔이 흩어지게 마련이다. 그는 다시금 자책했다. 램지 부인 곁에 앉아서, 그녀에게 말할 거리가 아무것도 없다니.

「죄송해요.」 램지 부인이 마침내 그를 향하며 말했다. 그는 물에 젖었다 마른, 발이 잘 들어가지 않는 장화처럼 뻣뻣하고 메마른 느낌이 들었다. 하지만 억지로라도 발을 들이밀어야 했다. 뭔가 이야기를 이어 가야 했다. 아주 신경을 쓰지 않으면 그녀는 그의 배신을, 그가 그녀에게 눈곱만치도 관심이 없다는 사실을 눈치챌 것이고, 그건 별로 기분이 좋지 않을 거라고 그는 생각했다. 그래서 그는 예의 바르게 그녀 쪽으로 고개를 기울였다.

「이런 북새통 가운데 식사하시게 되어 불편하시지요?」 그녀는 말했다. 신경이 다른 데 가 있을 때면 절로 나오는 사교적인 말투였다. 마치 회의에서 여러 언어가 혼란을 일으킬 때 의장이 통일을 기하기 위해 모두 프랑스어로 말하자고 하는 것과도 같았다. 아마도 서툰 프랑스어일 테고, 프랑스어에는 말하는 사람의 생각을 표현할 단어가 없을지도 모르지만, 그래도 다 같이 프랑스어를 쓴다는 사실이 약간의 질서와 통일성을 부여하는 것이다. 그래서 뱅크스 씨 역시 같은 언어로 〈아니, 전혀 아닙니다〉라고 대답했다. 하지만 탠슬리 씨는 그런 언어, 때로 그렇게 짤막하게 오가는 언어에 대한 지식이 전혀 없는 터라 대뜸 그 허식에 의구심을 품었다. 램지네서는 다들 헛소리만 하고 있다고 그는 생각했다. 그러고는 이 새로운 빌미에 신이 나서 달려들어 이걸 적어 두었다가 머잖아 친구들에게 소리 내어 읽어 주리라 마음먹었다. 자기 생각대로 말할 수 있는 그런 모임에서 그는 〈램지가(家)에서의 체류〉와 그들이 주고받는 헛소리를 냉소적으로 묘사할 작정이었다. 한 번쯤은 같이 지내 볼 만하지만, 두 번 다시 그럴 가치는 없다고 말해야지. 여자들도 지루하기 짝이 없다고. 물론 램지는 미인과 결혼해서 아이를 여덟이나 낳느라 주저앉고 만 것이었다. 친구들에게 할 얘기는 대강 그런 식으로 윤곽이 잡혔지만, 지금 당장 한쪽 옆자리가 빈 채 꼼짝없이 앉아 있자니 아무것도 윤곽이 잡히지 않았다. 온통 부스러기들이요 단편들이었다. 그는 극도로, 심지어 신체적으로도, 불편해졌다. 누군가가 그에게 자기주장을 내세울 기회를 주기를 바랐다. 너무나 절박하게 그러기를 원했으므로 앉은 자리에서 안절부절못하며 이 사람을 바라보다 또 저 사람을 바라보다 하면서 그들의 이야기에 끼어들려고 입을 벌렸다가는 그냥 다물곤 했다. 어업에 대한 이야기가 한창이었다. 왜 아무도 그의 의견을 묻지 않는지?

그들이 어업에 대해 대체 뭘 안다는 건지?

릴리 브리스코는 그 모든 사정을 알고 있었다. 그의 맞은편에 앉았으니, 마치 엑스레이 사진에서처럼 그 청년이 자신을 내세우고 싶어 하는 욕망의 갈비뼈와 정강이뼈가 그의 흐릿한 살 속에, 대화에 끼어들고자 하는 그의 불타는 욕망 위에 관습이 씌워 놓은 그 옅은 안개 속에, 시꺼멓게 자리하고 있는 것이 어찌 들여다보이지 않겠는가. 하지만, 하고 그녀는 중국인 같은 눈매를 찌푸리며 그가 여자들은 〈글도 못 쓰고 그림도 못 그린다〉고 빈정대던 것을 기억하고는 생각했다. 왜 내가 저 사람을 도와줘야 하지?

그녀도 모르지는 않았다. 모종의 행동 규범이 있어 그 제7조쯤에 의하면 이런 경우 여자는, 그녀의 직업이 무엇이든 간에, 맞은편 남자를 도와 그가 허영심의, 자기주장을 하려는 긴박한 욕망의 정강이뼈와 갈비뼈를 드러내고 한숨 돌리게 해주어야 한다는 것을. 그건 마치 지하철에 불이 났을 때 남자들이 우리를 도울 의무가 있는 것과 마찬가지라고, 그녀는 노처녀다운 공정함을 가지고 생각했다. 그런 경우라면 나도 탠슬리 씨가 나를 불길에서 구해 주기를 바라겠지. 하지만 만일 양쪽 다 그런 일을 하지 않는다면 어떻게 될까? 그런 생각을 하며 그녀는 미소를 띤 채 앉아 있었다.

「정말로 등대에 가려는 건 아니지요, 릴리?」 램지 부인이 말했다. 「불쌍한 랭글리 씨를 생각 좀 해봐요. 그 사람은 수십 번이나 세계를 돌았지만, 저이가 거길 데려갔을 때만큼 힘든 적은 없었다더군요. 탠슬리 씨는 배를 잘 타시나요?」 그녀가 물었다.

탠슬리 씨는 드디어 망치를 쳐들었다. 공중에 높이 치켜들었다 내리치는 순간에야 비로소 이런 망치로 나비를 때려잡을 일은 아니라는 사실을 깨달았고, 그래서 평생 멀미를 해본 적이 없다고만 말했다. 하지만 그 짧은 한마디에는 할아버지는 어부였고 아버지는 약사이며 자신은 자기 힘으로만 여기까지 왔다고, 그 사실이 자랑스러우며, 자신은 찰스 탠슬리라고 ─ 거기 있는 아무도 깨달은 것 같지 않은 사실이 마치 화약처럼 꽉꽉 눌려 담겨 있었다. 하지만 곧 모든 사람이 그 사실을 알게 될 것이었다. 그는 정면을 노려보았다. 그는 이 온건하고 교양 있는 사람들이 거의 불쌍할 지경이었다. 머잖아 그의 안에 있는 화약이 폭발하면 그들은 양모 뭉치나 사과 궤짝처럼 하늘 높이 날아가 버릴 것이었다.

「저를 데려가 주시겠지요, 탠슬리 씨?」 릴리는 재빨리, 상냥하게 말했다. 물론 램지 부인이 이렇게 말한다면, 그리고 실제로 그렇게 말한 것이나 다름없었는데 ─ 「릴리, 난 불바다에 빠져들고 있어요. 당신이 지금 이 순간의 고통에 약을 바르듯 저기 저 청년에게 뭔가 상냥한 말을 해주지 않는다면 내 인생은 바위에 부딪혀 좌초하고 말 거예요 ─ 정말이지 이 순간에도 배가 바위에 쓸리고 갈리는 소리가 들려요. 나는 신경이 바이올린 줄만큼이나 팽팽해졌어요. 한 번만 더 건드렸다가는 끊어져 버릴 것만 같아요.」─ 램지 부인이 그 모든 말을 눈길에 담아 보내자, 릴리 브리스코는 백 하고도 쉰 번째로 실험을 ─ 저기 저 남자에게 상냥히 대하지 않으면 무슨 일이 일어날까 하는 ─ 포기하고 상냥해지는 수밖에 없었다.

그녀의 태도가 달라진 것을 ─ 그녀는 이제 그에게 호의적이었다 ─ 정확히 판단하자, 그는 비로소 자기 본위의 갈망을 해소하며, 자기가 아기였을 때 아버지가 자기를 배 밖으로 던졌다가 갈고리 장대로 건져 올리곤 했다는 얘기를 들려주었다. 그렇게 해서 수영을 배웠다는 것이었다. 그의 숙부 중 한 분은 스코틀랜드 해안에서 좀 떨어진 어느 바위섬의 등대지기였다는 말도 했다. 폭풍우가 칠 때 숙부와 함께 거기 있었다고, 마침 좌중이 조용해졌을 때 큰 소리로 말했기 때문에, 모두 그가 폭풍우 속에서 숙부와 함께 등대에 있었다는 말을 들어야 했다. 아, 릴리 브리스코는 생각했다, 이제 대화가 이렇게 순조롭게 돌아가고 램지 부인이 감사하는 것을 느끼며(부인은 이제 잠시 마음을 놓고 이야기할 수 있게 되었다), 아, 그녀는 생각했다, 하지만 당신에게 그런 여유를 주기 위해 내가 어떤 대가를 치렀는지 아세요? 그녀는 마음에도 없이 그의 비위를 맞춰 주었던 것이다.

그녀는 평소 쓰는 수법대로 — 상냥하게 굴었다. 그녀는 결코 그를 알지 못할 것이고, 그 역시 그녀를 알지 못할 것이었다. 인간관계란 다 그렇지, 그녀는 생각했다. 그중에서도 최악은 (뱅크스 씨는 예외지만) 남자들과 여자들 사이의 관계였다. 피차 어쩔 수 없이 가식적이 되기 마련이라고 그녀는 생각했다. 그때 소금 병이 눈에 들어왔다. 기억하기 위해 일부러 놓아 둔 것이었다. 내일 아침 나무를 좀 더 가운데로 옮겨야겠다는 것이 생각났고, 내일 그림을 그릴 생각을 하자 기분이 고조되어 탠슬리 씨가 하는 말에 웃어 주기까지 했다. 밤새도록 떠들고 싶은 대로 떠들라지.

「그런데 등대지기는 한번 섬에 들어가면 얼마나 있나요?」 그녀는 물었다. 그는 말해 주었다. 그는 놀랍도록 소상히 알고 있었다. 그가 감사한 나머지 릴리에게 호의적이 되고 슬슬 기분이 좋아지기 시작하자, 이제는, 하고 램지 부인은 생각했다. 이제 저 꿈나라로, 20년 전 말로에 있던 매닝네 거실이라는 비현실적이지만 매혹적인 곳으로 돌아갈 수 있겠다고. 거기서는 서두르거나 초조해하지 않고도 돌아다닐 수 있으니, 걱정할 미래라는 것이 없기 때문이었다. 그녀는 그들에게 무슨 일이 일어났는지, 자신에게는 또 무슨 일이 일어났는지, 다 알고 있었다. 마치 좋은 책을 다시 읽는 것과도 같았다. 이미 20년 전 일이므로, 그 이야기가 어떻게 끝나는지 알고 있었다. 지금 이 식탁에서조차 폭포처럼 쏟아져 내려 어디론가 알 수 없이 흘러가는 삶이, 거기서는 잔잔한 호수처럼 둑 안에 밀봉되어 있는 것이었다. 그들이 당구실을 만든다고 했던가? 가능한 일일까? 윌리엄이 매닝네 얘기를 계속하려 할까? 그녀는 그가 그래 주었으면 싶었지만, 아니 — 왜 그런지 그는 더 이상 그럴 기분이 아니었다. 슬쩍 운을 떼어 보았지만, 그는 반응이 없었다. 억지로 밀어붙일 수는 없는 노릇이었다. 그녀는 실망했다.

「아이들이 영 버릇이 없지요.」 그녀는 한숨을 쉬며 말했다. 그는 시간을 지키는 것은 나이가 들어야 몸에 배는 사소한 덕목 중 하나라는 식으로 대답해 주었다.

「그러면 다행이지요.」 램지 부인은 그저 공백을 메우려고 대꾸하며, 윌리엄은 왜 저렇게 노처녀 같은 말만 할까 하고 생각했다. 그는 자신의 빈말을 의식하고, 또 그녀가 좀 더 친밀한 이야기를 하고 싶어 한다는 것을 의식하며, 하지만 지금은 그럴 기분이 아니었으므로, 거기 그렇게 앉아서 기다리자니 삶의 불유쾌함이 엄습하는 것이 느껴졌다. 아마 다른 사람들은 뭔가 재미난 이야기를 하는지? 대체 무슨 얘기들을 하고 있는지?

 고기잡이 철이 나빴다는 둥, 사람들이 이민을 간다는 둥 하는 얘기였다. 임금이 어떻고 실업이 어떻고 하는 얘기도 나왔다. 그 젊은이가 정부 욕을 하고 있었다. 윌리엄 뱅크스는 사적인 생활이 불유쾌할 때 그런 종류의 화제를 따라가게 되어 다행이라고 생각하며, 그가 〈현 정부의 가장 수치스러운 행동 중 하나〉에 대해 뭐가 말하는 것을 들었다. 릴리도 듣고 있었고, 램지 부인도 듣고 있었다. 모두들 듣고 있었다. 하지만 이미 싫증이 난 릴리는 그가 하는 말에 뭔가 빠져 있다고 느꼈고, 뱅크스 씨도 뭔가 빠져 있다고 느꼈다. 램지 부인은 숄을 두르며 뭔가 빠져 있다고 느꼈다. 그들 모두가 몸을 기울여 경청하면서도 〈제발 내 마음속이 드러나지 않았으면〉 하고 있었다. 모두가 〈다들 이런 문제에 관심이 있구나. 다들 어부들에 대한 정부의 처사에 분개하고 있구나. 그런데 나는 왜 아무 느낌도 없지〉 하는 생각이었기 때문이다. 하지만 어쩌면, 하고 뱅크스 씨는 탠슬리 씨를 바라보며 생각했다. 어쩌면 이런 사람인지도 모르지. 모두가 항상 고대하는 사람은. 언제나 기회는 있으니까. 언제라도 지도자가 일어날 수 있고, 정치에도 다른 분야에서처럼 천재적인 인물이 날 수 있으니까. 저 친구는 우리 같은 노친네들 눈에는 역겨워 보이지만, 하고 뱅크스 씨는 최대한 양보하며 생각했다. 왜냐하면 뭔가 묘한 신체적 느낌, 마치 척추의 신경들이 곤두서는 듯한 느낌으로, 자신이 질투하고 있음을 알았기 때문이다. 어쩌면 자기 자신 때문에, 그보다는 좀 더 자기 일 때문에, 자기 관점, 자기 학문 때문에 질투심이 나서, 완전히 마음을 열고 전적으로 공정해지지 못하는 것이었다. 탠슬리가 당신들은 인생을 낭비했어요, 라고 말하는 것 같았기 때문이다. 당신들은 다 틀렸어요. 불쌍한 노친네들, 당신들은 가망 없이 시대에 뒤처졌어요. 젊은이는 지나칠 정도로 자신만만하고, 매너도 엉망이었다. 하지만 뱅크스 씨는 자신에게 잘 보라고 타일렀다. 저 친구는 용기가 있어. 능력도 있고. 꽤 해박하기도 하고. 뱅크스 씨는 탠슬리가 정부를 비방하는 것을 들으며 생각했다. 어쩌면 저 친구가 하는 말에 일리가 있는지도 모르지.

「어디 한번 들어 봅시다……」 그는 말했다. 그래서 그들은 정치에 대해 논하기 시작했고, 릴리는 식탁보의 나뭇잎을 내려다보았다. 램지 부인은 논쟁을 두 사람의 손에 완전히 맡겨 놓고, 자기는 왜 이런 이야기가 그토록 지루할까 하며, 식탁 반대편 끝에 앉은 남편을 바라보고 그가 무슨 말이라도 하기를 바랐다. 한마디라도 좀 하지, 그녀는 속으로 생각했다. 그가 뭔가 말하면 얘기가 당장 달라질 텐데. 그는 곧장 사태의 핵심을 찌르니까. 어부들과 그들의 임금에도 관심이 있고. 그들에 대해 생각하느라 잠을 설칠 정도인데. 그가 입만 열면 완전히 달라질 텐데, 그러면 아무도 당신이 무슨 말을 하든 난 관심이 없다는 식으로 느끼지 않을 텐데. 정말로 관심을 가질 텐데. 그러다 문득 그가 뭔가 말하기를 기다리는 것은 자기가 그를 숭배하기 때문이라는 사실을 깨닫고는, 마치 누군가 다른 사람이 자신에게 남편과 그들의 결혼 생활에 대해 칭찬하기라도 한 것 같은 기분이 들었고, 그를 칭찬한 것은 다름 아닌 자기 자신이라는 사실도 의식하지 못한 채 기쁨으로 얼굴이 환해졌다. 그녀는 그의 얼굴에서 그런 점을 보게 되기를 기대하며 — 그는 위엄에 찬 모습일 것이었다 ─ 그를 바라보았지만, 천만의 말씀이었길! 그는 오만상을 하고 눈을 부라리며 잔뜩 찌푸린 채 분노로 얼굴이 시뻘게져 있었다. 대체 무슨 일이람? 그녀는 의아해했다. 대체 왜 저러는 거지? 그저 불쌍한 오거스터스 노인이 수프를 한 접시 더 청했다는 것 ─ 그게 전부였다. 오거스터스가 또다시 수프를 시작하다니 생각도 할 수 없는 혐오스러운 일이라고, 그는 식탁 저편에서 그녀에게 신호를 보냈다. 그는 자기가 다 먹은 다음까지 계속 먹어 대는 사람들을 싫어했다. 그녀는 그의 분노가 마치 사냥개 떼처럼 그의 눈과 눈썹으로 뛰어드는 것을 보았고, 당장이라도 뭔가 폭발하리라고 생각했지만, 다행히도! 그는 자신을 억제하고 바퀴에 브레이크를 걸었다. 그의 온몸은 불꽃을 뿜어내는 듯했지만 아무 말도 하지는 않았다. 그는 그저 눈을 부라리며 앉아 있었다. 아무 말도 하지 않고 그녀에게 잘 보아 두라는, 자기가 그렇게 참는 것을 알아 달라는 신호만 보내왔다. 하지만 불쌍한 오거스터스가 수프를 한 접시 더 청하면 왜 안 되는데? 그는 그저 앨런의 팔을 조금 건드리며 말했을 뿐이다.

「엘런, 수프 한 접시 더.」 그러자 램지 씨는 그렇게 붉으락푸르락하는 것이었다.

도대체 왜 안 된다는 거예요? 램지 부인은 물었다. 오거스터스가 원한다면 수프 한 접시 더 먹으면 그만이지요. 자기는 사람들이 음식에 탐닉하는 것이 싫다고, 램지 씨는 그녀를 향해 찡그려 보였다. 그는 그런 식으로 시간을 끄는 모든 것을 싫어했다. 하지만 그렇게 보기 싫은 광경이었는데도 자신을 억제했으니, 램지 씨는 그녀의 주목을 받을 만했다. 그래도 그걸 그렇게 드러내면 어떻게 해요? 램지 부인은 물었다(그들은 긴 식탁 양쪽에 앉아서 그런 문답을 주고받았고, 서로 상대방의 뜻을 정확히 이해했다). 다들 보고 있어, 램지 부인은 생각했다. 로즈도 아버지를 보고 있고, 로저도 아버지를 보고 있고, 둘 다 금방이라도 웃음 발작을 일으킬 것만 같아서, 그녀는 얼른 말했다(사실 그럴 시간이 되기도 했다).

「초에 불을 켜렴.」 그러자 그들은 즉시 일어나 찬장으로 가서 필요한 것들을 찾기 시작했다.

왜 그냥 자기 감정을 감추지 못할까? 램지 부인은 의아해했다. 오거스터스 카마이클이 눈치를 챘으면 어쩌나 싶기도 했다. 어쩌면 눈치챘을 것이고, 어쩌면 눈치채지 못했을 것이었다. 그녀는 그가 그렇게 태연자약하게 앉아서 수프를 떠먹는 모습에 감탄했다. 수프가 더 먹고 싶으면 달라고 하면 그만이었다. 사람들이 비웃건 성을 내건 그는 아랑곳하지 않았다. 그는 그녀를 좋아하지 않았고, 그렇다는 것을 그녀도 알고 있었지만, 어쩌면 바로 그 점 때문에 그를 존경했고, 그가 그렇게 희미한 빛 속에서 마치 기념비와도 같이 커다란 덩치로 명상이라도 하듯 조용히 수프를 떠먹고 있는 모습을 보며, 그녀는 그가 어떤 심정일까, 어떻게 그는 항상 그렇게 만족하고 위엄이 있어 보일까 하고 자문했다. 그가 앤드루를 아끼며 가끔씩 방에 불러, 앤드루 말에 따르면, 〈이런저런 것들을 보여 준다〉던 것도 생각났다. 그러고는 종일 잔디밭에 드러누워 시상이나 떠올리는 모양이었다. 가끔 고양이가 새들을 노리고 있다는 것을 알려 주기도 하고, 그러다 드디어 맞는 말을 찾았다며 손뼉을 치기도 했다. 그녀의 남편은 〈불쌍한 오거스터스 — 그는 정말 시인인데〉라고 말했는데, 그건 그녀의 남편 입에서 나온 최고의 찬사였다.

이제 촛불 여덟 개가 식탁 위에 놓였고, 불꽃은 한 차례 휘어진 후 똑바로 타오르며 긴 식탁 전체를, 한복판의 노란색과 보라색이 섞인 과일 접시를 시야로 끌어들였다. 대체 뭘 어떻게 한 거지, 램지 부인은 감탄했다. 로즈가 포도와 배, 분홍빛 줄진 조개껍질, 바나나 등으로 장식한 것은 마치 바다 밑바닥에서 건져 올린 전리품을, 넵투누스의 연회를, 불그레한 금빛으로 넘실대는 횃불들과 표범 가죽들 사이 바쿠스의 어깨 위로 늘어진 포도 잎이며 송이들을(어떤 그림에 따르면) 생각나게 했다……. 그렇게 갑자기 불빛 속으로 들어오자, 접시의 과일 장식은 더 크고 깊어져서 마치 지팡이를 짚고 언덕을 올라갔다 골짜기로 내려갔다 해야 할 세계처럼 보인다고, 그녀는 생각했다. 그리고 기쁘게도(잠시나마 공감할 수 있어 기뻤다) 오거스터스 역시 과일 접시를 즐겁게 감상하고 있는 것을 보았다. 하지만 그는 손을 뻗어 이 꽃을 꺾고 저 장식 술을 뽑아 보고 하면서 실컷 즐긴 다음 자기 벌통으로 돌아가 버렸다. 그가 보는 방식은 그녀의 방식과 다른 것이었다. 하지만 함께 바라보는 것만으로도 마음이 통하는 듯했다.

이제 모든 초에 불이 켜지자 식탁 양쪽의 얼굴들은 불빛 때문에 한결 가까워지고, 초저녁에는 그렇지 않았는데 비로소 한 식탁에 둘러앉았다는 느낌이 들었다. 아마도 유리창 밖이 어둠으로 막히고, 창문이 바깥 세계를 있는 그대로 보여 주는 대신 이상하게 어른거리게 만들었기 때문인지, 방 안은 안전한 마른 땅이고 저 밖은 사물들이 물에 잠긴 듯 어렴풋이 일렁이다 사라져 가는 것처럼 보였다.

마치 정말로 그렇게 되기나 한 것처럼, 모두에게 대번에 변화가 일어났다. 모두가 이 외딴섬에서 파티를 하고 있다는 것을 의식했고, 저 밖의 바다에 맞서야 할 공동의 명분이라도 생겨난 것만 같았다. 폴과 민타를 기다리느라 초조한 나머지 도무지 주의를 집중할 수 없었던 램지 부인도 이제 불안이 기대로 바뀌는 것을 느꼈다. 이제 곧 그들이 나타날 것이었다. 릴리 브리스코는 그렇게 갑자기 분위기가 명랑해진 이유가 뭘까 하다가, 테니스장에서 갑자기 물질이 견고성을 잃고 사람들 사이에 무한한 공간이 자리 잡던 순간과 비교해 보았다. 이제 가구가 별로 놓이지 않은 방에 켜진 수많은 촛불과 커튼을 치지 않은 창문과 촛불이 비춘 밝은 가면 같은 얼굴들이 그와 같은 효과를 내는 것이었다. 사람들에게서 무게가 약간 덜어진 듯, 어떤 일이라도 일어날 수 있을 것 같다고 그녀는 느꼈다. 그들이 곧 나타날 거야, 램지 부인은 문을 바라보며 생각했고, 바로 그 순간 민타 도일과 폴 레일리가 양손에 큰 접시를 받쳐 든 하녀와 함께 들어섰다. 너무 많이 늦었다고, 정말 죄송하게 되었다고, 민타는 말했고, 두 사람은 각기 식탁의 반대편으로 자기 자리를 찾아갔다.

「제가 브로치를 잃어버렸거든요 — 할머니의 브로치를요.」 민타는 비탄이 담긴 목소리로 말했고, 눈물이 흐를세라 커다란 갈색 눈을 치떴다 내리떴다 하며 램지 씨 옆자리에 앉는 모습이 그의 기사도 정신을 불러일으켜 그는 짐짓 그녀를 놀렸다.

어떻게 그렇게 멍청할 수가 있느냐고, 그는 물었다. 브로치를 달고 바위틈을 기어오르다니.

그녀는 왠지 늘 그가 좀 두려웠다. 그는 무섭게 명석했고, 저녁 식사 때 처음으로 옆자리에 앉던 날은 그가 하필 조지 엘리엇 얘기를 하는 바람에 잔뜩 긴장했었다. 왜냐하면 그녀는 『미들마치』 제3권을 기차에 두고 내렸고, 그래서 결말이 어떻게 되는지 몰랐기 때문이다. 하지만 그 후로는 썩 잘 지냈고, 그가 그녀를 바보라고 말하기를 좋아하기 때문에, 일부러 더 멍청한 척하곤 했다. 그래서 오늘 밤 그가 대놓고 놀려도 그녀는 아무렇지도 않았다. 게다가, 방 안에 들어서는 순간 뭔가 기적이 일어났다는 것을 알 수 있었다. 마치 금빛 후광에 싸이는 것만 같았다. 그럴 때도 있고 아닐 때도 있었는데, 왜 그것이 찾아왔다 사라졌다 하는지도 알 수 없고, 방 안에 들어올 때까지도 그것에 싸인 줄 몰랐지만, 몇몇 남자가 자기를 바라보는 태도에서 금방 알 수 있었다. 오늘 밤은 특히 그러했고, 램지 씨가 자기한테 멍청하다고 말하는 태도에서도 그것을 알 수 있었다. 그녀는 그의 옆자리에 앉으며, 미소 지었다.

일이 잘됐구나, 램지 부인은 생각했다. 약혼을 했나 봐. 순간 그녀는 다시 느끼리라고는 전혀 예기치 못했던 것을 — 질투심을 느꼈다. 그녀의 남편까지도 그것을 — 민타의 환한 광채를 감지한 것이었다. 그는 그런 처녀들을 좋아했다. 생기발랄한 처녀들, 자유분방하고 어딘가 야성적이고 무모한 데가 있는, 〈머리를 바짝 당겨 빗지 않고〉 그가 불쌍한 릴리 브리스코에 대해 말하듯 〈빈약〉하지 않은 처녀들을. 부인 자신에게는 없는 뭔가 찬란하고 풍부한 것이 그의 마음을 끌고 흥미를 돋우고 민타 같은 처녀들을 좋아하게 만드는 것이었다. 그녀들은 그의 머리를 깎아 주기도 하고, 시곗줄을 땋아 주기도 하고, 일을 방해하면서 〈램지 씨, 어서 나오세요, 이번엔 우리가 반격할 차례예요〉 하고 소리치기도 하며(그 소리가 들리는 것만 같았다), 그러면 그는 테니스를 치러 나가는 것이었다.

하지만 진심으로 질투하는 것은 아니었고, 다만 이따금 거울에 자신의 모습이 비칠 때면 자신이 늙었고 그게 다 자기 잘못 때문이라는 데(온실 청구서라든가 뭐 그런 것들) 다소 씁쓸할 뿐이었다. 오히려 그런 처녀들이 그를 놀리며 웃어 주는 것이(〈오늘은 파이프를 몇 대나 피우셨어요, 램지 씨〉 등등) 고맙기까지 했다. 그럴 때면 그는 마치 청년처럼, 여자들에게 아주 매력적인 남자처럼 보이고, 자기 업적의 위대함이나 세상의 슬픔이나 명성이나 실패나 그런 것에 짓눌리지 않고, 그녀가 처음 보았을 때처럼 비쩍 말랐지만 여자의 호감을 살 줄 아는 사람으로 보였다. 그녀가 배에서 내리도록 도와주던 그가 얼마나 유쾌하고도 정중했던가를 그녀는 기억했다, 마치 지금처럼(그녀는 그를 바라보았고, 민타를 놀리는 그는 놀랍도록 젊어 보였다). 그녀 자신은 — 〈저기 내려놓으렴〉 하고 말하며, 그녀는 마르트[27]가 뵈프앙도브가 담긴 커다란 갈색 단지를 조심스레 내려놓도록 도와주었다 — 그녀 자신으로 말하자면 다소 둔한 남자들을 좋아했다. 그녀는 폴을 자기 옆에 앉혔다. 그를 위해 자리를 비워 두었던 것이다. 정말이지, 하고 그녀는 가끔 생각했다, 자기는 둔한 남자들이 더 좋다고. 그들은 거창한 논의로 사람을 피곤하게 하지 않았다. 따지고 보면 저 똑똑한 남자들은 얼마나 많은 것을 놓치고 있는지! 그들은 얼마나 피폐해지고 마는지. 폴에게는, 하고 그녀는 그가 옆자리에 앉자 생각했

---

[27] 앞서 제5장에서 〈마리〉라는 이름으로 등장한 스위스 처녀를 가리키는 듯하다.

다, 뭔가 아주 매력적인 게 있어. 그의 매너는 보기에 즐거웠고, 선명한 콧날과 맑고 푸른 눈도 그랬다. 배려심도 깊었다. 산책에서 대체 무슨 일이 있었는지 — 이제 다들 다시 얘기를 시작했으니 — 자기에게 말해 줘도 될는지?

「우리는 민타의 브로치를 찾으러 돌아갔어요.」 그는 그녀 옆자리에 앉으며 말했다. 〈우리〉 — 그것으로 충분했다. 그녀는 그의 음성이 마치 어려운 단어라도 발음하듯 살짝 긴장하며 고조되는 데서 그가 〈우리〉라는 말을 처음 하는 것임을 알아차렸다. 〈우리가 이랬어요, 우리가 저랬어요.〉 그들은 앞으로 평생 그 말을 하겠지, 생각하는데, 마르트가 약간 자랑하듯 커다란 갈색 단지의 뚜껑을 열자 올리브와 기름과 육즙이 어울린 맛있는 냄새가 피어올랐다. 요리사가 사흘을 바친 요리였다. 신경을 써야겠어, 램지 부인은 단지에 국자를 넣으며 생각했다, 뱅크스 씨에게 특별히 연한 고기가 돌아가도록. 단지의 윤나는 안벽과 맞나게 노릇해진 갈색 고깃점들과 월계수 잎, 포도주 등이 섞인 스튜를 들여다보며, 그녀는 또 생각했다. 이게 축하 음식이 되겠구나 — 축하 행사를 하고 있다고 생각하자 기묘한 느낌, 야릇하면서도 다정한 느낌이 들었다. 마치 두 가지 감정이 동시에 솟아난 것만 같았는데, 그중 한 가지는 심오한 것이었다 — 한 남자가 한 여자를 사랑한다는 것보다 더 진지한 일이 어디 있겠는가? 사랑은 죽음의 씨앗을 그 품에 지녔으니, 그보다 더 굉장하고 인상적인 일이 있겠는가? 그러면서도 동시에 그 연인들, 눈을 빛내며 환상에 빠져드는 이들에게 화환이라도 둘러 주고 놀리면서 그 주위를 춤추며 돌아야 할 것도 같았다.

「대성공이로군요.」 뱅크스 씨가 잠시 나이프를 내려놓으며 말했다. 그는 천천히 음미하듯 먹어 보았다. 풍부하고 부드러운, 완벽한 요리였다. 어떻게 이 촌구석에서 이런 것들을 해낼 수가 있는지? 그는 물었다. 그녀는 정말 대단한 여자였다. 그의 모든 호의와 존경이 되돌아온 것을 그녀는 느꼈다.

「할머니의 프랑스식 요리법이에요.」 램지 부인의 말소리에는 기쁜 울림이 들어 있었다. 물론 프랑스 요리지, 영국에서 요리로 통하는 것은 사실 형편없다고, 그들 모두 동의했다. 영국 요리란 그저 양배추를 물에 삶고 고기를 가죽처럼 뻣뻣해질 때까지 굽는 것뿐이었다. 게다가 채소의 맛난 겉껍데기는 다 벗겨 버리고. 「바로 거기에 채소의 모든 양분이 담겨 있는데 말입니다.」 뱅크스 씨가 말했다. 그런데 그냥 내버린다고, 램지 부인이 말했다. 영국 요리사가 내버리는 것만으로도 프랑스 가족 전체가 먹고 살 수 있을 것이었다. 윌리엄의 호의가 다시 돌아왔고, 모든 것이 다시 제대로 되었으며, 자신의 위기가 지나갔다는 것을 느끼며 용기 백배하여, 그녀는 이제 승리를 즐기고 다른 사람을 놀릴 기분도 들어 마음껏 웃고 손짓해 가며 이야기했다. 참 어린애 같다고, 저렇게 활짝 피어난 미모로 식탁의 상석에 앉아서 채소 껍데기 얘기나 하다니 어이가 없다고, 릴리는 생각했다. 부인에게는 무서운 데가 있었다. 도저히 거역할 수가 없었다. 언제나 결국은 자기 뜻을 이루고야 만다고 릴리는 생각했다. 지금도 원하는 바를 이룬 것이다 — 폴과 민타는 약혼한 모양이고, 뱅크스 씨도 여기서 저녁 식사를 하고 있으니까. 저렇게 단순하게, 저렇게 단도직입적으로, 모든 사람에게 주문을 걸다니, 릴리는 그 풍요로움과 자신의 빈약한 내면을 비교해 보고는, 어쩌면 옆에 앉은 폴 레일리가 온통 설레고 몽롱한 채 생각에 잠겨 말이 없는 것도 그 이상하고 두려운 무엇인가에 대한 부인의 믿음(그녀의 얼굴은 불이라도 켜진 듯 ― 젊어 보이지는 않으면서도 환히 빛났다) 때문이리라고 생각했다. 램지 부인은 채소 껍데기 얘기를 하면서도 바로 그 무엇인가를 높이고 숭배하며, 그 위에 손을 덮어 따뜻하게 보호하고, 그러면서도 이제 목표를 이루자 자기 제물들을 희생 제단으로 끌고 가는 것이었다. 그 무엇인가가 ― 사랑의 감정과 전율이 ― 이제 그녀에게도 엄습해 왔다. 폴의 옆에 있으니, 그녀는 얼마나 초라하게 느껴지는지! 그는 빛나고 타오르는 듯하고, 그녀는 냉소적으로 멀찍이 떨어져 있었다. 그는 모험을 향해 출발할 것이고, 그녀는 해안에 묶여 있었다. 그는 대담하게 진수했고, 그녀는 외톨이로 남겨졌다 ― 자기도 한몫을, 만일 그것이 재난이라면 그의 재난에서 한몫을 애원해 볼 양으로 그녀는 수줍게 말했다.

「민타가 언제 브로치를 잃어버렸나요?」

그는 꿈으로 물든 추억에 싸인 듯, 더없이 감미로운 미소를 지으며 고개를 가로저었다. 「바닷가에서요.」 그는 말했다.

「찾으러 갈 거예요.」 그는 말했다. 「아침 일찍 일어나서요.」 이것은 민타에게는 비밀이라고, 그는 목소리를 낮추며 고개를 들어 민타가 램지 씨 옆에 앉아 웃고 있는 것을 바라보았다.

릴리는 격렬하게, 당치도 않게, 그를 돕고 싶다는 열망을 피력하고 싶었다. 새벽 바닷가에서 자신이 어느 돌멩이 아래 반쯤 감추어진 그 브로치를 찾아내는 사람이 될 것을 그려보며, 자기도 뱃사람들과 모험가들에 끼고 싶었다. 하지만 그녀의 제의에 그가 뭐라고 대답했던가? 그녀는 사실 좀처럼 드러내지 않는 감정을 드러내며 〈제가 같이 가드릴까요〉라고 말했지만, 그는 웃기만 했다. 예, 아니요, 어느 쪽일 수도 있겠지만, 그의 뜻은 그런 게 아니었다. 그의 묘한 웃음소리는, 원한다면 절벽에서 뛰어내려 봐요, 난 상관 안 할 테니, 하는 말과도 같았다. 그는 그녀의 뺨이 사랑의 열기와 그 두려움과 잔혹함과 뻔뻔함으로 달아오르게 했다. 그녀는 타는 듯한 심정으로 식탁의 반대편 끝 램지 씨 옆에 앉아 매력을 발산하고 있는 민타를 바라보고는 그런 독아(毒牙)들에 노출되어 있는 그녀에게 움찔하며, 감사했다. 어떻든, 하고 그녀는 식탁보 무늬 위에 놓인 소금 병을 바라보며 생각했다. 다행히 그녀는 결혼할 필요도, 그런 굴욕을 겪을 필요도 없었다. 그런 자기 희석에서 면제되었다. 그녀는 나무를 좀 더 가운데로 옮길 것이었다.

사람의 마음이란 그토록 복잡한 것이다. 그녀는 램지네와 함께 머무는 동안 두 가지 상반된 것을 동시에 강하게 느끼게 되었다. 그건 당신이 느끼는 거지, 하는 게 한 가지였고, 이건 내가 느끼는 거야, 하는 게 다른 한 가지였다. 그 두 가지가 그녀의 마음속에서 싸웠다. 바로 지금처럼. 이 사랑이라는 것이 무척이나 아름답고 무척이나 흥분되는 것이라 나는 그 가장자리에서 설레다가 바닷가에 함께 가서 브로치를 찾겠다고까지 한 거야. 하지만 그건 또한 인간의 정념 중 가장 야만적인 것이고 그래서 보석을 다듬어 놓은 듯한 옆모습을 지닌(폴의 옆모습은 정말이지 완벽했다) 멋진 청년을 마일엔드 로드[28]의 쇠지레를 든 불량배(그는 으스대며 무례

---

[28] 런던 이스트엔드의 긴 길로, 화이트채플과 마일엔드 사이의 서민 동네를 지난다.

했다)로 만들어 버리지. 그런데도, 하고 그녀는 생각했다. 태초부터 사람들은 사랑의 송가를 부르고, 그 앞에 화환과 장미를 바치며, 열에 아홉은 오로지 그것 — 사랑밖에 원치 않는다고 말하거든. 하지만 여자들은, 그녀 자신이 보고 들은 바로 미루어 보면, 우리가 원한 건 이게 아니야, 이보다 더 지루하고 유치하고 비인간적인 게 없어, 그렇지만 아름답고 필요하기도 해, 언제나 그런 느낌인 듯했다. 그렇다면? 그렇다면? 그녀는 자문하면서 다른 사람들이 그 논쟁을 이어 가 주기를 바랐다. 마치 이런 논쟁에서는 자기 화살은 얼마 못 가 떨어지고 말 것이 뻔하니 차라리 남들이 대신 계속해 주기를 바라는 것과도 같았다. 그래서 그녀는 다른 사람들이 사랑이라는 문제에 뭔가 빛을 비추어 줄까 하고, 다시금 그들이 하는 이야기에 귀를 기울였다.

「그리고 영국인들이 커피라고 부르는 액체가 있지요.」뱅크스 씨가 말했다.

「아, 커피 말인가요!」램지 부인이 말했다. 하지만 그보다는(릴리는 부인이 아주 격앙되어 열정적으로 말하는 것을 알 수 있었다) 진짜 버터와 깨끗한 우유가 더 문제라는 것이었다. 열렬히, 웅변적으로, 그녀는 영국 낙농 체계의 부당함을 묘사하고, 우유가 어떤 상태로 집집마다 배달되는가를 이야기했으며, 자신은 그 문제를 상당히 알아보았다며 자신의 비판을 입증하려 했다. 그러자 식탁 여기저기서, 가운데쯤 앉은 앤드루에서부터 시작하여, 마치 금작화 덤불에서 덤불로 불길이 옮겨붙듯이, 그녀의 아이들이 웃기 시작했고, 그녀의 남편도 웃었으며, 좌중의 놀림감이 된 그녀는 온 사방의 불길에 둘러싸여 깃발을 내리고 포대를 철수할 수밖에 없었다. 반격이라야 고작 뱅크스 씨에게 영국 대중의 편견을 공격하면 어떻게 되는가 하는 일례로 그 야유와 조롱을 가리켜 보이는 것이 전부였다.

하지만 조금 전에 탠슬리 씨와 관련하여 자기를 도와주었던 릴리를 염두에 둔 듯, 부인은 그녀만은 그 무리에서 제외시키고, 〈하여간 릴리는 나와 생각이 같아요〉라고 하며 자기 편으로 끌어들였으므로, 얼결에 끌려든 릴리는 다소 놀라고 당황했다(그녀는 사랑에 대해 생각하고 있었다). 둘 다 잘 섞이질 못하네, 램지 부인은 릴리와 찰스 탠슬리에 대해 생각하던 참이었다. 두 사람 다 다른 두 사람의 빛에 가려 한층 더 초라해 보였다. 그는 자신이 완전히 따돌려졌다고 느끼는 기색이 완연했다. 폴 레일리와 한 방에 있으면 어떤 여자도 그를 거들떠보지 않을 것이었다. 딱한 사람! 그래도 그에게는 논문이 있지, 누군가가 무엇인가에 미친 영향이라는 거. 그러니 제 앞가림은 할 수 있겠지만. 릴리는 달랐다. 그녀는 민타의 빛에 가려 완전히 희미해져서, 이전 어느 때보다도 볼품이 없었다. 그 조그만 회색 원피스에, 주름살이 자글자글한 조그만 얼굴, 중국 사람처럼 가느다란 눈매. 그녀는 전체적으로 너무 왜소했다. 하지만, 하고 램지 부인은 그녀에게 도움을 청하면서(릴리가 자기 편을 들어 주어야만 했다. 램지 씨가 장화 얘기를 하는 것에 비하면 — 그는 몇 시간이고 장화 얘기를 하곤 했다 — 자기가 낙농업 얘기를 하는 것은 아무것도 아닌데), 그녀를 민타와 비교해 보며 나이 마흔이 되면 릴리가 더 나을 거라고 생각했다. 릴리에게는 무엇인가 심지가, 열정적인 것이, 자기만의 무엇인가가 있었고 부인은 그 점을 아주 좋아했지만, 그걸 알아보는 남자는 별로 없을 것이었다. 분명 없었다. 훨씬 더 나이 많은, 뱅크스 씨 같은 사람이라면 몰라도. 하지만 아내를 여읜 후로 그의 호감은 어쩌면 자기를 향해 있는 게 아닐까 하는 생각이 들 때가 가끔 있었다. 물론 〈사랑〉에 빠졌다는 것이 아니라, 딱히 분류할 수 없는 수많은 종류의 호감 중 하나지만. 하지만 말도 안 돼, 하고 부인은 생각했다. 윌리엄은 릴리와 결혼해야 해. 두 사람은 공통점이 참 많았다. 릴리는 그렇게 꽃을 좋아하잖아. 둘 다 냉정하고 사람들과 어울리기보다 혼자 잘 지내는 편이고. 둘이서 멀리 산책이라도 하게 기회를 마련해야 할 것이었다.

바보같이, 그녀는 두 사람의 자리를 멀찍이 떼어 놓았다. 내일은 그러지 말아야지. 날씨가 좋으면 소풍이라도 갈까. 모든 것이 가능하고, 잘될 것만 같았다. 이제야(하지만 오래 가진 않으리라고 그녀는 생각했다. 모두들 장화 얘기를 하는 동안 잠시 한숨 돌릴 뿐이었다), 이제야 마음이 편해졌다. 그녀는 공중의 새매처럼, 휘날리는 깃발처럼, 몸 안의 모든 신경을 충만하고 감미롭게, 조용하고 엄숙하게 채워 주는 기쁨 가운데 떠돌았다. 그 기쁨은 모두 한자리에 모여 식사하는 남편과 아이들과 친구들로부터 나오는 것으로, 고요하고 깊은 곳에서 올라오는 그 모든 것은(그녀는 윌리엄 뱅크스에게 작은 고깃점을 하나 더 덜어 주며, 질항아리 안을 들여다보았다) 별다른 이유도 없이 거기 머물며 마치 훈김처럼 위로 올라가 그들을 함께 안전하게 감싸는 듯이 느껴졌다. 아무 말도 할 필요가 없고, 할 수도 없었다. 그것은 그들을 온전히 둘러싸고 있었다. 그것은 마치, 하고 그녀는 뱅크스 씨에게 특별히 부드러운 조각을 덜어 주며 생각했다, 영원에

속하는 것만 같다고. 그날 오후에도 뭔가 다른 일에 대해 비슷한 느낌이 들었었다. 일관되고 안정된 느낌, 무엇인가 변치 않고(그녀는 불빛이 반사되어 일렁이는 창문을 흘긋 쳐다보았다) 흐르고 사라지는 모든 것 가운데서 루비처럼 빛을 발하는 것이 있었다. 이미 오늘 낮에 들었던 평화와 안식의 느낌이 다시금 돌아왔다. 이런 순간들이, 하고 그녀는 생각했다. 영원히 변치 않는 것을 이루는 것이야.

「그럼요.」그녀는 윌리엄 뱅크스를 안심시켰다. 「모두에게 돌아갈 만큼 충분해요.」

「앤드루.」그녀는 말했다. 「접시를 좀 낮춰 들어라. 흘리겠다.」(뵈프앙도브는 대성공이었다.) 여기, 하고 그녀는 스푼을 내려놓으며 생각했다. 사물의 핵심에 놓인 고요한 공간이 있으니, 여기서 움직일 수도 쉴 수도 있고, 기다리면서(음식이 모두에게 돌아갔다) 귀를 기울일 수도 있으며, 그러다가 새매처럼 높은 곳에서 갑자기 날아내려 맴돌다 웃음소리 위에 가볍게 내려앉아 식탁 저 끝에서 그녀의 남편이 하는 얘기에 체중을 실을 수도 있는 것이다. 그는 1,253의 제곱근에 대해 이야기하고 있었다. 아마 그것이 그의 기차표에 있는 숫자인 모양이었다.

저게 다 무슨 뜻인지? 그녀는 아직까지도 이해할 수가 없었다. 제곱근이라니? 대체 그게 뭐지? 그녀의 아들들은 알고 있었다. 세제곱이니 제곱근이니 하는 문제에 대해서라면 그녀는 그들에게 의지하고 있는데, 바로 그 얘기를 하는 중이었다. 그러다 화제는 볼테르니 스탈 부인이니 하는 얘기에서, 나폴레옹의 성격, 프랑스의 토지 보유 제도, 로즈버리 경, 크리비의 회고록 등으로 넘어갔다. 그녀는 그런 남성적 지성의 감탄할 만한 교직(交織)이 자신을 떠받치고 지탱하도록 내맡겼다. 그것은 종횡무진 오르락내리락하면서 마치 흔들리는 구조물을 이쪽저쪽에서 지지하는 철제 대들보의 망과도 같이 온 세상을 떠받쳐서, 그녀는 완전히 신뢰하며 거기에 내맡기고 눈까지 감고는, 마치 자려고 누운 어린아이가 나무의 무수한 잎사귀들이 겹치는 것을 바라보며 눈을 깜빡이듯이, 가끔씩 눈을 떠보기도 했다. 그러다 깨어나 보니, 여전히 이야기가 한창이었다. 윌리엄 뱅크스는 웨이벌리 소설[29]을 칭찬하고 있었다.

그는 여섯 달에 한 권은 웨이벌리를 읽는다고 했다. 그런데 그게 왜 찰스 탠슬리를 화나게 만들 일인지? 그는 불쑥 끼어들어서(다 프루가 그에게 잘해 줄 것 같지 않기 때문이라고 램지 부인은 생각했다) 웨이벌리 소설을 맹렬히 비난하기 시작했는데, 필시 그는 거기에 대해 아는 것이 없으리라고, 램지 부인은 그의 말을 듣기보다는 물끄러미 그를 지켜보면서 생각했다. 그의 태도를 보면 알 수 있었다 — 그는 단지 자신을 내세우고 싶을 뿐이었고, 그것은 그가 교수직을 얻든가 결혼을 하여 더 이상 〈나는, 나는, 나는〉이라고 말할 필요가 없어지기까지는 언제까지나 그러할 것이었다. 불운한 월터 경에 대한, 아니면 제인 오스틴이었던가, 그의 비판도 요는 〈나는, 나는, 나는〉이라는 것이었다. 그는 오로지 자기 자신에 대해, 자신이 어떤 인상을 주는지에 대해 생각하고 있을 뿐이라는 것을, 그녀는 그의 목소리, 특별히 힘주어 말하는 태도, 불안한 기색 등에서 알아챌 수 있었다. 출세

---

[29] 월터 스콧(1771~1832)의 『웨이벌리 Waverley』(1814)에 뒤이은 일련의 역사 소설들을 총칭하는 말.

를 하면 좀 나아지겠지. 어떻든 논쟁은 계속되었다. 이제 그녀는 들을 필요가 없었다. 언제까지나 계속될 리 없다는 것은 잘 알고 있었지만, 그 순간 그녀는 눈이 아주 맑아져서 식탁을 빙 둘러보며 그들 각자의 생각과 감정을 꿰뚫어 볼 수 있을 것만 같았다. 마치 물속에 한 줄기 빛이 비쳐 들어 잔물결과 물속의 수초들, 헤엄치는 피라미 떼, 소리 없이 문득 나타난 송어, 이 모든 것의 움직임이 아무 노력 않고도 환히 들여다보이는 것과도 비슷했다. 그렇게 그녀는 그들을 보고 그들이 하는 말을 들었지만, 그들이 하는 말도 그런 식으로, 마치 잔물결과 자갈이, 오른쪽에는 이런 것, 왼쪽에는 저런 것이 한꺼번에 다 들여다보일 때 송어의 움직임과도 같이 느껴질 뿐이었다. 그러면서도 그 모든 것이 하나의 전체를 이루고 있었다. 실생활에서라면 그녀도 그물을 던져 그런 것들을 따로따로 낚아 올리고, 자기도 웨이벌리 소설을 좋아한다거나 읽어 보지 못했다거나 하고 말하며 대화에 끼려 하겠지만, 지금은 그럴 뜻이 없었다. 잠시 그녀는 말없이 붕 뜬 채로 있었다.

「하지만 그게 얼마나 갈 거라고 생각합니까?」 누군가가 말했다. 마치 그녀에게서 뻗어 나간 안테나가 미세하게 떨며 이따금 문장을 포착해서 그녀의 주의력을 환기하는 것과도 같았다. 이 말도 그런 문장 중 하나였다. 그녀는 남편에게 위기가 닥친 것을 감지했다. 그런 질문은 그에게 자신의 실패를 상기시키는 말로 이어질 것이 거의 확실했다. 그의 책은 얼마나 오래 읽힐까 — 그는 분명 그런 생각을 할 것이었다. 윌리엄 뱅크스(그는 그런 일체의 허영에서 벗어나 있었다)는 소탈하게 웃으며, 자기는 유행의 변화 같은 것은 별로 중요하게 여기지 않는다고 말했다. 문학에서건 다른 어떤 일에서건 — 뭐가 얼마나 오래갈지 누가 알겠는가?

「그저 각자 좋아하는 걸 즐기면 되지요.」 그는 말했다. 그의 진솔함은 꽤 칭찬할 만하다고 램지 부인은 생각했다. 그는 이런 말을 하면 내가 어떻게 보일까 따위는 전혀 염두에 두지 않는 것 같았다. 하지만 그런 성격이 아니라 언제나 칭찬과 격려를 구해야 한다면, 어쩔 수 없이 불안해지기 시작할 것이었다(그녀는 램지 씨가 벌써 그런 기색인 것을 알아차렸다). 누군가가 오, 하지만 램지 씨, 당신의 저작은 오래 갈 거예요, 라든가 하고 말해 주었으면 하는 기색이었다. 하지만 스콧(셰익스피어였던가?)의 명성이 자기 생전에는 사라지지 않을 거라고 짜증스러운 듯 말하는 것만 봐도 그의 불안감이 역력히 느껴졌다. 그는 짜증스럽게 그 말을 했고, 모두들 이유를 알 수 없이 심기가 불편해졌다고 그녀는 생각했다. 그러자 본능적으로 예민한 민타 도일이 퉁한 어조로, 아무도 셰익스피어를 정말로 좋아서 읽지는 않을 거라고 말했다. 램지 씨는 여전히 얼굴을 찌푸린 채(하지만 그의 관심은 방향이 바뀌었다) 사실 셰익스피어를 좋아한다고 말하는 만큼 정말로 좋아하는 사람은 얼마 없을 거라고 말했다. 하지만, 하고 그는 덧붙였다, 그래도 그의 희곡 중 어떤 것은 정말로 훌륭하다고. 램지 부인은 이제 한숨 돌렸다고 생각했다. 그는 민타를 놀리며 웃을 것이고, 민타는 그가 자기 자신에 대해 극도로 초조해하는 것을 느끼고 자기 나름으로는 그를 위로하려고 어떤 식으로든 칭찬할 것이었다. 부인은 굳이 그럴 필요가 없었으면 싶었지만, 어쩌면 그가 그렇게 칭찬을 필요로 하는 것은 그녀 자신의 탓인지도 몰랐다. 어떻든 그녀는 이제 마음 놓고 폴 레일리가 어렸을 때 읽은 책에 대해 말하는 데 귀 기울일 수 있었다. 그런 책들은 오래간다고 그가 말했다. 학교 때 톨스토이를 좀 읽었는데, 늘 생각나는 게 하나 있지만, 이름을 잊어버렸다고 했다. 러시아 이름들은 참 어렵지요, 램지 부인이 말했다. 「아, 브론스키.」 폴이 말했다. 그건 악당에게나 어울릴 이름이라고 생각했었기 때문에 아직도 기억이 난다는 것이었다. 「브론스키라면, 『안나 카레니나』 말이군요.」 램지 부인이 말했다. 하지만 이야기는 거기서 얼마 더 이어지지 못했다. 책은 두 사람의 분야가 아니었다. 아니고말고. 책에 대해서라면 찰스 탠슬리가 얼마든지 두 사람의 무지를 밝혀 줄 수 있겠지만, 내가 지금 제대로 말하고 있나? 내가 좋은 인상을 주고 있나? 하는 생각과 뒤범벅이 되어, 결국 톨스토이보다는 그 자신에 대한 얘기만 듣게 될 게 뻔했다. 반면, 폴은 어떤 얘기를 할 때 자기 자신을 내세우는 법이 없었다. 별로 똑똑하지 못한 사람들이 다 그렇듯이, 그에게도 일종의 겸손함이, 상대방의 느낌에 대한 배려가 있어서, 적어도 어떤 면으로는 그런 점이 매력적이라고 생각되었다. 지금도 그는 그 자신이나 톨스토이에 대해 생각하기보다, 부인이 춥지는 않은지, 외풍이 느껴지지는 않는지, 배(梨)를 하나 들겠는지를 묻고 있었다.

아니요, 그녀가 말했다. 배는 생각이 없어요. 정말이지 그녀는 접시에 담긴 과일을 엄중히 감시하며(자신도 미처 깨닫지 못한 일이었지만) 아무도 과일에 손을 대지 말았으면 하고 바라던 참이었다. 그녀의 눈은 과일들이 그려 내는 윤곽과 음영을 넘나들면서, 저지(低地)산 포도의 풍부한 자주색 사이에서 노닐다 조개껍질의 딱딱한 골을 넘다 하면서, 자주색 바탕에 두드러지는 한 점 노랑을, 둥근 형태를 배경으로 하는 완만한 형태를 음미하고 있었다. 왠지 모르게, 그럴 때마다 점점 더 기분이 편안해졌다. 하지만 누군가 손을 뻗쳐 배를 한 개 집어 가는 바람에, 그 조화가 깨지고 말았다. 그녀는 안됐다는 듯 로즈 쪽을 보았다. 로즈는 재스퍼와 프루 사이에 앉아 있었다. 내 자식이 이런 일을 해내다니 얼마나 신기한지!

    아이들이 저렇게 나란히, 재스퍼, 로즈, 프루, 앤드루, 모두 저렇게 조용하게 앉아 있는 것을 보니 신기한 느낌이 들었다. 입술이 달싹이는 것으로 보아, 자기들끼리만 뭔가 농담을 주고받는 모양이었다. 뭔가 좌중의 대화와는 동떨어진, 자기들끼리 방에서 웃고 떠드는 얘기인 듯했다. 부디 자기들 아버지에 대한 얘기가 아니기를 그녀는 바랐다. 아니, 그렇지는 않을 거라고 그녀는 생각했다. 대체 무슨 얘기일까, 그녀는 궁금해하며 다소 서글픈 심정이 들었다. 그들은 자기가 없을 때도 저렇게 웃고 떠들 것이었다. 저 차분하고 가면 같은 얼굴들 뒤에는 얼마나 많은 것이 쟁여져 있을지! 그들은 쉽게 섞여 들지 않고, 어른들로부터 조금 떨어진, 다소 높은 곳에서 지켜보는 구경꾼 내지 감시자와도 같았다. 하지만 오늘 밤 프루를 보면, 그 애는 더 이상 그렇지만도 않은 것 같았다. 그녀는 이제 막 그 높은 데서 내려오기 시작한 듯했다. 프루의 얼굴에도 희미한 빛이 떠올라 있는 것이, 마치 맞은편에 앉은 민타의 열기가, 행복에 대한 기대와 흥분이, 그녀에게 반사되기라도 한 것처럼 보였다. 마치 남녀 간 사랑의 태양이 식탁보 모서리 너머로 떠올라, 그녀는 그게 뭔지도 모르면서 몸을 앞으로 숙여 그것을 맞이하고 있는 것 같았다. 그녀는 수줍고도 호기심이 담긴 눈길로 민타를 계속 바라보았고, 램지 부인은 두 사람을 번갈아 보며 마음속으로 프루에게 말했다. 너도 머잖아 저 애처럼 행복해질 거야. 훨씬 더 행복해지고말고, 그녀는 덧붙였다. 왜냐하면 넌 내 딸이니까, 라는 뜻이었다. 자기 딸은 다른 사람들의 딸보다 더 행복하리라고 믿어 마지않았다. 하여간 저녁 식사가 끝났고, 일어날 시간이었다. 다들 접시 위에 놓인 것을 께적거리고 있을 뿐이었다. 그녀는 남편이 말한 뭔가에 대한 좌중의 웃음이 잦아들기를 기다렸다. 그는 뭔가 내기에 대해 민타와 농담을 하는 중이었다. 그 얘기가 끝나면 일어날 작정이었다.

그녀는 문득 찰스 탠슬리에게 호감이 갔다. 그의 웃음소리가 마음에 들었다. 그가 폴과 민타에 대해 그토록 성난 것이, 그의 어색한 행동거지가, 마음에 들었다. 어쨌든 저 젊은 이에게는 많은 것이 있어. 그리고 릴리는, 하고 그녀는 냅킨을 접시 곁에 내려놓으며 생각했다. 릴리는 언제나 자기만의 농담을 가지고 있지. 릴리 걱정은 할 필요가 없어. 그녀는 기다렸다. 냅킨 한끝을 접시 가장자리 아래로 밀어 넣었다. 자, 이제 끝났나? 아니, 이야기는 꼬리를 물고 이어졌다. 그녀의 남편은 오늘 밤 기분이 아주 좋아서, 오거스터스에 대해서도 수프 때문에 성났던 것을 풀고 그를 다시 받아들이기로 한 모양이었다 — 그들은 뭔가 학창 시절에 둘 다 겪은 일에 대해 말하고 있었다. 그녀는 창문을 바라보았다. 바깥의 어둠이 짙어질수록 창유리에 비친 촛불들은 더 밝게 타올랐고, 그렇게 창밖을 내다보노라니 목소리들이 매우 낯설게 들려왔다. 일일이 귀담아듣지 않으니 마치 성당에서 미사를 드릴 때의 목소리들 같았다. 갑자기 와그르르 웃음이 터진 다음 혼자 말하는 소리(민타였다)는 로마 가톨릭교회에서 미사 때 남자들과 소년들이 라틴어 문구로 낭랑하게 화답하는 것을 생각나게 했다. 그녀는 기다렸다. 그녀의 남편이 말하고 있었다. 무엇인가를 반복하는 것이, 운율과 기쁜 울림과 우수가 담긴 그의 음성으로 보아 아마 시를 읊는 듯했다.

나와서 정원 길을 올라가 보라,
루리아나, 루릴리.
월계꽃 만발하고 꿀벌이 잉잉댄다네.

말들이 울려 퍼지는 것이(그녀는 여전히 창밖을 바라보고 있었다) 마치 저 밖 물 위를 떠도는 꽃송이들 같았다. 단어 하나하나가 그들 모두로부터 떨어져, 딱히 누가 말하지 않았는데도, 저절로 그들 사이에 나타난 것처럼 맴돌았다.

살아온 모든 삶과 살아갈 모든 삶이
나무들과 철 따라 달라지는 잎사귀들로 가득하다네.

말뜻은 들어오지 않고, 마치 음악처럼, 그 한마디 한마디가 마치 그녀 자신이 소리 내어 읊조린 듯, 저녁 내내 이런저런 얘기를 하면서 마음속에 있던 전혀 다른 것을 너무나도 쉽고 자연스럽게 말하는 듯이 느껴졌다. 둘러보지 않고도, 좌중의 모두가

그대에게 그렇게 보이는지 궁금하다네

루리아나, 루릴리.

그렇게 읊는 음성에 그녀가 느꼈던 것과 같은 종류의 안도감과 즐거움을 느끼며 귀 기울이는 것을 알 수 있었다. 마치 이것이야말로 더없이 자연스러운 말이고, 그들 자신의 음성으로 말하고 있는 것처럼.

　하지만 소리가 그쳤다. 그녀는 주위를 둘러보고는, 자리에서 몸을 일으켰다. 오거스터스 카마이클이 일어서서 낭송을 계속하고 있었다. 냅킨을 여전히 두르고 있어 마치 기다란 흰옷을 걸친 것처럼 보였다.

　　종려 잎과 삼목 다발을 들고
　　잔디밭과 데이지 초원을 지나
　　왕들이 말을 타고 지나간다네
　　루리아나, 루릴리.

　그녀가 그 옆을 지나가자, 그는 그녀 쪽으로 약간 몸을 돌리고는 마지막 구절을 되풀이하며

　　루리아나, 루릴리.[30]

　30 이 시는 찰스 엘턴(1839~1900)의 작품이다. 엘턴은 변호사이자 국회의원으로 가끔 시를 썼는데, 한 편도 발표하지는 않았다. 「루리아나, 루릴리 Luriana, Lurilee」를 리턴 스트레이치에게 맡겼고, 케임브리지 시절 동창이던 레너드 울프(버지니아의 남편)도 이 시를 외워 산책길에 읊곤 했다. 위 시구들은 버지니아가 남편의 기억에 의지하여 인용한 것이다. 시의 전문은 훗날 비타 색빌웨스트가 남편인 해럴드 니컬슨과 함께 엮은 『이와 다른 세상 Another World Than This』(1945)에 수록되어 있다.

마치 그녀에게 경의라도 표하듯 절을 했다. 왠지 모르게 그가 이전 어느 때보다도 자신에게 호감을 보이는 것이 느껴졌다. 안도와 감사를 느끼며 그녀도 그의 절에 답례하고 그가 그녀를 위해 열어 주는 문을 지나갔다.

이제 모든 것을 한 걸음 더 밀고 나갈 필요가 있었다. 그녀는 문턱을 넘어서면서 잠시 머뭇거렸다. 바라보고 있는 동안에도 사라져 가는 그 장면에 조금 더 머물고 싶은 것처럼. 그러고는 민타의 팔을 잡고서 방을 나서자, 모든 것이 달라졌다. 어깨 너머로 마지막으로 한 번 더 돌아보면서, 그것이 이미 과거가 되었음을 알 수 있었다.

18

언제나 이렇지, 릴리는 생각했다. 언제나 바로 그 순간 해야 할 일, 램지 부인이 뭔가 자신만의 이유 때문에 당장 하기로 결정한 일이 있었다. 지금처럼 모두들 옹기종기 모여 선 채 끽연실로 갈까 거실로 갈까 아니면 그냥 다락방으로 올라가 버릴까 망설이며 농담을 주고받는 순간에도 그러했다. 램지 부인은 그 와중에 민타와 팔짱을 끼고 서 있다가, 마치 〈자, 이제 가서 그 일을 해야지〉 생각이라도 한 듯, 뭔가 혼자 해야 할 일을 위해 은밀히 자리를 뜨는 것이었다. 그녀가 가버리자 분위기는 금방 와해되어, 다들 서성이다 각자 흩어져 갔다. 뱅크스 씨는 찰스 탠슬리의 팔을 잡고는 식탁에서 하던 정치 토론을 끝내기 위해 테라스로 나갔다. 그러자 저녁 내내 유지되던 균형이 기우뚱하며 바뀌어 전혀 다른 방향으로 무게가 실리는 듯했다. 릴리는 그들이 멀어져 가는 것을 보며, 또 노동당의 정책에 관한 몇 마디를 듣고는, 마치 그들이 배의 함교(艦橋) 위로 올라가 진로를 정하기라도 하려는 것 같다고 생각했다. 시에서 정치로 화제가 바뀌니 그런 느낌이 들었던 것이다. 그렇게 뱅크스 씨와 탠슬리는 멀어져 가고, 다른 사람들은 램지 부인이 램프 불빛 속에 혼자 위층으로 올라가는 것을 쳐다보고 있었다. 대체 어디를 저렇게 급히 가는 걸까? 릴리는 생각했다.

   실은 종종걸음을 치거나 서두르는 것도 아니었다. 오히려 느릿느릿 올라가고 있었다. 그녀는 그 모든 담소 후에 잠깐 조용히 서서, 한 가지, 정말 중요한 한 가지를 골라 따로 떼어 내고 모든 감정과 잡다한 군더더기를 추려 낸 다음 오롯이 눈앞에 들고 재판정으로 가져가 보고 싶었던 것이다. 그곳에는 그녀가 그런 문제를 결정하기 위해 선임한 판사들이 둘러앉아 있었다. 그것은 좋은지, 나쁜지, 옳은지, 그른지? 우리 모두는 어디로 가고 있는지? 등등. 그래서 그녀는 민타와 폴의 약혼이라는 사건의 충격에서 몸을 바로 하고는, 거의 무의식적으로, 엉뚱하게도, 창밖의 느릅나무 가지들에 의지하여 자세를 유지했다. 그녀의 세계는 변하고 있는데, 나무들은 고요하기만 했다. 그 사건은 그녀에게 뭔가 움직이기 시작한 느낌을 주었다. 모든 것은 질서가 잡혀야 했다. 그녀는 이것도 바로잡고 저것도 바로잡아야 한다고, 느릅나무의 고요한 위엄과 바람에 가지들이 멋지게 솟구치는 것(마치 파도에 들린 뱃머리 같았다)에 자기도 모르게 감탄하면서 생각했다. 바람이 부는 모양이었다(그녀는 잠시 바깥을 내다보며 서 있었다). 바람이 불어 잎사귀들이 이따금 한쪽으로 쏠리면서 별이 나타났고, 별들은 몸을 흔들어 빛을 발하면서 잎사귀들의 가장자리 사이로 비쳐 나오려 하는 것처럼 보였다. 그래, 그러니까 그 일은 이미 일어났고 지나간 것이었다. 그리고 이미 이루어진 일들이 다 그렇듯, 엄숙해졌다. 이제 그 생각을 하면 재잘거림도 감정도 깨끗이 씻겨 나가, 그것은 언제나 그러했으며 이제 겨우 나타나 보인 것뿐인 듯 이 모든 것을 안정되게 만들었다. 그들은 아무리 오래 살더라도, 하고 그녀는 다시 걸음을 옮기며 생각했다. 언제든 이 밤으로 돌아올 것이었다. 이 달, 이 바람, 이 집으로, 그리고 그녀에게로. 자기가 그들의 마음속에 새겨져서 그들이 아무리 오래 살더라도 기억되리라는 생각은 그녀를 더없이 기쁘게 했다. 그리고 이것도, 또 이것, 그리고 이것도, 하고 그녀는 위층으로 올라가면서, 층계참에 놓인 소파(그녀의 어머니 것이었다)와 흔들의자(그녀의 아버지 것이었다), 헤브리디스 제도의 지도 같은 것들을 애정 어린 눈길로 바라보고 웃으면서 생각했다. 그 모든 것이 폴과 민타의 — 〈레일리 부부의〉라고 그녀는 새로운 이름을 되뇌어 보았다 — 삶에서 되살아날 것이었다. 그녀는 유아실 문에 손을 가져가면서, 그런 감정이 가져다주는 다른 사람들과의 정서적 유대를 느꼈다. 칸막이벽들이 점점 얇아져서 사실상 (그 정서란 안도와 행복의 정서였다) 모든 것이 하나의 흐름을 이루었고, 의자와 탁자와 지도가 그녀의 것인 동시에 그들의 것이 되었으며 누구 것인지도 더 이상 문제 되지 않았다. 그녀가 죽으면 폴과 민타가 그 흐름을 이어 갈 것이었다.

그녀는 삐걱 소리를 내지 않으려고 힘주어 문손잡이를 돌리고는, 마치 소리 내어 말하면 안 된다는 것을 스스로에게 상기시키듯 입술을 오므리며 방 안으로 들어섰다. 하지만 방 안에 들어서자마자 그녀는 그렇게 조심할 필요가 전혀 없다는 것을 알았다. 아이들은 자고 있지 않았다. 정말 곤란한 일이었다. 밀드레드는 좀 더 신경을 써야 했다. 제임스도 말끄러미 깨어 있고, 캠은 아예 일어나 앉았고, 밀드레드는 맨발로 침대 밖에 나와 있었다. 11시가 다 되어 가는데, 다 같이 떠들고 있었다. 대체 무슨 일이지? 그 끔찍한 해골이 또 문제였다. 밀드레드에게 치우라고 일렀건만, 잊어버린 게 뻔했다. 캠은 잠이 다 달아나 버렸고, 제임스도 안 자고 다투고 있었다. 벌써 몇 시간 전에 잠들었어야 할 때에. 대체 에드워드는 무엇에 씌었기에 저런 끔찍한 해골을 보냈을까? 그걸 저기 못 박아 걸게 하다니 어리석은 짓이었다. 밀드레드 말로는 못이 너무 단단히 박혀 있다고 했다. 캠은 방 안에 그게 있으니 잘 수가 없고, 제임스는 그녀가 해골에 손만 대면 비명을 지르는 것이었다.

자, 캠은 그만 자야지(해골에 커다란 뿔이 달렸다고 캠이 말했다) — 잠들어 예쁜 궁전들이 나오는 꿈을 꾸는 거야, 램지 부인은 캠의 침대로 다가가 아이 곁에 앉으며 말했다. 뿔이 보인다고, 온 방에 뿔이 있다고 캠이 말했다. 사실이었다. 등불을 어디에 놓든(제임스는 불을 끄고는 잘 수가 없었다) 방 어딘가에 커다란 뿔 그림자가 지곤 했다.

「하지만 생각해 봐, 캠, 그냥 늙은 돼지잖아.」 램지 부인이 말했다. 「농장에 있는 돼지처럼, 그냥 까만 돼지란다.」 하지만 캠에게는 그것이 온 방 가득 그녀에게 뿔을 뻗치고 있는 무시무시한 것으로만 비쳤다.

「좋아, 그러면 안 보이게 덮어 버리자.」 램지 부인이 말했다. 아이들은 그녀가 서랍장으로 가서 작은 서랍들을 하나씩 재빨리 여닫는 것을 지켜보았다. 쓸 만한 것이 눈에 띄지 않자, 그녀는 두르고 있던 숄을 재빨리 벗어 그걸로 해골을 빙빙 둘러 감고는 캠에게로 돌아와 캠과 나란히 베개를 베고서 도란도란 들려주었다. 이제 얼마나 근사해 보이느냐고, 요정들이 얼마나 좋아하겠느냐고, 외국에서 본 아름다운 산 같다고, 골짜기가 있고 꽃들이 있고 종소리가 울리고 새들이 노래하고 아가 염소들이랑 영양들이랑…… 그녀가 하는 말들이 캠의 마음속에서 운율을 이루며 메아리치는 것을 알 수 있었다. 캠은 그녀를 따라 산 같고 새 둥지 같고 정원 같고…… 아가 영양들이 있고…… 하면서 눈을 떴다 감았다 했고, 램지 부인은 한층 더 단조롭고 운율적이고 뜻 없는 말들을 나직나직 계속하면서 이제 눈 감고 자야지, 산이랑 골짜기랑 보러 가야지, 별똥별이랑 앵무새랑 영양들이랑 정원이랑…… 하면서 천천히 고개를 들고는 점점 더 단조로운 말투로 계속하다가 일어나 앉아 캠이 잠든 것을 내려다보았다.

자, 그녀는 건너편 침대로 건너가 속삭였다. 이제 제임스도 자야지. 멧돼지 해골은 여전히 저기 있잖아, 아무도 건드리지 않았어, 네가 원하던 대로야, 전혀 건드리지 않았어. 그는 해골이 정말 거기 숄 밑에 있는지 다짐을 받더니 한 가지 더 알고 싶어 했다. 내일 등대에 갈 것인지?

아니, 내일은 안 돼. 그녀는 말했다. 하지만 날씨가 좋아지면 곧 갈 거야, 그녀는 약속했다. 착한 아이니 이제 그만 누워 자야지. 그녀는 이불을 당겨 덮어 주었다. 하지만 그는 잊지 않으리라는 것을 그녀는 알고 있었고, 찰스 탠슬리에게, 남편에게, 그리고 괜히 아이의 기대만 부풀려 놓은 자신에게도 화가 났다. 그러고는 숄을 더듬어 찾다가 그걸로 멧돼지 해골을 싸놓은 것을 기억하고는 그냥 일어나서 창문을 1~2인치 더 내려 닫으며 바람결에 무심하고 싸늘한 밤공기를 들이마셨다. 그러고는 밀드레드에게 잘 자라 인사하고 방에서 나와 문을 가만히 닫았다.

제발 위층에서 책 떨어뜨리는 소리를 내지 말았으면, 하고 그녀는 찰스 탠슬리가 얼마나 사람을 짜증 나게 하는가를 상기하며 생각했다. 아이들은 둘 다 예민해서 깊이 잠들지 못했다. 게다가 그는 등대에 대해 그런 퉁명스러운 말을 한 터라, 아이들이 막 잠들려 할 때, 그가 책상에서 팔꿈치로 어설프게 책 무더기를 밀어내다가 와르르 떨어뜨리는 소리라도 낼 것만 같았다. 보나 마나 공부를 한다고 벌써 위층에 올라갔을 테니 말이다. 그는 어찌나 외톨이처럼 보이던지, 하지만 자기 방에 갔다면 안심이었다. 내일은 좀 더 잘 대해 주어야지. 그는 남편에게 정말이지 잘하니까. 하지만 그의 매너는 정말이지 고칠 필요가 있었다. 그래도 그의 웃음소리는 듣기 좋았다 ─ 그런저런 생각을 하며 그녀는 아래층으로 내려가는데, 계단 창문 너머로 달이 눈에 들어왔다 ─ 노란 가을 달이었다. 모퉁이를 돌아서자, 그들 모두가 계단 위에 서 있는 그녀를 쳐다보고 있었다.

〈저분이 내 어머니시다〉 하고 프루는 생각했다. 그래, 민타도 보아야 하고, 폴 레일리도 보아야 했다. 세상에 그런 사람은 단 하나, 자기 어머니뿐인 듯이 느껴졌다. 조금 전까지만 해도 다른 사람들과 이야기하면서 자못 어른이 된 것만 같았는데, 이제 다시 아이가 되었고, 조금 전에 하던 것은 일종의 게임이라는 느낌이 들면서, 어머니가 그들의 게임을 인정할지 아니면 못마땅해할지 궁금해졌다. 민타와 폴과 릴리는 저런 분을 볼 수 있다니 얼마나 운이 좋은가, 저런 분이 내 어머니라니 나는 얼마나 기막히게 운이 좋은가, 나는 절대로 어른이 되지 않고 집을 떠나지 않겠다고 생각하면서, 그녀는 아이처럼 말했다. 「파도를 보러 바닷가에 가볼까 하던 참이에요.」

순간, 아무 이유 없이, 램지 부인은 스무 살 아가씨처럼 명랑한 기분이 들었다. 갑자기 기든 느낌에 사로잡혀, 물론 가봐야지, 가야 하고말고, 그녀는 웃으며 소리쳤다. 그러면서 마지막 남은 서너 단을 달려 내려가, 이 사람 저 사람에게 돌아서면서 소리 내어 웃고 민타의 숄을 잡아당기며 자기도 가고 싶다고 말했다. 많이 늦으려는지? 누구 시계 가진 사람 있는지?

「폴이 갖고 있어요.」 민타가 말했다. 폴은 부드러운 섀미 가죽으로 된 작은 케이스에서 금시계를 꺼내 보여 주었다. 그녀를 향해 펼친 손바닥을 내밀면서 〈다 알고 계셔. 아무 말 안 해도 돼〉 하는 느낌이었다. 시계를 내보이면서 〈저 해냈어요. 다 당신 덕택이에요〉 하고 말하는 기분이 들었다. 그의 손바닥에 놓인 금시계를 보면서, 램지 부인은 민타는 정말 운이 좋아! 가죽 케이스에 든 금시계를 가진 남자와 결혼하다니! 하고 생각했다.

「나도 같이 가고 싶은데!」 그녀는 소리쳤다. 하지만 뭔가 강한 것이 그녀를 억제하고 있었다. 그것이 무엇인지 스스로 물어볼 생각조차 할 수 없을 만큼 강한 것이. 물론 그녀가 그들과 함께 간다는 것은 불가능한 일이었다. 하지만 그 무엇인가만 아니라면 그녀도 즐거이 따라나설 것이었다. 방금 떠오른 생각(가죽 케이스에 든 시계를 가진 남자와 결혼하는 것이 운이 좋다는)이 얼마나 어이없는가 하고 피식 웃으며, 입가에 미소를 띤 채 다른 방으로 들어갔다. 남편이 책을 읽고 있는 방으로.

19

 물론 여기 온 건, 하고 그녀는 방 안에 들어서면서 생각했다. 뭔가 원하는 게 있어서지. 우선은 특정한 등불 아래 특정한 의자에 앉고 싶었고, 하지만 뭔가 알 수는 없지만 더 원하는 것이 있었는데, 자기가 원하는 게 뭔지 생각이 나지 않았다. 그녀는 남편을 바라보았고(뜨개질하던 양말을 들고 다시 짜기 시작하면서), 그가 방해받기를 원치 않는다는 것을 알아차렸다 — 그건 분명했다. 그는 뭔가 대단히 감동적인 것을 읽고 있는 모양이었다. 희미하게 웃음을 머금고 있는 것이, 감정을 억제하고 있는 듯했다. 페이지가 금방금방 넘어갔다. 그는 마치 자신이 책 속의 인물이기나 한 것처럼 몰두해 있었다. 무슨 책인지 궁금해졌다. 아, 월터 경의 책 중 하나로군, 그녀는 등갓을 바로잡아 뜨개질거리를 비추도록 하면서 넘겨다보았다. 찰스 탠슬리가 한 말 때문이었다(그녀는 또다시 머리 위에서 책 떨어지는 소리가 나기를 기대하기라도 하듯 천장을 쳐다보았다), 이제는 아무도 월터 스콧을 읽지 않는다는. 그래서 남편은 〈사람들은 나에 대해서도 그렇게 말하겠지〉 하고 생각한 것이다. 그래서 스콧의 책을 꺼내 들었다. 그리고 만일 찰스 탠슬리가 말한 것에 대해 〈정말 그렇다〉는 결론이 나면, 스콧에 대해서는 그 사실을 받아들일 것이다(그녀는 이제 그가 책을 읽으면서 그 점을 심사숙고하며 견주어 보고 있다는 것을 알 수 있었다). 하지만 그 자신에 대해서는 그러지 못할 것이었다. 그는 항상 자신에 대해 불안해했다. 그녀는 그 점이 안쓰러웠다. 그는 노상 자기 저서들에 대해 걱정할 것이다 — 사람들이 읽을까? 잘 쓴 책일까? 왜 좀 더 잘 쓰지 못했을까? 사람들이 나를 어떻게 생각할까? — 남편에 대해 그런 느낌이 드는 것이 못마땅한 데다가, 아까 저녁 식사 때 명성이니 오래가는 책이니 하는 얘기가 나왔을 때 그가 갑자기 신경질적이 된 것을 사람들이 눈치챘을까, 아이들이 그 점에 대해 웃지나 않았을까, 하는 것이 마음에 걸려, 부인은 짜고 있던 양말을 휙 잡아당겼고, 그녀의 입술과 이마에는 쇠 바늘로 새긴 듯 모든 잔주름이 나타났다. 이윽고 그녀는 마음이 가라앉았다. 마치 뒤척이며 흔들리던 나무가 바람이 잦아들면 한 잎 한 잎 정적 속에 자리 잡는 것처럼.

어쨌든 중요한 게 아냐, 그녀는 생각했다. 위대한 인물, 위대한 저서, 명성 — 누가 알겠어? 그녀는 그런 건 전혀 몰랐다. 하지만 문제는 그의 태도, 그의 진실성이었다 — 가령, 저녁 식사 때 그녀는 거의 본능적으로, 그가 말하기만 한다면! 하고 생각했었다. 그녀는 그를 전폭적으로 신뢰하고 있었다. 하여간, 이 모든 생각을 밀어내며, 마치 물속에 뛰어들어 잡풀, 지푸라기, 거품, 이런 것들을 차례로 밀어내면서 점점 더 깊이 들어가듯이, 그녀는 자기 안으로 침잠하면서 조금 전 문간에서 함께 떠들며 느꼈던 감정을 다시 느꼈다. 뭔가 내가 원하는 게 있었는데 — 그걸 가지러 왔었는데, 그녀는 그것이 무엇인지 여전히 알 수 없는 채 눈을 감고서 점점 더 깊이 빠져들었다. 손으로는 뜨개바늘을 움직이면서, 여전히 그게 뭘까 하면서, 잠시 더 기다리자, 저녁 식사 때 들었던 〈월계꽃 만발하고 꿀벌이 잉잉댄다네〉 하는 말이 천천히 떠올라 그녀의 마음속에서 운율을 이루며 이쪽저쪽으로 파도치기 시작했다. 그러면서 말들은 마치 갓을 씌운 작은 등불처럼, 빨강, 파랑, 노랑으로 그녀의 마음속 어둠을 밝히더니, 저 위 횃대를 떠나 이쪽저쪽으로 엇갈려 날기도 하고 서로서로 메아리치기도 했다. 그녀는 몸을 뒤척이면서 옆 탁자 위의 책을 더듬어 찾았다.

살아온 모든 삶과 살아갈 모든 삶이
나무들과 철 따라 달라지는 잎사귀들로 가득하다네.

그녀는 중얼거리며, 뜨개바늘을 양말에 꽂았다. 그러고는 책을 펼쳐 아무 데나 여기저기 읽기 시작했고, 그러면서 머리 위에 늘어진 꽃잎 사이를 헤치며 사방팔방 길을 찾는 듯한 느낌이 들었다. 그냥 이건 하얗구나 이건 빨갛구나 하고 알 수 있을 뿐, 도대체 말들이 무슨 뜻인지, 얼른 눈에 들어오지 않았다.

노 저어 오라, 날개 달린 배를 저어 이리 오라,
지친 수부들이여.[31]

그녀는 페이지를 넘겨 가며, 천천히 몸을 흔들면서, 이 줄

---

[31] 태비스톡의 윌리엄 브라운(1591경~1643경)의 시 「세이렌의 노래 The Sirens' Song」의 첫 두 행.

에서 저 줄로 넘어갔다. 이 가지에서 저 가지로, 희고 붉은 꽃에서 다른 꽃으로 건너뛰듯이. 그러다 무슨 소리에 놀라 깨어 보니 남편이 뭔가에 감탄한 듯 무릎을 치는 소리였다. 그들은 잠시 눈이 마주쳤지만, 서로 말을 건네기는 원치 않았다. 할 말은 아무것도 없었지만, 그래도 그에게서 그녀에게로 무엇인가가 건너가는 듯했다. 그로 하여금 무릎을 치게 한 것은 생명이었고, 생명의 힘이었고, 엄청난 유머라는 것을 그녀는 알 수 있었다. 나를 방해하지 마, 그가 말하는 듯했다. 아무 말 하지 말고, 그냥 앉아 있어. 그러고는 계속 책을 읽었다. 그의 입술이 씰룩거렸다. 그것은 그를 충만케 하고 힘을 불어넣었다. 그는 저녁 식사 때의 사소한 입씨름이나 다른 사람들이 끊임없이 먹고 마시는 동안 가만히 앉아 있는 것이 얼마나 끔찍하게 지루했던가 하는 것은 깨끗이 잊어버렸다. 자기가 아내에게 까다롭고 성마르게 굴었던 것이나, 자기 책이 존재하지도 않는 듯 사람들에게 무시당한 데 대해 예민하게 반응했던 것도 다 잊어버렸다. 사실 누가 Z에 도달하는가는 그리 중요치 않았다(만일 사상이라는 것이 A부터 Z까지 알파벳 순서로 나아가는 것이라면). 누군가는 — 그가 아니라면 다른 누군가가 — 거기 도달할 것이었다. 이 사내의 강인함과 건전함, 단순하고 소박한 것들에 대한 애정이, 이 어부들이, 머클배키트[32]의 오두막에 있는 가련

---

32 월터 스콧의 웨이벌리 연작 중 하나인 『골동품상 *The Antiquary*』(1816)에 나오는 인물로 늙은 어부이다. 램지 씨는 이 책의 26~34장에서 젊은 어부 스티니 머클배키트가 익사한 후 그의 가족이 겪는 불운과, 골동품상 조너선 올드벅이 조의를 표하러 찾아와 눈물을 참지 못하는 대목을 읽은 듯하다. 고고학에 심취한 이 박식한 괴짜 60대 노인은 성내기 잘하고 무뚝뚝한 인물로 램지 씨와 비슷한 데가 많다.

한 괴짜가, 그에게 활력을 느끼게 하고, 뭔가 큰 짐을 내려놓은 듯한 느낌을 주어, 그는 분발하고 용기 백배하여 눈물이 핑 돌았다. 책을 조금 들어 얼굴을 가리면서, 그는 눈물을 떨구고는 고개를 이쪽저쪽으로 흔들며 자신을 완전히 잊어버렸고(도덕성, 프랑스 소설과 영국 소설 그리고 비록 스콧의 손이 한데 묶이기는 했어도 그의 시각만은 다른 시각만큼이나 진실하다는 사실 등등에 대한 한두 가지 고찰은 제외하고), 자신의 걱정거리나 실패 따위는 스티니의 익사와 머클배키트의 슬픔(이 대목에서야말로 스콧은 훌륭했다) 그리고 그것이 그에게 준 놀라운 기쁨과 활력 가운데서 깡그리 잊어버렸다.

그래, 어디 이보다 더 잘 써보라지, 그는 읽던 장을 마치며 생각했다. 자신이 누군가와 벌이던 논쟁에 이긴 듯한 느낌이 들었다. 그들이 뭐라 하든 간에 이보다 더 잘 쓸 수는 없었고, 따라서 자신의 입장도 더 공고해진 것이었다. 연인들은 좀 시시하지, 하고 그는 마음속으로 이야기를 되새겨 보며 생각했다. 그건 시시하고, 이건 일류이고, 하면서 그는 이것저것 비교해 보며 생각했다. 하지만 다시 읽어 보아야 했다. 작품 전체가 다 기억나지는 않았고, 따라서 판단을 유보해야 했다. 그래서 그는 또 다른 생각으로 넘어갔다 ─ 만일 젊은이들이 이 작품을 좋아하지 않는다면, 자기 책들도 좋아하지 않을 것이었다. 그렇다고 불평할 수도 없는 노릇이지, 하고 램지 씨는 아내에게 요즘 젊은이들은 자기를 알아주지 않는다고 불평하고 싶은 욕망을 억누르며 생각했다. 하지만 이제 다시는 그녀를 귀찮게 하지 않기로 결심했다. 그는 책을 읽다 말고 그녀를 바라보았다. 그녀는 책을 읽는 모습이 아주 평온해 보였다. 그는 모두들 떠나 버리고 그녀와 단둘이 남았다는 생각에 즐거워졌다. 한 여자와 잠자리에 드는 게 인생의 전부는 아니지, 하고 그는 스콧과 발자크, 영국 소설과 프랑스 소설에로 돌아가며 생각했다.

램지 부인은 고개를 들었고, 얕은 잠에 든 사람처럼 만일 그가 원한다면 깨어나겠다고, 정말로 그러겠다고, 하지만 그렇지 않다면 조금 더, 조금만 더 자도 되지 않겠느냐고 말하는 것처럼 보였다. 그녀는 이 꽃 저 꽃에 손을 얹으며 그 나뭇가지들을 이리저리 헤치며 올라가는 중이었다.

「장미의 심홍색도 칭송하지 않았노니.」[33] 그녀는 읽었고, 그렇게 읽으면서 여전히 우듬지로, 맨 꼭대기로, 올라가기를 계속했다. 얼마나 만족스러운지! 얼마나 아늑한지! 그날 있었던 모든 잡다한 일들이 그 자석에 들러붙어 자기 마음은 비질이라도 한 듯 깨끗해진 느낌이었다. 그러자 바로 거기 그것이, 갑자기 온전하게 나타났다. 그녀는 그것을 양손으로 붙잡았다. 아름답고 합리적이고 맑고 완전한 상태로, 삶이 다 빨려 나간 본질, 여기 완성되어 있는 것 — 소네트를.

하지만 그녀는 남편이 자기를 바라보고 있는 것을 차츰 의식하고 있었다. 그는 마치 그녀가 환한 대낮에 잠든 것을 슬며시 놀리기라도 하듯 묘하게 짓궂은 표정으로 그녀에게 미소 짓고 있었다. 그러면서도, 계속 읽어요, 하고 그는 생각했다. 이제 슬퍼 보이지 않는구려, 그는 생각했다. 그는 그녀가 무엇을 읽고 있는지 궁금했고, 그녀의 무지함, 그녀의 단

---

33 이 구절과 다음에 나오는 〈그대가 없으니 내내 겨울인 듯하였어라/그대 그림자인 양 내 이것들과 노닐었을 뿐〉은 셰익스피어의 소네트 제98번에서 인용한 것이다.

순함을 과장하여 생각했다. 그는 그녀가 영리하지도 않고 책도 많이 읽지 못했다고 생각하기를 좋아했던 것이다. 그는 그녀가 읽고 있는 것을 이해는 하는지 궁금했다. 아마 이해 못 할걸, 그는 생각했다. 그녀는 놀랍도록 아름다웠다. 그가 보기에 그녀의 아름다움은, 그런 일이 가능한지 모르지만, 점점 더해 가는 것만 같았다.

    그대가 없으니 내내 겨울인 듯하였어라,
    그대 그림자인 양 내 이것들과 노닐었을 뿐.

그녀는 읽기를 마쳤다.
「왜요?」 그녀는 책에서 고개를 들고, 꿈꾸는 듯한 표정으로 그의 미소에 답했다.

    그대 그림자인 양 내 이것들과 노닐었을 뿐.

그녀는 책을 탁자 위에 내려놓으며 중얼거렸다.
초저녁에 그와 단둘이 있었던 이후에 무슨 일이 있었더라? 그녀는 뜨개질거리를 다시 집어 들며 기억을 더듬어 보았다. 옷을 차려입었고, 계단을 내려오다 달을 보았고, 앤드루가 식사 때 접시를 너무 높이 쳐들었고, 뭔가 윌리엄이 한 말 때문에 좀 기분이 가라앉았고, 나무에서 새들이 떠들었고, 층계참의 소파, 아이들이 안 자고 있던 것, 찰스 탠슬리가 위층 방바닥에 책을 떨어뜨리는 소리가 아이들을 깨웠고 — 아니지, 그건 그냥 그녀가 생각해 본 것이었다 — 폴은 가죽 케이스에 든 시계를 가지고 있었고. 남편에게 무슨 얘기를 해줄까?

「약혼했대요.」 그녀는 뜨개질을 시작하며 말했다. 「폴과 민타 말이에요.」

「그런 것 같더구먼.」 그가 말했다. 그 일에 대해서는 사실 별로 할 말도 없었다. 그녀의 마음은 여전히 시구와 함께 오르락내리락하고 있었고, 그는 스티니의 장례에 대해 읽고 난 참이라 여전히 아주 활기차고 솔직 담백해 보였다. 그래서 그들은 말없이 앉아 있었다. 그녀는 자기가 남편이 뭔가 말해 주기를 기다리고 있다는 사실을 깨달았다.

아무거나, 아무거라도 좋아요, 그녀는 뜨개질을 계속하며 생각했다. 아무 얘기라도 좀 해봐요.

「가죽 케이스에 든 시계를 가진 남자와 결혼하다니 근사하잖아요.」 그녀는 말했다. 그것이 그들이 함께하는 종류의 농담이었다.

그는 콧방귀를 뀌었다. 이 약혼에 대해서도, 그는 어느 약혼에 대해서나 마찬가지로 느꼈다. 즉 아가씨가 청년에게 과분하다고. 그녀의 머릿속에는 차츰 한 가지 의문이 떠올랐다. 그렇다면 우리는 도대체 왜 사람들이 결혼하기를 바라는 걸까? 무슨 가치가, 무슨 의미가 있는 걸까? (이제 그들이 하는 말은 한마디 한마디가 진실일 것이었다.) 뭐라고 말 좀 해봐요, 그녀는 생각했다. 그저 그의 목소리를 듣고 싶었다. 그림자가, 그들을 에워싸고 있는 것이, 다시금 자신을 죄어드는 것을 느꼈기 때문이었다. 아무 말이라도 좀 해요, 그녀는 도움이라도 청하듯 그를 향해 고개를 들며 마음속으로 애원했다.

그는 여전히 말이 없었다. 시곗줄에 달린 나침반을 이리저리 흔들며 스콧의 소설과 발자크의 소설에 대해 생각하는 중이었다. 하지만 그들은 자기도 모르게 서로 가까이 다가가고 있었으므로, 친밀감의 어슴푸레한 벽 저편에서, 그의 마음이 마치 쳐든 손처럼 그녀의 마음에 그림자를 드리우는 것이 느껴졌다. 이제 그녀의 생각이 자기 마음에 들지 않는 방향으로 돌자 — 그 자신의 표현을 빌리자면 이 〈비관주의〉를 향해 — 그는 비록 말은 하지 않았지만 불편한 속내를 드러내듯 손을 들어 이마로 가져가 머리칼 한 줌을 빙빙 돌리다가, 다시 풀어 놓곤 했다.

「그거 오늘 밤 안으로는 완성 못 하겠는데.」 그는 그녀가 짜고 있는 양말을 가리키며 말했다. 그것이 바로 그녀가 원하던 것이었다 — 그녀를 나무라는 그의 음성에 담긴 퉁명스러움이. 만일 그가 비관적이 되는 건 옳지 않다고 말한다면, 아마 옳지 않겠지. 그녀는 생각했다. 이 결혼은 잘될 거야.

「그래요.」 그녀는 양말을 무릎 위에 펼쳐 보며 말했다. 「완성 못 할 거예요.」

그러고 또 뭐지요? 그녀는 그가 여전히 자신을 바라보고 있다는 것을, 하지만 그의 표정이 달라진 것을 느꼈다. 그는 무엇인가를 원했다. 그녀가 그에게 해주기 그토록 어려운 것을, 그에게 사랑한다는 말을 해주기를 원하고 있었다. 그런데 왠지 그 말은 하기가 어려웠다. 그는 그녀보다 말을 훨씬 잘하고, 그녀가 할 수 없는 말도 할 수 있었다. 그러니 그런 말을 하는 것도 언제나 그였는데, 그러다 무엇 때문인지 갑자기 그 사실이 마음에 걸리는 듯 그녀를 비난하는 것이었다. 그녀를 매정한 여자라고 했다. 그를 사랑한다는 말을 결코 하지 않는다고. 하지만 그런 게 아니었다 — 그런 게 아니었다. 다만 자기 느낌을 말로 할 수 없는 것뿐이었다. 코트에 빵 부스러기가 붙어 있지는 않은지? 뭔가 해줄 일은 없는지? 그녀는 자리에서 일어나 손에는 여전히 적갈색 양말을 든 채로 창가로 갔다. 그냥 그에게서 돌아서고 싶기도 했고, 이제 그가 지켜보는 앞에서 등대를 바라보아도 상관없다는 생각도 들었기 때문이다. 하지만 그녀는 자기가 돌아서는 순간 그도 고개를 돌려 여전히 자기를 지켜보고 있다는 것을 알고 있었다. 그가 당신은 갈수록 아름다워지는구려, 하고 생각하는 것도 알고 있었다. 그녀 자신도 아주 아름답다는 느낌이 들었다. 단 한 번만이라도 날 사랑한다고 말해 주지 않겠소? 그는 그런 생각을 하고 있을 것이었다. 민타의 약혼과 그의 책과, 또 하루가 끝나 간다는 사실, 등대에 가는 일로 잠시 다툰 것 등등이 그의 마음을 어지럽혔기 때문이었다. 하지만 그녀는 그 말을 할 수가 없었다. 그가 자기를 지켜보고 있다는 것을 알고 있었으므로, 그녀는 말을 하는 대신, 여전히 양말을 든 채로 돌아서서 그를 마주 보았다. 그렇게 그를 바라보면서 그녀는 미소 지었다. 비록 아무 말 하지 않더라도, 그는 알고 있기 때문이었다. 자기가 그를 사랑한다는 것을, 물론 그도 알고 있었다. 그는 그것을 부정할 수 없을 것이었다. 그렇게 미소를 띤 채 그녀는 창밖을 내다보며 말했다(세상 그 무엇도 이 행복에 견줄 수 없다고 마음속으로 생각하면서).

「그래요, 당신 말이 맞아요. 내일은 비가 와서 갈 수 없을 거예요.」 그녀는 미소 띤 얼굴로 그를 바라보았다. 그녀가 다시금 승리한 것이었다.

세월이 가다

1

「글쎄, 장차 어찌 될지 두고 봐야 알겠지.」 뱅크스 씨는 테라스에서 들어오며 말했다.

「너무 어두워서 잘 보이지 않아.」 앤드루는 바닷가에서 올라오며 말했다.

「어느 게 바다고 땅인지 분간도 안 되더라.」 프루가 말했다.

「등불은 켠 채로 둘까?」 다들 집에 들어와 코트를 벗을 때 릴리가 말했다.

「아뇨.」 프루가 말했다. 「모두 들어왔으면 그럴 필요 없어요.」

「앤드루, 현관에 불 좀 꺼.」 그녀가 소리쳤다.

하나씩 하나씩 등불이 모두 꺼졌다. 자리에 누워 베르길리우스를 조금 읽는 버릇이 있는 카마이클 씨만이 다른 불보다 좀 더 오래 촛불을 켜두고 있었다.

2

 그리하여 모든 불이 꺼지고, 달도 지고, 가는 비가 지붕을 두들기면서, 거대한 어둠이 퍼붓기 시작했다. 아무것도 그런 홍수를, 넘쳐 나는 어둠을, 이겨 내지 못할 것만 같았다. 어둠은 열쇠 구멍과 틈새로 기어들고, 창문의 블라인드 주위로 새어 들고, 침실로 들어와, 여기서는 물병과 대야를, 저기서는 빨갛고 노란 달리아꽃이 담긴 화병을, 또 저기서는 서랍장의 각진 모서리와 단단한 형체를 집어삼켰다. 가구들만 알아보기 힘든 것이 아니라, 몸이건 마음이건 간에 〈이건 그 남자〉, 〈이건 그 여자〉라고 분간할 만한 것이 남아 있지 않았다. 때로 무엇인가를 움켜쥐려는 듯 또는 밀쳐 내려는 듯 손이 들리고, 누군가는 신음하고 누군가는 잠꼬대를 하는 듯 소리 내어 웃기도 했다.

 거실에도 식당에도 계단에도 아무 기척이 없었다. 녹슨 경첩이나 습한 바닷바람에 부푼 목재를 통해, 바람의 몸에서 떨어져 나온 자락들이(워낙 낡아 빠진 집이었다) 모퉁이를 돌아 기어들기도 하고 용감하게 안으로 들어오기도 했다. 그렇게 새어 든 바람은 거실로 들어와 너덜거리는 벽지를 가지고 놀면서 좀 더 오래 버텨 보겠어? 언제쯤 떨어질 거야? 묻는 것 같기도 했다. 그러고는 부드럽게 벽을 쓸면서, 벽지에 그려진 노랗고 빨간 장미들에게 시들어 버릴 거야? 묻는 듯이, 휴지통에 담긴 찢어진 편지들과 꽃과 책과 이제 바람 앞에 노출된 이 모든 것에게 (시간은 얼마든지 있으니 부드러운 태도로) 아군이야? 적군이야? 얼마나 오래 버틸 거야? 묻는 듯이, 생각에 잠겨 지나가는 것이었다.

층계나 깔개를 희미하게 비추는 빛, 구름을 벗어난 어느 별이나 떠도는 배에서 어쩌면 등대에서 비쳐 드는 빛의 인도를 받아, 이 가느다란 바람들은 계단을 올라가 침실 문 주위를 기웃거렸다. 하지만 여기서 멈춰야 했다. 다른 무엇이 소멸하고 사라지든 간에, 여기 있는 것만은 굳건하다. 여기서는 저 미끄러지는 빛들에게, 침대 위에까지 몸을 굽혀 더듬는 저 바람들에게, 말할 수 있을 것이다. 여기서는 아무것도 건드릴 수도 파괴할 수도 없다고. 그러면 그들은 지친 듯이, 유령처럼, 마치 깃털처럼 가벼운 손가락과 깃털처럼 가벼운 끈기라도 가진 듯이, 감은 눈과 느슨히 쥔 손가락들을 한 번 더 들여다보고는 피곤한 듯 옷자락을 접으며 사라질 것이었다. 그러고는 여기저기 쑤석대고 비비대며 계단의 창문으로, 하인들의 침실로, 다락방의 상자들로 갔다가, 돌아 내려가 식탁 위의 사과들을 희끗하게 비추다가, 장미 꽃잎을 뒤적이기도 하고, 이젤 위의 그림을 만지작거리고, 깔개를 솔질하기도 하고, 마룻바닥에 조금 흩어진 모래를 쓸어 가기도 했다. 그러다 결국 단념하고는 모두 동작을 그치고, 한데 모여서, 함께 한숨지으며, 지향 없는 탄식을 일제히 내뱉으면, 부엌의 어느 문이 화답하듯 활짝 열렸다가 아무것도 들여보내지 않은 채 쾅 닫힐 것이었다.

  (베르길리우스를 읽고 있던 카마이클 씨도 촛불을 불어 껐다. 한밤중이었다.)

3

하지만 따지고 보면 하룻밤이란 무엇인가? 아주 짧은 동안이고, 특히 어둠이 그렇게 일찍 번해지고, 그렇게 일찍 새가 울고, 수탉이 울고, 치솟은 파도의 텅 빈 골에서 잎사귀가 돌아눕기도 희미한 녹색이 짙어질 때는 더욱 그러하다. 하지만 밤은 밤으로 이어진다. 겨울은 밤을 뭉텅이로 갖고서 지칠 줄 모르는 손가락으로 공평하게 고루 나누어 준다. 밤은 길어지고 깊어진다. 어떤 밤은 밝은 원반 같은 맑은 행성들을 높이 치켜들기도 한다. 가을 나무들은 앙상해진 채로, 찢어진 군기처럼 번득인다. 대성당 지하의 서늘한 어둠 속, 대리석 판 위에 금으로 새긴 글자들이 전쟁터에서의 죽음을, 멀리 인도의 모래 속에서 뼈들이 어떻게 희어지고 타들어 가는가를 말해 주는 그 어둠 속에서 빛을 발하는 군기처럼. 가을 나무들은 노란 달빛 속에 은은히 빛난다. 추수기의 달빛 속에, 노동의 에너지를 무르익게 하고 그루터기를 부드럽게 감싸며 해안에 푸른 파도를 철썩이게 하는 달빛 속에.

이제 인간의 회오와 그 모든 노고에 감동한 선신(善神)이 휘장을 젖히고 그 뒤의 것을, 앞발을 들고 일어선 토끼를, 무너지는 파도를, 요동하는 배를, 낱낱이 분명하게 보여 주는 것만 같다. 그 모든 것은 우리가 그럴 자격만 있다면 항상 우리의 것이 되어야 하겠지만, 애석하게도, 선신은 마땅찮은 듯 줄을 잡아당겨 휘장을 닫아 버리고, 자기 보물들을 한바탕 우박으로 뒤덮어 부숴 버린다. 그러면 그것들은 뒤죽박죽이 되어 버려 한때의 고요함은 다시 돌아오지 않을 것만 같다. 우리는 그 파편들을 가지고 완전한 전체를 만들 수도 없고, 흐트러진 조각들에서 진리의 분명한 말을 읽을 수도 없을 것이다. 우리의 회오는 흘긋 돌아볼 가치밖에 없으며, 우리의 노고는 잠깐 휴식할 자격밖에 주지 않으니까.

 이제 밤은 바람과 파괴로 가득 차 있다. 나무들은 바람 속에 요동치며 휘어지고 잎사귀들은 마구 흩날려 잔디밭을 뒤덮고 지붕의 빗물받이를 메우고 홈통을 틀어막고 젖은 길에 깔린다. 바다도 뒤척이며 산산이 부서져서, 만일 어느 잠자던 이가 바닷가에서 자기 의심에 대한 답을, 고독을 함께 나눌 자를 발견할까 싶어 이불을 박차고 홀로 내려가 모래 위를 걷는다 해도, 밤에 질서를 부여하고 세계로 하여금 영혼의 전폭(全幅)을 비추게 하는 자상하고도 민첩해 보이는 영상은 금방 손 내밀지 않을 것이다. 그의 손안에서 손은 줄어들고, 그의 귓전에서 목소리는 윙윙거린다. 그런 혼돈 속에서는 밤에게 물어 봤자 소용없을 것이다. 자던 자를 침대에서 일으켜 해답을 찾으러 나서게 한 질문들, 무엇이, 왜, 어째서, 하는 질문들을.

 (램지 씨는 어느 새벽 미명에 복도에서 비틀거리며 팔을 뻗쳤지만, 램지 부인은 간밤에 갑자기 죽었으므로, 뻗은 팔은 그저 비어 있었다.)

4

 그리하여 집은 텅 비고 문들은 잠기고 매트리스들은 둥글게 말린 채, 길 잃은 바람들이 대부대의 척후병처럼 들이닥쳐서 벌거벗은 판자들을 쓸어 대고 갉아 대고 부채질해 댔지만, 침실이나 거실에도 그들을 제지하는 것이라고는 없었다. 그저 무엇인가 벽에 걸려 펄럭이는 것들, 삐걱거리는 목재, 다리가 드러난 탁자들, 버캐 지고 때 끼고 금 간 그릇들과 냄비들밖에는. 사람들이 버리고 간 것들 ─ 옷장 속 신발 한 켤레, 사냥 모자, 빛바랜 치마나 코트 들 ─ 그런 것들만이 인간의 형태를 간직하고 그 텅 빈 형태가 한때는 어떻게 채워지고 살아 움직였던가를, 한때는 어떻게 손들이 바삐 움직이며 호크와 단추를 채웠던가를, 어떻게 거울이 얼굴을 비추었던가를, 거울에 비친 세계 안에서 누군가 돌아서고 손이 번득이고 문이 열리고 아이들이 달려 들어오고 넘어지고 또다시 나가고 하던가를, 보여 줄 뿐이었다. 이제, 날이면 날마다, 빛은 물속에 비친 꽃송이처럼, 맞은편 벽 위에 선명한 영상을 드리웠고, 바람 속에 무성한 나무 그림자들만이 벽 위에서 굽실거리며, 드리운 빛 가운데 잠깐씩 그림자를 떨구었다. 이따금씩 날아가는 새들이 부드럽게 파닥이면서 침실 바닥을 천천히 가로질러 가곤 했다.

그렇듯 아름다움과 정적이 지배했으며, 함께 아름다움 자체의 형상을, 생명이 떨어져 나간 형태를 만들어 냈다. 기차의 차창에서 멀리 보이는 저녁녘의 외딴 연못처럼, 비록 사람의 눈길이 스치기는 했다 해도 너무나 빨리 사라져 버려 그 고적함을 전혀 빼앗기지 않은 채 저녁 어스름 속에 희미하게 빛나는 형상이었다. 아름다움과 정적은 침실에서 손을 맞잡았고, 그래서 수의에 덮인 물병이나 보가 씌워진 의자들 사이로 파고드는 바람도, 축축한 바닷바람의 부드러운 코도, 비벼 대고 킁킁대고 이리저리 오가면서 연신 질문을 ─ 〈시들어 버릴 거야? 스러져 버릴 거야?〉 ─ 거듭하면서도,

그 평화와 무관심과 순수한 오롯함은 건드리지 못했다. 마치 그들이 묻는 질문들에는 대답이 ─ 우리는 남는다는 ─ 필요치 않은 듯했다.

아무것도 그 이미지를 부서뜨리거나 그 순수성을 더럽히지 못했고, 그 흔들리는 침묵의 외투를 헤집지 못했다. 침묵은 텅 빈 방에서, 날이 가고 달이 가도록, 날아내리는 새들의 울음소리, 뱃고동 소리, 들판의 온갖 소음, 개 짖는 소리, 누군가 외치는 소리 같은 것을 자기 품에 짜 넣으며, 조용한 집을 한층 더 깊이 감쌌다. 단 한 번 층계참의 판자가 퉁겨 나왔고, 한번은 한밤중에 수세기의 침묵을 깨뜨리듯 산에서 바위가 쪼개져 골짜기로 떨어져서 그 울부짖음 같은 파열음에 숄의 한 자락이 느슨해져 흔들렸을 뿐이다. 그러고는 다시 평화가 깃들었고, 조용히 흔들리는 그늘 속에 빛은 침실 벽에 비친 자신의 형상에 경배하듯 고개 숙였다. 맥냅 부인은 빨래 통에 담갔던 손으로 침묵의 휘장을 찢고, 해변의 자갈을 밟던 장화 발로 저벅대며 들어서서, 지시받은 대로 모든 창문을 열고 침실들의 먼지를 털기 시작했다.

5

그녀는 뒤뚱거리며(그녀는 바다의 배처럼 기우뚱거리며 걸었다) 흘금거리며(그녀의 눈은 아무것도 똑바로 보지 못하고 세상의 냉소와 분노를 무시하듯 곁눈질했다 ─ 자기가 둔하다는 것은 그녀도 알고 있었다) 난간을 꽉 붙들고 위층으로 올라가 방방이 돌아다니며 노래 불렀다. 기다란 거울의 유리를 문지르며, 자신의 흔들리는 모습을 곁눈질하며, 그녀의 입술에서 새어 나온 소리는 — 아마도 20년 전쯤 무대 위에서 명랑하게 불리던 노래, 사람들이 따라 하며 춤을 추었을 노래였겠지만, 이제 머릿수건을 쓴 청소부 여인의 이빨 빠진 입에서 흘러나오는 노래는 — 아무 뜻도 없고, 그저 아둔함의, 거친 유머의, 짓밟혀도 또다시 솟아나는 집요함 그 자체의 음성처럼 들렸다. 그래서 그녀가 그렇게 뒤뚱거리며 먼지를 털고 걸레질을 하는 모습은 삶이 그저 기나긴 슬픔이요 고생임을, 아침에 일어나고 저녁에 눕는 삶, 물건들을 꺼내고 치우고 하는 삶이 어떤 것인가를 말해 주는 듯했다. 일흔이 다 되도록 그녀가 아는 세상은 수월하지도 아늑하지도 않았다. 그녀는 지쳐서 굽어졌다. 침대 밑에서 무릎을 꿇고 마루의 먼지를 쓸어 내느라 삐걱대고 끙끙대면서, 그녀는 자문했다. 도대체 얼마나 더 가려나? 그러나 뒤뚱대며 다시 일어나 자신을 추스르고는 여전히 곁눈질로, 자신의 얼굴, 자신의 슬픔조차 비스듬히 건너다보는 눈길로, 거울 앞에 서서 입을 헤 벌린 채 망연히 미소 지었다. 그러고는 또다시 그 늙고 뒤뚱거리는 걸음으로 깔개를 걷어들고 도자기를 꺼내 내리며 거울 속을 곁눈질하기를 계속하는 것이, 마치 그녀에게도 위안이 있다는 듯한, 그녀의 처량한 노랫가락에 뭔가 희망이 있다는 듯한 태도였다. 분명 기쁨이 엿보이는 순간들이 있었을 것이다 — 빨래를 할 때나, 자식들을 생각할 때(그중 둘은 사생아였고, 하나는 그녀를 버리고 떠났지만), 주점에서 술을 마실 때, 서랍 속 잡동사니를 뒤적일 때. 분명 어둠 속에는 어딘가 틈바구니가 있어, 깊은 암흑 속의 통로로 새어 든 빛이 거울 속의 얼굴을 히죽이 웃음 짓게 하고 그녀로 하여금 다시 일거리를 집어 들며 오래된 유행가를 흥얼대게 하는 것일 터이다. 그러는 동안 신비주의자는, 몽상가는, 해변을 거닐며 물웅덩이를 철벅대고 돌멩이를 들여다보며 〈나는 무엇인가?〉, 〈이것은 무엇인가?〉를 물으며, 문득 그 답이 주어졌음을 깨달았을 것이다(그것이 무엇인지 말할 수는 없지만). 그래서 그들은 서리 속에서도 따뜻하고 사막에서도 안락할 것이다. 하지만 맥냅 부인은 여전히 전처럼 술을 마시고 주절대기를 계속했다.

6

 흔들릴 잎사귀 하나 없는 봄, 치열하게 순결을 지키며 순수하여 도도한 처녀와도 같이 꾸밈없이 밝은 봄이 들판에 펼쳐져 눈을 크게 뜨고 구경꾼들이 무슨 짓을 하든 무슨 생각을 하든 아랑곳없이 사방을 둘러보고 있었다.

 (그해 5월에 프루 램지는 아버지의 팔에 기대어 결혼식을 치렀다. 그보다 더 잘 어울릴 수는 없다고 사람들은 말했다. 게다가, 하고 그들은 감탄했다. 그녀는 얼마나 아름다운지!)

 여름이 다가와 저녁이 길어지자, 해변을 거닐고 물웅덩이를 휘젓고 다니는 잠 없는 이들, 희망에 찬 이들에게는 아주 이상한 상상들이 찾아왔다. 육체가 원자들로 변해 바람 앞에 흩어지는 상상, 별들이 가슴속에서 반짝이는 상상, 절벽과 바다와 구름과 하늘이 일부러 한데 모여 내적 영상의 흩어진 부분들을 외적으로 짜 맞추는 상상. 그런 거울 속에서는, 사람의 마음속, 그 불안한 물웅덩이 속에서는, 구름이 노상 움직이고 그림자들이 생겨나고 꿈들이 떠나지 않는 그곳에서는, 모든 갈매기와 꽃과 나무와 남자와 여자와 하얀 대지 자체가 선(善)이 승리하고 행복이 이기며 질서가 자리 잡으리라고 선포하는 듯한(하지만 막상 물어보면 당장 철회하는 듯한) 그 이상한 암시를 물리칠 수가 없었다. 또 무엇인가 절대적인 선을 찾아, 이미 알려진 쾌락이나 친숙한 덕목들과는 전혀 다른 수정처럼 맑고 강한 것을 찾아, 가정생활의 일상사와는 동떨어진, 마치 모래 속의 다이아몬드처럼 홀로 단단하고 맑은 것, 가진 자를 안전하게 해줄 것을 찾아 이리저리 헤매고 싶은 그 기이한 충동을 물리칠 수도 없었다. 더구나, 부드럽고 나긋해진 봄은 잉잉대는 꿀벌과 춤추는 각다귀 떼에 둘러싸여 그 외투를 두르고 베일로 눈을 가리고 고개를 돌리며, 지나가는 그림자들과 이따금 뿌리는 빗발 사이에서 인간의 슬픔을 아는 듯한 표정을 띠었다.

  (프루 램지는 그해 여름 뭔가 출산과 관련된 병으로 죽었다. 그것은 정말이지 비극이라고 사람들이 말했다. 그토록 행복할 것만 같았는데, 라고들 했다.)

  이제 여름의 열기 속에서 바람은 다시금 그 집에 염탐꾼들을 보냈다. 햇볕 드는 방마다 날것들이 그물을 치고, 유리창에 닿도록 자란 잡풀은 밤이면 창유리를 톡톡 건드렸다. 어둠이 내리면, 등대의 긴 불빛, 어둠 속의 카펫에 근엄하게 드리워 그 무늬를 선명히 드러내던 불빛이 이제 달빛 섞인 봄의 부드러운 빛 속에 애무하듯 미끄러져 들어와 몰래 서성이며 주위를 둘러보고는 또다시 다정하게 다가왔다. 하지만 긴 불빛이 침대를 비스듬히 비추고 그 다정한 애무가 고요히 머무는 가운데, 바위가 산산이 쪼개지고 숄의 다른 자락도 느슨해져 여전히 걸린 채로 흔들렸다. 짧은 여름밤과 긴 여름낮 내내, 빈방들은 들판의 메아리와 날것들의 윙윙대는 소리로 웅얼대는 듯했고, 긴 천 자락은 부드럽게 물결치며 하염없이 나풀거렸다. 그러는 동안 햇살은 방에 줄무늬 격자무늬를 치고 보얗게 들어차, 어느 날 문득 들어와 먼지를 턴다 비질을 한다 하며 뒤뚱거리고 돌아다니는 맥냅 부인은 마치 햇빛이 비쳐 드는 물속에서 노 저어 가는 열대어처럼 보였다.

하지만 이렇게 잠들고 조는 동안에도, 그해 여름 늦게는 부드러운 천 위를 둔하게 내리치는 규칙적인 망치 소리처럼 불길한 소리들이 들려왔고, 그 거듭되는 충격에 숄은 더 늘어졌고 찻잔들에는 금이 갔다. 이따금씩 찬장에 넣어 둔 유리잔이 잘그랑대기도 했다. 마치 거인이 고통을 못 이겨 내지르는 비명에 찬장 안에 세워 둔 유리잔들마저 진동하는 듯했다. 그러고는 다시금 정적이 찾아들었고, 밤이면 밤마다, 때로는 장미꽃이 만발하고 햇살이 담벼락에 선명한 꽃 그림자를 드리우는 환한 대낮에도, 이 침묵과 무관심과 온전함 속으로 무엇인가 쿵 하는 소리가 떨어지는 듯했다.

(폭탄이 터졌다. 프랑스에서 20~30명의 청년이 죽었고, 앤드루 램지도 그중 하나였는데, 다행히도 그는 즉사했다.)

그 시절에 해변으로 내려가 거닐며 하늘과 바다에게 무슨 할 말이 있는지, 어떤 전망을 보여 주려는지 묻는 자들은 신적인 자비의 평범한 표지 — 바다 위의 낙조, 새벽의 박명, 뜨는 달, 달빛에 드러나는 어선들, 흙장난을 하거나 풀을 따서 서로 던지며 노는 아이들 — 가운데서 그 명랑함과 평온함에 어울리지 않는 무엇인가를 곰곰이 생각해 보아야만 했다. 가령 잿빛 배가 한 척 말없이 나타나 다가왔다 사라져 버리기도 하고, 바다의 밋밋한 표면에 마치 무엇인가 끓어올랐다가 그 아래서 피를 흘린 것처럼 보이는 붉은 얼룩이 지기도 했다. 더없이 숭고한 사색을 불러일으키고 더없이 편안한 결론에 이르러야 할 장면에 이런 틈입은 그들의 걸음을 멈추게 했다. 그것들을 아무렇지 않게 보아 넘기거나 풍경 속에 나타난 그 중요성을 무시하고서, 바닷가를 거닐 때면 으레 하듯이 외적인 아름다움이 어떻게 내적인 아름다움을 반사하는가에 감탄하는 것은 쉬운 일이 아니었다.

자연은 인간이 발전시킨 것을 보완했던가? 자연은 인간이 시작한 일을 완성했던가? 변함없이 만족한 눈길로 자연은 인간의 비참함을 지켜보고 그의 비열함을 눈감아 주고 고통을 묵인했다. 홀로 해변에서 답을 찾아 나누고 완성하려는 꿈은 거울에 비친 영상일 뿐이며, 거울 그 자체도 좀 더 고귀한 능력이 그 아래 잠들어 있을 때 이루어지는 매끈한 표면에 지나지 않았던가? 초조하고, 절망에 사로잡혀, 그러면서도 떠나기는 싫어서(아름다움에는 그 나름의 매혹이, 위안이 있으니까) 해변을 서성이는 것도 불가능했다. 거울이 깨진 지금 더는 명상에 잠길 수도 없게 되었다.

(카마이클 씨는 그해 봄에 시집 한 권을 상재했는데, 뜻밖에도 성공을 거두었다. 사람들 말로는, 전쟁 때문에 시에 대한 관심이 되살아났다고 했다.)

7

 밤이면 밤마다, 여름이나 겨울이나, 모진 폭풍도 화창한 날의 화살 같은 고요함도 아무런 방해 없이 이곳을 다스렸다. 빈집의 위층 방들에서 귀 기울여 보면(그럴 사람이 있기만 하다면) 번개가 들이치는 거대한 혼돈이 엎어지고 자빠지는 소리만이 들렸을 것이다. 바람과 파도는 마치 이마에 이성의 빛줄기라고는 비쳐 들지 않는 무정형의 바다 괴물들처럼 엎치락뒤치락하면서 어둠 속에서나 날빛 속에서나(밤과 낮이, 달과 해가, 두루뭉술하게 뒤엉켜 지나갔다) 바보 놀이에 돌입했으므로, 마치 온 우주가 거친 혼돈과 짐승 같은 탐욕에 사로잡혀 저 혼자 이유 없이 싸우며 곤두박질치는 것만 같았다.

 봄이면 정원의 화분들에는 바람에 날려 온 식물들이 가득 피어 이전 어느 때나 다름없이 화사했다. 오랑캐꽃이 피었고, 수선화가 피었다. 하지만 낮의 고요함과 밝음은 밤의 혼돈과 소란만큼이나 낯설었다. 나무들이 저기 서고, 꽃들도 저기 서서, 정면을 응시하고 있는데, 고개를 들어도 눈이 없어 아무것도 보지 못하니, 끔찍했다.

8

 어차피 이 집 식구들은 다시 오지 않을 테고, 어떤 사람들 말로는 아마도 성 미카엘 축일 무렵이면 집이 팔릴 거라니, 상관없겠지, 생각한 맥냅 부인은 몸을 굽혀 집에 가져갈 꽃을 한 다발 꺾었다. 먼지를 터는 동안 꽃은 탁자 위에 놓아두었다. 그녀는 꽃을 좋아했다. 보는 이도 없이 꽃이 시들어 가도록 내버려 두는 것은 유감이었다. 만일 집이 팔린다면(그녀는 거울 앞에서 양손을 허리에 갖다 대고 섰다) 손질을 좀 해야 할 것이었다 — 정말로 그럴 필요가 있었다. 벌써 사람이라고는 드나들지 않은 지 오래되었다. 책과 물건 들에는 곰팡이가 슬었다. 전쟁 때문에 일손을 구하기도 어려워서, 그 집은 그녀가 원하는 만큼 잘 관리할 수가 없었다. 이제 와서 온 집 안을 말끔하게 청소한다는 것은 불가능한 일이었다. 책은 전부 다 햇볕 드는 잔디밭에 내다 놓아야 할 것이었다. 현관에는 회벽이 군데군데 벗어졌고, 서재 창문 위쪽의 홈통이 막혀 물이 새어 들고 있었으며, 카펫은 형편없었다. 하지만 그 사람들이 직접 오든가, 적어도 누군가를 보내 직접 눈으로 봤어야 했다. 벽장에 옷들이 있었으니 — 그들은 침실마다 옷들을 남겨 두고 갔다 — 이걸 다 어떻게 해야 하나? 램지 부인의 옷들은 다 좀이 쏠았다. 그분도 참 안됐지! 다시는 이것들을 입지 못할 것이었다. 사람들 말로는 몇 년 전 런던에서 죽었다고 했다. 부인이 정원 일을 할 때 입던 낡은 회색 망토도 있었다(맥냅 부인은 그것을 만져 보았다). 세탁한 것들을 가지고 진입로를 올라올 때면, 꽃밭에 몸을 굽히고 있던 부인의 모습이 눈에 선했다(정원은 이제 엉망이 되어 온통 제멋대로 자라나고 있었고, 꽃밭에서는 인기척에 놀란 토끼들이 뛰쳐나왔다) — 회색 망토를 걸친 채 아이들 중 누군가를 데리고 있던 부인의 모습이 눈에 선히 떠올랐다. 장화며 신발 들도 있었고, 화장대에는 솔이며 빗도 그대로 있었다. 마치 내일 당장이라도 돌아올 작정이었던 것처럼

(부인은 아주 갑자기 죽었다고들 했다). 한번은 정말로 오려고 했었는데, 전쟁 때문인지 그 즈음에는 여행을 하기가 어려워졌기 때문인지 오는 것을 연기했고, 그 후로는 몇 년째 통 오지 못하고 있었다. 그냥 돈만 보내올 뿐, 편지도 없었고 한번 와보지도 않았으면서, 집이 떠날 때와 같은 상태이기를 바라다니, 말도 안 되지! 화장대 서랍들은 왜 저렇게 꽉 차 있는 걸까(그녀는 서랍들을 열어 보았다). 손수건들, 리본 조각들. 그렇지, 세탁물을 가지고 진입로를 올라올 때면 눈에 들어오던 램지 부인의 모습이 다시금 떠올랐다.

「안녕하세요, 맥냅 부인.」 그녀는 그렇게 인사하곤 했다.

부인은 그녀를 친절히 대해 주었다. 딸들도 모두 그녀를 잘 따랐다. 하지만 그 후로 많은 것들이 변했고(그녀는 서랍을 도로 닫았다), 많은 가족이 소중한 사람을 잃었다. 램지 부인도 죽었고, 앤드루 님도 전사했고, 프루 아가씨도 첫 아기를 낳다가 죽었다지. 하지만 요즘은 다들 누군가를 잃었으니까. 물가도 끔찍하게 올랐고, 다시 내릴 줄을 몰랐다. 그녀는 회색 망토를 걸친 부인의 모습을 또렷이 기억할 수 있었다.

「안녕하세요, 맥냅 부인.」 부인은 그렇게 인사했고, 요리사에게 그녀를 위해 밀크 수프를 따로 준비해 두게 했다 — 그 무거운 세탁물 바구니를 들고 읍내에서부터 언덕길을 올라왔으니 시장하리라 생각한 것이었다. 부인이 꽃밭에 몸을 굽히고 있던 모습이 눈에 선했다. 노파가 먼지를 털랴 물건들을 바로 놓으랴 뒤뚱거리며 돌아다니는 동안, 희미하게 떨리는, 노란 빛줄기나 망원경 저편 끝의 동그라미와도 같은 모습으로, 회색 망토를 걸치고 꽃밭에 몸을 굽힌 부인이 침실 벽과 화장대와 세면대 위를 돌아다녔다. 그런데 요리사 이름이 뭐였더라? 밀드레드? 메리언? — 그 비슷한 이름이었는데. 아, 잊어버렸다 — 정말이지 생각나지 않는 것들이 너무 많았다. 빨강 머리 여자들이 다 그렇듯이 아주 불같은 여자였는데. 함께 웃기도 많이 했고. 부엌에 가면 다들 반겨 주었는데. 그녀가 사람들을 웃게 했었다. 그렇고말고. 그때가 지금보다 훨씬 더 좋았었다.

그녀는 한숨지었다. 여자 혼자 하기에는 일이 너무 많았다. 그녀는 고개를 절레절레 흔들었다. 여기가 유아실이었는데. 온통 습기가 차고, 회벽이 벗어지고 있었다. 도대체 저런 동물의 해골은 왜 걸어 놓은 거지? 그것도 곰팡이가 피었다. 다락방에는 쥐가 들끓었고. 비가 들이쳤다. 그런데 아무도 보내지 않고 와보지도 않다니. 자물통이 떨어져 나간 것도 있었고, 그래서 문들이 쾅쾅 닫혔다. 다저녁때 이렇게 혼자 여기 올라와 있는 것은 그녀도 원치 않는 일이었다. 여자 혼자 하기에는 일이 너무 많았다. 너무 힘에 부쳤다. 관절들이 삐걱거리고, 신음이 절로 나왔다. 그녀는 쾅 소리가 나게 문을 닫았다. 자물통에 열쇠를 꽂아 돌리고는 집을 떠났다. 닫히고 잠긴 집이 홀로 남았다.

9

집은 남겨졌다. 집은 버림받았다. 생명이 떠나 버리자 마른 소금 알갱이들만 들이찬, 모래 언덕 위의 빈 조개껍질처럼. 기나긴 밤이 자리 잡았고, 들척거리며 지나가는 바람이,

더듬거리는 축축한 숨결이, 승리한 것처럼 보였다. 냄비는 녹이 슬었고 깔개는 썩었다. 두꺼비들이 디밀고 들어왔다. 늘어진 숄은 하염없이 이리저리 너풀거렸다. 식품 저장실의 타일 사이로 엉겅퀴가 자라났다. 거실에는 제비가 둥지를 틀었고, 바닥에는 지푸라기들이 널렸으며, 회벽에서는 석고가 수북이 떨어졌다. 서까래들이 앙상하게 드러났고, 징두리 판 뒤에서는 쥐들이 이것저것 가져다 쏠아 댔다. 팔랑나비들이 번데기에서 날아올라 창유리 위에서 파닥거리다 죽어 갔다. 양귀비씨가 달리아 사이에 내려앉았고, 잔디밭에는 긴 잡풀이 무성했으며, 큼직한 아티초크가 장미꽃 사이에서 고개를 내미는가 하면, 양배추밭에서는 카네이션이 피어났다. 잡풀이 창문을 가볍게 두드리던 소리는 겨울밤이면 북 치는 소리로 변했다. 여름에 온 방을 녹색으로 물들이던 든든한 나무들과 찔레 덤불에서 나는 소리였다.

　이런 풍요를, 자연의 무심함을, 이제 어떤 힘이 막을 수 있겠는가? 맥냅 부인이 지난날의 한 여인을, 아이를, 밀크 수프를 추억하는 힘으로? 추억은 한 점 햇살처럼 벽 위에 머물다 스러져 버렸다. 그녀는 문을 잠그고 가버렸다. 여자 혼자서는 힘에 부치는 일이라고 그녀는 말했다. 런던에서는 아무도 보내지 않았고, 편지 한 줄 없었다. 서랍에서는 물건들이 썩어 가는데 — 그대로 내버려 두다니 말도 안 된다고 그녀는 말했다. 온 집이 폐허가 되어 가고 있었다. 오로지 등대의 빛줄기만이 잠깐씩 비쳐 들어 한겨울의 어둠 속에서 느닷없이 침대와 벽을 응시하고는 엉겅퀴와 제비와 쥐와 지푸라기를 관대히 둘러볼 뿐이었다. 이제 아무것도 그들을 막아서지 않으며, 아무것도 그들에게 안 된다고 말하지 않았다. 바람이 불어 들게 하라, 양귀비는 제멋대로 씨를 뿌리고 카네이션은 양배추와 짝하게 하라. 제비는 거실에 집을 짓고, 엉겅퀴는 타일을 뚫고 나오고, 나비는 안락의자의 빛바랜 천 위에서 햇볕을 쪼이게 하라. 깨진 유리잔들과 도자기들은 잔디밭에 널브러져 잡풀과 야생 열매들로 뒤덮이게 하라.

왜냐하면 이제 그 순간이, 새벽이 몸을 떨고 밤이 정지하는 주저의 순간이 왔기 때문이다. 깃털 하나만 저울에 내려앉아도 무게가 기울어 버리는, 그런 순간이. 깃털 하나에도, 집은 주저앉고 무너져서 어둠의 나락으로 곤두박질칠 것이었다. 폐허가 된 방에서는 소풍객들이 주전자에 불을 피울 것이고, 연인들은 은신처를 찾아 맨판자 위에 몸을 누일 것이며, 목동은 벽돌 위에 점심을 올려놓고, 떠돌이는 추위를 막으려고 외투를 둘러쓸 것이었다. 그러고는 지붕이 내려앉을 것이고, 찔레와 독미나리가 오솔길과 계단과 창문을 가리며 들쭉날쭉 무성하게 자라서, 길 잃은 여행자는 쐐기풀 사이에 피어난 레드핫포커나 독미나리 사이에 흩어져 있는 사금파리를 보고서야 알아차릴 것이었다. 이곳에 한때 사람이 살았다는 것, 집이 있었다는 것을.

만일 깃털 하나가 떨어졌다면, 그래서 저울이 기울었다면, 온 집이 나락으로 뛰어들어 망각의 모래 위에 드러누웠을 것이었다. 하지만 집 안에서 어떤 힘이 일하고 있었으니, 그다지 분명한 의식은 없지만, 무엇인가 흘금거리고 무엇인가 뒤뚱거리는 것이, 위엄 있는 예식이나 엄숙한 찬가에 고무되지 않은 일손이 있었다. 맥냅 부인은 신음했고, 배스트 부인은 삐걱거렸다. 둘 다 늙고 뻣뻣하고 다리가 아팠다. 그래도 결국 빗자루와 양동이를 들고 나타나 일에 착수했다. 난데없이, 맥냅 부인이 집을 좀 손질해 주지 않겠느냐고, 젊은 아가씨 중 한 사람이 편지를 보낸 것이었다. 이것도 고치고, 저것도 손보고, 모두 서둘러야 했다. 올 여름에 올지도 모른다는 것이었다. 모든 것을 마지막까지 내버려 두었으면서, 떠났을 때 그대로이기를 바라는 것이었다. 천천히, 힘들게, 빗자루와 양동이를 들고서, 걸레질을 하고 문질러 닦으면서, 맥냅 부인과 배스트 부인은 부패와 부식을 막아냈고, 물건들을 뒤덮어 가던 세월의 웅덩이로부터 이번에는 대야를, 이번에는 찬장을 건져 냈고, 어느 날 아침에는 망각으로부터 웨이벌리 소설들과 찻잔 세트를 건져 내는가 하면, 어느 오후에는 놋쇠 난로 가리개와 철제 부젓가락 일습을 햇볕에 내놓았다. 배스트 부인의 아들인 조지는 쥐를 잡고 풀을 베었다. 목수도 불러왔다. 돌쩌귀들이 삐걱거리고 빗장들이 끽끽대는 소리, 습기에 부푼 목재들이 덜컹대는 소리와 함께, 녹슬고 힘든 탄생이 일어나는 듯했다. 몸을 굽혔다, 일으켰다, 신음하다, 노래하다, 탁탁 치다, 쾅쾅 닫다, 위층에 갔다가 지하실에 내려갔다 하면서, 오, 그녀들은 말했다, 무슨 일이 이렇게 많아!

그녀들은 가끔 침실이나 서재에서 차를 마셨다. 얼굴에는 검댕을 묻히고 늙은 손은 걸레 자루를 쥐느라 뻐근해진 채, 오정쯤에 잠시 일을 쉬었다. 의자에 털썩 주저앉아, 수도꼭지와 욕조에 거둔 승리를 음미하기도 했다. 길게 줄지은 책들은 좀 더 힘들고도 부분적인 승리였다. 마치 까마귀처럼 새카맸던 책들이 이제 희끗희끗한 얼룩이 진 채, 희부연 곰팡이와 슬금슬금 달아나는 거미들을 품고 있었다. 따뜻한 차로 속이 훈훈해지는 것을 느끼며, 맥냅 부인은 다시금 눈에 망원경이라도 끼운 듯 그 저편 끝 동그라미에서 한 노신사를 보았다. 그녀가 세탁물을 들고 올라오노라면, 갈퀴처럼 깡마른 노신사가 고개를 저으면서, 잔디밭에서 혼잣말을 하고 있었다. 인기척이 나도 돌아보는 적이 없었다. 어떤 이들은 그가 죽었다고 했고, 어떤 이들은 부인이 죽었다고 했다. 어느 쪽인지? 배스트 부인은 둘 중 아무도 알지 못했다. 젊은 신사가 죽은 것은 확실했다. 신문에 그 이름이 난 것을 보았었다.

그리고 요리사가 있었지, 밀드레드인지 메리언인지, 그런 이름이었는데 — 빨강 머리 여자들이 다 그렇듯이 성깔은 있지만 잘만 사귀면 친절한 여자였어. 함께 웃고 떠들었는데. 매기를 주려고 수프를 따로 떠놓았다면서, 어떤 때는 햄을 주기도 했고. 뭐든 남는 것을 주었었지. 그이들도 그 시절에는 잘살았는데. 원하는 것은 뭐든 가지고 있었고(차가 들어가 속이 훈훈해지자, 그녀는 명랑하고 입심 좋게 기억의 실타래를 풀어냈다. 유아실 난로 가리개 곁에 놓인 버들 의자에 앉아서), 집에는 항상 할 일이 넘쳐 나고, 사람들이 북적거렸다. 어떤 때는 손님이 스무 명씩이나 묵기도 하고, 자정이 지나서까지 설거지를 할 때도 있었다.

배스트 부인은(그녀는 그 무렵 글래스고에 살았기 때문에, 램지 가족을 알지 못했다) 찻잔을 내려놓으며 도대체 저 동물의 해골은 왜 저기 걸어 두었을까 의아해했다. 어딘가 외국에서 사냥한 것인지.

그렇겠지, 하고 맥냅 부인은 추억을 더듬으며 말했다. 그이들은 동양에도 친구들이 있었으니까. 신사들이 와서 묵었고, 이브닝드레스를 입은 여인들도 있었다. 한번은 식당 문을 통해 그들이 만찬에 둘러앉은 것을 보았는데, 적어도 스무 명은 보석을 달고 있었다. 그날은 남아서 도와 달라는 부탁을 받고, 아마 자정 넘어까지 설거지를 했을 것이다.

아, 배스트 부인이 말했다. 이제 오면 집이 달라졌다 하겠구먼. 그녀는 창밖으로 몸을 굽혀 내다보았다. 아들 조지가 풀을 베는 것을 지켜보았다. 정원이 왜 저렇게 되었느냐고 물을지도 몰랐다. 케네디 영감이 맡기로 되어 있었는데, 수레에서 떨어진 후로 다리가 너무 나빠졌고, 그러고는 한 1년 가까이 아무도 구할 수 없었지. 그러다가, 데이비 맥도널드가 왔는데, 런던에서 씨를 보내왔는지는 모르지만, 그 씨를 심었는지는 누가 알겠는가? 물론, 달라졌다 할 것이었다.

그녀는 아들이 낫질하는 것을 지켜보았다. 그는 일을 잘했다 — 잠자코 일만 하는 유형이었다. 자, 이제 찬장을 손질할 때였다. 그녀들은 힘들게 몸을 일으켰다.

마침내, 여러 날 동안 안에서 일하고 밖에서는 땅을 파고 풀을 벤 끝에, 창문에서 먼지떨이가 펄럭인 후에, 창문이 잠기고 현관문이 탕 소리를 내며 닫혔다. 이제 끝이 났다.

그러자 마치 닦고 문지르고 낫질하고 쟁기질하느라 들리지 않았던 듯이, 희미한 멜로디가 올라왔다. 귓전에 들리다 말다 하는 저 음악이. 개가 짖는지 염소가 우는지 모르게 불규칙하고 간헐적인, 그러면서도 이어지는 소리였다. 곤충이 윙윙대는지 잘린 풀이 떨리는지, 소리는 제각각이면서도 묘하게 어우러졌다. 딱정벌레가 붕붕대는 소리, 바퀴가 끽끽대는 소리, 시끄럽든 나직하든 신기하게 어울리는 소리였다. 귀는 그 모든 소리를 모아 보려 애쓰며 금방이라도 조화에 이를 듯하지만, 소리들은 확연히 들리지 않고 완전한 조화를 이루지도 못하다가, 마침내 저녁이면 하나씩 사라져 버려 조화는 무너지고 침묵이 자리 잡는다. 해가 지면 선명한 윤곽들은 사라지고, 안개가 올라오듯 정적이 올라와 퍼지며, 그러면 바람도 자고 세계는 느슨히 몸을 흔들며 잠을 청한다. 여기 이 집도, 나뭇잎 사이로 스며들어 녹색이 된, 또는 창가의 흰 꽃들 위에 창백해진 빛을 제외하고는, 불빛 한 점 없이 캄캄해진다.

(릴리 브리스코는 9월의 어느 저녁 늦게 가방을 집으로 실어 오게 했다. 카마이클 씨도 같은 기차로 왔다.)

10

그러자 정말로 평화가 왔다. 바다의 숨결은 해안으로 평화의 전언들을 실어 왔다. 더는 그 잠을 방해하지 않겠다고, 오히려 더 깊이 안식하도록 얼러 주겠다고, 꿈꾸는 자의 꿈이 거룩하든 현명하든 인정해 주겠다고 ─ 그리고 또 뭐라고 웅얼대는 걸까 ─ 릴리 브리스코는 깨끗하고 조용한 방에서 베개에 머리를 누이고 바닷소리를 들었다. 열린 창문으로 세상의 아름다움이 웅얼대는 소리가 들려왔다. 너무 부드러워서 정확히 무슨 말인지는 들리지 않았지만 ─ 하지만 그 의미를 알아들은들 대수이겠는가? 잠든 자들에게(집에는 다시 사람들이 들어왔다. 벡위스 부인도 왔고, 카마이클 씨도 왔다) 바닷가에 내려오지 않겠다면 적어도 블라인드를 올리고 내다보라고 애원하는 그 소리를? 그러면 그들은 자줏빛 밤이 내리는 것을 보게 될 텐데. 머리에는 관을 쓰고 보석 박힌 홀을 든, 어린아이처럼 천진한 눈길의 밤을. 그들이 여전히 주저한다면(릴리는 여행으로 지쳐서 눕자마자 잠이 들었지만, 카마이클 씨는 촛불을 켜놓고 책을 읽고 있었다), 그래도 여전히 아니라고, 밤의 이 찬란함은 수증기일 뿐이며, 이슬이 그보다 더 막강하다고 하며 잠자는 편을 선호한다면, 그러면 아무 불평 없이, 따지지 않고, 목소리는 여전히 노래를 계속할 것이었다. 부드럽게 파도는 부서질 것이고(릴리는 잠결에 그 소리를 들었다), 살포시 빛은 내려앉을 것이었다(그 빛은 그녀의 눈까풀 사이로 스며드는 듯했다). 이 모든 것이, 하고 카마이클 씨는 책을 덮고 잠이 들며 생각했다. 예전과 다름이 없다고.

 사실 그 목소리는 여전히 계속되었는지도 모른다. 어둠의 장막이 집을 감싸고, 벡위스 부인과 카마이클 씨와 릴리 브리스코를 감싸 그들의 눈에 겹겹의 어둠을 씌운 후에도, 왜 이것을 받아들이지 않는가? 만족하고 체념하지 않는가? 하고 속삭였는지도 모른다. 온 바다의 한숨이, 섬들을 둘러싸고 규칙적으로 부서지는 파도 소리가, 그들을 위로했고, 밤이 그들을 감쌌다. 아무것도 그들의 잠을 방해하지 않았다. 새들이 깨어나고 새벽이 그 새하얀 빛에 그들의 가느다란 음성을 짜 넣을 때까지. 수레가 덜컹거리고 어디선가 개가 짖고 태양이 커튼을 들어올리고 그들 눈 위의 베일을 벗겨 내기까지, 릴리 브리스코가 부스스 깨어날 때까지. 그녀는 벼랑에서 떨어지는 사람이 뗏장을 거머쥐듯 이불을 거머쥐고 있었다. 그녀는 눈을 크게 떴다. 다시 이곳에 왔어, 그녀는 침대에 벌떡 일어나 앉으며 생각했다. 잠이 깨었다.

등대

1

 그렇다면 그것은 무슨 의미인가, 그 모든 것이 무슨 의미일 수 있는가? 릴리 브리스코는 혼자 남게 되자 커피를 한 잔 더 가지러 부엌으로 가야 할지 아니면 여기서 기다려야 할지 망설이면서 마음속으로 되뇌었다. 그것은 무슨 의미인가? ― 어느 책에서 읽은 듯한 구절이 그녀의 뇌리를 막연히 맴돌았다. 램지 가족과 지내는 이 첫날 아침, 어쩐지 감정을 추스를 수가 없어서 그 뿌연 기분이 걷힐 때까지 공허함을 메우기라도 하듯 그 구절을 중얼거려 보는 것이었다. 사실 그렇게 여러 해가 지나고 램지 부인도 세상을 떠난 뒤에 이곳에 돌아와 대체 무엇을 느낄 수 있겠는가? 아무것도, 그녀가 표현할 수 있는 것이라고는 아무것도 없었다.

 그녀는 지난밤 늦게, 온통 신비롭고 어두울 때 도착했다. 이제 잠이 깨어 아침 식탁에서 늘 앉던 자리에 앉았지만, 혼자뿐이었다. 아직 일러서 채 8시도 되기 전이었다. 원정을 가기로 한 날이었다 ― 램지 씨가 캠과 제임스를 데리고 등대에 간다고 했다. 그들은 진작에 출발했어야 했다 — 물때를 맞춰야 한다던가 뭐 그런 얘기였다. 그런데 캠은 준비가 안 되었고, 제임스도 마찬가지였고, 낸시는 샌드위치를 주문하는 것을 잊어버렸으며, 램지 씨는 화가 머리끝까지 나서 방문을 쾅 닫고 나가 버렸다.

「이제 가서 뭐해?」 그는 호통을 쳤다.

낸시는 어디론가 가버렸다. 그는 성이 잔뜩 나서 테라스를 이리저리 서성대고 있었다. 온 집 안에 문들이 쾅쾅 닫히고 서로 불러 대는 목소리들이 들리는 듯했다. 이윽고 낸시가 불쑥 들어와 방 안을 둘러보며 반쯤은 얼이 빠지고 반쯤은 자포자기한 듯한 묘한 어조로 〈등대에 뭘 보내지요?〉 하고 물었다. 마치 자기로서는 도저히 감당할 수 없다고 여기는 일을 억지로 해내려는 듯한 태도였다.

정말이지 등대에 뭘 보낸담! 다른 때 같으면 릴리도 차나 담배, 신문 같은 것이 좋겠다고 합리적인 제안을 했을 것이었다. 하지만 오늘 아침에는 모든 것이 너무나 이상해 보여서, 방금 낸시가 한 것 같은 질문 — 등대에 뭘 보내지? — 은 머릿속의 문들을 마구 열어젖혀 요란하게 앞뒤로 흔들어 놓고, 뭘 보내지? 뭘 하지? 도대체 왜 여기 앉아 있는 거지? 하고 반쯤 넋이 나간 듯 되묻게 할 뿐이었다.

아직 깨끗한 잔들이 놓여 있는 기다란 식탁 앞에 혼자 앉아서(낸시는 다시 나가 버렸다), 그녀는 다른 사람들로부터 절연된 듯한 느낌으로 그저 계속 바라보고 묻고 궁금해할 수 있을 뿐이었다. 이 집도, 이 장소도, 이 아침도, 모든 것이 생소하게만 느껴졌다. 그녀는 이곳에 아무 애착도 연고도 없다는 느낌이 들었다. 무슨 일이라도 일어날 수 있을 것 같았고,

실제로 일어난 일도 — 저 밖의 발소리, 외치는 목소리(〈그건 찬장에 없어, 층계참에 있어〉 하고 누군가 외쳤다) — 알 수 없는 의문처럼 느껴졌다. 마치 사물을 한데 묶고 있던 끈이 잘려 나가 모든 것이 이리저리 떠돌다 결국은 멀어져 가는 것만 같았다. 얼마나 되는대로인지, 얼마나 혼란스러운지, 얼마나 비현실적인지, 그녀는 빈 커피 잔을 내려다보며 생각했다. 램지 부인이 세상을 떠나고, 앤드루도 전사하고, 프루도 죽고 — 하고 그녀는 되뇌어 보았지만, 마음속에 아무런 느낌도 일어나지 않았다. 그런데 우리 모두 이런 아침에 이런 집에 모여 있지, 하고 그녀는 창밖을 내다보며 중얼거렸다. 아름답고 고요한 날이었다.

갑자기 램지 씨가 지나가다 말고 고개를 들어 똑바로 그녀를 쳐다보았다. 방심한 듯 사나우면서도, 마치 단 한 순간에 꿰뚫어 보는, 처음이자 마지막으로 보는 듯한 눈초리였다. 그녀는 그를 피하기 위해 — 그녀에 대한 그의 요구를 피하고 그 고압적인 요구를 잠시 더 무시하기 위해 빈 커피 잔을 들고 마시는 척했다. 그러자 그는 그녀를 향해 고개를 흔들고는 성큼성큼 걸어가 버렸고(「홀로이.」 그가 읊는 소리가 들려왔다. 「죽었노라.」[34] 그렇게 읊어 대고 있었다) 이 이상한 아침의 모든 것이 그렇듯이 그 말들도 상징이 되어 녹회색 벽 위에 새겨졌다. 그 말들을 엮어 뭔가 문장으로 쓸 수 있다면, 사물의 진실에 도달할 수 있을 것만 같은 느낌이 들

---

34 윌리엄 쿠퍼(1731~1800)의 시 「익사자The Castaway」의 마지막 구절. 「우리는 죽었노라, 제각기 홀로 / 그러나 나는 더 거친 바다 밑에서 / 그보다 더 깊은 심연에 잠기었노라We perished, each alone/But I beneath a rougher sea/And whelmed in deeper gulfs than he.」

었다. 늙은 카마이클 씨가 조용히 들어와 커피를 가져오더니 커피 잔을 들고 양지쪽으로 나가 앉았다. 이상할 만큼 비현실적인 느낌이 두려우면서 또 한편으로는 짜릿하기도 했다. 등대에 간다. 등대에 뭘 보내지요? 죽었노라. 홀로이. 맞은편 벽의 녹회색 빛. 텅 빈 장소들. 이렇게 흩어진 조각들을 어떻게 한데 모은다지? 그녀는 자문했다. 누가 조금만 방해해도 식탁 위에 지어져 가는 희미한 형상이 깨뜨려지기라도 할 것처럼, 그녀는 램지 씨의 눈에 뜨이지 않게끔 창문을 등지고 돌아앉았다. 어디론가 달아나 혼자 있어야만 했다. 문득 그녀는 기억이 났다. 10년 전 마지막으로 여기 앉았을 때는, 식탁보에 자잘한 나뭇가지인지 잎사귀인지 무늬가 있었고, 뭔가 영감이 떠오른 순간 그것이 눈에 들어왔었다. 어떤 그림의 전경에 관한 문제가 있었는데. 나무를 가운데로 옮기자고 생각했었다. 그 그림은 끝내 완성하지 못했지만. 이제 그 그림을 그릴 작정이었다. 지난 세월 내내 그것은 그녀의 마음속에 맴돌았었다. 화구를 어디 두었더라? 아, 그래. 지난밤 현관에 놓아두었다. 당장 시작해야지. 램지 씨가 돌아오기 전에. 그녀는 재빨리 일어났다.

그녀는 의자를 하나 가지고 나갔다. 잔디밭 가장자리에, 노처녀 특유의 꼼꼼한 동작으로 이젤을 세웠다. 카마이클 씨가 앉아 있는 곳에서 너무 가깝지는 않지만 그래도 그의 보호를 받기에는 충분히 가까운 자리였다. 그래, 10년 전에 서 있던 곳도 바로 여기쯤이었다. 벽, 울타리, 나무, 모두 그대로였다. 문제는 그 매스들 사이의 관계였다. 그녀는 지난 세월 내내 그 문제를 생각해 온 터였다. 이제야 그 해답이 떠오른 듯했다. 이제 자기가 원하는 바를 알고 있었다.

하지만 램지 씨가 쳐들어오는 데서는 아무것도 할 수가 없었다. 그가 다가올 때마다 — 그는 여전히 테라스를 왔다 갔다 하고 있었다 — 파괴가 다가오고 혼돈이 다가왔다. 그녀는 그림을 그릴 수가 없었다. 공연히 몸을 굽히고, 뒤를 돌아보기도 하고, 천 조각을 집어 들거나, 튜브를 짜거나 했다. 하지만 그녀가 한 모든 것은 그를 막아 내려는 임시방편일 뿐이었다. 그녀가 조금이라도 틈을 보이면, 그녀가 잠깐이라도 긴장을 풀고 그가 있는 쪽을 바라보기라도 하면, 그는 당장 다가들며 지난밤에 그랬듯이 〈우리가 많이 변했지요〉하고 말할 것이었다. 지난밤 그는 자리에서 일어나더니 그녀 앞에 우뚝 서서 그렇게 말했었다. 다들 멀거니 바라보며 잠자코 앉아 있었지만, 여섯 아이 — 영국 왕과 여왕의 이름을 따서 붉은 왕, 미녀 여왕, 마녀 여왕, 무정 왕 등으로 부르던 아이들 — 가 그 말에 분개하는 것이 그녀에게도 느껴졌다. 친절한 벡위스 노부인이 뭔가 재치 있는 말을 했다. 하지만 온 집이 제각각의 격정들로 가득 차 있었고, 저녁 내내 그녀는 그것을 느낄 수 있었다. 그 혼돈의 꼭대기에서 램지 씨가 일어나 그녀의 손을 꼭 잡으며 〈우리가 많이 변한 걸 알게 될 거요〉라고 말했던 것이다. 아무도 꼼짝하지 않고 입도 열지 않은 채, 그가 그렇게 말하도록 내버려 둘 수밖에 없다는 듯 그저 앉아 있었다. 제임스만이(뿌루퉁 왕이었던가) 등불을 노려보았고, 캠은 손수건을 손가락에 말아 쥐었다. 그러자 그는 내일 등대에 가기로 한 것을 상기시켰다. 7시 30분 정각에 준비를 갖추고 현관에 나와 있어야 한다고. 그러고는 문을 열고 나가려다 말고 돌아서서 아이들을 내려다보았다. 가고 싶지 않은 것인지? 그는 물었다. 하지만 감히 싫다고 대답했다면(그는 가고 싶은 이유가 있었다) 그는 비극적인 몸짓으로 돌아서서 쓰디쓴 절망의 심연에 몸을 던졌을 것이었다. 그는 그런 제스처에 워낙 탁월했다. 그는 마치 추방당한 왕처럼 보였다. 제임스는 고집스럽게, 아뇨, 가고 싶어요, 라고 대답했고, 캠은 좀 더 비참한 표정으로, 아뇨, 물론 가고 싶지요, 라고 얼버무렸다. 둘 다 갈 준비를 하겠다고 말했다. 그러자 그녀는 이거야말로 비극이라는 — 관보(棺褓)나 유해(遺骸)나 수의(壽衣)가 아니라, 이처럼 아이들이 강요당하고 정신이 짓눌려 있는 것이 비극이라는 생각이 들었다. 제임스는 열여섯 살, 캠은 열일곱 살쯤 되었을 것이었다. 그녀는 누군가 거기 없는 사람을, 어쩌면 램지 부인이라도 찾는 듯 주위를 둘러보았다. 하지만 친절한 벡위스 부인이 등불 아래서 자기 스케치들을 넘겨 보고 있을 뿐이었다. 그러고는 피곤한 나머지, 마음은 여전히 바다와 함께 출렁이면서, 오랜만에 찾아온 그곳의 맛과 냄새에 취해서, 촛불들이 눈에 아른거리는 것을 느끼며, 그녀는 깜빡 졸고 말았다. 별이 총총한 아름다운 밤이었다. 위층으로 올라갈 때도 파도치는 소리가 들려왔고, 층계참의 창문을 지날 때는 커다랗고 창백한 달이 그들을 놀라게 했다. 그녀는 곧장 잠이 들었다.

 그녀는 빈 캔버스를 이젤에 단단히 고정했다. 그래 봤자 오죽잖은 장벽이지만, 램지 씨와 그의 집요함을 막아 내기에는 충분히 든든하기를 바랐다. 그녀는 그가 등을 보이고 있는 동안 자기 그림을 보려고 최선을 다했다. 저기 저 선, 저기 저 매스. 하지만 불가능했다. 그는 50피트 밖에 있어도, 말을 걸지 않아도, 이쪽을 쳐다보지조차 않아도, 여전히 분위기를 압도하며 부담을 주었다. 그가 있으면 모든 것이 달라졌다. 색깔도 선도 제대로 눈에 들어오지 않았다. 그가 그녀에게 등을 돌리고 있어도, 그녀는 금방이라도 그가 쳐들어올 거라는 생각밖에 할 수 없었다. 그러고는 뭔가 그녀로서는 그에게 줄 수 없는 것을 요구할 것이었다. 그녀는 붓을 하나 던져 버리고 다른 붓을 골라 들었다. 아이들은 언제 오려나? 언제쯤 다들 떠나려나? 그녀는 안절부절못했다. 저 남자는, 하고 생각하자 분노가 치밀었다. 저 남자는 결코 줄 줄 모르고, 빼앗기만 한다. 램지 부인은 주었지. 주고, 주고, 또 주고, 그러다 죽었고, 이 모든 것을 남겨 놓았다. 정말이지 그녀는 램지 부인에게 화가 났다. 붓을 잡은 손가락이 조금 떨리는 것을 느끼며, 그녀는 울타리와 계단과 벽을 바라보았다. 모두 램지 부인이 한 일이었다. 그녀는 죽었고, 여기 릴리는 마흔네 살[35]에 아무것도 할 줄 모르는 채, 그림을 그린답시고 서서, 장난칠 수 없는 그 한 가지를 가지고 장난을 치며 시간을 낭비하고 있는 것이었다. 모두 램지 부인 탓이었다. 그녀는 죽었다. 그녀가 늘 앉아 있던 계단이 비어 있었다. 부인은 죽었다.

하지만 왜 이 모든 것을 거듭거듭 되씹는 걸까? 왜 자기 속에 있지도 않은 느낌을 불러일으키려 애쓰는 걸까? 거기에는 신성 모독과도 같은 무엇이 들어 있었다. 그 모든 것이 메마르고 시들고 동이 나버렸다. 그들은 그녀를 부르지 말았어야 했다. 아니, 그녀가 오지 말았어야 했다. 마흔네 살에 시간을 낭비할 수는 없지, 그녀는 생각했다. 자기가 그림을 가지고 장난치는 것이 싫었다. 이 파괴와 혼돈과 투쟁의 세상에서 유일하게 믿을 만한 것이 붓인데, 붓을 가지고 장난

---

[35] 이 작품을 쓰던 무렵 버지니아 울프가 마흔네 살이었다.

을 쳐서는 안 될 일이었다. 짐짓 그러는 것조차도 싫었다. 하지만 그가 그러게 만들고 있었다. 캔버스를 건드리면 안 된다고, 그가 쳐들어오며 말하는 것만 같았다. 내가 당신한테서 원하는 것을 내놓기 전에는 안 된다고. 여기 그가 또다시 다가와 있었다. 탐욕스럽게, 정신 나간 듯이. 좋아, 릴리는 낙심하여 오른팔을 늘어뜨리며 생각했다. 차라리 결판을 내버리는 편이 더 간단할 것이었다. 그토록 많은 여자들이 지금과 같은 경우 동정심과 그 보상으로 받은 기쁨에 들떠 얼굴을 붉힐 때면 엿보이던 ─ 그녀는 램지 부인이 얼굴에 띠었던 표정을 기억할 수 있었다 ─ 희열과 광희와 굴종을 필시 자신도 모방할 수 있을 것이었다. 그 이유는 도무지 알 수 없었지만, 그런 보상은 인간 본성이 누릴 수 있는 지고의 환희를 부여해 주는 듯했다. 마침내 그가 그녀 곁에 다가와 섰다. 그녀가 줄 수 있는 것이라면 주리라.

2

그녀는 약간 쪼그라든 것 같다고 그는 생각했다. 좀 왜소하고 빈약해 보였지만, 그렇다고 매력이 없지는 않았다. 그는 그녀를 좋아했다. 한때는 그녀와 윌리엄 뱅크스의 결혼 얘기도 있었지만, 결국 아무 일도 일어나지 않았다. 그의 아내도 그녀를 좋아했다. 그는 아침 식사 때 또 성질을 부리고 말았다. 그러고는, 그러고는 ─ 지금은 뭔가 엄청난 필요 때문에, 그게 뭔지 의식하지도 못한 채, 아무 여자나 붙들고 어떻게든 자기가 원하는 것, 즉 동정을 얻어 내야만 하는 순간

중 하나였다.

누군가 그녀에게 신경을 써주고 있는지? 그는 말했다. 불편한 점은 없는지?

「아, 감사합니다. 괜찮습니다.」 릴리 브리스코는 초조한 듯 대답했다. 아니, 도저히 안 되겠어. 즉시 동정심의 물결에 휩쓸렸어야 하는 건데, 그처럼 엄청난 압박이었는데, 그녀는 까딱도 하지 않았다. 무거운 침묵이 흘렀다. 두 사람 다 바다만 물끄러미 바라보았다. 왜 이 여자는, 하고 램지 씨는 생각했다. 내가 여기 있는데 바다만 바라보는 걸까? 그녀는 등대에 무사히 내릴 수 있도록 바다가 잔잔하기를 바란다고 말했다. 등대라고! 등대라고! 그게 무슨 상관이지? 그는 짜증스럽게 생각했다. 순간 그는 무엇인가 원시적인 돌풍의 힘으로(그는 도저히 더는 자제할 수가 없었다), 어찌나 딱한 신음 소리를 냈던지, 세상 어떤 여자라도 뭔가 동정의 말을 하지 않을 수 없을 듯했다 — 나만은 빼고, 릴리는 씁쓸하게 자조하며 생각했다. 나는 여자도 아니고, 까다롭고 성질 나쁜, 말라비틀어진 노처녀일 뿐이니까.

램지 씨는 땅이 꺼져라 한숨을 쉬고는 기다렸다. 그녀는 아무 말도 안 하려는지? 그가 그녀에게서 뭘 원하는지 모르는 것인지? 이윽고 그는 자기가 등대에 가고자 하는 데는 특별한 이유가 있다고 말했다. 아내가 그곳 사람들에게 선물을 보내곤 했다는 것이었다. 등대지기의 아들이 결핵성 고관절염을 앓고 있다고. 그는 깊은 한숨을 쉬었다. 의미심장한 한숨이었다. 릴리는 이 거대한 슬픔의 홍수, 동정받기를 바라는 이 채울 길 없는 욕구, 그녀도 그에게 완전히 굴복해야만 한다는 요구, 그러고서도 그에게는 언제까지나 그녀에게 쏟아 놓을 끝없는 슬픔이 있다는 사실, 그런 것들이 부디 자신을 떠나 주기를, 그 물결로 자신을 휩쓸어 가기 전에 방향을 돌려 주기를(누군가 나타나 이런 상황을 깨뜨려 주지 않을까 하고 그녀는 연신 집 쪽을 쳐다보았다) 바랄 뿐이었다.

「그런 여행은,」 램지 씨는 발끝으로 땅을 긁으며 말했다. 「아주 괴롭지요.」 그래도 릴리는 아무 말도 하지 않았다. (이 여자는 아예 목석이로군, 그는 생각했다.) 「아주 진이 빠집니다.」 그는 역겨울 만큼 애처로운 표정으로(그녀는 그가 연기를 하고 있다고 느꼈다. 이 대단한 인물이 아예 연극을 하다니) 자신의 아름다운 손을 내려다보며 말했다. 말도 안 돼. 추한 일이야. 왜들 아무도 나오지 않는 걸까. 그녀는 조바심을 쳤다. 이 무지막지한 슬픔의 무게를(그는 극도로 쇠잔한 티를 냈고, 심지어 조금 비틀거리기까지 했다), 이 묵직한 비애의 휘장을 한시도 더는 버틸 수가 없었다.

그래도 그녀는 아무 말도 하지 않았다. 저 먼 수평선에 이르기까지 얘깃거리는 다 쓸려 나간 것만 같았다. 램지 씨가 거기 서 있으니 그의 처량한 눈길이 닿는 양지바른 잔디밭마저 퇴색해 버리는 듯하여 놀라울 뿐이었다. 그는 접의자에 앉아 프랑스 소설을 읽고 있는 카마이클 씨의 불그레하고 졸린, 만족에 찬 모습을 향해, 이 슬픔 많은 세상에 저렇게 건재를 과시하는 사람을 보는 것만으로도 우울하기 짝이 없다는 듯, 상복의 검은 베일처럼 침울한 시선을 던졌다. 저 사람을 좀 봐요, 그리고 나를. 정말이지 시종일관 그가 느끼는 것이라고는 나를 생각해 봐요, 나를, 하는 것뿐이었다. 아, 저 육중한 노인이 자기들 쪽으로 실려 올 수만 있다면, 릴리는 소원했다. 이젤을 그쪽으로 한두 발짝이라도 더 가까이 세웠더라면, 남자라면, 어떤 남자라도, 이런 식의 자기 토로를 저지하고, 이 절절한 탄식을 그치게 했을 것이었다. 그녀가 여자이기 때문에 이 끔찍한 일이 생긴 것이었다. 여자이기 때문에 이런 것을 어떻게 받아 주어야 할지 알아 마땅한 것이었다. 그렇게 묵묵히 서 있는 것은 여자로서 그녀의 체면이 몹시 상하는 일이었다. 이런 경우 뭐라고 하더라? ― 오, 램지 씨! 친애하는 램지 씨! 스케치를 하던 벡위스 부인 같은 친절한 노부인이라면 대번에 그렇게 적절한 말을 했을 터였다. 하지만 그녀는 그게 안 되었다. 그들은 온 세상과 단절된 채 거기 서 있었다. 그의 엄청난 자기 연민과 동정에 대한 요구가 그녀의 발치에 쏟아져 웅덩이처럼 고였다. 그런데 그녀가 한 것이라고는, 가련한 죄인인 그녀는, 치마를 조금 더 발목 쪽으로 바짝 당겨 젖지 않게 한 것뿐이었다. 그녀는 붓을 든 채 벙어리처럼 서 있었다.

천만다행하게도! 집 쪽에서 무슨 소리가 들려왔다. 제임스와 캠이 오는 모양이었다. 하지만 램지 씨는, 마치 시간이 다해 가는 것을 알아차리기라도 한 듯, 이 외로운 여인에게 그의 쌓이고 쌓인 비애의 엄청난 압박을, 그의 나이와 쇠약함과 고독을 마구 쏟아부었다. 그러다 문득, 짜증이 나서 고개를 휙 젖히다가 ― 도대체 어떤 여자가 그에게 저항한다는 말인가? ― 그는 장화의 끈이 풀어진 것을 보았다. 아주 근사한 장화로군, 릴리는 그의 신발을 내려다보며 생각했다. 조각품 같은 큼직한 장화였다. 닳아 빠진 넥타이부터 단추를 반쯤 잠근 조끼까지, 램지 씨가 걸치고 있는 모든 것이 그렇듯이, 장화도 영락없이 그의 것이었다. 그녀는 그 장화가 그가 없이도 그의 비통함과 퉁명스러움과 고약한 성미와 매력을 그대로 드러내면서 자기들끼리 그의 방으로 걸어가는 것이 눈에 보이는 듯했다.

「멋진 장화로군요!」 그녀는 감탄했다. 그러고는 자신이 한심해졌다. 그는 영혼의 위로를 받기 원하는데 고작 그의 장화를 칭찬하다니. 피가 철철 흐르는 손을, 갈가리 찢긴 심장을 드러내 보이며 동정을 구하는데, 명랑하게 〈아, 참 멋진 장화를 신고 계시군요!〉라고 말한다는 것은 그가 당장이라도 고약한 성미를 발동하여 벼락을 내릴 만한 일이라고 생각하며 그녀는 각오를 하고 고개를 들었다.

그런데 뜻밖에도 램지 씨는 웃음을 띠었다. 그의 침울함은, 검은 휘장들은, 쇠잔함은 씻은 듯 찾아볼 수 없었다. 아, 그렇지요, 그는 발을 쳐들어 그녀에게 내보이며 말했다. 그것은 최고급 장화이고, 영국 전체를 통틀어 그런 장화를 만들 줄 아는 사람은 단 한 명뿐이라고 했다. 장화야말로 인류에게 내린 주된 저주 중 하나라면서 〈제화공들은 인간의 발을 고문하고 절뚝거리게 하는 걸 자기들 업으로 삼았지요〉라고 말했다. 그들은 인류 중에서 가장 고집 세고 괴팍한 족속이라고도 했다. 그는 청춘의 한창 시절을 다 보내고서야 제대로 만든 장화를 신게 되었다는 것이었다. 그런 모양의 장화는 아마 본 적이 없을 거라면서(그는 오른발 왼발을 차례로 쳐들어 보였다) 그녀에게 자세히 구경시켜 주려 했다. 그것은 세상에서 가장 좋은 가죽으로 만들어진 것이기도 했다. 대개의 가죽은 그저 갈색 마분지에 불과하다는 것이었다. 그는 여전히 공중에 쳐든 자기 발을 만족한 듯 바라보았다. 그들은 마침내 평화가 자리 잡고 건전함이 다스리며 영원히 태양이 빛나는 양지바른 섬, 멋진 장화가 있는 축복의 섬에 도달한 것이었다. 그녀는 그에게 마음이 누그러졌다. 「당신은 매듭을 제대로 맬 줄 아는지 어디 봅시다.」 그는 그녀의 엉성한 매듭을 보고는 코웃음 쳤다. 그러고는 자기가 발명해 낸 방식을 가르쳐 주었다. 한번 매면 절대로 풀리지 않는다는 것이었다. 그는 세 번이나 그녀의 신발 끈을 맸다 풀었다 했다.

왜 하필 이 어색하기 짝이 없는 순간에, 그가 그녀의 신발 위로 몸을 구부리고 있을 때, 그녀는 그에 대한 동정심으로 가슴이 뻐근해진 나머지 자기도 몸을 굽히며 얼굴에 피가 몰리는 것을 느끼고 자신의 무정함을 상기하며(그녀는 그가 연극배우 같다고까지 생각했었다) 눈이 아리게 눈물이 솟는 것일까? 그렇게 신발 끈에 열중해 있는 그는 무한한 비애를 지닌 인물로 보였다. 그는 매듭을 맬 줄 알았다. 그는 장화를 샀다. 램지 씨가 하려는 여행에서 그를 도울 길은 없었다. 하지만 이제 겨우 뭔가 말하고 싶은 마음이 들었을 때, 어쩌면 뭔가 말했을 수도 있을 바로 그때, 캠과 제임스가 나타났다. 그들은 테라스로 나오더니 심각하고 울적한 듯 나란히 발을 끌며 느릿느릿 다가왔다.

하지만 왜 저런 태도로 나오는 걸까? 그들에게 못마땅한 느낌이 드는 것을 어쩔 수 없었다. 좀 더 명랑하게 나오면 좋을 텐데, 이제 출발하는 바람에 그녀가 그에게 줄 수 없어진 것을 그들이 줄 수도 있을 텐데. 그녀는 문득 허전함과 좌절감을 맛보았다. 그녀의 느낌은 너무 늦게 왔다. 이제 겨우 연민을 베풀 마음의 준비가 되었는데, 그는 더 이상 그런 것을 필요로 하지 않았다. 그는 아주 의젓한 노신사로 돌아가, 더 이상 그녀에게 바라는 것이 없었다. 그녀는 무시당한 느낌이었다. 그는 배낭을 어깨에 둘러멨다. 갈색 종이로 엉성하게 포장한 꾸러미들을 나눠 들고, 캠을 시켜 외투를 가져오게 했다. 어느 모로 보나 원정 채비를 갖춘 인솔자의 풍모였다. 그러고는 횡하니 돌아서서 씩씩한 군대식 걸음으로, 그 멋진 장화를 신고, 갈색 꾸러미들을 든 채, 아이들을 거느리고 앞장서서 오솔길을 내려갔다. 마치 운명이 그들을 어떤 피치 못할 과업에 종사시키기나 한 것 같다고 그녀는 생각했다. 아이들은 아직 아버지가 이끄는 대로 순순히 복종하여 따라갈 만큼 어리기는 하지만, 그들의 풀 죽은 눈빛은 자기 나이 이상의 괴로움을 묵묵히 참고 있다는 인상을 주었다. 그리하여 그들은 잔디밭 가장자리를 지나갔고, 릴리는 무엇인가 공통된 감정의 압박에 끌려가는 행렬을, 발을 질질 끌고 비칠거리면서도 함께 엮인, 묘하게 인상적인 작은 집단을 보고 있다는 느낌이 들었다. 그렇게 지나가면서, 정중하게, 하지만 아주 멀리서, 램지 씨는 손을 들어 그녀에게 인사를 보냈다.

참 대단한 얼굴이지, 하고 생각하며, 그녀는 동정을 바라지도 않는 그에게 동정을 표현하고 싶다는 마음으로 들쑤셨다. 어떻게 저런 얼굴이 되었을까? 밤이면 밤마다 사색하기 때문이겠지, 식탁의 실재성에 대해서였던가. 램지 씨의 사상이 무슨 내용인지 모르겠다는 그녀의 말에 대한 앤드루의 대답을 상기하며 그녀는 생각했다(앤드루는 폭탄 파편에 맞아 죽었다지). 그 식탁이란 준엄하고 예지적인 무엇, 아무런 장식이 없는 간결하고 딱딱한 무엇이었다. 아무 색깔도 없고, 온통 모서리와 각뿐이며, 타협할 수 없이 명백했다. 램지 씨는 항상 그것에 시선을 고정하고, 결코 주의를 흩뜨리거나 망상에 빠지지 않았으므로, 결국 저렇게 수척하면서도 금욕적인, 그녀에게 그토록 깊은 인상을 주는 꾸밈없는 아름다움을 띠게 된 것이었다. 하지만, 하고 그녀는(그가 그녀를 두고 간 자리에 서서, 붓을 든 채로) 온갖 근심들로 초췌해진 그의 얼굴이 그리 고상하지만은 않았던 것을 상기했다. 필시 그도 그 탁자에 대해 의심하는 것이리라고 그녀는 짐작했다. 그것이 실재하는 탁자인지, 그가 평생을 바칠 만한 가치가 있는 것인지, 아니 도대체 그가 그것을 발견할 수나 있는 것인지 등등. 그도 의구심을 품고 있는 것이다. 그렇지 않다면 사람들에게 그처럼 요구가 많지도 않을 텐데. 아마 그들이 밤늦도록 대화한 것은 그런 문제에 대해서였을지도 모른다는 생각이 들었다. 그런 다음 날이면 램지 부인은 몹시 피곤해 보여서, 릴리는 별것 아닌 일로도 그에게 화가 치밀곤 했었다. 그런데 이제 그는 탁자에 대해, 장화에 대해, 매듭에 대해 말할 사람이 아무도 없었다. 그래서 집어삼킬 대상을 찾아 사자처럼 서성대며, 그의 얼굴은 필사적이고 과장된 표정을 띤 나머지 그녀를 놀라게 하고 치맛자락을 바짝 잡아당기게 하는 것이다. 하지만 그러다가도 갑자기 활기가 되살아나고 갑자기 불이라도 댕긴 듯이(그녀가 그의 장화를 칭찬했을 때처럼) 하찮은 인간사에 대한 흥미와 생기가 돌아오던 것을 그녀는 상기했다. 그러고는 또 기분이 변해서(그는 줄곧 기분이 변했고, 아무것도 감추지 않았으니까) 저 마지막 단계로 접어드는데, 그의 그런 면은 그녀로서 처음 보는 것이었고 자신의 참을성 없음을 부끄럽게 여기게 하는 것이었다. 그는 마치 근심과 야망을, 동정을 구하는 마음과 칭찬받으려는 욕구를 다 떨쳐 버린 듯이, 그저 호기심에 이끌려 자기 자신과 또는 다른 누군가와 말 없는 대화를 나누는 가운데 그 작은 행렬을 이끌고, 아무 손도 닿지 않는 어떤 다른 나라로 들어선 듯이 보였다. 참 대단한 얼굴이라니까! 멀리서 대문이 쾅 소리를 내며 닫혔다.

3

 가버렸구나, 그녀는 안도와 실망의 한숨을 내쉬며 생각했다. 그녀의 동정심은 마치 헤쳤던 가시덤불이 얼굴을 향해 되튕기듯이 다시금 자신을 향해 돌아오는 듯했다. 그녀는 묘하게 분열된 느낌이었다. 마치 자신의 일부는 저 멀리 끌려 나가고 — 옅은 안개가 낀 조용한 날이었고, 등대는 아득히 멀어 보였다 — 다른 일부는 고집스럽게 여기 잔디밭에 못 박혀 있는 듯이 느껴졌다. 캔버스는 두둥실 떠올라 곧장 그녀의 눈앞에 타협의 여지 없는 순백으로 자리 잡았다. 그 냉정한 눈길은 이 모든 수선과 소란에 대해, 어리석음과 감정 낭비에 대해 그녀를 꾸짖는 것처럼 보였다. 그것은 그녀를 제정신으로 돌아오게 했고, 어수선한 느낌들(그는 가버렸고 그녀는 그가 안쓰러우면서도 아무 말도 하지 못했다)이 떠나감에 따라, 그녀의 마음에는 평화가, 그러고는 공허감이 찾아들었다. 그녀는 멍하니 캔버스를, 그 타협할 줄 모르는 순백의 눈길을 마주 보다가, 캔버스에서 정원으로 눈길을 돌렸다. 무엇인가가 있었다(그녀는 그 작고 주름진 얼굴에 중국인처럼 가느다란 눈매를 찌푸리며 서서 생각했다), 무엇인가 기억날 듯했다. 저 가로지르는 선들과 내리꽂히는 선들의 관계 속에는, 청색들과 갈색들로 이루어진 녹색 동굴을 품은 산울타리의 매스 속에는, 무엇인가 내내 마음에 머물던 것이 있었다. 그녀의 마음속에 매듭을 지어 놓아, 이따금씩 뜬금없이, 브롬프턴 로드를 걸어가다가 또는 머리칼을 쓸어 넘기다 말고도, 상상 속에서 그 매듭을 풀고 그 그림을 그리며 이리저리 훑어보곤 했던 것이다. 하지만 그렇게 캔버스 밖에서 상상으로 그려 보는 것과 실제로 붓을 들고 처음 한 획을 긋는 것 사이에는 엄청난 차이가 있었다.

그녀는 램지 씨가 나타나는 바람에 마음이 산란해져서 엉뚱한 붓을 집어 들었고, 신경이 날카로운 상태에서 땅에 박은 이젤은 각도가 잘못되어 있었다. 이제 이젤을 바로잡고, 그러면서 그녀의 주의를 사로잡았던 무관한 잡념들 — 자신이 어떤 사람인지, 사람들과 어떤 관계를 맺고 있는지 하는 — 을 가라앉히고는, 붓을 든 손을 치켜들었다. 잠시 고통스러우면서도 흥분에 찬 희열 속에서, 공중에 쳐든 붓이 떨렸다. 어디서 시작할까? — 어디에 첫 획을 그을까? 하는 것이 문제였다. 캔버스에 한 획을 긋는 행위는 무수한 위험들에 떨어드는 것을, 돌이킬 수 없는 결정들을 해나가는 것을 의미했다. 관념 속에서는 단순해 보이던 온갖 것이 실제로는 대번에 복잡해져서, 마치 절벽 꼭대기에서 보는 파도는 가지런하지만 그 가운데서 헤엄치는 자에게 보이는 파도는 깊은 골과 거품 이는 마루로 나뉘는 것과도 같았다. 그래도 위험을 무릅쓰고 첫 획을 그어야만 했다.

마치 앞으로 떠밀리는 동시에 물러서야만 하는 것 같은 묘한 신체적 감각을 느끼며, 그녀는 신속하고 단호하게 첫 획을 그었다. 붓이 휙 움직이더니, 새하얀 캔버스에 갈색의 떨리는 선이 그어졌다. 두 번, 세 번, 동작을 반복했다. 그렇게 쉬다가 획을 긋다가 하면서, 그녀는 일종의 주기적인 율동에 들어갔다. 쉬는 것도 율동의 일부였고, 획을 긋는 것도 일부였으며, 모두가 연관되어 있었다. 그리하여 가볍고 재빠르게 쉬고 긋고 하면서 캔버스를 초조한 갈색 선들로 채워 나갔고, 선들이 그어지자마자 그 사이에는 공간이 생겨났다(그녀는 그 공간이 그녀를 향해 어렴풋이 나타나는 것을 느꼈다). 파도의 깊은 골 아래서 다음 파도가 점점 더 높이, 그녀의 머리 위로 치솟는 것이 보였다. 대체 무엇이 그 공간보다 더 무섭겠는가? 그녀는 또다시 한 걸음 물러나 그것을 바라보았다. 쓸데없는 수다로부터, 삶으로부터, 공동체로부터, 이 가공할 숙적의 면전으로 끌려 나가는 듯했다. 이 다른 것, 이 진실, 이 실재가 갑자기 그녀에게 손을 뻗치고는 외관들의 등 뒤에서 불쑥 나타나 그녀의 주의를 온통 사로잡았다. 그녀는 반쯤은 내키지 않고 반쯤은 마지못한 심정이었다. 왜 항상 밖으로, 멀리 끌려 나가야 하는가? 왜 그냥 평화롭게 남아 잔디밭의 카마이클 씨와 이야기나 나누지 못하는가? 하여간 그것은 까다로운 방식의 교섭이었다. 다른 경배의 대상들은 경배로 만족하건만, 남자, 여자, 신, 모두가 꿇어 엎드려 절하도록 내버려 두건만, 이 형태는, 설령 그것이 고리버들 탁자 위에 어렴풋이 나타나는 하얀 등갓의 형태일 뿐이라 하더라도, 도전해 오고 결국은 질 수밖에 없는 싸움에 끌어들이는 것이었다. 항상(그것이 그녀의 천성 탓인지 성별 탓인지는 알 수 없지만) 삶의 유동성에서 벗어나 그림 그리는 일의 집중 상태로 넘어갈 때면, 그녀는 마치 태어나지 않은 영혼처럼, 몸이 없는 영혼처럼 바람 센 산꼭대기에서 온갖 의심의 돌풍에 노출된 듯 무방비한 순간들을 지나게 되곤 했다. 그렇다면 왜 이 일을 하는가? 그녀는 이리저리 가벼운 붓질이 지나간 캔버스를 바라보았다. 그것은 어느 하인들의 침실에나 걸릴지도 몰랐다. 어쩌면 둘둘 말려서 소파 밑에 처넣어질지도 알 수 없는 일이었다. 그렇다면 이런 그림을 그리는 것이 무슨 소용인가? 여자는 그림도 못 그리고 창조할 수도 없다고 말하는 음성이 들려왔다. 얼마간 시간이 흐르면 경험이 마음속에 자리 잡아 본래 누가 그런 말을 했는지도 알지 못한 채 같은 말을 반복하게 되는, 저 습관적인 급류 속에 사로잡힌 듯했다.

그림도 못 그리고 글도 못 쓴다고, 그녀는 단조롭게 되뇌면서, 어떤 공격 계획을 세워야 할지 초조하게 떠올려 보았다. 산울타리의 매스가 돌출하듯 눈앞에 자리하고서, 마치 그녀의 눈동자를 압박하는 듯했다. 그러자, 그녀의 기능들을 윤활하게 하는 데 필요한 액체가 저절로 분비되기나 한 것처럼, 그녀는 청색과 암갈색을 아무렇게나 찍어 대면서 이리저리 붓을 놀리기 시작했다. 하지만 붓질은 점점 더 묵직해지고 느려지는 것이 마치 눈앞의 풍경(그녀는 여전히 산울타리와 캔버스를 번갈아 바라보았다)이 요구하는 어떤 리듬을 탄 듯했으며, 그녀의 손이 생명력으로 떨리는 동안에도 그 리듬은 그녀를 그 흐름에 실어 가기에 족할 만큼 강했다. 분명 그녀는 외부 사물에 대한 의식을 잃어 가고 있었다. 외부의 사물들과 자신의 이름과 인성과 외모와 카마이클 씨가 거기 있는지 없는지 하는 것에 대한 의식마저 잃어 가면서도, 그녀의 마음은 그 심연으로부터 장면과 이름과 말과 기억과 상념들을, 저 번득이는, 가공할 만큼 까다로운 흰 공간 위로 분수처럼 솟구치게 했고, 그녀는 그것을 녹색과 청색으로 채워 가고 있었다.

　찰스 탠슬리가 그런 말을 하곤 했지, 그녀는 기억이 났다. 여자들은 그림도 못 그리고 글도 못 쓴다고. 바로 여기 이 장소에서 그림을 그릴 때면, 정말 싫게도, 그가 등 뒤에서 나타나 그녀 곁에 바짝 다가서곤 했다. 「싸구려 담배지요.」 그는 말하곤 했다. 〈온스당 5페니짜리〉라며 자신의 가난과 자신의 원칙을 떠벌리는 것이었다. (하지만 전쟁 때문에 그녀의 여성성도 예각이 무뎌진 탓인지, 남자도 여자도 다 불쌍한 존재라는 생각이 들었다.) 그는 항상 책을, 자주색 책을 끼고 다녔다. 〈연구를 한다〉는 것이었다. 그가 뙤약볕에 앉아서 그렇게 연구하던 것이 생각났다. 저녁 식사 때면 항상 시야를 가로막는 자리에 앉곤 했다. 하지만 어쨌든, 하고 그녀는 회상했다. 바닷가에서의 그 일이 있었다. 그 일은 기억할 만했다. 바람이 많이 부는 아침이었다. 모두 함께 바닷가에 나갔었다. 램지 부인은 바위 곁에 앉아 편지를 썼다. 그녀는 편지를 쓰고 또 썼다. 「오.」 그녀는 고개를 들어 뭔가 바다에 떠도는 것을 보며 말했다. 「저건 바닷가재를 잡는 통인가요? 아니면 뒤집힌 배인가요?」 그녀는 근시가 심해서 잘 보이지 않았고, 그러자 찰스 탠슬리가 그로서는 최대한 상냥하게 굴었다. 그가 물수제비를 뜨기 시작했다. 그들은 납작하고 까만 돌멩이를 주워 파도 위를 스치며 날아가게 던졌다. 이따금씩 램지 부인은 안경 너머로 그들을 바라보며 웃어 대곤 했다. 그들이 무슨 말을 했었는지는 생각나지 않았지만, 자기와 탠슬리가 그렇게 돌을 던지면서 갑자기 사이가 좋아졌던 것과 램지 부인이 자기들을 지켜보고 있던 것은 생각이 났다. 그녀는 그 사실을 분명히 의식하고 있었다. 램지 부인은 한 걸음 뒤로 물러나면서 눈을 가늘게 떴다. (그녀가 제임스와 함께 계단 위에 앉아 있을 때는 구도가 상당히 달라졌음에 틀림없다. 필시 그림자가 졌을 것이었다.) 그렇게 자기와 탠슬리가 물수제비를 뜨던 것이나 바닷가의 장면 전체를 회상할 때면, 어쩐지 그 모든 것이 바위 아래서 무릎에 방석을 대고 앉아서 편지를 쓰던 램지 부인에게 달려 있었던 것만 같았다. (부인은 무수한 편지를 썼다. 가끔 바람이 불어와 편지를 날려 보냈고, 그녀와 찰스는 바다에서 겨우 한 장을 건져 냈다.) 하지만 인간 영혼은 얼마나 큰 힘을 지닌 것인지! 그녀는 생각했다. 거기 바위 아래 앉아 편지를 쓰던 여인이 그 모든 것을 단순하게 만들었다. 분노와 짜증을 낡은 누더기처럼 날려 보내고, 이것과 저것을 그리고 또 이것을 한데 모아서 그 한심한 어리석음과 악의로부터(그녀와 찰스가 그처럼 티격태격 다투던 것은 얼마나 어리석고 심술궂은 일이었는지) 무엇인가를 — 가령 이 바닷가의 장면을, 우정과 호의의 순간을 — 그 모든 세월이 지난 후에도 살아남을 무엇을 만들어 냈던 것이다. 그래서 그에 대한 기억을 되새기려 할 때면, 그 장면은 마음속에 고스란히 남아 마치 예술 작품처럼 감동을 주는 것이었다.

「마치 예술 작품처럼.」 그녀는 캔버스와 거실 앞 계단을 번갈아 바라보며 되뇌었다. 잠시 쉬어야 했다. 그렇게 쉬면서 이곳저곳을 둘러보노라니, 영혼의 하늘을 끊임없이 가로지르던 해묵은 질문, 광대하고 일반적인 질문, 이렇게 긴장을 풀고 있는 순간에 되살아나기에 딱 알맞은 질문이 그녀를 굽어보며 머물러 그늘을 드리웠다. 인생의 의미는 무엇인가? 그게 다였다 — 단순한 질문이지만, 해가 갈수록 죄어

드는 것이었다. 위대한 계시는 결코 찾아오지 않았다. 어쩌면 결코 찾아오지 않을 것이었다. 그 대신에 사소한 일상의 기적들, 어둠 속에 뜻하지 않게 켜지는 성냥불처럼 반짝하는 순간들이 있을 뿐이었다. 그때도 바로 그런 순간이었다. 이것, 저것, 그리고 또 저것. 그녀 자신과 탠슬리, 그리고 부서지는 파도. 램지 부인이 그런 것들을 한데 모았고, 램지 부인이 〈인생이 여기 멈출지어다〉라고 말했고, 램지 부인이 그 순간을 무엇인가 영속적인 것으로 만들었으니(릴리 자신이 또 다른 차원에서 순간을 영속화하려 애쓰듯이) ─ 그런 거야말로 계시인 셈이었다. 혼돈의 와중에 형태가 있으니, 이 끝없이 흘러 지나가는 것이(그녀는 구름이 지나가고 나뭇잎이 떨리는 것을 바라보았다) 문득 정지하는 것이었다. 인생이 여기 멈출지어다, 램지 부인은 말했다. 「램지 부인! 램지 부인!」 그녀는 거듭 불러 보았다. 그 모든 것이 부인 덕분이었다.

사방이 고요했다. 집 안에서는 아무도 기척이 없었다. 그녀는 이른 아침 햇살 속에 잠들어 있는 집과 나뭇잎이 반사되어 짙푸른 유리창들을 바라보았다. 자신이 램지 부인에 대해 떠올리던 어렴풋한 생각과 그 조용한 집이, 저 연기가, 고요한 이른 아침 공기가 잘 어울리는 듯했다. 그 모든 것이 희미하고 비현실적이면서도, 놀랍도록 순수하고 생생했다. 그녀는 아무도 창문을 열거나 집 밖으로 나오지 않기를, 그냥 혼자서 계속 생각을 하고 그림을 그릴 수 있기를 바랐다. 다시 캔버스를 향해 돌아섰다. 하지만 자신도 모를 호기심에 내몰려, 표현하지 못한 채 지니고 있는 동정심이 거북한 듯, 그녀는 잔디밭 가장자리로 한두 걸음 걸어가서 저 아래 바닷가에서 그 작은 일행이 돛을 올렸는지 볼 수 있을까 하고 내려다보았다. 바닷가에 떠 있는 작은 배들 중에는 돛을 접은 것도 있고 잔잔한 수면 위로 천천히 멀어져 가는 것도 있었는데, 그중에서 다른 배들과 좀 떨어져 있는 한 척이 눈에 띄었다. 이제 막 돛을 올리고 있었다. 그녀는 저 멀리 그 작고 조용한 배에 램지 씨가 캠과 제임스와 함께 앉아 있으리라고 확신했다. 이제 다 올라간 돛이 조금 처지는가 싶더니 바람을 받아 부풀었다. 그녀는 깊은 침묵 속에서 배가 신중히 방향을 잡고 다른 배들을 지나 바다로 나아가는 것을 지켜보았다.

4

머리 위에서 돛이 펄럭거렸다. 물이 뱃전에 철썩거렸다. 배는 햇볕을 받으며 조는 듯 꼼짝 않고 있었다. 이따금 가벼운 바람이 불면 돛에는 잠시 주름이 잡히지만, 주름은 이내 퍼져 나가 사라지곤 했다. 배는 꼼짝도 하지 않았다. 램지 씨는 배의 중간쯤에 앉아 있었다. 이제 또 안절부절못하겠군, 제임스는 생각했고, 캠도 그들 사이(제임스는 키를 잡고, 캠은 뱃머리에 혼자 앉아 있었다) 배의 중간쯤에 단단히 책상다리를 하고 앉아 있는 아버지를 바라보며 같은 생각을 했다. 그는 꾸물거리는 것을 싫어했다. 아니나 다를까, 그는 매칼리스터의 아들에게 날카로운 말투로 뭔가 말했고, 젊은이는 노를 꺼내 젓기 시작했다. 하지만 아버지는 배가 쏜살같이 나아가기 전에는 만족하지 않으리라는 것을 아이들은 알고 있었다. 그는 계속 바람이 불어오기를 고대하며 초조해서 뭔가 혼잣말을 중얼거릴 것이고, 매칼리스터와 그의 아들이 어쩌다 그 말을 듣게라도 되면, 둘 다 몹시 불편해질 것이었다. 어쨌든 그들을 오게 한 건 아버지였다. 그가 그들을 억지로 데리고 온 것이었다. 아이들은 속이 상해서, 아예 바람이 불지 않았으면, 아무것도 아버지의 뜻대로 되지 않았으면 하고 바랐다. 그들도 억지로 끌려 나온 터였기 때문이다.

바닷가로 내려가는 내내 그는 줄곧 〈빨리빨리 걸어〉 하고 재촉했지만, 아이들은 뒤에 처져 느릿느릿 걸으며 아무 말도 하지 않았다. 가차 없는 돌풍에 꺾이기라도 한 듯 고개를 푹 수그린 채, 감히 그에게 대꾸한다는 것은 생각할 수도 없었다. 그가 가자니까 따라가는 수밖에 없었다. 그들은 갈색 꾸러미들을 든 채 그의 뒤를 따라가야만 했다. 하지만 그렇게 걸어가면서 그들은 말없이 맹세한 터였다 — 서로 힘을 모아 폭정에 죽기까지 저항하기로. 그래서 그들은 각기 배의 양끝에 앉아 입을 봉하고 있었다. 아무 말도 하지 않고, 이따금씩 그가 책상다리를 하고 앉아 있는 쪽을 건너다보았다. 그는 얼굴을 찡그리고 안절부절못하며 못마땅한 듯 구시렁대며 바람이 불어오기를 기다리고 있었다. 그들은 차라리 바람이 불지 않기를 바랐다. 그의 뜻이 좌절되기를 바랐다. 등대에 간다는 것 자체가 실패하기를 바랐고, 꾸러미들을 들고 해안으로 돌아가게 되기를 바랐다.

하지만 이제 매칼리스터의 아들이 조금 노를 저어 가자 돛들이 천천히 돌며 방향을 잡았고, 배가 속력을 받아 낮게 깔리더니 쏜살같이 나아가기 시작했다. 그러자 큰 긴장이 풀리기나 한 것처럼, 램지 씨는 꼬았던 다리를 풀고는 담배쌈

지를 꺼내 약간 툴툴거리며 매칼리스터에게 건넸고, 조금 난관을 겪기는 했지만 그의 기분이 완전히 풀어졌다는 것을 아이들은 알 수 있었다. 이제 그들은 몇 시간쯤 이렇게 갈 것이고, 램지 씨는 매칼리스터 영감에게 뭔가 질문을 — 아마도 지난겨울의 큰 폭풍우에 대해서 — 할 것이었다. 함께 파이프 담배를 피우며, 매칼리스터는 타르 칠한 밧줄로 매듭을 지었다 풀었다 할 것이고, 그의 아들은 낚시질을 하며 아무에게도 한마디도 하지 않을 것이었다. 제임스는 내내 돛을 지켜보아야 할 것이고, 만일 그가 방심한 사이에 돛이 주름져서 펄럭거리고 배의 속도가 느려지기라도 하면, 램지 씨는 〈정신 차려! 정신 차리라고!〉 하며 소리치고 매칼리스터 영감은 앉은 자리에서 천천히 뒤돌아볼 것이었다. 램지 씨가 지난 크리스마스 때의 폭풍우에 대해 뭔가 묻는 소리가 들려왔다. 「폭풍우가 저 곶을 돌아 몰아쳤어요.」 매칼리스터 영감은 지난 크리스마스 때의 폭풍우를 묘사하며 말했다. 배 열 척이 피난처를 찾아 만 안으로 몰려들어 왔다면서, 그는 〈한 척은 여기, 한 척은 저기, 또 한 척은 저기〉 있었다고 가리켜 보였다(만 둘레를 천천히 돌아가며 가리키는 그의 손끝을 따라 램지 씨도 고개를 돌렸다). 세 사람이 돛대에 매달려 있는 것도 보았는데, 다음 순간 배가 사라져 버렸다고 했다. 「결국 우리가 배를 끌어냈지요.」 그는 이야기를 계속했다(하지만 죽기까지 폭정에 저항하자는 맹약으로 단결하여 배의 양쪽 끝에 앉은 채 말없이 잔뜩 성이 나 있는 아이들에게는 이따금 한두 마디씩 들려올 뿐이었다). 마침내 배를 끌어내고 구조선을 띄워, 곶을 빠져나오게 할 수 있었다고, 매칼리스터는 이야기했다. 아이들은 이따금 한두 마디씩 주위들으면서, 내내 아버지를 의식하고 있었다 — 그가 어떻게 몸을 앞으로 숙이는지, 어떻게 매칼리스터의 목소리에 걸맞은 목소리를 내는지, 파이프를 뻐끔거리고 매칼리스터가 가리키는 이곳저곳을 바라보면서 폭풍우와 캄캄한 밤과 어부들의 사투를 음미하는지. 그는 남자들이 한밤중에 폭풍우가 몰아치는 해변에서 근육과 두뇌로 바람과 파도에 맞서면서 땀 흘려 싸운다는 것이 마음에 드는 모양이었다. 그는 남자들이 그렇게 일하는 것을 좋아했다. 반면 여자들은 집을 지키며, 저 밖 폭풍우 속에서 남자들이 물에 빠지는 동안, 집 안에서 잠든 아이들 곁에 앉아 있는 것을 좋아했다. 제임스도 캠도 알아차릴 수 있었다(그들은 그를 바라보았고, 서로 시선을 교환했다). 그의 고갯짓과 경청하는 태도와 목소리의 울림에서, 그리고 매칼리스터에게 폭풍우에 만으로 밀려들어 온 열한 척의 배에 대해 질문하는 그의 목소리에 은근히 섞여 들어 그도 촌사람인 것처럼 보이게 하는 스코틀랜드식 억양에서, 그런 기분이 역력히 묻어났다. 열한 척 중 세 척은 침몰했다고 했다.

그는 매칼리스터가 가리키는 쪽을 의연히 바라보았고, 캠은 이유는 알 수 없지만 어쩐지 그가 자랑스럽게 느껴졌다. 만일 아버지가 거기 있었더라면, 그도 구조선을 띄우고 난파 현장에 갔을 것이었다. 그는 그토록 용맹하고 모험심이 있다고 캠은 생각했다. 하지만 맹약이 있었다. 죽기까지 폭정에 저항하자는. 불만이 그들을 짓눌렀다. 아버지는 강요하고 명령했다. 그는 침울함과 권위로 다시금 그들을 찍어 누르며 자기 지시를 따르게 하여, 이 화창한 아침에도 자기가 원하는 대로 이 꾸러미들을 들려 등대로 가게 한 것이었다.

그가 죽은 사람들을 기념하기 위해 자기 기분대로 치르는 이 예식에 억지로 동참하는 것이 싫어서, 그들은 뒤에 처져 꾸물거렸고, 그날의 모든 즐거움이 사라져 버렸다.

상쾌한 바람이 불어왔다. 배는 비스듬히 기울었고, 물은 날카롭게 갈라져서 녹색 폭포를 이루며 포말과 물발로 쏟아져 내렸다. 캠은 물거품 속을, 온갖 보물이 잠겨 있을 바닷속을 들여다보았고, 속도감에 취해 제임스와 이어진 끈이 조금 늘어져 느슨해졌다. 그녀는 생각에 잠겼다. 참 빨리도 가네. 어디로 가는 거지? 그녀가 배의 움직임에 몽롱해져 가는 동안, 제임스는 돛과 수평선에 시선을 고정한 채 시무룩한 태도로 키를 잡고 있었다. 하지만 그렇게 키를 조정하면서 그는 어쩌면 달아날 수도 있으리라는 생각을 하기 시작했다. 이 모든 것에서 벗어날 것이다. 어딘가에 상륙하겠지. 그러면 자유가 되는 거다. 잠시 눈길이 마주친 아이들은, 속도감과 변화 때문에 해방감을 맛보았다. 하지만 램지 씨도 상쾌한 바람에 역시 들뜬 듯했고, 매칼리스터 영감이 뱃전 너머로 낚싯줄을 던지려고 돌아서자 소리 높여 외쳤다.

「우리는 죽었노라.」 그러고는 사이를 두어 「제각기 홀로.」 그러더니 늘 그러듯이 후회 때문인지 새삼 겸연쩍은 것인지 부르르 몸을 추스르고는, 해안을 향해 손을 흔들었다.

「저기 집 좀 봐라.」 그는 캠이 보아 주기를 바라며 손으로 가리켰다. 그녀는 마지못해 몸을 일으켜 바라보았다. 어느 집 말인가? 그녀는 저편 언덕에서 어느 것이 자기들 집인지 분간이 가지 않았다. 모든 것이 아득히 멀고 평화롭고 낯설게 보였다. 얼마 오지 않았는데도 언덕은 이미 멀어져서 사뭇 다른 표정, 태연한 표정을 띠고 있었고, 그렇게 물러나는 풍경은 그들과 아무 상관도 없는 듯이 보였다. 어느 게 우리 집이지? 알아볼 수가 없었다.

「그러나 나는 더 거친 바다 밑에서.」 램지 씨가 읊기 시작했다. 그는 그 집을 찾아냈고, 그래서 집을 바라보면서 자신이 거기 있는 것을, 혼자서 테라스를 거니는 것을 보았던 것이다. 그는 화분들 사이를 오락가락하고 있었고, 매우 늙고 구부정해 보였다. 배 안에 앉은 그도 어느새 구부정하니 웅크리고 자기 역할 — 아내를 여의고 홀아비가 된 처량한 남자의 역할 — 로 돌아가, 자신에게 동정하는 수많은 사람들을 눈앞에 떠올리며 혼자서 작은 연극을 연출했다. 그 연극은 그에게 노쇠하고 피폐하고 서글픈 역을 요구했고(그는 손을 들어 얼마나 말랐는지 보면서 자신의 몽상을 확인했다), 그러자 그에게는 여성들의 연민이 쏟아졌으며, 그는 그녀들이 자신을 얼마나 위로하고 동정해 줄지 그려 보았다. 그리하여 상상 속에서나마 여성들의 동정이 주는 절묘한 즐거움을 맛보며, 그는 한숨과 함께 애잔한 어조로 읊기를 계속했다.

> 그러나 나는 더 거친 바다 밑에서
> 그보다 더 깊은 심연에 잠기었노라.[36]

그리하여 그 구슬픈 말은 모두의 귀에 꽤 분명히 들렸다. 캠은 놀란 나머지 자리에서 펄쩍 뛰다시피 했다. 그것은 충격이었고 그녀를 격분케 했다. 그녀의 그런 반응에 아버지는

---

36 쿠퍼, 「익사자」. 울프는 마지막 행 *And whelmed*……를 *Was whelmed*……로 약간 바꾸었다.

정신을 차린 듯 몸을 부르르 떨더니 〈저기 좀 봐! 저기!〉 하고 하도 다급하게 소리치는 바람에, 제임스도 고개를 돌려 어깨 너머로 섬을 바라보았다. 그들 모두 바라보았다. 섬이었다.

하지만 캠의 눈에는 아무것도 들어오지 않았다. 그녀는 그 모든 오솔길과 잔디밭이, 자신들이 그곳에서 살았던 삶으로 촘촘히 짜인 그 모든 것이, 어떻게 사라져 버렸나를 생각하고 있었다. 그 모든 것이 쓸려 나가 과거가 비현실적인 것이 되어 버렸고, 이제 이것이 현실이었다. 배와, 여기저기 기운 돛과, 매칼리스터와, 그의 귀고리와, 파도 소리 ─ 이 모든 것이 현실이었다. 그런 생각을 하며 그녀는 혼자 중얼거렸다. 〈우리는 죽었노라, 제각기 홀로〉라고, 아버지가 읊던 말이 거듭거듭 그녀의 마음속에 밀려왔다. 아버지는 그녀가 그렇게 멍해진 것을 보고는 놀리기 시작했다. 그녀는 나침반의 방위들을 아는지? 그가 물었다. 남북을 구별할 수 있는지? 정말로 우리가 저기 산다고 생각하는지? 그러면서 그는 그들의 집이 있는 곳을 저기, 저 나무들 곁에, 하고 다시 가리켜 보였다. 그는 그녀가 좀 더 정확해지면 좋겠다면서 말했다. 「자, 어디 말해 봐 ─ 어느 쪽이 동이고 서지?」 그는 반쯤은 놀리면서, 반쯤은 나무라면서 말했다. 그는 아주 바보도 아닌 사람이 나침반의 방위들을 모른다는 것을 도무지 이해할 수 없었기 때문이다. 하지만 그녀는 알 수가 없었다. 그녀의 이제 다소 겁먹은 듯한 멍한 눈길이 집이라고는 없는 곳을 헤매는 것을 보자, 램지 씨는 몽상하던 것을 ─ 테라스의 화분들 사이를 이리저리 거닐던 것, 자신을 향해 뻗친 팔들 ─ 다 잊어버렸다. 여자들은 항상 저 모양이지, 정신이 늘 저렇게 어리어리해 가지고. 그것은 그로서는 도저히 이해할 수 없는 일이었지만, 사실이 그러했다. 그녀도 — 그의 아내도 그랬었다. 여자들은 도대체 아무것도 분명히 파악하질 못했다. 하지만 그녀에게 화를 낸 것은 잘못이었고, 게다가 그는 여자들의 그런 어리어리함을 좋아하는 편이 아닌가? 그것은 여자들의 비상한 매력의 일부였다. 캠이 나를 보고 좀 웃게 해야지, 그는 생각했다. 그녀는 겁에 질린 듯 말이 없었다. 그는 손가락들을 꽉 모아 쥐며, 요 몇 년 동안 사람들의 동정과 칭찬을 마음대로 얻어 내던 자신의 목소리와 얼굴과 극적인 몸짓을 자제해야겠다고 생각했다. 그녀가 그를 보고 웃게 해야겠다. 뭔가 단순하고 쉬운 얘깃거리를 찾아내야지. 하지만 그런 게 뭐 있을까? 그는 노상 일에 파묻혀 지내는 터라, 사람들이 보통 무슨 얘기를 하는지도 잊고 있었다. 강아지 얘기나 할까. 그들은 강아지를 한 마리 기르고 있었다. 오늘은 누가 강아지를 돌보나? 그가 물었다. 저렇다니까, 제임스는 돛을 등지고 서 있는 누나를 바라보며, 그녀가 이제 곧 굴복하리라고 냉정하게 생각했다. 이제 나 혼자 폭군과 싸워야 하는 것이다. 캠은 절대로 죽기까지 저항하지 못할걸, 그는 슬픔과 노여움과 체념이 뒤섞인 그녀의 얼굴을 바라보며 사납게 생각했다. 가끔 구름이 푸른 언덕 위를 지날 때면 묵직한 그늘이 드리우고 주변의 모든 언덕 가운데 슬픔과 울적함이 자리 잡는 것처럼, 언덕들 자체가 그 그늘지고 어두워진 곳의 운명을 가늠하며 동정하거나 아니면 그 불운에 대해 악의적으로 즐거워하는 듯이 보이는 것처럼, 캠도 거기 조용하고 단호한 사람들 사이에 앉아서 강아지에 대한 아버지의 질문에 어떻게 대답할지 생각하노라니 자신도 그렇게 구름으로 뒤덮인 듯이 느껴졌다. 나를 용서해 다오, 나를 사랑해 다오, 하는 그의 애원에 어떻게 저항한다는 말인가. 제임스는 영원한 지혜가 새겨진 서판을 무릎 위에 펼쳐 놓은 입법가처럼(키를 잡은 그의 손이 그녀에게는 상징적으로 느껴졌다), 그에게 저항해, 그와 맞싸워, 하고 말하고, 그의 말은 옳고도 지당하다. 우리는 죽기까지 폭정에 맞서야 하니까, 하고 그녀는 생각했다. 인간의 모든 덕목 가운데서 그녀가 가장 존경하는 것은 정의였다. 동생은 마치 신과도 같았고, 아버지는 더없이 간절히 애원하고 있었다. 그녀는 둘 사이에 앉아서 어느 쪽 편을 들어야 할지 망설이며 해안을 바라보았다. 어디가 어디인지 알 수 없는 채, 잔디밭과 테라스와 집이 다 지워지고 평화만이 자리 잡고 있는 풍경이 눈에 들어올 뿐이었다.

「재스퍼가요.」 그녀는 무뚝뚝하게 대답했다. 아마 재스퍼가 강아지를 돌볼 것이었다.

강아지 이름은 뭐라고 할 것인지? 아버지는 끈질기게 물었다. 그가 어렸을 때도 개를 한 마리 키웠는데, 이름이 프리스크였다고 했다. 굴복하고 말 거야, 제임스는 캠의 얼굴에 떠오른 표정, 그가 잘 기억하고 있는 표정을 바라보며 생각했다. 여자들은 저럴 때면 뜨개질거리나 뭐 그런 거에 눈길을 떨구지. 그러다 갑자기 고개를 들기도 하고. 언뜻 푸른빛이 스치던 것을 그는 기억했고, 자기 옆에 앉아 있던 누군가가 소리 내어 웃으며 굴복하던 것이 기억나면서 몹시 언짢아졌다. 분명 어머니였을 거라고, 그는 생각했다. 어머니가 자기 옆 나지막한 의자에 앉아 있던 것, 아버지가 선 채로 그녀를 내려다보고 있던 것이 생각났다. 그는 시간이 잎잎이 켜

켜이 끊임없이 그의 머릿속에 쌓아 둔 무수한 인상들을 헤집으며 찾기 시작했다. 갖가지 향기와 소리, 거칠거나 공허하거나 다정한 목소리들과 스쳐 가는 빛, 빗자루질 하는 소리, 바다의 철썩임과 사이사이의 고요, 한 남자가 왔다 갔다 하다가 우뚝 서서 자기들을 굽어보던 것. 그러면서도 그는 캠이 물살에 손을 잠그고 해안을 바라보며 아무 말도 하지 않는 것을 보았다. 아니, 굴복하지 않을 거야, 그는 생각했다. 누나는 달라, 그는 생각했다. 좋아, 캠이 대답하지 않겠다면 더는 귀찮게 하지 말아야지, 램지 씨는 단념하며 주머니 속의 책을 더듬어 찾았다. 하지만 그녀는 그에게 대답할 참이었다. 혀를 굳게 하는 장애물을 치워 버리고, 아, 프리스크, 그렇게 불러야겠네요, 하고 대답하고 싶었다. 그게 혼자서 황무지를 건너 찾아왔다는 그 개인가요? 하고 말을 건네고도 싶었다. 하지만 아무리 애를 써도 도저히 그런 말은 할 수가 없었다. 맹약에 충실하고 싶은 마음이 드세면서도, 제임스가 눈치채지 못하게 아버지에게 느끼는 사랑의 표시를 전하고 싶은 마음도 간절했다. 그녀는 물살에 손을 잠근 채 (방금 매칼리스터의 아들이 고등어를 잡았고, 그것은 아가미에 피를 흘리며 갑판 바닥에서 펄떡거렸다), 무표정하게 돛만 쳐다보고 있는 제임스를 건너다보며 생각했다. 너는 이런 압박을, 이렇게 마음이 엇갈리는 것을, 이런 유혹을 모를 거라고 생각했다. 아버지는 주머니를 더듬어 찾고, 이제 곧 책을 꺼낼 것이었다. 사실 아버지만큼 매력적인 사람도 없었다. 그의 아름다운 손, 그의 발, 그의 목소리, 그가 하는 말들, 그의 성급함, 그의 성깔, 그의 괴팍스러움, 그의 열정, 누구 앞에서나 거리낌 없이 우리는 죽으리라, 제각기 홀로, 하고 읊어 대는 것, 그의 초연함. (그는 책을 펼쳤다.) 하지만 그래도 참을 수 없어, 그녀는 똑바로 일어나 앉아서 매칼리스터의 아들이 또 다른 생선의 아가미에서 낚싯바늘을 빼내는 것을 바라보며 생각했다. 그의 무신경한 맹목성과 독재가 자신의 어린 시절을 얼마나 망치고 쓰라린 폭풍우를 일으켰던가를, 그래서 아직까지도 한밤중에 일어나 앉아 분노로 떨며 그의 명령들을, 때로 무지막지한 명령들을 상기하는가를. 이래라저래라 하고 휘두르는 것을, 무조건 복종을 요구하는 것을.

그래서 그녀는 아무 말도 하지 않은 채, 울적한 기분으로 고집스럽게 해안만 바라보았다. 평화롭고 고즈넉하기가 마치 모두 잠이라도 든 것 같다고, 그녀는 생각했다. 다들 연기처럼 자유롭게, 유령처럼 자유롭게 오가겠지, 저기 사는 사람들은 고통이 없겠지, 그녀는 생각했다.

5

그래, 저게 그들이 탄 배야. 릴리 브리스코는 잔디밭 가장자리에 서서 단언했다. 회갈색 돛을 단 배로, 이제 수면에 바짝 붙어 쏜살같이 만을 가로지르는 것이 보였다. 저기 그가 앉아 있겠구나, 그녀는 생각했다. 아이들은 여전히 입을 봉하고 있을 테고. 그에게 마음을 열 수가 없기는 그녀도 마찬가지였다. 그에게 베풀지 못한 동정이 마음을 무겁게 했다. 그래서 그림을 그리기도 어려웠다.

그녀는 항상 그가 어려웠다. 한 번도 면전에서 그에게 들기 좋은 말을 할 수가 없었다고 기억되었다. 그래서인지 그들의 관계는 다분히 중성적이었고, 민타에 대한 그의 태도를 그렇게 은근하고 명랑하게까지 하는 이성 간의 감정이 전혀 없었다. 그는 민타에게는 꽃을 꺾어 주기도 하고 자기 책을 빌려주기도 했다. 하지만 민타가 정말로 그 책들을 읽는다고 생각했을까? 민타는 책을 끼고 온 정원을 돌아다녔고, 읽던 곳을 표시한다고 나뭇잎을 끼워 두기도 했지만.

〈기억나세요, 카마이클 씨?〉 그녀는 노인을 향해 묻고 싶었다. 하지만 그는 모자를 이마 위로 반쯤 내려 쓰고, 잠이 들었는지 꿈을 꾸는지 아니면 시어(詩語)라도 찾고 있는지 알 수 없었다.

〈기억나세요?〉 그녀는 묻고 싶은 심정으로 그의 앞을 지나가면서, 다시금 바닷가의 램지 부인을 생각했다. 바닷물에 통(桶)이 출렁거리고, 종잇장들이 흩날리고. 왜 그토록 오랜 세월이 지나는 동안에도 그 기억은 살아남아 마치 그 주위에 둥그런 테라도 둘린 듯 세세한 데까지 선명한 것일까. 그 이전도 이후도 기나긴 공백일 뿐인데?

「저게 배예요? 코르크예요?」 릴리는 램지 부인이 묻곤 하던 것을 되새기면서, 마지못한 듯 다시 캔버스를 향해 돌아왔다. 천만다행하게도, 캔버스 위의 공간이라는 문제가 남아 있다고, 그녀는 다시 붓을 집어 들며 생각했다. 그 공간이 그녀를 응시하고 있었다. 그림 전체의 매스가 그 무게에 실려 있었다. 겉보기에는 아름답고 밝아서, 깃털처럼 가뿐하고, 나비 날개처럼 영롱하게 하나의 색이 다른 색들 속으로 녹아들어야 하지만, 그 밑의 조직은 철제 볼트로 조인 듯 견고해야 했다. 불면 날아갈 듯하면서도, 여러 필 말로 끌어도 끄떡 없어야 했다. 그래서 그녀는 붉은색과 회색을 칠해 가며 그 공간 속에서 길을 헤쳐 가기 시작했다. 그러면서도 여전히 바닷가의 램지 부인 곁에 앉아 있는 것만 같았다.

「저게 배예요? 통이에요?」 램지 부인이 물었다. 그러다 안경을 찾아 주변을 더듬곤 했다. 그렇게 안경을 찾아 쓰고는 말없이 바다를 바라보는 것이었다. 릴리는 계속 그림을 그리면서, 마치 문 하나가 열려 그 안으로 들어선 듯한 느낌이 들었다. 높직한 성당처럼 어둑하고 엄숙한 공간에 들어서서 말없이 둘러보는 것만 같았다. 멀리 세상에서 고함 소리가 들려오고, 수평선 위에서는 증기선들이 연기를 뿜으며 사라져 가고, 찰스는 돌멩이를 던져 물수제비를 뜨고.

램지 부인은 말없이 앉아 있었다. 그렇게 조용히, 아무와도 말하지 않고 앉아 있는 것이, 인간관계라는 극도의 모호함 속에서 쉬는 것이 기쁜 모양이라고, 릴리는 생각했다. 우리가 무엇이며 무엇을 느끼는지 누가 알겠는가? 아무리 친밀한 순간이라 해도 안다는 건 이런 거라고 누가 말할 수 있겠는가? 뭔가에 대해 말을 하면 그 뭔가를 오히려 더 망쳐 버리지 않겠는가? 램지 부인은 그렇게 생각했는지도 모른다 (그녀의 곁에서 이런 침묵을 느끼는 일이 자주 있었던 것 같았다). 침묵하는 편이 오히려 더 많은 걸 표현할 수 있지 않겠는가? 적어도 그 순간만은 더없이 풍요롭게 느껴졌다. 그녀는 모래 속에 작은 구멍을 파고 그 순간의 완벽함을 묻어 두는 기분으로 다시 덮었다. 그것은 마치 과거의 어둠을 밝히기 위해 붓으로 찍어 쓸 한 방울의 은과도 같았다.

릴리는 캔버스가 한눈에 들어오게끔 뒤로 물러섰다. 그림을 그린다는 것은 참 묘한 도정(道程)이었다. 밖으로 더 밖으로, 멀리 더 멀리, 그렇게 나아가다 보면 마침내 좁다란 널판 위에 홀로 서서 바다를 굽어보는 듯한 순간을 만나게 된다. 그녀는 푸른 물감에 붓을 담그면서, 실은 거기 있는 과거에 붓을 담그는 것이다. 램지 부인이 자리를 털고 일어나던 순간도 기억했다. 집으로 돌아갈 시간 — 점심시간이었다. 그들은 바닷가에서 모두 함께 올라왔고, 그녀는 윌리엄 뱅크스와 함께 맨 뒤에 서서 걸었다. 바로 앞에는 민타가 구멍 난 양말을 신은 채 가고 있었고. 그 분홍색 뒤꿈치에 난 작고 동그란 구멍이 그들 눈앞에서 얼마나 보란 듯 드러났던지! 윌리엄 뱅크스는 — 적어도 그녀가 기억하는 한 — 아무 말도 하지는 않았지만 얼마나 그것을 한심하게 여겼던지! 그에게 구멍 난 양말이란 여성다움의 상실이요 더러움이며 무질서였고, 하인들이 나가 버리는 것이나 대낮에도 정돈되지 않은 침대 같은 것 — 그가 가장 혐오하는 모든 것이었다. 그는 보기 흉한 것을 보면 부르르 떨며 시야를 가리듯 손가락을 펼쳐 드는 버릇이 있었는데, 그때 바로 그렇게 손을 들어 앞을 가리고 있었다. 민타는 줄곧 앞장서서 나아갔고, 아마도 폴이 마중을 나와, 그녀는 폴과 함께 정원으로 들어갔었다.

 레일리 부부, 하고 릴리 브리스코는 녹색 물감 튜브를 짜며 생각했다. 레일리 부부에 대한 인상들을 떠올려 보았다. 그들의 삶은 그녀에게 일련의 장면들처럼 보였다. 가령, 새벽의 층계참 장면이라든가. 폴은 일찍 돌아와 자고 있었고, 민타는 귀가가 늦었다. 새벽 3시에 화환을 쓰고 화장을 하고 잔뜩 멋을 낸 민타가 층계에 있는데, 폴은 강도가 든 줄 알고 잠옷 바람으로 부지깽이를 들고 나온다. 민타는 층계를 반쯤 올라가다가 창가에 선 채 어슴푸레한 새벽빛을 받으며 샌드위치를 먹고 있고, 카펫에는 구멍이 나 있다. 무슨 말이 오갔던가? 릴리는 그 장면을 곰곰이 들여다보면 그들의 말소리가 들리기라도 할 것처럼 자문했다. 뭔가 거친 말들이다. 민타는 약 올리듯이 계속 샌드위치를 먹어 대고, 그는 그녀에게 분노와 질투의 말을, 욕설을, 하지만 아이들, 어린 두 아들을 깨울세라 나직나직 내뱉는다. 그는 지치고 여위었는데, 그녀는 화려하고 무심해 보인다. 결혼한 지 한두 해 만에 만사가 시들해지기 시작했고, 그들의 결혼 생활은 순조롭지가 않았던 것이다.

그런데 이런 것이, 하고 릴리는 녹색 물감을 붓으로 찍으며 생각했다. 이렇게 사람들에 대해 장면을 만들어 내는 것이 이른바 그들을 〈안다〉거나 그들에 대해 〈생각한다〉거나, 심지어 그들을 〈좋아한다〉는 것이지! 실은 전혀 사실이 아니고, 그녀가 만들어 낸 장면일 뿐인데. 하지만 그래도 그녀가 그들에 대해 아는 것은 그런 것이었다. 그녀는 그림 속으로, 과거 속으로, 터널을 파 들어가기를 계속했다.

한번은 폴이 〈커피집에서 체스를 둔다〉고 말했고, 그녀는 그 말을 기초로 하여 또 한 차례 상상의 구조물을 쌓아 올렸었다. 그 말을 듣자, 그가 자기 집에 전화를 거는 것, 하녀가 〈레일리 부인은 외출 중이십니다〉라고 대답하는 것, 그가 자기도 집에 가지 않겠다고 하는 것 등을 상상했던 게 생각났다. 그가 어느 음침한 장소의 한구석에 앉아 있는 것이 눈에 선했다. 담배 연기가 붉은 플러시 천을 씌운 좌석에 찌든 것만 같고, 웨이트리스와도 아는 사이인, 그런 곳에서 그는 서비턴[37]에 살며 차(茶) 무역에 종사한다는 자그마한 사내와

[37] 런던 남서쪽, 햄프턴 코트 근방의 소도시.

체스를 둔다. 이윽고 그가 집에 가보니 민타는 외출 중이고, 그래서 층계참의 그 장면이 벌어지는 것이다. 그는 강도가 들었을까 봐(그녀에게 겁을 줄 심산도 없잖아 있었겠지만) 부지깽이를 들고 나와 그녀가 그의 인생을 망쳐 놓았다고 비난을 퍼붓는다. 하여간 릴리가 리크먼스워스[38] 근처의 그들 집을 방문했을 때는 사태가 아주 악화되어 있었다. 폴은 자기가 기르는 벨기에산 토끼를 보여 주겠다며 그녀를 정원으로 데리고 나갔고, 민타는 행여나 그가 그녀에게 뭔가 말할까 싶어서 그들 뒤를 따라 나오며 홍얼홍얼 노래를 부르기도 하고 드러난 팔을 그의 어깨에 올려놓기도 했다.

 민타는 토끼를 지겨워하는 것 같다고 릴리는 생각했다. 하지만 민타는 결코 속내를 드러내지 않았다. 커피집에서 체스를 둔다든가 하는 식의 얘기는 입 밖에도 내지 않았다. 그녀는 폴보다 훨씬 더 신중하고 빈틈이 없었다. 하지만 그 두 사람의 이야기를 계속하자면 — 그들은 이제 위험한 단계는 넘긴 듯했다. 릴리는 지난여름 잠시 그들의 집에 묵었는데, 자동차가 고장이 나서 그는 길가에 앉아 차를 고치고 민타는 그에게 작업 도구들을 건네주어야 했다. 그녀가 그에게 도구를 건네주는 태도는 — 사무적이고 솔직하고 우호적이었다 — 사태가 해결되었음을 보여 주었다. 그들은 더 이상 사랑하는 사이가 아니었다. 그는 다른 여자가 생겼는데, 그녀는 진지한 여자로 머리칼을 땋고 손가방을 들고(민타는 감사와 찬탄이 담긴 어조로 그녀를 묘사했다) 회합에 다니며 토지세나 자본세 등에 대해 폴과 같은 견해(점점 더 확고해지는)라고 했다. 그 관계는 결혼을 파탄 내기는커녕 오히

---

 38 런던 북서쪽 하트퍼드셔의 소도시.

려 바로잡아 주었다. 그렇게 길가에 앉아 있는 그와 그에게 도구를 건네주는 그녀는 분명 좋은 친구로 보였다.

그러니까 이런 것이 레일리 부부의 이야기겠지, 하고 릴리는 미소 지었다. 그녀는 자신이 램지 부인에게 그런 이야기를 들려주는 것을 상상해 보았다. 부인은 레일리 부부가 어떻게 되었는지 몹시 궁금해할 것이었다. 램지 부인에게 그 결혼이 별로 성공적이지 못했다고 말하면서 자기는 다소 득의한 감이 들 것이었다.

하지만 죽은 사람들은, 하고 릴리는 그림에서 뭔가 장애물을 발견하고는 그리던 것을 중지하고 한두 걸음 뒤로 물러나 생각에 잠겼다. 아, 죽은 사람들은! 하고 그녀는 중얼거렸다. 애석하게 여기면서도 차츰 한옆으로 밀쳐 두게 되지. 심지어 약간 얕보게도 되고. 어쨌든 산 사람들에게 달려 있으니까. 램지 부인도 빛이 바래고 사라져 버렸다는 생각이 들었다. 우리는 그녀가 바라던 바를 무시해 버릴 수도 있고, 그녀의 편협한 구식 관념들을 뜯어고칠 수도 있어. 점점 더 멀어져 가는걸. 세월의 복도 저편에서 하필 생뚱맞게 떠오르는 것은 〈결혼을 해요, 결혼을!〉 하고 (바깥 정원에서 새들이 지저귀기 시작하는 이른 아침에 아주 꼿꼿이 앉아서) 말하던 부인의 모습이었다. 그런데 이제 그녀에게 이렇게 말할 수도 있을 것이다. 당신이 바라던 바와는 전혀 딴판이 되었어요. 그래도 그들은 그렇게 사는 게 행복하답니다. 저도 이렇게 사는 게 행복해요. 산다는 게 완전히 달라졌어요. 그렇게 생각하자 부인의 전 존재가, 그녀의 아름다움마저도, 잠시 먼지투성이 퇴물이 되어 버리는 듯했다. 잠시 릴리는 뙤약볕을 등지고 그렇게 선 채, 레일리 부부의 이야기를 되새기며 램지 부인에 대해 승리감을 느꼈다. 폴이 커피집에 가는 것도 애인을 사귀는 것도, 그가 어떻게 길가에 앉아 차를 고치고 민타가 그에게 도구를 건네주는가도, 부인은 결코 알지 못할 것이었다. 자기가 여기 서서 그림을 그리고 있다는 것도, 여전히, 윌리엄 뱅크스와도 결혼하지 않았다는 것도.

램지 부인은 그런 계획을 세웠었다. 아마 그녀가 살았더라면 끝내 성사시켰을지도 모를 일이었다. 그해 여름에 이미 그는 〈더없이 친절한 분〉이요 〈남편 말로는 이 시대의 으뜸가는 과학자〉였으니까. 뿐만 아니라 〈가련한 윌리엄 — 그의 집에 가보면 집 안에 예쁜 것이라고는 없는 모양이 너무나 안쓰러워요 — 꽃을 꽂아 줄 사람조차 없는지〉라고도 했다. 그래서 부인은 두 사람을 함께 산책에 내보내고, 그녀에 대해 도무지 갈피를 잡을 수 없게 하는 특유의 희미한 아이러니가 담긴 말투로, 릴리는 학구적이라느니, 꽃을 좋아한다느니, 정확하고 틀림이 없다느니 하고 말하기도 했다. 대체 부인은 결혼에 대해 왜 그렇게 열성적이었을까? 릴리는 이젤에 다가갔다 물러섰다 하면서 자못 궁금해졌다.

〈갑자기, 마치 하늘에서 유성이 미끄러지듯이, 그녀의 머릿속에 붉은 빛이 타오르는 듯했다. 폴 레일리에게서 나와 그를 뒤덮는 불길이었다. 그것은 어느 머나먼 해변에서 야만인들이 축제를 벌이며 피우는 불길처럼 치솟았다. 함성과 불길이 타닥거리는 소리가 들려왔다. 사방 몇 마일까지 온 바다가 붉은색과 황금색으로 물들었으며, 그에 섞인 포도주 같은 냄새가 그녀를 취하게 했다. 바닷가의 진주 브로치를 찾아 절벽에서 몸을 던져 물에 빠져 죽고 싶다는 막무가내의 욕망이 되살아났다. 하지만 그 함성과 불길이 타닥거리는 소리 때문에 두려움과 역겨움을 느끼며 물러났다. 그녀는 그 찬란함과 힘을 보면서도 그것이 어떻게 집 안의 보물을 탐욕스럽게, 구역질 나게, 집어삼키는가도 보았기 때문이다. 그녀는 그것을 혐오했다. 하지만 그것은 휘황찬란한 구경거리로는 그녀가 겪어 본 어떤 것보다도 굉장했고, 그래서 이렇게 여러 해가 지난 후까지도 마치 절해고도의 봉화처럼 타오르곤 했으며, 〈사랑에 빠졌다〉는 말만 들으면 대번에 지금처럼 폴의 불이 치솟곤 했다. 그런데 그 불도 사그라졌고, 이제 그녀는 웃으며 〈레일리 부부〉라고 중얼거려 보는 것이었다. 폴이 커피집에 가서 체스를 두는 사연을 생각하며.)

자신은 그 위기를 아슬아슬하게 피했다고 그녀는 생각했다. 식탁보를 들여다보다가 나무를 가운데로 옮겨야겠다, 아무와도 결혼할 필요가 없겠다 하는 생각이 스치면서 엄청난 희열을 느꼈었다. 그녀는 이제 램지 부인에게도 맞설 수 있겠다고 느꼈으니, 그것은 램지 부인이 상대에게 갖는 놀라운 힘에 대한 찬사였다. 그녀가 이렇게 해라 하면 다들 그렇게 하기 마련이었다. 제임스를 데리고 창가에 앉아 있는 그녀의 그림자조차도 위엄을 띠고 있었다. 릴리는 윌리엄 뱅크스가 자기 그림을 보고 모자상의 의의를 무시했다고 놀라던 것이 기억났다. 그들이 아름답다고 생각하지 않는지? 뱅크스가 물었더랬다. 하지만 윌리엄은 그 총명한 어린아이와도 같은 눈을 하고서 그녀의 설명을 열심히 들어 주었다. 왜 자신의 그림이 불경한 것이 아닌지, 여기 빛이 있으면 저기는 그림자가 있어야 하는지 등의 설명을. 그녀는 라파엘로가 그토록 숭고하게 표현한 — 그 점에서는 두 사람의 의견이 일치했다 — 주제를 폄하할 뜻은 전혀 없었다. 그녀는 결코 냉소적인 입장이 아니며, 오히려 그 반대였다. 그는 학구적인 사람답게 이해해 주었고, 그처럼 사심 없는 지성의 증거는 그녀를 무척 기쁘게 하고 힘이 되어 주었다. 그래서 남자에게도 진지하게 그림 얘기를 할 수가 있었다. 정말이지 그의 우정은 그녀가 살아오는 동안 누린 기쁨 중 하나였다. 그녀는 윌리엄 뱅크스를 사랑했다.

그들은 햄프턴 코트[39]에도 갔었고, 그는 완벽한 신사답게, 강변을 거닐거나 하면서 그녀가 화장실에 다녀올 충분한 시간을 주었다. 그들의 관계는 그런 식이었다. 굳이 입 밖에 내어 말하지 않는 것이 많았다. 그러고는 함께 안뜰에서 안뜰로 산책을 했고, 해마다 여름이면 그 비례들과 꽃들에 감탄하곤 했다. 그렇게 거닐면서 그는 그녀에게 풍경과 건축 같은 것에 대해 이야기했고, 이따금 걸음을 멈추고서 나무나 호숫가의 전망을 바라보기도 하고 지나가는 아이를 보고 감탄하기도 했는데(그는 딸이 없다는 것이 늘 유감이었다), 그 어줍고 서름한 태도는 노상 시간을 실험실에서 보내는 터라 어쩌다 밖에 나오면 세상 모든 것에 눈부셔하는 사람다운 것이었다. 그래서 그는 천천히 걸으며 손을 들어 눈을 가리듯 하면서 이따금씩 걸음을 멈추고는 고개를 뒤로 젖혀 숨을 들이쉬는 것이었다. 그러고는 그녀에게 가정부가 휴가를 갔는데, 계단에 깔 새 카펫을 사야 한다, 그녀가 함께 가주겠느냐고 말하기도 했다. 한번은 무슨 얘기 끝에 램지 부부가 화제에 올랐다. 그가 처음 본 램지 부인은 기껏해야 열아홉이나

---

[39] 런던에서 남서쪽으로 20킬로미터가량 떨어진 템스 강 좌안에 16세기 초 울시 경이 지어 헨리 8세에게 바친 궁전이 있다. 건물들은 세 곳의 안뜰 둘레에 배치되어 있다.

스무 살쯤 되었는데, 회색 모자를 쓰고 있는 모습이 깜짝 놀랄 만큼 아름다웠다고 했다. 마치 거기 분수들 사이에 그녀의 모습이 보이기라도 하는 것처럼 그는 햄프턴 코트에서 산책로를 내려다보며 서 있었다.

그녀는 거실 앞 층계를 바라보았다. 윌리엄의 눈을 통해 한 여인의 모습을, 눈을 내리깔고 말없이 평화롭게 앉아 있는 모습을 바라보았다. 그녀는 뭔가 골똘히 생각에 잠겨 있었다(그날도 회색 옷을 입고 있었다고 릴리는 생각했다). 내리깐 눈길을 좀처럼 들지 않았다. 그래, 릴리는 생각했다. 자세히 보니 그녀의 그런 모습을 보았던 것도 같아. 하지만 회색 옷을 입고 있지는 않았고, 그렇게 조용하지도 그렇게 젊지도 평화롭지도 않았지. 그 모습은 쉬이 다가왔다. 놀랄 만큼 아름다웠다고, 윌리엄은 말했다. 하지만 아름다움이 전부는 아니지. 아름다움에는 나름대로 불이익이 따랐으니 ─ 너무 쉽게, 너무 완전하게 다가온다는 것이었다. 그것은 삶을 침묵케 하고 ─ 정지시켰다. 아름다움이 잊게 만드는 사소한 동요, 문득 떠오르는 홍조나 창백함, 묘한 뒤틀림, 빛이나 그늘 같은 것이야말로, 어떤 얼굴을 잠깐 알아볼 수 없게 하지만 그러면서도 한번 보면 그 후로는 사라지지 않는 특성을 부여하는 것인데. 그 모든 것을 아름다움이라는 표면 아래 매끈하게 다듬기는 훨씬 간단했다. 하지만 부인이 사냥꾼 모자를 눌러쓰거나 잔디밭을 가로질러 달려가거나 정원사 케네디를 나무랄 때는 어떤 표정을 하고 있었더라? 릴리는 생각했다. 누가 말해 줄 수 있을까? 누가 도와줄 수 있을까?

그녀는 떠름하게 상념에서 빠져나와, 자신이 반쯤 그림에서 벗어난 채 다소 눈부신 듯, 마치 비현실적인 것이라도 보듯, 카마이클 씨를 바라보고 있다는 것을 깨달았다. 그는 여전히 의자에 길게 누워 양손을 배 위에 깍지 끼고서, 책을 읽는 것도 잠이 든 것도 아닌 상태로, 다만 살아 있음을 만끽하는 존재처럼 햇볕을 쪼이고 있었다. 그의 책은 풀밭 위에 떨어져 있었다.

그녀는 곧장 그에게 다가가 〈카마이클 씨!〉 하고 부르고 싶었다. 그러면 그는 언제나처럼 그 연기 낀 듯 흐릿한 녹색 눈을 뜨고 인자한 눈길로 쳐다볼 것이었다. 하지만 사람을 깨울 때는 말하고 싶은 것이 확실히 있어야 하는 법이다. 그런데 그녀는 어느 한 가지가 아니라 온갖 것을 다 말하고 싶었다. 생각을 쪼개고 해체하는 낱낱의 말로는 아무것도 말할 수가 없었다. 〈삶에 대해, 죽음에 대해, 램지 부인에 대해〉 — 아니, 아무와도 아무것도 말할 수가 없다고 그녀는 생각했다. 그 순간의 급박함은 항상 표적을 벗어나고 만다. 말들은 떨리며 빗나가 과녁에서 몇 인치쯤 처진 곳에 박혀 버린다. 그래서 포기하게 되고, 그래서 생각은 도로 가라앉아 버리고, 그래서 대부분의 중년들과 마찬가지로 신중하고 노회해져서 양미간에 주름이 생기고 끊임없이 염려하는 눈빛을 띠게 되는 것이다. 어떻게 말로 표현한다는 말인가, 몸으로 느끼는 이런 감정들을? 저기 저 공허함을? (그녀는 거실 앞 층계를 다시금 바라보았다. 너무나 텅 비어 보였다.) 그것은 머리가 아니라 몸으로 느껴지는 것이었다. 허전히 드러난 층계에 대해 느끼는 신체적인 감각이 갑자기 너무나 언짢아졌다. 원하는데 갖지 못한다는 것 때문에 그녀는 몸 전체가 뻣뻣하게 굳어지고 텅 빈 것만 같았다. 원하는데 갖지 못한다는 것

— 그런데도 원하고 또 원한다는 것 — 그것이 얼마나 마음을 쥐어짜고, 또 쥐어짜는지! 오, 램지 부인! 그녀는 소리 없이 부르짖었다. 보트 옆에 앉아 있던 그 본질을, 그녀에 대해 갖는 인상의 요체를, 회색 옷을 입은 여인을 불러 보았다. 마치 그녀가 가버린 것에 대해, 그렇게 가버렸다가 돌아온 것에 대해 비난하기라도 하듯이. 그녀에 대해 생각하는 것은 극히 심상한 일로 보였었다. 유령이요 공기요 아무것도 아닌, 낮이나 밤이나 아무 때고 떠올려 보아도 아무렇지 않던 그녀가 갑자기 손을 뻗쳐 이렇게 가슴을 쥐어짜다니. 갑자기, 거실 앞 텅 빈 층계가, 안에 있는 의자의 프릴이, 테라스에서 뒹구는 강아지가, 파도와 정원에서 들려오는 소리 전체가 아라베스크 무늬처럼 굽이치며 한복판의 완벽한 공백을 싸고 돌았다.

〈이게 무슨 뜻인가요? 이 모든 걸 어떻게 설명하시겠어요?〉 그녀는 또다시 카마이클 씨를 향해 묻고 싶었다. 그 이른 아침 시간에 온 세상이 용해되어 사념의 웅덩이를, 현실의 깊은 구렁을 이루기나 한 듯이, 카마이클 씨가 입을 열기만 하면 눈물 한 방울이 떨어져 그 수면을 흩뜨릴 것만 같았다. 그러고는? 그러고는 뭔가가 나타날 것이었다. 손이 하나 나타날 수도, 칼날이 번쩍할 수도 있었다.[40] 물론 부질없는 생각이지만.

하여간 그는 그녀가 말할 수 없는 것들을 다 듣고 있는지도 모른다는 묘한 기분이 들었다. 그는 속을 알 수 없는 노인이었다. 수염에는 노란 얼룩을 묻히고, 시와 수수께끼 들을 지닌 채 자신의 모든 필요를 만족시켜 주는 세상을 평온하게

---

40 아서 왕 이야기에 나오는 엑스칼리버의 일화를 시사하는 대목.

항해해 가는, 그래서 누운 곳에서 잔디밭으로 손을 내리기만 하면 자기가 원하는 것을 건져 올릴 것만 같은. 그녀는 자신의 그림을 바라보았다. 어쩌면 그것이 그의 답일 수도 있었다 ― 〈당신〉이라든가 〈나〉, 〈그녀〉 같은 것은 지나가고 사라지며, 아무것도 남지 않는다. 모든 것이 변하지만, 글은, 그림은, 그렇지 않다. 그녀의 그림은 다락방에 걸리거나 둘둘 말려 소파 밑에 처박힐지도 모르지만, 설령 그런 그림이라 해도 마찬가지였다. 그렇게 시시한 그림이라 해도, 실제 저 그림이 아니라 그것이 그리고자 했던 것에 대해서는, 〈영원히 남는다〉고 말해도 좋을 것이었다. 그녀는 그렇게 말할, 아니 소리 내어 말하는 것은 스스로 생각해도 자만하는 듯해서, 말없이 그렇게 새겨 볼 참이었다. 그러면서 그림을 향했으나, 그림이 보이지 않아서 그녀는 깜짝 놀랐다. 눈에 뜨거운 액체가 가득 고여 있었고(처음에는 눈물인 줄도 몰랐다), 굳게 다문 입술은 그대로인데도, 코가 싸해지더니, 눈물이 볼을 타고 내렸다. 그것 말고는 모든 면에서 ― 그렇고말고! ― 그녀는 평정을 유지하고 있었다. 그렇다면 전혀 불행하지 않은데, 단지 램지 부인을 위해 우는 것인가? 그녀는 또다시 카마이클 노인을 향해 무언의 질문을 건넸다. 그렇다면 이건 뭐지요? 이게 무슨 뜻이지요? 무엇이 이렇게 느닷없이 손을 뻗쳐 사람을 그러쥘 수 있나요? 칼날이 베고, 주먹이 움킬 수 있나요? 안전이란 없나요? 세상 이치를 아예 외워 둘 수는 없나요? 안내자도 없고, 피신처도 없고, 모든 것이 기적일 뿐, 탑 꼭대기에서 허공으로 뛰어들 뿐인가요? 나이 든 사람들에게도 인생은 여전히 이런 것 ― 이렇게 놀랍고 뜻밖이고 알 수 없는 것 ― 일 수 있나요? 한순간 그녀는, 만일 여기 잔디밭 위에서 두 사람이 모두 일어나 설명을 요청한다면, 인생이란 왜 그리 짧은지, 왜 그리 불가해한지 묻는다면, 그들 앞에서는 아무것도 감출 수 없는 두 사람이 성인이 말하듯 강력하게 말한다면, 그러면 아름다움이 모습을 드러내고 공간이 가득 차고 저 공허한 몸짓들이 어떤 형체를 이룰 것만 같다고 느꼈다. 만일 그들이 힘껏 소리친다면, 램지 부인이 돌아올 것만 같다고. 「램지 부인!」 그녀는 소리 내어 불러 보았다. 「램지 부인!」 눈물이 그녀의 얼굴을 타고 내렸다.

6

(매칼리스터의 아들은 생선을 한 마리 집어 그 옆구리 살을 네모지게 도려내어 낚싯바늘에 미끼로 꿰었다. 훼손된 생선은 — 여전히 살아 있었는데 — 도로 바다로 던져졌다.)

7

「램지 부인!」 릴리는 외쳤다. 「램지 부인!」 하지만 아무 일도 일어나지 않았다. 고통이 더 심해졌다. 고뇌는 사람을 얼마나 바보같이 만드는지! 그녀는 생각했다. 어쨌든 노인은 그녀가 외치는 소리를 듣지 못한 듯, 여전히 인자하고 잔잔한, 굳이 말하자면 숭고한 모습이었다. 천만다행하게도, 그만! 고통 그만! 이라는 그녀의 창피한 외침은 아무에게도 들리지 않았다. 그녀가 좁다란 널판 끝에서 허무의 파도 속으로 뛰어드는 것 또한 아무도 본 사람이 없었다. 그녀는 여전히 잔디밭에서 화필을 들고 있는 말라깽이 노처녀일 뿐이었다.

이제 결핍의 고통은, 그리고 쓰라린 분노는(다시금 슬픔에 사로잡히고 말다니. 램지 부인에 대해 다시는 슬픔을 느끼지 않으리라 생각했던 바로 그 순간에 — 아침 식사 때 커피 잔들 사이에 부인이 없어서 서운했던가? 전혀 그렇지 않았는데) 서서히 줄어들었다. 고통과 분노로 인한 고뇌가 마치 해독제인 양 남기고 간 안도감은 그 자체로 시원한 연약(軟藥) 같았고, 더구나 신비하게도 누군가가, 램지 부인이 거기 있는 듯한 느낌이 들었다. 부인은 세상이 그녀에게 짊어지웠던 짐에서 잠시나마 풀려난 듯 그녀의 곁에 가뿐히 머물렀고(부인은 아름다움이 한껏 빛나는 모습이었다), 이마에 쓴 하얀 화환을 추어올리며 가버렸다. 릴리는 다시 물감 튜브를 짰다. 산울타리를 어떻게 처리하느냐 하는 문제를 해결해야 했다. 부인의 모습이 얼마나 선명한지, 평소의 빠른 걸음으로 들판을 가로질러, 보랏빛 부드러운 갈피 사이로, 히아신스와 백합 사이로, 사라져 가는 모습이 얼마나 선명하게 보이는지 신기한 일이었다. 화가의 눈이 일으키는 일종의 착각인 듯했다. 부음을 들은 후 여러 날 동안이나 그녀는 부인이 그렇게 이마에 화환을 쓰고 동반자인 듯한 그림자와 함께 망설임 없이 들판을 가로질러 가는 모습을 보았던 것이다. 그 광경에는, 그 구절에는, 나름대로 위로하는 힘이 있었다. 그녀가 어디서 그림을 그리고 있든 간에, 여기 시골에서든 런던에서든, 그 환영은 그녀를 찾아오곤 했고, 그녀의 눈은 반쯤 감긴 채 그런 환영의 바탕이 되었을 무엇인가를 찾아 헤매었다. 철도의 객차나 버스를 내려다보기도 했고, 사람들의 어깨나 뺨의 어떤 선을 더듬기도 했으며, 건너편 유리창을, 저녁녘에 가로등이 줄지어 켜진 피커딜리를 우두커니 바라보기도 했다. 모든 것이 죽음의 들판을 이루는 부분들이었다. 하지만 항상 무엇인가가 — 하나의 얼굴, 하나의 목소리, 〈스탠더드 뉴스〉라고 외치는 신문팔이 소년 — 불쑥 튀어나와 그녀를 윽박지르고 깨어나게 만드는 바람에, 그 환영이 유지되게끔 하려면 다시금 주의를 기울여야 했다. 이제 또다시, 아득하고 푸른 것에 대한 본능적인 필요에 이끌린 듯, 그녀는 저 아래 만을 굽어보며 푸른 파도들은 작은 언덕이고 보랏빛이 더 짙은 공간들은 돌투성이 들판이라고 상상했다. 그러자 늘 그렇듯 무엇인가 어울리지 않는 것이 그녀를 일깨웠다. 만 한복판에 갈색 점이 하나 있었다. 배였다. 그렇군, 그녀는 잠깐 멈칫한 뒤에야 깨달았다. 누구의 배지? 램지 씨의 배, 라고 그녀는 대답했다. 램지 씨, 행렬의 선두에서 손을 치켜들고 그녀를 지나 행군해 간 사람, 멋진 장화를 신고 그녀에게 동정을 구했으나 얻지 못한 사람이었다. 배는 이제 만을 반쯤 가로질러 가고 있었다.

이따금 바람이 불어오는 것 말고는 아주 화창한 아침이었고, 그래서 바다도 하늘도 하나로 이어진 듯이, 돛들이 하늘 높이까지 솟은 것도 같고, 구름이 바닷속으로 가라앉은 것도 같았다. 먼바다에서 증기선이 공중으로 뿜어 올린 연기 한 자락이 굽이치고 휘말려 장식 무늬를 이루었다. 마치 공기가 엷은 천이라도 되는 듯 사물을 그 성긴 그물에 가만히 감싸 안고 이리저리 부드럽게 흔들어 어르는 것만 같았다. 그리고 날씨가 아주 좋을 때면 가끔 그렇듯이, 절벽은 배를 의식하고 배는 절벽을 의식하는 듯, 자기들끼리 뭔가 신호를 주고받는 것만 같았다. 그런가 하면, 때로는 해안에서 아주 가까운 듯이 보이는 등대는 오늘 아침 옅은 안개 속에서 엄청나게 멀리 있는 듯이 보였다.

〈이제 어디쯤 가고 있을까?〉 릴리는 바다를 바라보며 생각했다. 그는 어디 있을까? 갈색 꾸러미를 끼고서 말없이 그녀 곁을 지나간 그 노인은? 배는 만의 한복판에 있었다.

8

저기 사는 사람들은 아무것도 느끼지 못할 거야, 캠은 해안을 바라보며 생각했다. 해안은 오르락내리락하면서 계속 더 멀어지고 더 평화로워졌다. 손을 바닷물에 담그고 물살을 가르며 나아가는 동안, 그녀의 마음은 녹색 소용돌이와 줄무늬로 일정한 패턴을 짜면서, 옅은 안개에 싸여 몽롱해진 채, 상상 속에서 수중 세계를 헤매었다. 그곳에서는 흰 가지들에 진주가 송이송이 엉글어 있고, 녹색 빛 속에 마음을 온통 사로잡는 변화가 일어나며, 녹색 외투에 감싸인 몸이 반투명하게 빛났다.

이윽고 손 주위의 소용돌이가 느슨해졌다. 더 이상 물살이 일지 않았고, 세상은 나직이 삐걱이고 끽끽대는 소리들로 가득 찼다. 마치 항구에 정박해 있을 때처럼, 파도가 뱃전에 부딪혀 철썩거리며 부서졌다. 모든 것이 아주 가까워졌다. 돛은 축 늘어져 버렸다. 뚫어져라 바라보며 감시하던 제임스에게는 돛이 마치 잘 아는 얼굴처럼 되어 버린 터였는데. 그래서 그들은 해안에서도 등대에서도 몇 마일 떨어진 채 뙤약볕 속에서 돛을 펄럭거리며 바람이 불기만을 기다리는 수밖에 없었다. 온 세상의 모든 것이 정지해 버린 것만 같았다. 등대는 꼼짝도 하지 않았고, 먼 해안선도 고정되어 버렸다. 해는 점점 더 뜨거워졌고 모두가 서로 아주 바짝 다가들어, 거의 잊고 있던 서로의 존재를 느끼게 된 듯했다. 매칼리스터의 낚싯줄은 수직으로 바다에 드리워 있었다. 하지만 램지 씨는 책상다리를 하고 앉아서 여전히 책만 읽고 있었다.

그는 물떼새알처럼 알락달락한 표지의 작고 반들거리는 책을 읽고 있었다. 그 지독한 무풍 상태 동안에도 그는 이따금씩 페이지를 넘겼다. 제임스는 페이지를 넘기는 동작이 매번 자신을 겨냥한 듯이 느껴졌다 — 어떤 때는 단언하듯이, 어떤 때는 명령하듯이, 또 어떤 때는 사람들의 동정을 구하려는 듯이. 아버지가 책을 읽으며 그 작은 페이지를 한 장 또 한 장 넘길 때마다, 제임스는 갑작스럽게 아버지가 고개를 들고 또 뭔가 트집을 잡을 것만 같아 두려웠다. 왜들 여기서 꾸물대는 거냐? 라든가 하는, 말도 안 되는 질문을 할 것이었다. 만일 그런다면, 하고 제임스는 생각했다. 그러면 칼을 집어 들어 그의 심장에 박아 버릴 테다.

칼을 집어 들어 아버지의 심장에 박아 버린다는 이 오래된 상징을 그는 내내 지니고 있었다. 이제 자기도 철이 들어 무력한 분노를 느끼며 아버지를 바라보노라면, 자기가 죽이고 싶은 것은 책을 읽고 있는 저 노인이 아니라 아마 그 자신도 알지 못하는 사이에 그를 덮치는 어떤 것이라는 생각이 들었다. 그 차갑고 딱딱한 부리와 발톱을 지닌 검은 날개의 사나운 맹금류가 갑자기 달려들어 공격하고(그는 아직도 어린 시절 드러난 맨다리를 쪼아 대던 그 부리를 느낄 수 있었다) 가 버리면, 다시금 저 슬픈 얼굴로 책을 읽는 노인만이 남는 것이었다. 칼을 박아 죽여 버리고 싶은 것은 바로 그것이었다. 그가 무엇을 하든(무엇이든 해내리라고, 그는 등대와 머나먼 해안을 바라보며 생각했다) 사업을 하든 은행에 들어가든 변호사나 무슨 기업의 우두머리가 되든 간에, 그는 그것과 싸우고, 그것을 끝까지 추격해서 없애 버릴 작정이었다 — 그가 독재요 폭정이라고 부르는 것, 사람들에게 하기 싫은 일을 억지로 시키고, 말할 권리를 박탈해 버리는 그것을. 자기들 중 누가 감히 난 싫어요, 라고 말할 수 있겠는가. 아버지가 등대에 가자고 하는데, 이걸 해라, 저걸 가져와라, 하는데. 검은 날개가 퍼덕이고 딱딱한 부리가 쪼아 댄다. 그러고는 다음 순간 앉아서 책을 읽으며 아무 일도 없었다는 듯 태연히 고개를 드는 것이다. 그는 매칼리스터 부자에게 말을 건넬지도 모르고, 거리에서 구걸하는 노파의 곱아든 손에 1파운드 금화를 쥐여 줄지도 모른다고, 제임스는 생각했다. 아니면 어부들이 노는 것을 보고 신이 나서 고함을 치며 팔을 공중에 휘두를지도 모르지. 또 아니면 식탁의 상석에 앉아 식사의 처음부터 끝까지 좌중을 쥐 죽은 듯 조용하게 만들지도 모르고. 그렇지, 하고 제임스는 따가운 햇볕 속에서 이따금씩 밀려오는 파도에 배가 출렁거리는 것을 느끼며 생각했다. 눈과 바위로 된 아주 황량하고 준엄한 벌판이 있었다. 그런데 요즘 들어 꽤 자주, 아버지가 뭔가 다른 사람들을 놀라게 하는 말이나 행동을 할 때마다, 그 벌판에 두 줄기 발자국이 찍히는 것을 느끼곤 했다. 하나는 그 자신, 다른 하나는 아버지의 것이었다. 그들만이 서로를 알고 있었다. 그렇다면

이 공포, 이 증오심은 대체 뭐지? 과거가 그의 내부에 접어 놓은 수많은 잎사귀들 사이로 되돌아가, 빛과 그늘이 뒤얽혀 모든 형체가 변형되어 보이고 때로는 눈부신 햇살 때로는 캄캄한 어둠 때문에 발이 헛놓이는 숲의 중심을 들여다보면서, 그는 자기 느낌을 가라앉히고 차분하게 만들어 구체적인 형태로 다듬어 줄 이미지를 찾으려 했다. 유모차에 탄, 또는 누군가의 무릎에 앉은, 힘없는 아이였던 그가 난데없이 나타난 바퀴에 누군가의 발이 무참히 찍히는 것을 보았다고 치자. 풀밭에 있는 부드럽고 온전한 발을 먼저 보았고, 바퀴가 나타났고, 아까의 그 발이 시퍼렇게 찍힌 것을 보았다 치자. 하지만 바퀴의 잘못은 아닌 것이다. 그러니까 아버지가 아침 일찍 복도를 성큼성큼 걸으며 다가와 문을 두드리고 등대에 가자고 했을 때, 그의 발은, 캠의 발은, 다른 누구의 발이라도, 그 바퀴에 찍히고 만 것이었다. 그저 앉아서 바라볼 따름이었다.

하지만 그가 생각하는 것은 대체 누구의 발이며, 그 모든 일은 어느 정원에서 일어났던가? 그런 장면들에는 배경이 있게 마련이다. 거기서 자라는 나무나 꽃, 특정한 빛, 몇몇 모습들이. 그런데 그 모든 것이 자리 잡는 정원에는 이런 울적함이나 이리저리 뻗쳐 대는 손이라고는 없고, 사람들은 아무렇지도 않은 목소리로 말하고 있었다. 온종일 사람들이 들락날락하고, 부엌에는 수다 떠는 노파가 있고, 블라인드들이 바람에 빨려 들이쳤다 내몰렸다 하고, 모든 것이 휘날리고, 자라고, 그 모든 접시와 사발과 높이 자라 흐느적거리는 빨갛고 노란 꽃 위에는 밤이면 마치 포도 잎처럼 아주 얇은 노란 베일이 드리우곤 했다. 밤이면 사물은 고요하고 어두워졌다. 하지만 그 잎사귀 같은 베일은 너무 얇아서, 불빛에 들어 올려지고, 목소리들에 주름 잡히곤 했다. 그 너머로 몸을 굽힌 어떤 모습이 보이고, 다가왔다 멀어져 가는 소리가 들렸다. 옷자락이 바스락거리고, 사슬이 잘그랑대는 소리가.

바로 그런 세계에서 바퀴가 누군가의 발을 짓이기고 지나간 것이었다. 무엇인가가 남아서 요지부동으로 그에게 그늘을 드리우던 것을, 그는 기억했다. 무엇인가 공중에서 번득이던 것, 칼날처럼, 언월도처럼, 메마르고 날카로운 것이 떨어져 내리던 것을, 그리하여 그 행복한 세계의 꽃과 잎사귀들을 내리쳐 시들어 떨어지게 하던 것을.

〈비가 올 거야.〉 그는 아버지가 말하던 것을 기억했다. 〈등대에는 못 간다.〉

그 무렵 등대는 은빛의, 안개 자욱한 탑으로, 저녁이면 문득 어스름 속에 부드럽게 그 노란 눈을 뜨곤 했었다. 지금은……

제임스는 등대를 바라보았다. 허여스름하게 씻긴 바위들과 삭막하게 우뚝 서 있는 탑이 보였다. 탑신에 흑백의 줄이 쳐진 것도 보였다. 창문도 있었고, 바위 위에 말리려고 널어 놓은 빨래까지 눈에 들어왔다. 그러니까 저것이 등대라는 것인가?

아니, 그 옛날에 본 것도 등대였다. 어떤 사물도 오로지 한 가지일 수만은 없었다. 그 옛날의 등대도 역시 진짜였다. 그것은 때로 만 저편에서는 잘 보이지도 않았다. 저녁 무렵에 고개를 들어 그 노란 눈이 뜨였다 감겼다 하는 것을 바라보노라면, 그들이 앉아 있던 그 삽상하고 양지바른 정원에까지 불빛이 비쳐 오는 것만 같았었다.

하지만 그는 정신을 가다듬었다. 〈그들〉이라거나 〈누군가〉라고 생각할 때마다, 누군가 옷자락을 사락대며 다가오는 소리, 누군가가 멀어져 가며 잘그랑대는 소리가 들리기 시작하고, 그는 누구든 방 안에 있는 사람의 존재에 극도로 예민해지는 것이었다. 지금은 그의 아버지가 그런 존재였다. 바짝 긴장이 되었다. 이렇게 바람이 없으면 금방이라도 아버지가 책을 탁 덮으며 말할 것만 같았다. 〈대체 무슨 일이냐? 왜 여기서 꾸물대느냐 말이다!〉 하고 고함을 칠 것이었다. 오래전 테라스에서 그가 그들 사이에 칼날을 내리치고 그녀의 온몸이 굳어지던 때와도 같았다. 그럴 때 도끼든 칼이든 끝이 날카로운 무엇이든 손 가까이 있기만 하다면, 그는 당장 그것을 집어 들고 아버지의 심장에 박아 버릴 것이었다. 그녀는 온몸이 굳어졌고, 팔에 힘이 풀리는 것이, 더 이상 자기 말소리도 들리지 않는 듯 부스스 일어나 그를 거기 내버려둔 채 어디론가 가버린 것만 같았다. 그는 하릴없이 우스꽝스러운 꼴로 가위를 든 채 바닥에 앉아 있었고.

바람 한 점 불지 않았다. 배 바닥에는 물이 고여 질척거렸고, 그 얕은 물에 고등어 서너 마리가 채 잠기지도 못한 채 펄떡거리고 있었다. 램지 씨는 금방이라도(제임스는 감히 그쪽을 보지도 못했다) 벌떡 일어나 책을 덮고 뭔가 신랄한 말을 퍼부을 것만 같았다. 하지만 아직은 책만 읽고 있었고, 그래서 제임스는 마치 계단이 삐걱거리면 집 지키는 개를 깨울세라 맨발로 살금살금 아래층에 내려가는 것처럼 조심스럽게 그녀에 대한 생각을 계속했다. 그녀는 어떤 모습이었으며 그날 어디에 갔었는지? 그는 그녀가 방방이 돌아다니는 것을 뒤좇았고, 마침내 수많은 도자기 접시들로부터 반사된 듯 푸르스름한 빛이 감도는 어느 방에서 그녀가 누군가에게 말하는 장면에 이르렀다. 그는 그녀의 말소리에 귀를 기울였다. 그녀는 하녀에게 그저 생각나는 대로 말하고 있었다. 「오늘 밤에는 큰 접시가 필요할 거야. 그건 어디 있지? — 그 푸른 접시는?」 그녀만이 진실을 말했고, 그는 그녀에게만 말할 수 있었다. 그녀가 그에게 그토록 변함없이 매혹적인 이유는 아마 거기 있을 터였다. 그녀는 머릿속에 떠오르는 것을 무엇이든 말할 수 있는 상대였다. 하지만 그녀에 대해 생각하는 내내, 그는 아버지가 자기 생각을 뒤좇고 감시하면서 그것을 떨게 하고 머뭇거리게 하는 것을 의식하고 있었다.

마침내 그는 생각하기를 그만두었다. 거기 뙤약볕 속에서 그는 키를 잡은 채 앉아서 등대를 바라보며, 옴짝달싹할 힘도, 자기 마음에 하나씩 내려앉은 그 참담함의 낟알들을 떨쳐 버릴 힘도 없다고 느껴졌다. 그는 밧줄에 묶여 있고 아버지가 밧줄의 매듭을 지어 놓았으므로, 벗어날 길이라고는 칼을 집어 그것을 들이박는 것뿐인 듯했다……. 하지만 그 순간 돛이 천천히 방향을 돌리면서 바람을 받기 시작했고, 배는 한차례 부르르 몸을 떨고는 잠에서 반쯤 깨어나는 듯하더니, 이윽고 완전히 깨어 파도 사이를 쏜살같이 내달렸다. 엄청난 안도감이 밀려왔다. 그들은 모두 뿔뿔이 다시 흩어져 제각기 편안해졌고, 낚싯줄은 배 옆구리를 비스듬히 가로지르며 팽팽해졌다. 하지만 아버지는 여전히 별 반응이 없었다. 무슨 뜻인지 그저 오른손을 높이 추켜들었다 다시 무릎에 떨구었을 뿐이다. 마치 남모를 오케스트라라도 지휘하는 것처럼.

9

(바다는 얼룩 한 점 없구나, 릴리 브리스코는 여전히 서서 만을 내려다보며 생각했다. 만 전체에 비단을 펼친 듯 잔잔한 바다였다. 거리에는 비상한 힘이 있어서, 그들은 그 안에 삼켜졌고, 영영 가버렸고, 사물의 본질에 속하게 되었다고 느껴졌다. 너무나도 조용하고 고요했다. 증기선은 사라져 버리고, 커다란 연기 자락만이 공중에 남아 이별을 고하는 깃발처럼 구슬프게 드리웠다.)

10

저렇게 생겼었구나, 섬은. 캠은 다시금 손가락으로 물살을 훑으며 생각했다. 이렇게 바다에 나와 섬을 바라보기는 처음이었다. 섬은 가운데가 쑥 들어가고 양쪽에는 험준한 바위산이 있어, 바다가 그 안으로 밀려들어 왔다가 섬 양쪽으로 몇 마일씩 퍼져 나가는 것이었다. 아주 작은 섬이었고, 마치 나뭇잎을 세워 놓은 듯한 모양이었다. 그래서 우리는 작은 배를 탔단다, 하고 그녀는 자신에게 모험 이야기, 침몰하는 배에서 탈출하는 이야기라도 들려주듯 생각했다. 하지만 손가락 사이로 바다가 물살 지어 가고, 해초 줄기가 사라져 가는 것을 느끼며, 정말로 무슨 이야기를 지어내려는 것은 아니었다. 그녀가 원하는 것은 모험과 도피의 느낌이었다. 배가 계속 나아가자, 자기가 나침반의 방위를 모른다는 데 대한 아버지의 질책이나 맹약을 지킬 것을 촉구하는 제임스의 고집, 그리고 자기 자신의 괴로움 같은 것이 모두 미끄러지고 지나가고 흘러가 버리는 듯이 생각되었기 때문이다. 이제 다음에는 무엇이 오려나? 이제 어디로 가는 걸까? 바다 깊이 담가 얼음처럼 차가워진 손으로부터 이 변화와 도피와 모험의 기쁨이(살아 있다는, 살아서 여기 있다는 기쁨이었다) 물보라처럼 솟구쳤다. 그 갑작스럽고 무심한 기쁨의 물보라에서 물방울들이 그녀 마음속의 어둡고 잠자는 듯한 형태들 위에 여기저기 떨어졌고, 아직 실현되지 않은 세계의 형체들이 어둠 속에서 돌아누우며 여기저기서 섬광을 받아 번득였다. 그것은 그리스나 로마, 콘스탄티노플일 수도 있었다. 비록 작지만, 금빛 찬란한 물살이 흘러들고 감도는 위에 나뭇잎을 세워 놓은 모양의 그것은 이 우주 안에 확실히 자리 잡고 있으리라고 그녀는 상상했다 — 저 작은 섬도 그럴까? 서재의 노신사들이라면 말해 줄 수도 있을 것이었다. 가끔은 그들에게 물어볼 기회를 얻기 위해 일부러 정원에서부터 불쑥 들어가 보기도 했다. 그들은(카마이클 씨든 뱅크스 씨든 아주 늙고 아주 뻣뻣해진) 낮은 팔걸이의자에 마주 앉아 앞에 놓인 「타임스」를 뒤적이고 있었다. 그때 그녀가 정원에서부터 불쑥 들이닥치는 것이었다. 누군가 그리스도에 대해 한 말이나 런던 거리에서 매머드를 파냈다는 소식이나 나폴레옹이 어떤 사람이었나 하는 궁금증 같은 것들로 온통 뒤죽박죽이 된 채로. 그러면 그들은 그 모든 것을 깔끔한 손으로 받아 들고(그들은 회색 옷을 입었고, 히스 풀 냄새가 났다) 부스러기까지 다 쓸어 담고는, 다리를 꼰 채 신문을 넘기며 이따금씩 짤막하게 뭔가 말해 주었다. 그녀는 일종의 무아지경에 빠져 서가에서 책을 한 권 뽑아 들고 선 채, 아버지가 글을 쓰는 것을, 페이지의 이쪽 끝에서 저쪽 끝까지 가지런한 글씨를 써나가는 것을, 이따금 잔기침을 하거나 맞은편 노신사에게 뭔가 짤막한 말을 건네는 것을 지켜보았다. 그렇게 책을 펼쳐 든 채 서서, 여기서는 무엇이든 생각하는 것을 물 위의 나뭇잎처럼 퍼져 나가게 할 수 있다고, 만일 그 생각이 담배를 피우며 「타임스」를 쑤석거리는 노신사들 사이에서 무난히 받아들여진다면, 그렇다면 그건 괜찮은 것이라고 생각했다. 아버지가 서재에서 글을 쓰는 것을 바라보노라면, 그녀는 (지금은 배 위에 있지만) 그가 아주 사랑스럽고 현명한 사람이라는 생각이 드는 것이었다. 그는 허영심도 없고 폭군도 아니었다. 그녀가 거기서 책을 읽고 있는 것을 보면, 그가 도와줄 일은 없느냐고, 더없이 다정하게 묻기도 했다.

그런 생각이 틀리지 않기를 바라며, 그녀는 물떼새알처럼 알락달락하고 윤나는 표지의 작은 책을 읽고 있는 그를 바라보았다. 아니, 그녀의 생각이 옳았다. 지금 아버지 모습을 좀 보렴, 그녀는 제임스에게 소리 내어 말하고 싶었다. (하지만 제임스는 여전히 돛만 응시하고 있었다.) 아버지는 냉소적인 폭군이라고 제임스는 말하곤 했다. 그는 언제나 자기 얘기, 자기 책 얘기만 하지. 지긋지긋하게 자기중심적이야. 게다가 폭군이고. 제임스는 말했다. 하지만 봐! 그녀는 그를 바라보며 말했다. 지금 아버지를 좀 보라고! 그녀는 그가 쭈그리고 앉아 그 작은 책을 읽고 있는 것을 바라보았다. 종이가 누렇게 바랜 그 책은 그녀도 잘 아는 것이었다. 뭐라고 쓰여 있는지는 알 수 없었지만. 작고, 글자가 빼곡하게 인쇄되었으며, 속지에는 저녁 15프랑, 포도주가 얼마, 웨이터에게 얼마를 주었다는 내역이 적혀 있고 맨 아래쪽에는 깔끔하게 합산이 되어 있었다. 하지만 그가 노상 주머니에 넣고 다녀 귀퉁이가 닳은 그 책이 무슨 내용인지는 알 수가 없었다. 그가 무슨 생각을 하는지, 그들 중 아무도 알 수 없었다. 하지만 그는 그 책에 몰두한 나머지, 방금 그랬듯이 잠깐 얼굴을 들어도 아무것도 보고 있지 않았다. 그저 뭔가 생각을 좀 더 정확히 해두려는 것일 뿐이었다. 그러고 나면, 그의 정신은 다시금 책으로 돌아가는 것이었다. 그가 책을 읽는 모습은 마치 무엇인가를 인도하는 듯이, 거대한 양 떼를 인도하는 듯이, 또는 좁다란 오솔길을 빠른 걸음으로 곧장 걸어 올라가는 듯이 보인다고 그녀는 생각했다. 어떤 때는 아주 빠르게 곧장 전진하여, 가시덤불을 헤치고 나아가기도 하고, 때로는 나뭇가지에 걸리거나 덤불에 시야가 막히기도 하지만 그래도 그런 것에 굴하지 않고 페이지에서 페이지로 그는 줄기차게 나아갔다. 그리고 그녀는 침몰하는 배에서 탈출하는 이야기를 펼쳐 나갔다. 그가 그렇게 앉아 있는 동안은 안전하기 때문이었다. 정원에서 슬그머니 서재로 들어가 책을 꺼내 들 때처럼, 노신사가 문득 신문을 낮춰 들며 그 너머로 나폴레옹의 성격에 대해 뭔가 짤막하게 한마디 해줄 때처럼.

    그녀는 지나온 바다를, 섬을 돌아보았다. 하지만 나뭇잎 같던 형체는 차츰 윤곽이 흐려지고 있었다. 섬은 아주 작고, 아주 멀었다. 이제는 해안보다 바다가 더 큰 비중을 차지하고 있었다. 파도가 사방에서 그들을 둘러싸고 솟구쳤다 가라앉기를 계속하고 있었다. 어떤 파도에는 통나무가 뒹굴고, 또 다른 파도에는 갈매기가 앉아 있었다. 여기쯤이야, 그녀는 손가락으로 물살을 훑으며 생각했다. 배가 가라앉은 곳은. 그러고는 반쯤 잠에 취해 꿈꾸듯 중얼거렸다. 우리는 죽었노라, 제각기 홀로.

11

 그러니까 그토록 많은 것이, 하고 릴리는 얼룩 하나 없는 바다, 무척이나 잔잔해서 돛도 구름도 그 푸른 수면에 박혀 있는 것만 같은 바다를 바라보며 생각했다. 그토록 많은 것이 거리에 달려 있어. 사람들이 가까이 있는지 멀리 있는지 하는 것에. 램지 씨에 대한 그녀의 감정도 그가 만을 가로질러 멀어져 갈수록 달라지는 것이었다. 그것은 점점 더 길게 뻗쳐 나가는 듯했고, 그는 점점 더 아득하게 느껴졌다. 그와 그의 아이들도 그 푸른 물빛에, 그 거리에 삼켜지는 듯했다. 하지만 여기 잔디밭 위, 바로 가까이에서는 카마이클 씨가 문득 끙 하는 소리를 냈다. 그녀는 웃음이 났다. 그는 풀밭에서 책을 집어 들더니 다시 의자에 고쳐 앉으며 무슨 바다 괴물처럼 씩씩거렸다. 그런 모습이 전혀 다르게 보이는 것도 그가 가까이 있기 때문이었다. 이제 다시 조용해졌다. 지금쯤 다들 일어났을 텐데, 하고 그녀는 집 쪽을 바라보며 생각했지만, 아직 아무도 나타나지 않았다. 하지만 그들은 식사를 마치면 곧장 일어나 제각기 자기 볼일을 보러 간다는 것이 생각났다. 그것은 이 고요함, 이 공허함, 이른 아침 시간의 비현실적인 느낌과 잘 어울렸다. 가끔은 사물이 이렇게 비현실적으로 느껴지지, 하고 그녀는 길게 빛나는 창문들과 푸른 연기 자락을 잠시 바라보며 생각했다. 여행에서 돌아올 때라든가, 오래 앓고 났을 때, 아직 습관들이 되돌아와 표면을 짜 맞추기 전에는 그런 비현실적인 느낌이 들어 놀라게 되는 것이다. 뭔가 나타날 것처럼 느껴지기도 하고. 그럴 때면 삶이 훨씬 더 생생해지지. 그냥 마음 편히 있으면 돼. 벡위스 노부인이 앉을 자리를 찾아 밖으로 나와도, 굳이 잔디밭을 분주히 가로질러 가서 〈아, 안녕하세요, 벡위스 부인! 날씨가 참 좋지요! 용감하게 햇볕에 나와 앉으시게요? 재스퍼가 의자들을 다 치워 버렸군요. 제가 하나 찾아다 드릴게요!〉 어쩌고 하는 평소의 인사치레를 할 필요가 없는 것이었다. 도무지 말을 할 필요가 없었다. 그저 돛을 펼치고(배들이 출항을 하느라, 만에는 부산한 움직임이 일었다), 사물들 사이로, 사물들 너머로, 그저 미끄러져 갈 뿐이었다. 그것은 공허하기는커녕, 가장자리까지 가득 차 있었다. 그녀는 어떤 물질 속에 입술까지 잠겨 있는 듯이, 그 안에서 움직이고 떠돌고 가라앉는 듯이 느껴졌다. 그 물은 그토록 바닥을 알 수 없이 깊었다. 그 안에는 수많은 생명이 흘러들어 와 있었다. 램지 씨 부부, 아이들, 그리고 그 밖의 온갖 잡다한 것들의 생명이. 광주리를 든 세탁부, 까마귀, 레드핫포커, 꽃들의 보라색과 녹회색 등등. 무엇인가 공통된 느낌이 그 전체를 떠받치고 있었다.

 10년 전에 그녀가 지금 서 있는 곳에 서서, 이 장소와 사랑에 빠진 것이 틀림없다고 말했던 것은 아마도 그런 완전함을 느꼈기 때문이었다. 사랑도 가지가지니까. 사랑하는 자들 중에는 사물의 요소들을 골라내어 한자리에 배열함으로써 실제 삶에는 없는 완결성을 부여하는 재주를 가진 이도 있을 것이었다. 어떤 장면이나 사람들(이제는 모두 뿔뿔이 흩어져 버린)과의 만남을 가지고서 우리의 생각이 머물고 사랑이 넘나드는, 현실이 압축된 수정구 같은 것을 만드는 재주 말이다.

그녀의 시선은 갈색 점으로 보이는 램지 씨의 돛배에 머물렀다. 그들은 점심때쯤에 등대에 도착할 거라고 그녀는 추측했다. 하지만 바람이 다시 불어오기 시작했고, 하늘이 약간 달라지더니 바다도 약간 달라졌고, 배들은 위치를 바꾸었다. 조금 전까지만 해도 기적적으로 고정되어 있던 시야가 이제 썩 마음에 들지 않았다. 바람이 연기 자락을 흩어 놓았고, 배들의 위치에도 뭔가 마땅치 않은 데가 있었다.

그 불균형은 그녀의 마음속에 있던 조화로움을 깨뜨리는 것만 같았다. 그녀는 알 수 없는 당혹감을 느꼈다. 캔버스를 향해 돌아서자, 그런 감정이 한층 더 확연해졌다. 아침 내내 시간을 낭비한 것이었다. 무슨 이유에서인지, 두 상반된 힘, 즉 램지 씨와 그림 사이의 저 칼날 같은 균형에 도달하지 못하고 있었다. 그 균형이야말로 필요한 것인데. 어쩌면 구도 자체가 잘못된 것일까? 울타리의 선이 끊어져야 하는 걸까? 아니면 나무들의 매스가 너무 묵직한 것일까? 그녀는 쓸쓸히 미소 지었다. 그림을 시작할 때는 이제야말로 문제를 해결했다고 생각하지 않았던가?

그렇다면 대체 뭐가 문제일까? 그녀는 무엇인가 자신을 피해 달아나는 것을 확실히 잡아야만 했다. 그것은 램지 부인을 생각할 때마다 달아났고, 그림을 생각할 때마다 달아났다. 어구들이 떠오르고, 장면들이 떠올랐다. 아름다운 그림들. 아름다운 어구들. 하지만 그녀가 붙잡고자 하는 것은 신경에 거슬리는 바로 그것, 그 무엇도 되기 이전의 사물 그 자체였다. 그걸 붙잡고 다시 시작해야지, 그걸 붙잡고 다시 시작해야지, 그녀는 이젤 앞에서 자세를 가다듬으며 필사적으로 되뇌었다. 그림을 그린다거나 느낀다거나 하는 인간의 기관은 참 한심하고 비효율적인 기계라는 생각이 들었다. 항상 중요한 순간에 고장이 나고 만다니까. 그래서 영웅적으로 밀고 나가야만 하지. 그녀는 눈살을 찌푸리며 바라보았다. 저기 분명 울타리가 있다. 하지만 절박하게 구한다고 해서 얻어지는 것은 없지. 울타리의 선을 아무리 바라본들, 그녀가 회색 모자를 쓰고 있었다고, 깜짝 놀랄 만큼 아름다웠다고 아무리 열심히 생각해 본들, 눈이 부실 뿐이야. 그건 때가 되면 오겠지, 그녀는 생각했다. 더 이상 생각할 수도 느낄 수도 없는 순간들이 있으니 말이다. 그런데 생각할 수도 느낄 수도 없다면, 하고 그녀는 생각했다. 그렇다면 우리는 어디 있는 거지?

여기 풀밭 위에, 땅 위에 있지, 하고 생각하며 그녀는 쭈그려 앉아 수북이 자란 질경이를 붓으로 뒤적거렸다. 잔디를 제대로 손질하지 않아 잡풀이 많이 자라 있었다. 여기 세상에 앉아 있지, 하고 그녀는 다시 생각했다. 오늘 아침에는 왠지 모든 일이 처음으로 그리고 어쩌면 마지막으로 일어나고 있는 것만 같은 느낌을 떨쳐 버릴 수가 없었기 때문이다. 마치 여행자가 반쯤 잠이 든 채로 기차의 창밖을 내다보며 지금 잘 봐두어야 해, 저 마을을, 저 노새가 끄는 수레를, 들밭에서 일하는 저 여자를, 다시는 볼 수 없어, 하고 생각하는 것과도 같았다. 잔디밭이 곧 세계였다. 그들은 여기 이 높직한 곳에 함께 올라와 있는 것이라고 그녀는 카마이클 씨를 바라보며 생각했다. 노시인은 (비록 그들은 이제껏 말 한마디 제대로 나눠 본 적이 없었지만) 그녀와 같은 생각을 하고 있는 것만 같았다. 어쩌면 다시는 그를 만날 수 없을지도 몰랐다. 그는 노쇠해 가고 있었다. 그리고 유명해지고도 있었고. 그녀는 그의 발끝에 걸려 있는 슬리퍼를 보며 미소 지었다. 사람들은 그의 시가 〈너무나 아름답다〉고들 했다. 그래서 그가 40년 전에 쓴 것들까지 가져다 출판했다. 저기 카마이클이라는 유명 인사가 있구나, 그녀는 미소 지으며 한 사람이 참 여러 가지 모습을 띨 수 있구나, 그는 신문 지상에 오르내리지만 여기서는 예전과 똑같은 모습인데, 하고 생각했다. 외모도 똑같았고 ― 머리칼이 조금 더 세었나. 그는 여전해 보였지만, 누군가의 말에 따르면, 앤드루 램지가 죽었다는 소식을 듣고(앤드루는 폭격으로 즉사했다. 위대한 수학자가 되었을 청년인데) 카마이클 씨는 〈인생에 모든 흥미를 잃어버렸다〉던 것이 생각났다. 그게 대체 무슨 뜻이지? 그녀는 의문에 사로잡혔다. 굵은 막대기라도 들고 트라팔가 광장을 행진했다는 건가?[41] 아니면 세인트존스우드의 자기 방에 혼자 앉아 책이 눈에 들어오지 않는 채 책장을 넘기고 또 넘기고 했다는 건가? 앤드루가 죽었다는 소식을 듣고 그가 무엇을 했을지 전혀 알 수 없었지만, 그래도 그의 심정이 공감되었다. 그들은 어쩌다 계단에서 마주치면 우물우물 인사나 건넬 뿐이었고, 하늘을 쳐다보며 날씨가 좋겠다거나 좋지 않겠다거나 하는 말밖에 한 적이 없었다. 하지만 그것도 사람들을 아는 한 가지 방식이라고 그녀는 생각했다. 세부적인 것이 아니라 윤곽만 아는 것, 누군가의 정원에 앉아 언덕의 능선이 멀리 히스 들판으로 어슴푸레 사라져 가는 것

---

41 트라팔가 광장에서 일어났던 반전 시위를 가리킴.

을 바라보는 것. 그녀는 그를 그런 식으로 알고 있었다. 그가 어딘가 달라졌다는 것도 알고 있었다. 그의 시는 단 한 줄도 읽어 본 적이 없었지만, 그래도 유장하고 낭랑하리라는 것을 알고 있었다. 원숙하고 그윽한 시일 것이었다. 사막과 낙타를, 종려나무와 낙조를 노래했을 것이었다. 개인적인 요소는 극히 배제하고, 죽음은 언급하지만, 사랑은 거의 언급하지 않았을 것이었다. 그는 그렇게 초연한 데가 있었다. 다른 사람에게 바라는 것이 거의 없었다. 그는 옆구리에 신문을 끼고 거실 창 앞을 항상 좀 어색하게 지나가지 않았던가? 무슨 이유에선지 별로 좋아하지 않았던 램지 부인을 피하려고 말이다. 물론 바로 그 때문에 부인은 노상 그를 불러 세우곤 했지만. 그러면 그는 고개 숙여 절하곤 했다. 마지못해 걸음을 멈추고 몸을 깊이 숙여 절을 하는 것이었다. 부인은 그가 자기한테 아무것도 바라지 않는다는 데 신경이 쓰여서, 코트나 양탄자, 신문 같은 게 필요하지 않느냐고 묻곤 했다(릴리는 그녀의 음성이 들리는 것만 같았다). 아니, 괜찮습니다(그러면서 그는 절을 했다). 부인에게는 뭔가 그의 맘에 썩 들지 않는 데가 있는 듯했다. 아마 그녀의 민활함, 과단성, 어딘가 사무적인 태도 같은 것이었을 터이다. 부인은 그토록 직선적이었다.

(거실 창문 쪽에서 소리가 — 경첩이 삐걱하는 — 그녀의 주의를 끌었다. 창문이 가벼운 바람에 흔들린 것이었다.)

그녀를 별로 좋아하지 않는 사람들도 분명 있었겠지, 릴리는 생각했다(거실 앞 층계가 비어 있다는 사실을 다시금 의식했지만, 이번에는 아무런 느낌도 들지 않았다. 지금은 램지 부인의 부재가 아무렇지도 않았다) — 그녀가 너무 자신만만하고 과감하다고 생각하는 사람들이. 그리고 아마 그녀의 미모가 탐탁지 않았을지도 모른다. 항상 똑같잖아, 늘 똑같은 미모라니 얼마나 지루해! 그러면서 갈색 머리에 활기찬 유형을 더 좋아했을 것이다. 게다가 부인은 남편에게는 늘 져주었다. 부인이 다 받아 주니까 그가 그렇게 성깔을 부리는 것이었다. 게다가 그녀는 속내를 잘 드러내지 않았다. 그녀에게 무슨 일이 있었는지 아무도 정확히 알지 못했다. 그리고 (카마이클 씨와 그의 비호감으로 돌아가자면) 램지 부인이 아침 내내 잔디밭에 서서 그림을 그린다든가 책을 읽는 것은 상상할 수 없었다. 생각할 수도 없는 일이었다. 그녀는 한마디 말도 없이, 일을 보러 간다는 유일한 징표인 바구니를 낀 채, 마을로 내려가 가난한 사람들을, 어느 옹색한 침실의 병자를 방문할 것이었다. 무슨 게임이나 토론이 한창 벌어지는 가운데 그녀가 슬며시 빠져나가 바구니를 팔에 끼고서 꼿꼿한 자세로 외출하던 것을 릴리는 수없이 보았었다. 그녀는 부인이 돌아오는 것을 눈여겨보았고, 반쯤은 웃으며 (부인은 찻잔을 얼마나 꼼꼼히 다루는지) 반쯤은 감동하며 (그녀의 아름다움에는 숨이 멎는 것만 같았다), 고통으로 감기는 눈들이 당신을 보았겠지요, 당신은 그들과 함께 있었지요, 하고 생각했었다.

그런가 하면, 램지 부인도 종종 언짢아할 때가 있었다. 누군가가 시간에 늦었다거나, 버터가 신선하지 않다거나, 찻주전자에 금이 갔다거나 하는 것이 이유였다. 그런데 버터가 상했다고 말하는 동안에도 내내, 그녀를 보면 그리스 신전이 생각나고 어떻게 그런 미인이 그 답답한 작은 방에서 병자들과 함께 있었을까 하는 생각이 들곤 했다. 그녀는 절대로 그런 얘기는 하지 않았고, 그저 제시간에 맞춰 다녀올 뿐이었지만. 그녀가 그렇게 병구완을 다니는 것은 마치 제비가 남쪽을, 아티초크가 태양을 향하는 것과도 같은 본능으로, 그녀는 그 틀림없는 감각으로 인류를 향해 그 심장에 자신의 둥지를 틀었다. 그런데 그것은, 모든 본능이 그렇듯이, 그것을 공유하지 않는 사람들에게 — 어쩌면 카마이클 씨에게도, 릴리 자신에게는 확실히 — 부담스러운 것이었다. 두 사람 다 행동이란 부질없으며 사상이 더 중요하다고 여기는 편이었다. 부인의 병구완은 그들을 비난하는 것이나 마찬가지였으며, 세상을 다른 견지에서 보는 것이었으므로, 그들은 자신들의 선입견이 사라지는 것을 보고는 그것을 붙잡으려 애쓰면서 그녀에게 저항하지 않을 수 없었다. 찰스 탠슬리도 마찬가지였다. 사람들이 그를 싫어한 데는 그런 이유도 있었다. 그는 다른 사람이 보는 세계의 균형을 자기 식으로 뒤흔들었다. 그 사람은 어떻게 됐을까, 그녀는 느긋하게 붓으로 질경이밭을 헤집으며 생각했다. 대학의 연구원 자리는 얻었다던데. 결혼을 해서 골더스그린[42]에 산다던가.

언젠가 어느 강연장에 갔다가 그의 강연을 들은 적이 있었다. 전쟁 중이었다. 그는 무엇인가를 규탄하고, 누군가를 비난하고 있었다. 그는 형제애를 설파했다. 그 강연에서 그녀가 느낀 것이라고는, 어떻게 그가 인류를 사랑할 수가 있을까 하는 의문뿐이었다. 이 그림과 저 그림을 구별도 못 하는 사람, 싸구려 담배를 피우며(《온스당 5페니랍니다, 브리스코 양.》) 등 뒤로 다가와 여자는 글도 못 쓰고 그림도 못 그린다느니 하고 — 딱히 그렇게 믿어서라기보다 뭔가 자기

---
[42] 런던 북쪽 교외의 동네.

나름의 이상한 이유에서 — 떠벌리는 것을 자기 임무로 아는 사람이 말이다. 그는 여전히 빨강 머리에 깡마른 모습으로 연단에 서서 목이 쉬도록 사랑을 설파하고 있었다(질경이 사이로 개미들이 기어 다니는 것을 그녀는 붓으로 건드려 보았다 — 힘세고 윤나는 빨간 개미들이 어딘가 찰스 탠슬리 비슷했다). 그녀는 반밖에 차지 않은 강연장의 자기 자리에서, 그가 그 휑한 공간에 사랑을 펌프질하는 것을 냉소적으로 바라보다가, 문득 파도를 타고 둥실거리는 낡은 통인지 뭔지가 생각났다. 램지 부인은 자갈밭에서 안경집을 찾고 있었다. 「아, 이런! 정말이지 곤란하다니까! 또 잃어버렸어! 신경 쓰지 마세요, 탠슬리 씨. 난 여름마다 안경집을 수천 개는 잃어버린다니까요.」 그 말에 그는 그런 과장을 받아들일 수는 없지만 그래도 경애하는 부인이 하는 말이니 참는다는 듯이 턱을 잡아당겨 옷깃을 지긋이 누르며 아주 매혹적인 미소를 띠어 보였다. 그가 그녀에게 자기 속을 털어놓은 것은 멀리 소풍을 나갔다가 뿔뿔이 흩어져 제각기 집으로 돌아오던 그 어느 귀갓길이었을 것이다. 그는 누이동생의 교육비를 대고 있다고, 램지 부인이 그녀에게 귀띔해 주었다. 그것은 그를 다시 보게 하는 일이었다. 자신은 탠슬리를 좀 기묘하게 보았다고, 릴리는 여전히 붓으로 질경이밭을 휘저으며 생각했다. 하기야 다른 사람들에 대해 갖고 있는 생각의 상당 부분은 따지고 보면 이상야릇하고, 결국 자기 자신의 입장에 맞추기 마련이니까. 그녀에게 그는 말하자면 매 맞는 소년 대신이었다. 그녀는 화가 날 때면 그의 여윈 옆구리에 회초리를 휘두르는 자신을 발견하곤 했다. 그를 진지하게 생각하기 위해서는, 램지 부인이 하는 말을 귀담아듣고 부인의 눈을 통해 그를 보아야 했다.

그녀는 개미들이 타고 넘을 작은 산을 만들었다. 개미들의 우주에 그런 식으로 개입함으로써 그들을 갈팡질팡하게 만들어 버렸다. 일부는 이쪽으로, 일부는 저쪽으로 달아났다.

제대로 보려면 눈이 50쌍은 있어야겠다, 고 그녀는 생각에 잠겼다. 50쌍의 눈으로도 그 한 여자를 온전히 보는 데는 충분치 않으리라고 그녀는 생각했다. 그중에는 분명 부인의 미모에 완전히 무감각한 눈도 있을 터였다. 공기처럼 섬세한, 은밀한 감각이 있어야 열쇠 구멍으로 숨어들어 뜨개질을 하거나 이야기하는, 창가에 말없이 앉아 있는 부인의 모습을 온전히 둘러싸고, 증기선의 연기를 보듬는 공기처럼 그녀의 생각과 상상과 욕망을 소중히 모아 간직할 것이었다. 저 울타리가, 이 정원이, 그녀에게는 무엇을 의미했던가? 파도가 부서지는 것은 또 어떤 의미였던가? (릴리는 마치 램지 부인이 보이기나 하는 듯 고개를 들었다. 바닷가에 부서지는 파도 소리가 그녀에게도 들려왔다.) 아이들이 크리켓을 치면서 〈아웃이야? 아웃이야?〉 하고 외치는 동안, 그녀의 마음속에서는 무슨 일이 일어났던가? 그녀는 가끔씩 뜨개질하던 손을 멈추기도 했다. 그러고는 골똘히 응시하다가, 다시금 주의가 흐트러지곤 했다. 부인 앞을 서성이던 램지 씨가 문득 걸음을 멈출 때면 기묘한 충격이 그녀를 뚫고 지나갔고, 그가 그렇게 서서 그녀를 굽어볼 때면 그것은 그녀를 깊이 동요시키는 듯했다. 릴리는 그런 그의 모습이 눈에 선했다.

그는 손을 뻗쳐 그녀를 의자에서 일으켜 세웠다. 왠지 전에도 그렇게 해본 적이 있는 것만 같았다. 언젠가도 꼭 그런 식으로 몸을 굽혀 그녀를 배에서 일으켰으니, 배는 섬에서 몇 인치가량 떨어져 있었으므로 숙녀 분들은 그렇게 신사 분들의 도움을 받아 상륙할 수밖에 없었다. 그것은 크리놀린 치마와 페그톱 바지라야 어울릴 것만 같은 아주 고풍스러운 장면이었다. 그렇게 그의 도움을 받으면서, 램지 부인은 생각했을 것이다(릴리는 짐작했다), 이제 때가 되었다고. 그렇다, 이제는 말해야 할 것이었다. 그래요, 결혼하겠어요. 그러고는 천천히, 조용히, 육지를 밟았을 것이었다. 어쩌면 그의 손에 자기 손을 여전히 내맡긴 채, 단 한 마디밖에 하지 않았을지도 모른다. 당신과 결혼하겠어요, 그녀는 그에게 손을 잡힌 채 말했을 테지만, 그 한마디뿐이었다. 그들 사이에는 매번 같은 전율이 지나갔다고, 릴리는 개미 떼에 길을 터주며 생각했다. 그녀가 지어낸 생각이 아니었다. 그녀는 여러 해 전에 잘 개켜진 상태로 주어진 어떤 것, 전에 본 어떤 것을 펼쳐 보려는 것뿐이었다. 그렇게 많은 아이들, 그렇게 많은 방문객을 챙기며 일상생활을 영위해 가려면, 끊임없이 반복의 느낌이 들기 마련이었다 — 뭔가가 떨어졌던 곳에 다른 것이 떨어지고, 그래서 낭랑히 울려 퍼지는 메아리를 일으켰다.

하지만 그들의 관계를 단순화한다면 착각이리라고, 그녀는 그들이 팔짱을 낀 채, 그녀는 녹색 숄을 걸치고 그는 타이를 휘날리며, 온실을 지나 나란히 멀어져 가던 것을 그려 보며 생각했다. 그들은 마냥 행복하지만은 않았다 — 그녀는 충동적이고 재빨랐으며, 그는 자주 성질을 내고 침울해졌다. 침실 문은 아침 일찍부터 사납게 쾅 닫히곤 했고, 그는 성을 내며 식탁을 뜨곤 했다. 때로는 접시를 창밖으로 던져 버리기도 했다. 그러면 온 집 안의 문들이 쾅쾅거리고 블라인드들이 펄럭거리는 것만 같았으니, 마치 폭풍이 불어닥쳐 사람들이 황급히 해치를 닫고 뱃짐의 균형을 잡으려 이리 뛰고 저리 뛰는 듯한 분위기였다. 어느 날 층계참에서 그렇게 우왕좌왕하는 폴 레일리와 마주친 적이 있었다. 그들은 아이들처럼 배를 잡고 웃어 댔다. 그건 모두 램지 씨가 아침 식사의 우유에 집게벌레가 빠져 있었다고 해서 그릇째 창 밖 테라스로 던져 버렸기 때문이었다. 「집게벌레가,」 프루는 겁에 질려 중얼거렸다. 「아버지 우유에.」 다른 사람들은 지네를 발견해도 그만이었을 텐데. 하지만 그는 자기 주위에 그처럼 난공불락의 요새를 쌓아 올리고 그 안에서 군림하고 있었으므로, 그의 우유에 집게벌레가 빠졌다는 것은 있을 수도 없는 일이 되는 것이었다.

하지만 그렇게 접시가 날아가고 문들이 쾅쾅 닫히는 것은 램지 부인을 지치고 주눅 들게 했다. 때로 두 사람 사이에는 길고 긴장된 침묵이 자리 잡곤 했다. 그럴 때면 부인은, 릴리에게는 짜증스럽게 느껴지는, 비탄과 원망이 뒤섞인 상태가 되어 도저히 그 폭풍을 조용히 극복하거나 그들처럼 웃어넘기지 못하고, 그 지친 기색 가운데 뭔가를 감추고 있는 듯이 보였다. 그녀는 말없이 생각에 잠겨 앉아 있었다. 잠시 후 그는 그녀가 있는 곳으로 슬그머니 다가와 — 그녀가 편지를 쓰거나 이야기하고 있는 창문 아래를 서성이곤 했다. 그녀는 그가 지나갈 때면 일부러 그렇게 바쁜 척하며 그를 피하고 그를 보지 않는 척하는 것이었다. 그러면 그는 비단결처럼 상냥하고 점잖게 굴며 그녀의 마음을 돌리려 애쓰곤 했다. 그래도 그녀는 여전히 그에게 곁을 주지 않고, 평소에는 전혀 찾아볼 수 없는, 잠깐이나마 자기 미모에 어울리는 쌀쌀

맞고 도도한 태도가 되어, 민타나 폴, 윌리엄 뱅크스 등과 어울리면서 그를 향해서는 어깨 너머로 흘긋 눈길을 던질 뿐이었다. 마침내 그는 굶주린 늑대 사냥개와도 같은 모습으로 멀찍이 떨어져 서서(릴리는 풀밭에서 일어나, 전에 그의 그런 모습을 보았던 계단과 창문을 바라보았다) 그녀의 이름을, 단 한 번이지만 마치 눈 속에서 울부짖는 늑대와도 같은 음성으로, 불렀다. 그래도 그녀는 버티지만, 한 번 더 그가 부르면, 이번에는 그 목소리에 뭔가 그녀의 마음을 움직이는 것이 있는지, 갑자기 그들을 내버려 둔 채 그에게로 다가갔고, 그러면 두 사람은 함께 배나무들과 양배추밭과 산딸기 덤불 사이로 멀어져 가는 것이었다. 그들은 함께 문제를 해결할 것이었다. 하지만 대체 어떤 태도로, 어떤 말로? 그들의 그런 관계는 워낙 점잖은 데가 있어서, 릴리와 폴과 민타는 호기심과 불편한 마음을 누른 채 돌아서서 꽃을 꺾거나 공을 던지거나 수다를 떨거나 했다. 그러다 저녁 식사 시간이 되면, 평소와 다름없이 식탁 한쪽 끝에는 그가, 맞은편 끝에는 그녀가 자리 잡는 것이었다.

「왜 너희 중 아무도 식물학을 하지 않지? ……다들 그렇게 팔다리가 건장한데, 왜 아무도……?」 그들은 그렇게 평소처럼 아무렇지 않게 아이들과 어울려 웃고 떠들었다. 이따금 그들 사이에 스쳐 가는 뭔가 팽팽한 떨림, 공중의 칼날과도 같은 무엇만 아니라면, 모든 것이 평소와 다름없을 것이었다. 마치 배나무들과 양배추밭 사이에서 있었던 일 이후로, 평소처럼 수프 접시를 놓고 둘러앉은 아이들의 모습이 새삼스럽게 눈에 들어오는 듯했다. 특히, 램지 부인은 프루에게 눈길을 주곤 했다고, 릴리는 생각했다. 프루는 형제자매 사이 중간쯤에 앉아서, 행여 뭔가 잘못될세라 신경을 쓰느라 입도 뻥긋할 여유가 없었다. 우유에 집게벌레가 빠진 일로 그녀가 얼마나 자책을 했을지! 램지 씨가 창밖으로 접시를 던져 버리자, 그녀는 얼마나 새하얗게 질렸던지! 하여간 그녀의 어머니는 이제 그 일에 대해 그녀를 다독이는 듯했다. 이제 모든 게 잘됐다고 안심시키며, 언젠가는 그녀에게도 같은 행복이 찾아오리라고 약속하는 듯했다. 하지만 그녀는 그 행복을 채 1년도 누리지 못했다.

그녀는 바구니에서 꽃을 흘려 버렸다고, 릴리는 마치 그림을 다시 보려는 듯 한 걸음 뒤로 물러서서 눈길에 힘을 주며 생각했다. 그림은 건드리지도 않은 채였지만, 모든 감각이 무아지경에 빠진 듯, 겉으로는 얼어붙었지만 그 밑에서는 급류와 같이 움직이는 상태였다.

그녀는 바구니에서 꽃을 흘리고 사방 풀밭에 아무렇게나 흩뿌리고는, 마지못한 듯 주저하면서, 하지만 질문이나 불평이라고는 없이 — 그녀에게는 끝까지 순종하는 능력이 있지 않았던가? — 가버렸다. 들판을 넘어, 골짜기를 지나, 새하얗게, 꽃을 흩뿌리며 — 릴리가 그녀를 그린다면 그런 모습이 될 터였다. 능선들은 준엄했다. 바위투성이에 가팔랐다. 저 아래 자갈밭에서는 파도 소리가 거칠게 들려왔다. 그들은, 세 사람 모두 함께, 가버렸다. 램지 부인이 맨 앞에서, 마치 길모퉁이에서 누군가와 마주치기라도 할 것처럼 재게 걸었다.

그녀가 바라보고 있던 창문 뒤에 갑자기 희고 가벼운 무엇인가가 나타났다. 마침내 누군가가 거실로 나와, 의자에 앉은 모양이었다. 제발, 하고 그녀는 빌었다. 그냥 거기 앉아 있고, 행여 허둥대며 다가와 말을 걸지 말기를. 다행히, 누구인지는 모르지만 그대로 집 안에 있었고, 뭔가 행운이 작용한 듯, 계단 위에 기묘한 세모꼴 그림자를 떨구었다. 그 때문에 그림의 구도가 다소 달라졌다. 어쩌면 흥미롭고 유용할 것도 같았다. 그녀는 다시금 기분이 살아났다. 잠시라도 감정의 강도를 늦추지 말고, 낙심하거나 좌절하지 말고, 계속 바라보아야 했다. 말하자면 쇠 같은 것으로 그 장면을 꽉 붙들어 아무것도 끼어들거나 망치지 못하게 해야 했다. 그녀는 조심스럽게 붓을 물감에 담그며 생각했다. 이것은 의자요 저것은 탁자라는 식으로 평상시 체험의 수준에서 느낄 필요도 있지만, 그러면서도 이건 기적이야, 황홀경이야, 하고 느낄 필요도 있었다. 마침내 문제가 해결될 기미가 보였다. 아, 그런데 대체 무슨 일이지? 창문에 뭔가 흰 파도 같은 것이 지나갔다. 바람이 불어 들어 방 안의 공기를 휘저어 놓은 듯했다. 그녀는 심장이 마구 뛰며 죄어들어 고통스러웠다.

「램지 부인! 램지 부인!」 그녀는 오래된 공포 — 원하고 원하는데 갖지 못한다는 것 — 가 되돌아오는 것을 느끼며 소리쳤다. 부인이 아직도 그런 힘이 있는 것일까? 이윽고 조용히, 마치 부인이 물러나기라도 한 것처럼, 그것 또한 의자와 탁자와 같은 수준으로, 평상시 체험의 일부가 되었다. 램지 부인은 — 그것은 그녀의 완벽한 선량함의 일부였다 — 거기 의자에 앉아서 바늘을 앞뒤로 움직여 적갈색 양말을 뜨면서, 층계에 그림자를 드리웠다. 부인이 거기 앉아 있었다.

마치 나눠 가져야 할 무엇인가를 가진 듯한 심정으로, 하지만 지금 생각하고 보는 것으로 머리가 가득 차서 이젤을 떠나고 싶지 않다는 심정으로, 릴리는 붓을 든 채 카마이클 씨를 지나 잔디밭 가장자리까지 나가 보았다. 배는 이제 어디쯤 있지? 램지 씨는? 그녀는 그를 원했다.

12

 램지 씨는 책을 거의 다 읽었다. 읽기를 마치면 곧바로 책장을 넘기려는 듯 한 손은 페이지 위를 맴돌고 있었다. 그는 모자도 쓰지 않은 채 바람에 머리칼을 흩날리면서, 드물게 모든 것에 노출되어 있었다. 그는 무척 늙어 보였다. 어떤 때는 등대를, 어떤 때는 광막하게 펼쳐진 바다를 배경으로 드러난 그의 머리가 마치 백사장의 오래된 바윗돌 같다고 제임스는 생각했다. 그는 마치 그들 두 사람의 마음속에 항상 자리 잡고 있는 것 ― 두 사람 모두 사물의 진실이라 여기는 저 고독감을 체현하고 있는 듯했다.
 그는 어서 결말에 이르려는 듯, 아주 빨리 읽어 나갔다. 사실 등대에 아주 가까워지기도 했다. 저 앞에 나타난 등대는 뚜렷한 흑백으로 삭막하게 우뚝 서 있었고, 바위에는 파도가 마치 박살 난 유리처럼 하얗게 조각조각 부서지고 있었다. 바위들의 울퉁불퉁한 윤곽도 눈에 들어왔다. 등대의 창문들도 보였는데, 그중 하나에는 흰 페인트가 칠해져 있고, 바위에는 녹색 떗장이 조금 덮여 있었다. 한 남자가 나왔다가 망원경으로 그들을 보고는 다시 들어갔다. 그러니까 저렇게 생겼구나, 제임스는 생각했다. 그렇게 여러 해 동안 맞은편 만에서 바라보았던 등대라는 것은 헐벗은 바위 위의 삭막한 탑일 뿐이었다. 그는 만족했다. 그것은 그가 자신의 성격에 관해 어렴풋이 느끼던 바를 확인해 주었다. 나이 든 부인네들은, 하고 그는 집의 정원을 떠올리며 생각했다. 아마 잔디밭에서 의자를 이리저리 끌고 있겠지. 가령 벡위스 노부인은 항상 인생이란 얼마나 좋은 것이냐 얼마나 감미로운 것이냐 그들은 얼마나 자랑스러워하고 행복해야 할 것이냐 하고 입버릇처럼 말하지만, 사실 인생이란 꼭 저 등대 같은 것이리라고, 제임스는 바위 위에 우뚝 서 있는 등대를 바라보며 생각했다. 그는 아버지가 다리를 바짝 당겨 앉은 채 열심히 책을 읽고 있는 것을 바라보았다. 두 사람은 그 점에서는 마음이 통했다. 「우리는 돌풍 앞으로 내달리노라 ― 침몰하고 말리라.」 그는 아버지가 하듯이 반쯤 소리 내어 중얼거렸다.

아무도 입을 열지 않은 지 한참 지난 듯했다. 캠은 바다를 바라보는 데 싫증이 났다. 검은 코르크 부스러기들이 떠다녔다. 배 바닥에 있던 생선들은 죽었다. 아버지는 여전히 책을 읽고, 제임스는 아버지를, 그녀는 제임스를 바라보고 있었다. 제임스와는 죽기까지 아버지의 폭정에 항거하기로 맹세한 터였는데, 아버지는 그들이 무슨 생각을 하는지는 꿈에도 모르는 채 책만 읽고 있었다. 그러니까 저런 식으로 달아나는 거야, 하고 그녀는 생각했다. 그렇지, 저 높직한 이마와 큰 코를 하고서, 알락달락한 작은 책을 단단히 펼쳐 들고, 그는 달아난 것이었다. 붙잡아 보려 하면 그는 새처럼 날개를 펼치고 사람의 손길을 피해 날아가서 어딘가 황량한 그루터기 같은 데 내려앉는 것이었다. 그녀는 망망하게 펼쳐진 바다를 바라보았다. 섬은 너무 작아져서 더 이상 잎사귀처럼 보이지도 않았다. 그것은 커다란 파도가 몰아닥쳐 덮어 버릴 바위

꼭대기처럼 보였다. 하지만 그 오죽잖은 것 안에 그 모든 오솔길과 테라스와 침실 들이 ─ 이루 헤아릴 수도 없을 만큼 많은 것들이 들어 있었다. 하지만 마치 잠들기 직전에 사물이 단순해져서 그 무수한 세부 중 단 한 가지만이 뚜렷이 남듯이, 그렇게 몽롱하게 섬을 바라보노라니 그 모든 오솔길과 테라스와 침실 들은 시들고 사라져 가고 오직 연푸른 향로 하나만이 남아 그녀의 마음속에서 이리저리 흔들리는 것만 같았다. 그것은 공중 정원이요 새들과 꽃들과 영양들로 가득 찬 골짜기였다……. 그녀는 설핏 잠이 들었다.

「자, 오너라.」 램지 씨는 갑자기 책을 덮으며 말했다.

어디로 오라는 말인가? 그 어떤 굉장한 모험에? 그녀는 놀라서 깨어났다. 어딘가에 상륙한다고? 뭍에 올라간다고? 그는 그들을 어디로 데려가려는 것인가? 그토록 오랜 침묵 끝에, 그가 불쑥 던진 말은 그들을 놀라게 했다. 하지만 별것 아니었다. 시장하다고, 그는 말했다. 점심시간이 되어 있었다. 게다가, 저기 좀 보렴, 그가 말했다. 저게 등대란다. 「거의 다 왔어.」

「아드님 솜씨가 아주 좋군요.」 매칼리스터 영감이 제임스를 치켜세우며 말했다. 「배를 아주 얌전하게 몰고 있어요.」

하지만 아버지는 절대 칭찬하는 법이 없지, 하고 제임스는 울적하게 생각했다.

램지 씨는 꾸러미를 펼쳐 샌드위치를 고루 나눠 주었다. 이제 그는 어부들과 함께 빵과 치즈를 먹으며 즐거워 보였다. 어느 오두막에 살면서 항구를 쏘다니다가 다른 노인들과 함께 담배나 씹으면서 침을 뱉으면 잘 어울리겠는데, 하고 제임스는 그가 주머니칼로 노란 치즈를 얄팍하게 저미는 것을 바라보며 생각했다.

바로 이거야, 이제 됐어. 캠은 삶은 달걀의 껍질을 까면서 줄곧 그런 느낌이 들었다. 노인들이 「타임스」를 읽는 서재에서 느끼던 바로 그 느낌이었다. 이제 나는 뭐든 마음대로 생각할 수 있고, 낭떠러지에서 떨어지거나 물에 빠지지도 않을 거야. 아버지가 있으니까, 날 지켜보고 있으니까, 그녀는 생각했다.

그러는 동안 배는 암초들 곁을 신이 날 만큼 쏜살같이 지나갔으므로, 마치 두 가지 일을 한꺼번에 하는 것만 같았다. 즉, 한편으로는 여기 뙤약볕 아래서 점심을 먹으면서, 다른 한편으로는 폭풍에 배가 난파한 후 피신처를 찾아가는 기분이었다. 물이 모자라지는 않을까? 식량은 떨어지지 않을까? 그녀는 혼자 이야기를 지어내는 동시에 현재 돌아가는 상황도 잘 알고 있었다.

이제 자기들은 다 살았지만, 하고 램지 씨가 매칼리스터 영감에게 말하고 있었다. 아이들은 장차 신기한 것들을 보게 될 거라고. 매칼리스터는 지난 3월에 일흔다섯 살이 되었다고 했다. 램지 씨는 일흔한 살이었다.[43] 매칼리스터는 지금껏 의사 신세를 진 적이 없으며 이빨 하나 상하지 않았다고 했다. 내 자식들도 그렇게 살았으면 좋겠다고 — 캠은 아버지가 그렇게 생각하고 있다고 확신했다. 왜냐하면 그는 그녀가 샌드위치를 바다에 던져 버리려는 것을 못 하게 막고, 마치 어부들과 그들이 어떻게 사는가를 생각하는 듯, 먹기 싫으면 다시 꾸러미에 넣어 두라고 타일렀기 때문이다. 그렇게 낭비하면 못쓰지. 그는 세상만사를 아주 잘 아는 사람처럼 현명

---

43 버지니아의 아버지 레슬리 스티븐은 일흔한 살에 세상을 떠났다.

한 어조로 말했으므로, 그녀는 즉시 그것을 도로 넣었고, 그러자 그는 자기 봉지에서 생강 비스킷 하나를 꺼내 주었다. (그의 태도가 어찌나 정중한지) 마치 스페인 신사가 창가의 귀부인에게 꽃이라도 건네는 것 같아, 하고 그녀는 생각했다. 하지만 그는 허름하고 소박한 모습으로, 빵과 치즈를 먹고 있었고, 그러면서도 그들의 대대적인 원정을, 어쩌면 모두 빠져 죽을지도 모르는 원정을 이끌어 가고 있었다.

「저기서 배가 침몰했어요.」 매칼리스터의 아들이 불쑥 말했다.

「우리가 있는 여기서 세 사람이 익사했습죠.」 노인이 말했다. 그는 그들이 돛대에 매달려 있는 것을 직접 목격했다고 했다. 램지 씨의 눈길이 그곳을 향하자, 제임스와 캠은 그가 금방이라도

그러나 나는 더 거친 바다 밑에서

하고 읊어 댈 것만 같았다. 만일 그가 그런다면 그들은 도저히 참지 못하고, 비명을 지를 것만 같았다. 그 안에서 끓어오르는 격정의 분출을 더는 참지 못할 것이었다. 하지만 놀랍게도, 그는 그저 〈아〉 하고 내뱉었을 뿐이었다. 마치, 뭐 그리 난리 떨 거 없잖아? 폭풍우에 사람이 빠져 죽는 거야 당연한 거지. 깊은 바닷속이라도(그는 샌드위치를 싼 종이를 바다 위에 흔들어 빵가루를 털어 내고 있었다) 따지고 보면 그저 물이잖아, 하고 생각하는 것만 같았다. 그러더니 파이프에 불을 붙이고는 시계를 꺼내 들었다. 주의 깊게 들여다보는 것이, 아마 뭔가 계산이라도 하는 듯했다. 마침내 그는

득의한 듯 말했다.

「잘했어!」제임스가 타고난 뱃사람처럼 방향타를 잘 잡았다는 것이었다.

그것 봐! 캠은 속으로 제임스에게 말했다. 결국 칭찬을 들었잖아. 그거야말로 제임스가 원하던 바라는 것을 그녀는 잘 알고 있었다. 이제 원하던 것을 얻었으므로 그는 만족한 나머지 그녀도 아버지도 다른 아무도 보려 하지 않았다. 그는 여전히 똑바로 앉은 채 키를 잡고서, 무뚝뚝하고 다소 뿌루퉁한 표정이었다. 그는 너무 기쁜 나머지 아무에게도 그 기쁨을 나눠 주고 싶지 않은 것이었다. 아버지가 그를 칭찬했다. 그는 아무렇지도 않은 듯이 보여야만 했다. 하지만 원하던 걸 드디어 얻었잖아, 캠은 생각했다.

그들은 바람의 방향에 맞추어 침로를 자주 바꾸면서 나아갔다. 길게 요동치는 파도를 타고 이 파도에서 저 파도로 신나게 키를 놀리며 넘어가 암초 곁을 지나갔다. 왼쪽으로는 줄지은 바위들이 물 위에 갈색으로 비쳐 보이고, 물이 얕아지는 곳은 좀 더 녹색으로 보였다. 그중 높직한 바위에는 파도가 끊임없이 부서지면서 작은 물기둥을 일으키는 바람에 물보라가 쏟아지곤 했다. 물이 철썩이는 소리, 물방울들이 흩어져 떨어지는 소리, 그리고 파도가 마치 완전히 자유로운 야생 동물인 양 언제까지나 이렇게 뒤척이고 구르고 뛰놀 것처럼 바위 위를 굽이치고 뒹굴고 철썩이는 소리가 들려왔다.

이제 등대에는 남자 둘이 나와서 그들을 지켜보며 맞이할 준비를 하고 있었다.

램지 씨는 웃옷의 단추를 잠그고, 바지를 걷어 올렸다. 그는 낸시가 준비해 준, 엉성하게 꾸린 커다란 갈색 종이 보통이를 무릎 위에 올려놓고 앉아 있었다. 그렇게 상륙 준비를 완전히 갖추고서, 그는 섬을 돌아보았다. 아마 원시인 그의 눈에는 저 한 점으로 졸아든, 금빛 접시에 세워 놓은 듯한 나뭇잎 형상이 뚜렷이 보이는 걸까? 대체 뭐가 보이는 걸까? 캠은 궁금했다. 그녀에게는 온통 흐릿할 뿐이었다. 아버지는 무슨 생각을 하는 걸까? 캠은 궁금했다. 그렇게 골똘히, 열심히, 말없이, 뭘 찾으시는 걸까? 캠과 제임스, 두 사람은 그를 바라보았다. 맨머리에 무릎에는 보통이를 얹어 놓은 채 앉아서 이미 타 없어진 무엇인가에서 피어오르는 연기와도 같은 푸르고 여린 형상을 바라보고 또 바라보고 있었다. 원하시는 게 뭐예요? 그들은 묻고 싶었다. 둘 다 이렇게 말하고 싶었다. 뭐든 요구하세요, 그러면 드릴게요. 하지만 그는 그들에게 아무것도 요구하지 않았다. 그는 그저 앉아서 섬을 바라보며, 어쩌면 이렇게 뇌까리고 있을 것이었다. 우리는 죽었노라, 제각기 홀로. 아니면 나는 이미 거기 갔었고, 그것을 발견했다고. 하지만 그는 아무 말도 하지 않았다.

그는 모자를 집어 들어 썼다.

「저 꾸러미들을 마저 가져오너라.」 그는 등대에 가져가도록 낸시가 마련해 준 물건들을 향해 고갯짓을 하며 말했다. 「등대 사람들에게 줄 꾸러미 말이다.」 그는 말했다. 그는 자리에서 일어나 배의 이물에 가서 섰다. 훤칠하니 곧게 선 품이 마치 〈신이란 없어〉 하고 말하는 것 같다고 제임스는 생각했다. 마치 허공으로 뛰어들려는 것 같다고 캠은 생각했다. 아이들은 그를 뒤따랐고, 그는 꾸러미를 든 채 마치 젊은이처럼 가뿐하게 바위 위로 뛰어내렸다.

13

「지금쯤 도착했겠구나.」 릴리 브리스코는 소리 내어 중얼거리며, 문득 지친 듯이 느껴졌다. 등대는 푸르스름한 안개에 녹아들어 거의 보이지 않았고, 그것을 보려는 노력도 그가 거기 상륙하는 것을 생각해 보려는 노력도(둘 다 매한가지 노력인 것만 같았는데) 그녀의 몸과 마음을 극도로 긴장시켰기 때문이다. 아, 하지만 이제 한숨 돌렸다. 그날 아침 그가 그녀 곁을 떠날 때 그녀가 그에게 주고자 했던 것이 무엇이든 간에, 마침내 그것을 준 것이다.

「상륙했어.」 그녀는 소리 내어 말했다. 「이제 됐어.」 그러자 카마이클 노인이 약간 씩씩대며 나타나 그녀 곁에 섰다. 마치 늙은 이교의 신과도 같이, 머리칼에는 잡풀이 무성하고 손에는 삼지창(실은 프랑스 소설책일 뿐이었지만)을 든 헙수룩한 모습이었다. 그는 잔디밭 가장자리의 그녀 곁으로 다가와, 그 큰 몸집을 조금 기우뚱거리면서, 눈 위에 손 그늘을 만들며 말했다. 「지금쯤 상륙했을 거요.」 그녀는 자기 생각이 옳았다고 느꼈다. 그들은 굳이 말을 할 필요가 없었다. 그들은 같은 것을 생각하고 있었고, 그녀가 아무것도 묻지 않아도 그는 대답해 주었다. 그는 인류의 모든 약점과 고통 위에 손을 펼친 채 거기 서 있었다. 그녀는 그가 참을성 있게, 연민을 가지고서, 인류의 최종 운명을 살피고 있다고 생각했다. 이제 그가 이 순간에 관을 씌웠다고 그녀는 생각했고, 그가 천천히 손을 내리자, 마치 그가 높은 데서부터 제비꽃과 아스포델의 화환을 떨구기라도 한 것처럼 느껴졌다. 꽃들은 천천히 흩날려 땅 위에 내려앉았다.

재빨리, 마치 무엇인가 문득 생각난 것처럼, 그녀는 캔버스를 향해 돌아섰다. 저기 있었다 — 그녀의 그림이. 그렇다, 녹색과 청색으로, 가로세로 달리는 선들로, 무엇인가에 대한 시도의 흔적인 그림이. 아마 다락방에나 걸리겠지, 하고 그녀는 생각했다. 없애 버릴지도 몰라. 하지만 그게 무슨 상관이람? 그녀는 다시 붓을 집어 들며 생각했다. 그녀는 층계를 바라보았다. 비어 있었다. 캔버스를 바라보았다. 분명치가 않았다. 갑자기 강렬하게, 마치 한순간 그것을 분명히 본 것처럼, 그녀는 거기 한복판에 선을 그었다. 됐다, 완성이다. 그래, 그녀는 극도로 지쳐서 붓을 내려놓으며 생각했다. 바로 이거야.

역자 해설
추억을 그리는 세월의 원근법

『등대로To the Lighthouse』(1927)는 울프가 전작 『댈러웨이 부인Mrs. Dalloway』(1925)의 초고를 마치자마자 구상하기 시작한 작품으로, 주제나 기법에서 일맥상통하는 점이 많다. 전작이 삶과 죽음, 세월, 여성의 정체성 등을 다루었다면, 이 소설은 그런 주제들을 계속 파고들면서 예술가로서의 성찰을 더해 한 걸음 더 나아간다. 『자기만의 방A Room of One's Own』(1929), 『3기니Three Guineas』(1938) 등의 에세이들도 이 작품을 쓰는 동안 차츰 드러난 독립적 여성의 정체성이라는 문제의식을 여성에 관한 일련의 강연을 통해 발전시킨 것이다. 그녀가 〈평생 어느 때보다도 쉽고 자유롭게 글을 쓰고〉 있으며, 〈내 영혼에 열린 어떤 열매에도 이제 손이 닿을 것 같다〉[1]고 했을 만큼, 『등대로』는 버지니아 울프라는 작가의 기량이 유감없이 발휘된 작품이다.

특히 이것은 자전적 소설이라는 점에서도 작가의 심중에

---

1 Virginia Woolf, *The Diary of Virginia Woolf*(San Diego; New York; London: A Harvest Book, 1981), vol. 3, p. 59. 1926년 2월 23일 일기. 이하 〈일기〉로 약칭하고 날짜를 적기로 한다.

가장 가까운 작품이라 할 수 있다. 울프는 일찍이 20대에 쓴 「회상Reminiscences」(1907)에서 어머니에 대한 추억을 풀어 놓은 바 있으며, 만년에 이르러서는 「과거의 스케치A Sketch of the Past」(1939~1940)라는 좀 더 긴 글에서 어머니와 아버지, 자신의 어린 시절 등을 회고한다.[2] 이런 자전적 기록들을 보면, 『등대로』는 아주 세세한 데까지 작가 자신의 추억들로 점철되어 있음을 알 수 있다. 일찍 부모를 여읜 그녀는 나이가 꽤 들어서까지도 부모에 대한 생각에 사로잡혀 있었으며, 이 작품을 쓰면서 비로소 그들을 〈마음속에 묻어 버릴〉 수 있었다고 한다.[3] 작품의 모델이 되었던 작가의 부모는 어떤 사람들이었던가?

울프의 어머니 줄리아 프린셉 잭슨(1846~1895)은 동인도 회사에 근무했던 의사 존 잭슨과 인도의 영국인 사회에서 미모와 총기로 유명했던 〈패틀 자매들〉 중 하나인 마리아 패틀 사이에서 태어나 영국에서 자랐다. 스무 살을 갓 넘겨 변호사 허버트 덕워스(1833~1870)와 결혼했으나, 3년 만에 남편을 여의고 유복자를 포함한 3남매와 함께 남겨지게 되었다. 울프의 회고에 따르면, 너무나 이른 나이에 너무나 짧게 끝나 버린 이 결혼 생활을 그녀는 순수한 〈황금 시절〉로 오롯이 간직하여 결코 그에 대한 말을 입 밖에 내지 않았다고 한다. 〈천성적으로 날카로운 두뇌의 소유자〉였던 그녀는 이 엄청난 타격으로 행복한 꿈에서 깨어나 〈세상을 투명한

---

2 이 두 편의 글은 다른 소품들과 함께 『존재의 순간들Moments of Being』(1976)이라는 책으로 출간되었다. Virginia Woolf, *Moments of Being*, 2nd (San Diego; New York; London: A Harvest Book, 1985) 참조. 이하 MB로 약칭.

3 일기, 1928년 11월 28일.

눈으로 보았고〉, 〈가장 적극적인 비신앙인〉이 되어 〈가난한 사람들을 찾아다녔으며 죽어 가는 사람들을 간호했다〉.[4] 그렇게 20대를 보낸 그녀는 레슬리 스티븐(1832~1904)의 집요한 구애를 받아들여 재혼했고, 다시 2남 2녀를 낳았다. 그녀는 레슬리가 사별한 아내와의 사이에 둔 딸까지 포함하여 여덟 명의 자녀를 키우고,[5] 일곱 명의 하인을 거느린 큰살림을 지휘하며, 남다른 성격의 남편을 보좌하고 그의 폭넓은 사교 생활에 함께하는 한편, 이전부터 해오던 대로 병자들을 돌보는 수고까지 아끼지 않았다. 한마디로 〈집 안의 천사〉[6]였던 이 아름답고 민활한 여성은 간병하러 갔던 병자에게서 감기를 옮아 채 쉰 살이 되기도 전에 세상을 떠났다. 딸의 표현에 따르면 〈기진하여 *worn out*〉 죽은 것이었다.

〈유년 시절이라는 저 거대한 공간의 한복판에 있던〉 어머니를 여의었을 때 버지니아는 열세 살이었다. 이후 2년 동안은 의붓 언니 스텔라가 어머니를 대신하여 〈집 안의 천사〉 역할을 했지만, 그녀마저 세상을 떠나자 의지할 품을 잃은

---

4 이하 울프의 부모에 대해서는 MB 참조.

5 그녀는 덕워스에게서 조지 허버트(1868~1934), 스텔라(1869~1897), 제럴드(1870~1937), 스티븐에게서 버네사(1879~1961), 토비(1880~1906), 버지니아(1882~1941), 에이드리언(1883~1948)을 낳았다. 스티븐에게는 전실 자식인 로라(1870~1945)가 있었다. 지적 장애아였던 로라는 1891년에 요양 시설로 보내지기 전까지 가족과 함께 살았다.

6 이 말은 코번트리 패트모어(1823~1896)가 이상적인 결혼을 그린 시 「집 안의 천사 The Angel in the House」(1854)에서 따온 것으로, 빅토리아 시대의 이상적인 여성을 가리키는 표현이 되었다. 이 시대의 여성들은 산업 사회의 발달로 인해 전문적 경제 활동의 영역에서 차츰 밀려나 가정 안에 머무르며 남편과 가족을 위해 순종하고 봉사하고 희생해야 했으니, 그런 가부장 사회의 여성상을 순결하고 고상한 모습으로 미화한 이미지가 〈집 안의 천사〉이다.

버지니아는 첫 신경 쇠약 발작을 일으켰다. 이제 비탄에 빠진 노경의 아버지 곁에는 사춘기의 두 딸이 남게 되었다.[7] 버지니아의 표현에 따르면 아버지라는 〈그 이상한 캐릭터의 작렬에 무방비하게 노출〉된 것이었다. 그는 대체 얼마나 이상한 인물이었기에?

레슬리 스티븐은 대대로 법조계에 종사했던 지식인 집안에서 태어났다. 그의 할아버지 제임스 스티븐은 변호사로 클래펌 서클의 노예 폐지 운동에 동참했고(그는 윌리엄 윌버포스의 매부였다), 아버지 제임스 스티븐은 식민성 차관을 지내면서 노예 폐지 법안을 기초하고 후에는 역사학 교수가 되어 근대사를 가르쳤으며, 형 제임스 피츠제임스 스티븐 역시 판사요 문필가였다. 울프의 표현을 빌리자면, 그는 〈한 발은 클래펌에, 다른 한 발은 다우닝 가에 둔, 극도로 편협하고 복음주의적이면서도 정치적이고, 고도로 지적이면서도 심미적이지 않은 스티븐가〉의 일원이었다. 집안의 전통에 따라 이튼 칼리지와 케임브리지에서 교육을 받은 후 영국 국교회의 부제(副祭)로 서임받고 한동안 모교에서 가르쳤으나, 1865년 신앙을 버리고 런던에 정착하여 문필가로 활동했다. 1871년부터 11년 동안 문예지 『콘힐 매거진 *Cornhill Magazine*』의 편집자로 일하는 한편, 『18세기 영국 사상사 *The History of English Thought in the Eighteenth Century*』(1876)를 집필하여 명성을 얻었으며, 『윤리학 *The Science of Ethics*』(1882)으로 19세기 후반 진화 윤리학을 대표하는 인물이 되었다. 또한 그는 영국사의 주요 인물들을 총망라한 『국가 인명 사전

---

[7] 남자 형제들인 토비와 에이드리언은 1899년과 1902년에 각각 케임브리지의 트리니티 칼리지에 입학하여 집을 떠났다.

Dictionary of National Biography』(1885~1900)의 제1기 편집자이기도 했다. 1892년에는 앨프리드 테니슨의 뒤를 이어 런던 도서관의 관장으로 선출되었으며, 1902년에는 영국 학사원British Academy의 창립 회원으로 선출되는 영예를 누렸다.

1878년 줄리아 덕워스와 결혼했을 때, 그는 첫 번째 아내와 사별하고 지적 장애인 딸을 둔 마흔여섯 살의 홀아비였다. 그는 문필가로서 성공 가도에 있었고 당대의 일류 지성인들과 교유했으며 산악 등반가로서도 명성을 얻었던 활달하고 매력적인 인물이었다. 아내를 사랑하고 자식들에게도 자상한 아버지였지만, 그러면서도 괴팍한 성격으로 가족에게 부담을 안겨 주었다. 천재란 자신이 통제할 수 없는 영감과 격정을 지닌 자라는 당대의 통념대로 그는 불같은 성정을 제어하지 않았으며, 한편으로 자신의 천재성에 대한 의심과 불안을 떨쳐 버리지 못하여 늘 전전긍긍하는 면도 있었다. 문필가로서 성공을 거두기는 했지만 진짜 천재는 못 된다는 자의식 때문에 늘 칭찬에 목말라하던 그를 〈달래고 격려하고 영감을 주고 간호하고 기만하는〉 역할을 도맡던 줄리아가 세상을 떠나고, 잠시나마 그 역할을 힘겹게 감당하던 스텔라마저 그 뒤를 잇자, 남은 두 딸은 마치 〈야수와 함께 우리에 갇힌 것 같은〉 상황에 처하게 되었다. 〈맹목적으로 비틀거리며 자신의 비애로 세상을 가득 채우는〉 귀 어두운 노인의 자기 연민과 자기 본위는 한창 피어날 나이의 딸들을 숨 막히게 만들었다. 훗날 버네사는 자기 아들에게 아버지의 죽음이 일종의 구원이었다고 털어놓았으며,[8] 버지니아 역시 그런 감정을 모르지 않았다.

아버지 생신. 살아 계셨다면 오늘 96세가 되셨을 것이다. 사실 남들처럼 96세가 되실 만도 했다. 하지만 정말 다행하게도 그런 일은 일어나지 않았다. 그의 삶은 내 삶에 마침표를 찍었을 테니까. 어떻게 되었을까? 글도 못 쓰고, 책도 못 내고 — 생각할 수도 없는 일이다……[9]

하지만 그는 총명한 딸에게서 일찍부터 작가로서의 재능을 알아보고 아껴 주던 아버지이기도 했다. 〈그가 그 작고 푸른 눈을 내게 향할 때마다 우리 둘은 한편이라는 느낌이 들어 날카로운 기쁨을 느끼곤 했다〉고 할 만큼 아버지에게 남다른 공감을 품고 있었던 버지니아는 그에 대한 애정과 존경이 분노와 뒤섞이는 괴로움을 겪었으며,[10] 아버지가 돌아가신 후에도 회한에 시달렸다. 심각한 정신 착란을 일으키고 최초로 자살을 기도한 것도 이때였다.

1904년 2월 레슬리 스티븐이 세상을 떠난 후, 스티븐가의 4남매가 사우스켄징턴의 옛집을 떠나 블룸즈버리 지역으로 이사하고 이른바 〈블룸즈버리 그룹〉이 시작된 것은 잘 알려진 사실이다. 〈갑작스럽게 어둠에서 낮의 밝음으로 나온 것만 같은〉[11] 시절이었다. 토비의 케임브리지 친구들과 버네사

---

8 나이절 니컬슨, 『버지니아 울프』, 안인희 옮김(푸른숲, 2006), 30면. 이하 〈니컬슨〉으로 약칭. 니컬슨(1917~2004)은 울프의 친구 비타 색빌웨스트의 아들로, 어렸을 때 만난 울프에 대한 추억에서 출발하여 이 전기를 썼다.

9 일기, 1928년 11월 28일.

10 이런 복잡한 심경은 더 세월이 흐른 후, 프로이트를 읽고 애증의 〈양가 감정〉이라는 것이 흔한 현상임을 알게 되면서 비로소 극복할 수 있었다고 한다. MB, p. 108.

11 니컬슨, 37면.

의 미술 학교 친구들이 모여 서로 자기가 쓴 글을 읽어 주고 진리, 아름다움 등 추상적인 생각들에 대해 토론했다. 버지니아는 여러 지면에 서평을 기고하기 시작했고 노동자 학교에서 가르치기도 했다. 토비의 죽음과 버네사의 결혼으로 그룹은 잠시 해체될 위기에 놓이기도 했지만, 리턴 스트레이치, 클라이브 벨, 덩컨 그랜트, 로저 프라이, E. M. 포스터, 존 메이너드 케인스 등 젊은 날의 우정으로 맺어진 이들은 평생 삶과 예술을 함께하는 동지로 남았다. 30세에 버지니아는 그룹의 일원이던 레너드 울프(1880~1969)와 결혼했으며, 첫 소설 『출항 *The Voyage Out*』(1915)을 발표하여 아버지가 예견했던 대로 작가가 되었다.

*

울프에게 『등대로』의 첫 아이디어가 떠오른 것은 1913년에서 1916년 사이, 거듭되는 신경 쇠약으로 입원과 퇴원을 반복하던 시기였다.[12] 훗날 한 친지에게 보낸 편지에서 그녀는 자기가 쓴 모든 산문 작품이 그 시절에 구상한 것이며 『등대로』 역시 그 무렵 생각했던 것이라고 술회한다.

> 나는 침대에서 시와 이야기 들을 구상하고 내 딴에는 심오하고 영감이 풍부한 구절들을 지어내면서 지냈어요. 이성의 빛에 비추어 생각해 보면, 지금 산문으로 표현하려 하

---

12 버지니아는 가족의 죽음을 비롯하여 삶의 중요한 고비마다 신경 쇠약을 겪었다. 1913년의 발작은 결혼(1912)과 첫 소설(『출항』) 집필이라는 스트레스에서 유발된 것이었는데, 그해에 생애 두 번째로 자살을 시도했다. 1915년에는 단순한 불면증과 우울증을 넘어 착란 상태에까지 이르렀다.(니컬슨, 83~86면)

는 모든 것은 그때 그렇게 밑그림을 그렸던 것이지요(『등대로』도 그 시절에 큐[가든]에서 생각했던 것이고, 다른 것들도 그래요. 실질적으로는 아니지만 관념상으로는요).[13]

『댈러웨이 부인』의 초고를 마치자마자 그녀는 이 작품을 생각하고 있었던 듯, 일기에 〈벌써 아버지의 모습이 떠오르기 시작한다〉고 썼으며,[14] 이듬해 초에는 〈나는 이제 계속해서 이야기들을 지어내고 있다. 짧은 것들 — 장면들 — 가령 노인(L. S.라는 인물)이라든가〉라고 썼다.[15] 새 책의 구체적인 윤곽이 잡혀 간 것은 1925년 3월에서 5월 사이였던 듯하며, 후일의 일기에서는 〈나는 어느 날 오후 여기 광장에서 『등대로』를 구상했다〉고 적었다.[16] 그 정황에 대해서는 「과거의 스케치」에서 이런 회고를 읽을 수 있다.

> 그러던 어느 날 태비스톡 광장 주위를 거닐다가 『등대로』를 구상했다. 책을 구상할 때면 종종 그렇듯이, 생각들이 저절로 막 이어져 갔다. 할 말이 연이어 떠올랐다. 마음속에서 생각들과 장면들이 속속 피어날 때의 느낌은 마치 대롱으로 비눗방울을 불 때와도 같아서, 산책을 하는 동안 내 입술은 절로 떠오른 말들을 달싹이는 것만 같았다. 무엇이 그런 비눗방울을 만들어 냈을까? 왜 하필 그때에? 나로서도 전혀 알 수가 없다.[17]

13 1930년 10월 16일, 에설 스미스에게 쓴 편지.
14 일기, 1924년 10월 17일.
15 일기, 1925년 1월 6일. L. S.란 물론 아버지 레슬리 스티븐을 말한다.
16 일기, 1927년 3월 14일.
17 MB, p. 81.

『댈러웨이 부인』이 출간되던 바로 그날에도 그녀는 이미 〈등대로〉라고 제목을 정해 둔 작품을 쓰고 싶다는 욕망을 피력하고 있다. 부모와 어린 시절의 추억을 소재로 삶과 죽음 등등을 그리되, 그 중심은 아버지가 되리라는 것이다.

나는 어서 저널리즘에서 손을 떼고 『등대로』에 착수하고 싶어 안달이 나 있다. 이것은 상당히 짧은 작품이 될 텐데, 아버지라는 인물을 온전히 그려 낼 것이다. 그리고 어머니와, 세인트아이브스, 어린 시절, 그리고 내가 늘 쓰고자 했던 모든 것들, 삶, 죽음, 기타 등등을. 하지만 중심은 역시 아버지라는 인물이 될 것이다. 배에 앉아서 〈우리는 죽었노라, 제각기 홀로〉 하고 읊어 대면서, 죽어 가는 고등어를 눌러 숨을 끊는. 그러나 자제해야 한다. 우선 작은 이야기를 몇 편 쓰면서 『등대로』는 뭉근하게 끓도록 두어야 한다. 차 마시는 시간과 저녁 식사 사이에 조금씩 보태 나가면서 쓸 준비가 되기를 기다려야 한다.[18]

이어지는 일기는 그 〈뭉근하게 끓는〉 과정을 보여 주어 흥미롭다. 『등대로』를 지나치게 자세히 구상하지 않도록 자제하면서 다른 글을 쓰려 하지만, 생각은 내내 그 주위를 맴도는 것을 볼 수 있다.

하지만 글을 쓰려다 보니, 『등대로』를 구상하게 된다 ― 거기서는 내내 바닷소리가 들릴 것이다. 내 책들에 〈소설〉 대신 다른 명칭을 지어 주어야겠다는 생각이 든다. 버지니아

18 일기, 1925년 5월 14일.

울프의 새로운 ○○○. 하지만 뭐라고 하지? 엘레지(哀歌)?[19]

7월에는 작품의 구상과 작업 계획이 상당히 구체화된다. 로드멜[20]에서 두 달 안에 써낼 것이며, 3부로 나누어 중간인 제2부에는 세월의 흐름을 비인격적인*impersonal* 방식으로 그려 낼 것이다. 하지만 작품의 초점에 대해서는 다소 망설임이 있었던 것을 볼 수 있다. 「아버지라는 한 강렬한 인물만을 그릴 것인지, 훨씬 더 폭넓고 완만한 책을 쓸 것인지.」

앞으로 2주 동안은 짤막한 이야기나 서평을 한 편 쓰고, 멍크스 하우스에 도착하는 첫날 『등대로』를 시작하고 싶다는 미신적인 소원이 있다. 거기서 두 달 안에 그것을 마칠 생각이다. 〈센티멘털〉이라는 말이 줄곧 거슬린다. (……) 하지만 이 주제는 센티멘털할지도 모른다. 아버지와 어머니와 아이가 정원에 있는 장면, 죽음, 등대로의 항해. 하지만 일단 시작하면 갖가지 방법으로 이야기를 풍부하게 만들 수 있으리라 생각한다. 지금은 보이지 않는 가지와 뿌리들도 차츰 드러날 것이다. 거기에는 모든 인물이 녹아 들어갈 수도 있다. 어린 시절도. 그리고 내 친구들이 한번 해보라고 권하는 대로, 세월의 경과라는 비인격적인 것과, 그에 따라 통일성이 깨뜨려지는 구성도 시도해 볼 만하다. 이 대목(나는 이 책을 3부로 구성하려 한다. 1. 거실

19 일기, 1925년 6월 27일.
20 1919년 울프 부부는 서식스 주 로드멜에 있는 멍크스 하우스Monk's House를 매입했다. 인근의 찰스턴 팜하우스Charleston Farmhouse에는 1916년부터 언니 버네사가 살고 있었다. 런던에서는 여전히 블룸즈버리 지역에 살았지만, 이 시골집들도 블룸즈버리 그룹의 새로운 터전이 되었다.

창가에서, 2. 7년이 지난다, 3. 항해)이 아주 흥미를 돋운다. 새로운 문제는 마음속에 새로운 장을 열어 주어 틀에 박히지 않게 해준다.[21]

문제는 내가 아버지라는 한 강렬한 인물만을 그릴 것인지, 아니면 훨씬 더 폭넓고 완만한 책을 쓸 것인지 망설이고 있다는 것이다. (……) 하지만 하고 싶은 말이 너무 많다. 나는 『등대로』에서 무엇인가 할 수 있을 것만 같다. 감정들을 좀 더 철저히 분석하도록. 나는 그 방향으로 나아가고 있다고 생각한다.[22]

1925년 8월 6일, 로드멜에 도착한 다음 날, 그녀는 새 공책 첫 장에 〈등대로〉라 쓰고 다음 장에는 6월에 구상해 놓은 3부작 구성을 자세히 적었는데, 애초의 구상에서 달라진 점은 제1부와 제2부 사이의 세월이 7년이 아니라 10년이 되었다는 것, 그리고 무엇보다도 아버지가 아니라 어머니가 중심인물이라는 것이었다. 길이가 얼마나 될지는 여전히 알 수 없지만, 전반적인 인상은 램지 부인과 연관될 것임을 계획 마지막 줄에 밝혀 놓았다.

처음에는 스스로도 놀랄 정도로 빠른 속도로 쉽게 써나갔다. 하지만 8월 19일에는 병이 났고, 신경 쇠약, 두통, 구토 등의 증세를 보이며 한동안 건강이 좋지 않았다. 10월 초에 런던으로 돌아간 후 다시 발병, 연말까지도 여전히 병약한 상태로 자신의 작가적 재능에 대해 회의하며 소설 집필 계획

---

21 일기, 1925년 7월 20일.
22 일기, 1925년 7월 30일.

에 흥미를 잃었다. 그래서 석 달 동안이나 방치해 두었던 작업을 이듬해 1월에야 다시 시작하여, 2~3월에는 두 달 만에 4만 단어가량을 쓰는 〈기록〉을 세웠다. 『댈러웨이 부인』을 탈고한 후에도 〈아직 내 소설들에 대해 자신이 없고, 나 자신의 표현이라는 생각이 들지 않는다〉[23]고 했던 데 비해 이제 〈제대로 들어섰다〉고 자신하는 것을 볼 수 있다.

> 이렇게 글이 쉽게 써지고 이렇게 상상이 뻗어 나가기는 처음이다. (……) 마침내 『제이콥의 방』에서의 그 투쟁 끝에, 『댈러웨이 부인』이라는 고뇌 — 결말을 제외하고는 온통 고뇌 — 끝에, 이제 평생 어느 때보다도 쉽고 자유롭게 글을 쓰고 있다. 이것은 내가 제대로 들어섰다는 증거이며, 내 영혼에 열린 어떤 열매에도 이제 손이 닿으리라 생각한다.[24]

전년에 세워 두었던 계획대로 진행하되, 릴리 브리스코라는 인물에게 새로운 중요성과 기능을 부여함으로써 작품의 구도를 근본적으로 변경하는 작업도 이루어졌다. 이전 어느 때와도 달리 쉽고 신속하게 써나갔고, 날마다 오전 10시부터 오후 1시까지 소설을 쓴 후 나머지 시간 동안에도 쓰고 싶어 참기 힘들다고 고백했다. 3월 27일에는 제1부의 만찬 장면을 마쳤고, 4월 중순에는 제1부를 완성한 후 곧장 제2부에 착수했다.

---

23 일기, 1925년 4월 20일.
24 일기, 1926년 2월 23일.

어제 『등대로』의 제1부를 마쳤고, 오늘은 제2부를 시작했다. 도무지 이해가 안 간다 — 여기가 가장 추상적이고 글로 쓰기 어려운 대목이다 — 빈집을 제시하고, 인물이라고는 없이, 세월의 흐름을 그려야 한다. 모두 눈도 얼굴도 없고 붙들 데라고는 없는데, 그래도 달려들어 단숨에 두 페이지를 썼다. 헛소리인지 절창인지? 왜 이렇게 말이 흘러넘쳐서, 하려는 말이 술술 나오는 것일까? 조금 읽어보면 글에서도 그런 기운이 느껴진다. 좀 줄여야겠지만, 그 밖에는 손댈 데가 없다.[25]

제2부를 한 달 남짓한 동안에 완성하고 기세를 몰아 제3부를 시작, 7월 안에 모두 마칠 수 있을 것으로 보았다. 하지만 피로한 나머지 열이 오르고 또다시 두통이 시작되어 열댓 페이지 정도 쓰다가 중지해야 했고, 두 달 이상 침체와 회복을 거듭하다 8월에 들어서야 다시 리듬을 회복하여 하루에 두 페이지씩 꾸준히 써나갔다. 마침내 9월 16일에 초고를 완성히고는 긴장이 풀리면서 갑자기 쇠약해져서, 자기 인생은 실패했다는 생각에 사로잡혔다. 8년 후에 쓴 일기에 따르면, 그녀는 〈『등대로』를 쓰고 난 후, 1913년 이후 그 어느 때보다 진지하게 자살에 가까웠다〉.[26] 11월에 들어서야 원고를 타이핑하면서 수정 작업에 들어가 이듬해 1월 중순에 탈고, 계속해서 교정쇄를 고쳐 나갔고, 마침내, 어머니의 기일인 1927년 5월 5일에 출간된 『등대로』는 영미 양국에서 즉각적인 호평을 얻었다.[27]

25 일기, 1926년 4월 18일.
26 일기, 1934년 10월 17일.

*

애초의 구상에서 보듯이, 『등대로』는 작가 자신의 부모와 어린 시절에 대한 추억을 소재로 한 자전적 소설이다. 앞서도 지적했듯이, 울프는 『등대로』를 쓰고서 비로소 어머니에 대한 고착에서 벗어났다고 하며, 아버지에 대해서도 비슷한 고백을 한 바 있다.[28] 그녀가 이 작품을 소설이 아니라 〈엘레지〉라 하는 것도 그 때문이다. 뒤에서 좀 더 살펴보겠지만, 『등대로』의 제1부와 제3부는 각기 어머니와 아버지의 생애가 끝나 갈 무렵의 모습을 그린 것이다.

하지만 『등대로』가 그녀의 다른 자전적 기록들인 「회상」이나 「과거의 스케치」와 구별되는 점은 개인적인 회고를 넘어 〈삶, 죽음, 기타 등등〉 좀 더 전체적이고 보편적인 차원에 도달한다는 데 있다. 울프는 1919년 에세이 「현대 소설론 Modern Fiction」에서도 개진했듯이, 현실은 전통 소설에서 묘사하는 바와 같이 사실주의적인 세부들로 이루어진 것이 아니라 〈무수한 인상들의 소나기〉라고 보며, 인물들의 의식

27 발간 첫해에 영국에서 『제이콥의 방』이 1,413부, 『댈러웨이 부인』이 2,236부 팔린 데 비해, 『등대로』는 3,873부나 팔렸으며, 그중 3천 부는 5월 5일에서 7월 중순 사이에 팔렸다.
28 「나는 40대까지도 (……) 어머니의 실재에 사로잡혀 있었다. 나는 어머니의 목소리를 들을 수 있었고 어머니를 볼 수 있었으며 일상적인 일들로 돌아다닐 때에도 어머니라면 어떻게 할지, 뭐라고 말할지 상상할 수 있었다. 어머니는 누구나의 삶에서 그토록 중요한 역할을 담당하는, 눈에 보이지 않는 존재 중 하나였다. (……) 『등대로』를 (……) 쓰고 나자 나는 더 이상 어머니에 사로잡히지 않게 되었다. 나는 이제 더 이상 어머니의 목소리를 듣지 않는다. 나는 이제 어머니를 보지 않는다.」(MB, pp. 80~81) 「나는 어머니에 대한 추억의 힘을 『등대로』에서 그녀에 대한 글을 써서 지워 냈듯이, 아버지에 대한 추억도 거기서 상당히 지워 버렸다.」(MB, p. 108)

의 흐름을 통해 그런 삶의 실체를 그려 내려 한다. 다시 말해, 부모에 대한 단편적인 사실들을 이야기하는 대신, 무수한 단면을 지닌 의식의 흐름으로 부모의 온전한 초상을, 그들이 살았던 삶을 그려 내면서 삶과 죽음과 세월의 의미를 천착하려는 것이다.

줄거리는 간단하다. 등대에 가고 싶어 하는 어린 아들 제임스에게 램지 부인은 날씨만 좋다면 가자고 약속한다. 램지 씨는 날씨가 좋지 않으리라고 단언하며, 등대행은 취소된다. 이들 부부는 아이들을 데리고 스코틀랜드의 한 섬에서 여름휴가를 보내는 중이며, 몇몇 친지를 초대하여 함께 지내고 있다. 저녁 시간이 되고 모두 식탁 앞으로 모여들어 만찬을 즐긴다(제1부). 10년 세월이 흐르고 램지 부인을 비롯하여 몇 사람이 세상을 떠난 후(제2부), 남은 가족과 친지 몇이 다시 섬을 찾으며 마침내 램지 씨는 제임스와 캠을 데리고 등대로 간다(제3부). 여기에, 손님 중 한 사람인 릴리 브리스코가 램지 부인의 초상을 그리려 하다가 완성하지 못한(제1부) 것을 10년 후에야 완성한다(제3부)는 이야기가 더해진다. 그러니까 그림으로 말하자면 삼면화인 셈인데, 화폭이 정확히 3등분되지는 않는다. 작가는 작업 노트에 두 개의 사각형을 통로로 이어 놓은 H형의 도면을 그리고, 〈두 개의 블록을 복도로 연결〉이라고 적어 놓았다. 즉, 10년 세월의 흐름을 그린 제2부가 그 〈복도〉에 해당하는 것이다.[29]

이런 줄거리는, 스티븐 가족이 세인트아이브스에서 보낸 여름휴가를 소재로 한 것으로, 자전적 요소들은 현실적 요소

---

29 1, 2, 3부의 분량은 대략 8 대 1 대 4 정도로, 의도한 것인지는 알 수 없으나 1부와 2·3부의 비율이 황금 분할에 가깝다.

들이 글쓰기를 통해 어떻게 재구성되었는가를 가늠케 해준다. 1881년 레슬리 스티븐이 탈런드 하우스Talland House를 임차한 후로 스티븐 가족은 줄리아가 세상을 떠나기 전까지 매년 여름 두 달 남짓한 기간을 그곳에서 보냈으며, 울프는 세인트아이브스에서 보낸 시간을 평생 소중한 기억으로 간직했다.[30] 램지가의 막내 제임스가 등대에 가고 싶어 하지만 가지 못한다는 것도, 스티븐가의 아이들이 세인트아이브스 만에 있는 고드리비 등대로 소풍을 갈 때 막내 에이드리언이 허락을 받지 못했던 〈사건〉에 바탕을 둔 설정이다.[31]

하지만 소설의 배경은 세인트아이브스가 아니라 스코틀랜드 서북단 헤브리디스 제도의 스카이 섬으로 되어 있는데, 두 곳 모두 옛 켈트족이 살던 변경으로 분위기가 꽤 비슷하다. 울프는 자신의 경험에 거리를 두기 위해, 그리고 1880년대에 콘월이 멀었던 것처럼 1920년대에도 그렇게 멀고 외진 곳을 배경으로 삼기 위해 스카이 섬을 택했던 것 같다. 그녀가 실제로 스코틀랜드에 가본 것은 1938년이나 되어서였으므로, 스카이 섬에는 맞지 않는 세부 묘사들이 종종 지적되

---

30 세인트아이브스는 영국 남서쪽 콘월 지방의 서쪽 끝에 위치한 항구이다. 19세기 말 런던에서 세인트아이브스에 간다는 것은 잉글랜드를 이 끝에서 저 끝으로 가로지르는 아주 먼 여행이었으므로, 여름에만 갈 수 있었고 한 번 가면 두 달 내지 두 달 반을 거기서 지내야 했다. 「우리가 어렸을 때 가졌던 것 중에 콘월에서의 여름만큼 그렇게 중요한 것은 없었다. (……) 탈런드 하우스를 얻음으로써 아버지와 어머니는 우리에게 — 어쨌든 내게는 — 두고두고 소중한 것을 주었다. 어린 시절을 생각할 때 기껏해야 서리나 서식스, 와이트 섬밖에 떠올릴 게 없다면 어떻겠는가.」(MB, pp. 127~128)

31 버지니아는 가족 신문 「하이드 파크 게이트 뉴스」에 이 사건을 〈에이드리언 스티븐 도련님은 함께 갈 허락을 받지 못해 몹시 실망했다〉고 적었다.(니컬슨, 19면)

기도 했다.[32]

램지 부부는 작가의 어머니와 아버지를 충실히 반영한 인물로, 언니 버네사도 이 작품을 읽고 〈어머니의 놀라운 초상화〉라고 말했다고 한다.[33] 램지가는 아이가 여덟 명이나 된다는 점에서도 작가의 가족과 같은데, 모든 아이가 딱히 구별되지 않으며 고루 같은 비중으로 그려지지도 않는다. 아이들의 이름을 적어 보면 앤드루, 재스퍼, 로저, 제임스, 프루, 낸시, 로즈, 캠 등 스티븐가와 마찬가지로 4남 4녀인데, 지적 장애아였던 로라 스티븐 대신 프루와 캠 사이에 낸시와 로즈라는 두 딸이 있는 것으로 되어 있다.

램지 가족이 스티븐 가족을 어떻게 반영하는가는 인물들의 나이를 비교해 보면 좀 더 분명히 드러난다. 제1부에서 램지 부인은 50대에 들어섰고 램지 씨는 60세가 넘었으며, 10년이 지난 제3부에서 램지 씨는 71세이다. 실제로 줄리아 스티븐은 49세, 레슬리 스티븐은 71세에 세상을 떠났으니, 제1부의 램지 부인과 제3부의 램지 씨는 각기 스티븐 부부의 생애 끝 무렵의 모습이라 볼 수 있다. 제1부에서 6세인 막내 제임스와 바로 손위의 캠은 아직 유아실에서 지내는 나이로, 스티븐가의 에이드리언과 버지니아에 해당함을 짐작할 수 있다. 프루는 어머니를 여읜 무렵의 스텔라처럼 혼기가 다가오는 나이이고, 낸시와 로즈는 누가 손위인지 확실치 않지만,[34] 로즈가 미술적 재능이 있는 것으로 그려진다는 점에서 버네

---

32 Michael Bender, "Why move the lighthouse? Virginia Woolf's relationship with St Ives", *Cornish Studies*(Exeter, Univ. of Exeter Press, 2005), pp. 53~69 참조.

33 일기, 1927년 5월 16일.

사와 가깝고 램지 부인이 〈로즈만 한 나이 때 어머니에게 품게 마련인 감정〉을 헤아리며 〈언젠가 마음 아플 로즈를 기쁘게 해주려고〉 하는 대목을 보면, 둘은 어머니를 여읜 무렵의 버지니아(13세)나 버네사(15세)쯤의 나이일 듯하다. 제2부에서 제임스가 16세, 캠이 17세로 등장하는 것은 어머니를 여읜 후 아버지 곁에서 힘들게 보낸 사춘기를 그린 것일 터이다(실제로 버지니아가 아버지를 여읜 나이는 22세였다). 아들 중에서는 앤드루가 진로며 장학금이 부모의 화제가 된다는 점에서 맏이인 듯하고, 재스퍼는 총을 메고 다니며 새 사냥에 열을 올리는가 하면 로저는 온종일 망아지처럼 들판을 쏘다니는 나이로 묘사된다. 앤드루가 젊은 나이에 사망한다는 점에서는 토비 스티븐을 생각나게 하지만, 실제로 스티븐가에서는 줄리아가 데리고 온 두 아들이 더 나이가 많았다.

여기에 더해지는 화가 릴리 브리스코라는 인물은 제3부에서 44세로, 『등대로』를 쓰던 당시 작가의 나이와 같다는 점에서 작가 자신의 투영이라 할 만하다(울프는 자신의 글쓰기를 그림 그리기에 비유함으로써, 작품에 내성적 차원을 부여한다). 그렇다면 제1부에서 램지 부인에게 무한한 애정을

---

34 딸들의 이름을 〈프루, 낸시, 로즈〉(12면)라고 나열하는 것을 보면 낸시가 손위인 듯하지만, 로즈는 식탁의 꽃장식을 만들고 어머니의 보석을 고르는 등 심미적 소질이 있는 것으로 그려지는 반면, 〈낸시와 로저는 둘 다 망아지처럼 온종일 들판을 쏘다니는 나이〉(81면)라고 하는 것을 보면 낸시가 더 어린 것 같다. 바닷가에서 가재를 보고 바다 괴물을 상상하며 노는 낸시의 모습도 로즈보다 어리게 느껴진다. 하지만 제3부에서는 낸시만이 다시 등장하여 샌드위치 준비로 허둥대는 것을 볼 수 있으니, 꼭 로즈=버네사라는 식의 대응을 견지하기는 어려울 것이다.

느끼면서도 그녀의 결혼관에 반발하고 독립적 예술가의 길을 가겠다고 결심하는 노처녀 릴리에게서 그 연령 대의 작가 자신을 엿보는 것도 무리는 아닐 것이다. 그러니까, 이 작품에는 여러 시기의 ─ 유년기(캠)의, 어머니를 여읜 나이(로즈)의, 전통적인 여성상에 맞서 예술가로서 자기 정체성을 찾아 가던 시절(릴리)의, 어머니를 여읜 후 아버지 곁에서 힘들게 보내던 사춘기(캠)의, 그리고 이 작품을 쓰는 현재(릴리)의 ─ 작가 자신이 등장하며, 그 교차하는 시선들이 세월을 가로지르는 것을 볼 수 있다.

제1부 「창문」은 말하자면 어머니가 계시던 행복한 시절을 그린 것이다. 램지 부인은 이미 대식구인 자기 가족 외에 손님들까지 초대하여 큰살림을 꾸리며, 하인들과 요리, 정원 일을 두루 지휘한다. 아이들 각자의 개성과 재능을 알아보고 장래를 설계하며, 남편을 보좌하는 것은 물론이고 보살핌이 필요한 남자들과 이웃들에게도 도움의 손길을 뻗친다. 〈온종일 다들 이런저런 일로 그녀에게 다가와서 이 사람은 이걸 원하고 저 사람은 저걸 원하는〉 가운데, 가끔 그녀 자신은 〈사람들의 온갖 감정으로 가득 적셔진 해면처럼〉 느껴지고 〈그렇듯 감싸고 보호하는 능력을 자랑하느라 그녀 자신에게는 이것이 나라고 할 만한 것조차 남아나지 않을〉 만큼 〈모든 것이 소모되고 탕진〉되지만, 그래도 그럴 때면 〈뭔가 성공적으로 창조해 냈다는 기쁨〉을 느끼는 것이다. 그런 〈집 안의 천사〉는 아이들의 눈에나 그녀의 비호를 받는 탠슬리 ─ 모두가 싫어하는 자의식 과잉의 청년 ─ 의 눈에나 여왕 같은 모습으로 그려진다.

물론 램지 부인도 때로는 남들의 반발이나 비난을 사고

스스로 회의와 좌절을 겪기도 한다. 부인은 자신의 역할에 충실하여 〈결혼하지 않은 여자는 인생에서 최고의 것을 놓친 것〉이라 주장하며, 민타를 결혼시키려 하고 릴리를 설득하려 한다. 하지만 어머니를 우러러보는 딸들도 〈어머니와는 다른 인생을 살겠다는 불온한 생각〉을 하며 릴리는 〈램지 부인이 자신은 전혀 이해하지 못하는 여러 삶들을 그렇듯 요지부동의 차분한 태도로 주재하는 모습〉에 웃음을 터뜨린다. 램지 부인은 〈지배하고 참견하려 들며 사람들을 자기 뜻대로 움직이려 한다〉는 비난을 받으며, 카마이클 씨로부터는 딱히 이유를 알 수 없이 경원당하기도 한다. 그럴 때마다 그녀는 〈자신이 의심을 사고 있다는 느낌〉, 〈그녀가 베풀고 도우려는 것이 모두 허영이라는 느낌〉이 든다. 또 남편의 패배감을 감싸 주면서도 그가 그렇게 자신에게 의지하는 것에 대해 불편해지고 때로는 그의 고민이 순전히 언어유희라는 생각에 짜증이 나기도 한다. 뿐만 아니라 그녀에게는 남편에게 말하지 못하는 돈 걱정도 있으며, 가난하고 병든 이들을 도우러 다니면서 나름대로 사회 개혁을 위해 일하고 싶다는 열정도 있지만 그럴 만한 지적 훈련을 받지 못한 그녀로서는 감탄 저편에 있는 소망일 뿐이다.

고단한 하루가 저물어 갈 무렵, 마침내 혼자 있게 된 그녀는 비로소 자기 자신으로 돌아가 등대의 불빛을 바라본다. 〈마치 그녀의 눈과 마주치는 그녀 자신의 눈과도 같이, 그녀의 마음속을 오직 그녀만이 할 수 있는 것처럼 샅샅이 비추는〉 그 불빛 속에서, 그녀는 세상의 고통을 관조하고 〈삶에 대한 승리〉를 맛본다.

그 모든 것에도 불구하고, 그녀는 매혹되어 꼼짝할 수 없는 채로 불빛을 바라보면서, 마치 그것이 그 은빛 손가락으로 그녀의 머릿속에 밀봉되어 있는 어떤 것을 쓰다듬기나 하는 듯한, 그 어떤 것이 터지기만 하면 기쁨으로 넘쳐흐를 듯한 기분으로, 자신은 행복을, 절묘한 행복, 강렬한 행복을 맛보았다고 생각했다. 날빛이 시들어 바다에서 푸른빛이 빠져나가자, 불빛은 거친 파도를 조금 더 밝은 은빛으로 물들였고, 순수한 레몬빛 파도 속에 뒹굴었다. 파도가 휘어지며 부풀어 해변에서 부서지자, 그녀의 눈 속에서도 황홀감이 터졌고 순수한 기쁨의 파도가 그녀 정신의 바닥을 질주했다. 이걸로 충분해! 이걸로 충분해! 하는 느낌이었다. (본문 89~90면)

이처럼 충일한 〈존재〉의 순간은 『댈러웨이 부인』에서도 묘사되었던 것으로, 울프는 그런 예외적인 순간들을 일상적인 〈비존재〉의 시간과 대비한 바 있다.[35] 그런 순간은 남편과도 나눌 수 없는 것으로, 그녀는 남편이 그녀의 〈서글퍼 보이는 것〉에 대해 말을 꺼내자 〈부질없는 공상에 잠겨 있었다〉며 얼버무려 버린다. 〈그런 것까지는 함께할 수 없는〉 것이기 때문이다.

제1부에서는 램지 부인의 내적 독백이 큰 비중을 차지하므로 그녀의 내면이 이렇듯 깊은 데까지 그려지는 데 비해 램지 씨는 다소 주변으로 밀려난 듯이 보이기도 한다. 하지만 뒤로 갈수록 차츰 그의 모습이 부각되는 것을 볼 수 있다. 그는 런던의 철학 교수로, 젊은 나이에 쓴 책으로 철학에

35 일기, 1926년 2월 27일 및 MB, p. 70 참조.

확실한 기여를 했으나 그 후로는 그만한 업적을 다시 내지 못하고 있다. 그 자신의 비유에 따르면, A부터 Z까지 나아가다 Q에서 그만 걸려 버리고 R로 나아가지 못했다는 것이다. 그는 그렇게 부진한 것이 가정을 이룬 때문이라고 생각하며, 예전처럼 홀로 인간의 무지와 숙명에 대한 싸움을 벌일 수 있었으면 하는 소망을 품기도 하지만, 실제로는 하찮은 일상에서 위로를 얻으며 그런 위로를 짐짓 무시하는 이중성을 띤다. 자신이 낙오자라고 생각하며 끊임없이 위로와 칭찬을 갈구하는 유치한 허영심으로 주위 사람들을 힘들게 만들기도 한다. 하지만 그가 〈다소 위선자 같다〉는 뱅크스 씨의 평가에 대해 릴리는 그야말로 〈더없이 진지하고, 더없이 진실하고, 더없이 좋은 사람〉이라며 반발한다. 비록 그는 〈편협하고 맹목적〉일 뿐 아니라 〈옹졸하고 이기적이고 허영심 많고 자기중심적〉이지만 〈불같은 초연함〉을 가졌으며, 사소한 일상사에는 완전히 초탈한 인물이기 때문이다. 그는 그렇듯 자기 세계에만 골몰하여, 주위 사람들을 전혀 의식하지 못하고 행동하기 일쑤이다.

저녁 산보길의 램지 부부는 릴리의 눈에 언뜻 〈결혼의 상징, 남편과 아내의 상징〉처럼 비친다. 하지만 또 한편으로 릴리는 램지 씨가 〈모두들 떠받드는 바람에 폭군이 되어〉, 〈부인을 죽음으로 몰아가고 있다〉고까지 생각하며 분개하는 터이다. 도무지 사람이 사람을 안다는 것, 이해한다는 것이 불가능한 일인 것이다. 그녀가 창가에 앉은 부인의 초상화를 완성하지 못하는 것도 그렇듯 단편적인 인상들이 좀처럼 통일성에 이르지 못하기 때문이다.

그에 비해, 제1부의 거의 4분의 1을 차지하는 저녁 식사 장면은 이질적이고 모순된 요소들이 조화와 통일을 이루어 가는 과정을, 〈아무것도 서로 섞여 들지 않고〉 〈모두 따로따로 앉아 있는〉 어색한 자리에서 〈좌중이 섞여 들어 어울리게끔 창조하려는〉 램지 부인의 노력을 보여 준다. 〈대관절 어떻게 그에게 애정이든 그 어떤 감정이든 느낄 수 있었던 것인지 이해할 수 없을〉 정도로 서먹하게 느껴지는 남편과 무미건조한 손님들 사이에서 그녀는 자신을 추슬러 대화를 이끌어 가며 식탁의 분위기를 살려 내려 애쓴다. 저녁 불빛의 단란함 가운데 회심의 요리가 나오고 분위기가 살아나기 시작하자, 마침내 부인은 안도하며 물러난다.

이제야 마음이 편해졌다. 그녀는 공중의 새매처럼, 휘날리는 깃발처럼, 몸 안의 모든 신경을 충만하고 감미롭게, 조용하고 엄숙하게 채워 주는 기쁨 가운데 떠돌았다. 그 기쁨은 모두 한자리에 모여 식사하는 남편과 아이들과 친구들로부터 나오는 것으로, 고요하고 깊은 곳에서 올라오는 그 모든 것은 (……) 별다른 이유도 없이 거기 머물며 마치 훈김처럼 위로 올라가 그들을 함께 안전하게 감싸는 듯이 느껴졌다. 아무 말도 할 필요가 없고, 할 수도 없었다. 그것은 그들을 온전히 둘러싸고 있었다. 그것은 마치 (……) 영원에 속하는 것만 같다고. 그날 오후에도 뭔가 다른 일에 대해 비슷한 느낌이 들었었다. 일관되고 안정된 느낌, 무엇인가 변치 않고 (……) 흐르고 사라지는 모든 것 가운데서 루비처럼 빛을 발하는 것이 있었다. 이미 오늘 낮에 들었던 평화와 안식의 느낌이 다시금 돌아왔다. 이런 순간들이, 하고 그녀는 생각했다. 영원히 변치 않는 것을

이루는 것이야. (본문 141~142면)

이제 좌중을 이끌어 가는 것은 램지 씨이다. 문학과 정치 토론, 옛 시절의 추억담으로 달아오른 분위기는 그가 시를 낭송하기 시작하자 음악처럼 한데 어우러진다. 「루리아나, 루릴리.」 뒤이은 서재 장면에서 램지 씨는 불멸의 명성에 대한 집착과 불안을 떨쳐 버리고 평정을 되찾으며, 램지 부인은 〈이제 그가 지켜보는 앞에서 등대를 바라보아도 상관없다〉는 생각이 들 만큼 〈친밀감의 어슴푸레한 벽 저편〉의 남편과도 거의 완전한 소통에 도달한다. 제1부는 등대에 가는 문제로 램지 부부가 이견을 보이는 데서 시작하여, 이렇게 정밀(情密)함에 이르는 데서 끝난다.

제2부 「세월이 가다」는 앞서 살펴본 대로 작가가 〈세월의 경과라는 비인격적인 것〉으로 〈통일성이 깨뜨려지는 구성〉을 시도해 본 실험적인 부분으로, 자신도 〈가장 추상적이고 글로 쓰기 어려운 대목〉이라고 토로한 바 있다. 〈빈집을 제시하고, 인물이라고는 없이, 세월의 흐름을 그려야 한다〉는 것이다. 〈두 개의 블록을 연결하는 복도〉로 구상했던 이 부분에서 그녀는 10년 세월의 경과를 10개 장(章) 내지 절(節)에 담았는데, 소설 구성의 기본 요소들인 인물이나 사건이라 할 만한 것이 희박하여 거의 산문시처럼 읽힌다. 제1부의 밤이 자연스럽게 제2부로 넘어가 집 안의 마지막 불빛이 꺼진 후 10년 세월을 비유한 기나긴 〈밤〉이 이어지고, 바다, 파도, 바람, 모래처럼 무상한 것들을 배경으로 빈집은 차츰 낡아 간다. 멀리 전쟁(제1차 세계 대전)의 포화를 암시하는 문장

들 외에 구체적인 인물이나 사건이라고는 램지 부인의 죽음, 프루의 죽음, 앤드루의 죽음 등이 간단히 괄호 안의 사실로만 기록되고, 이따금씩 관리인 맥냅 부인이 노구를 이끌고 나타나 빈집을 청소하거나, 청소하려다 포기하거나, 10년이 지난 후 드디어 돌아오는 가족을 위해 청소할 뿐이다. 마치 연극 막간의 어둠 속에서 무대 담당들이 오가는 듯한 느낌을 주는 이 청소의 세 번째 장면에서 가족의 귀환이 예고되고, 손님들 — 릴리 브리스코와 카마이클 씨 — 이 도착한다.

제3부 「등대」는 제1부와 같은 장소, 같은 계절, 같은 사람들로 시작한다. 10년 동안 램지 부인을 비롯하여 세 사람이나 세상을 떠났고 큰 전쟁을 겪었지만, 평화가 돌아온 후 살아남은 가족과 손님들은 다시 헤브리디스의 섬을 방문한다. 제1부에서 무산되었던 등대행이 이루어지고, 릴리는 그 옛날 그리지 못했던 그림을 다시 그리려 한다. 그러니까 제1부의 주제들이 반복, 변주되는 셈인데, 예전과는 모든 것이 얼마나 달라졌는가! 릴리가 받는 인상은 무질서와 분열과 혼돈이다. 〈마치 사물을 한데 묶고 있던 끈이 잘려 나가 모든 것이 이리저리 떠돌다 결국은 멀어져 가는〉 것처럼 〈온 집이 제각각의 걱정들로 가득 차〉 있다. 램지 부인이 가고 없는 지금, 램지 씨는 자신의 불행에만 몰두하여 주위 사람들에게 동정과 연민을 요구하는 딱한 노인이 되었으며, 아이들은 그런 그에게 감히 거역하지 못한다. 그는 맨 밑의 두 아이를 데리고 등대에 가려 하는데, 그의 동기는 죽은 〈아내가 그곳 사람들에게 선물을 보내곤 했다〉는 것이다. 즉, 일종의 추도 여행이고, 제임스의 표현을 빌리자면 아버지가 〈죽은 사람

들을 기념하기 위해 자기 기분대로 치르는 예식〉이다.

릴리는 램지 씨야말로 부인을 지쳐서 죽게 한 장본인이고 〈관보(棺褓)나 유해(遺骸)나 수의(壽衣)가 아니라, 이처럼 아이들이 강요당하고 정신이 짓눌려 있는 것이 비극〉이라 생각하며 램지 씨에게 분노한다. 그러면서도 램지 씨에게 마음속으로부터 느끼는 동정을 표현하지 못하는 자신을 딱하게 여기며 아이들이 아버지에게 좀 더 다정히 굴면 좋을 텐데 하고 안타까워하기도 한다.

> 이 어색하기 짝이 없는 순간에, (……) 그에 대한 동정심으로 가슴이 뻐근해진 나머지 자기도 몸을 굽히며 얼굴에 피가 몰리는 것을 느끼고 자신의 무정함을 상기하며 (……) 이제 겨우 뭔가 말하고 싶은 마음이 들었을 때, 어쩌면 뭔가 말했을 수도 있을 바로 그때, 캠과 제임스가 나타났다. 그들은 테라스로 나오더니 심각하고 울적한 듯 나란히 발을 끌며 느릿느릿 다가왔다.
> 하지만 왜 저런 태도로 나오는 걸까? 그들에게 못마땅한 느낌이 드는 것을 어쩔 수 없었다. 좀 더 명랑하게 나오면 좋을 텐데, 이제 출발하는 바람에 그녀가 그에게 줄 수 없어진 것을 그들이 줄 수도 있을 텐데. (본문 203면)

마흔네 살 릴리가 이 소설을 집필하던 무렵의 작가 자신의 투영이요 열일곱 살쯤의 캠이 사춘기의 모습이라 본다면, 주눅 든 아이들을, 아이들의 철없는 태도를, 아버지의 수척한 아름다움을 바라보는 이 시선에는 안쓰러움과 회한이 담겨 있다. 울프는 〈지금 이 순간을 즐기는 것이야말로 행복의 비밀〉[36]이라고 하면서도 〈과거가 아름다운 것은 당시에는 결코 깨닫지 못하던 감정을 나중에야 속속들이 알게 되기 때문〉[37]이라고도 했다. 등대로 가는 동안 캠과 제임스가 각기 아버지에 대한 반항심 가운데서 존경과 공감과 애정을 발견해 가는 과정은 세월 이편에서의 시선으로만 가능한 일이다. 뱃전에서 작은 책을 읽는 램지 씨가 〈어서 결말에 이르려는 듯, 아주 빨리〉 읽어 나가는 모습은 그의 나이가 레슬리 스티븐의 마지막 나이와 같다는 점을 상기할 때 의미심장하게 다가온다. 램지 씨와 아이들과의 말 없는 화해는 작가 자신이 뒤늦게 아버지에게 바치는 애정의 헌사이기도 할 것이다.

그처럼 착잡한 가운데 릴리는 이젤을 세우고 그림을 그리려 한다. 그 옛날 그리다 만 그림, 창가에 앉은 램지 부인의 초상을 그리기 위해, 그녀는 10년 전 서 있던 바로 그 위치에서 그 시절과 똑같은 풍경을 바라보면서 뭔가 〈내내 마음에 머물던 것〉을 떠올리려 해보지만, 문제는 〈매스들 사이의 관계〉이다.

> 10년 전에 서 있던 곳도 바로 여기쯤이었다. 벽, 울타리, 나무, 모두 그대로였다. 문제는 그 매스들 사이의 관계였다. 그녀는 지난 세월 내내 그 문제를 생각해 온 터였다. 이제야 그 해답이 떠오른 듯했다. 이제 자기가 원하는 바를 알고 있었다. (본문 194면)

> 무엇인가가 있었다 (……) 무엇인가 기억날 듯했다. 저

---

[36] 일기, 1925년 7월 19일.
[37] 일기, 1925년 3월 18일.

가로지르는 선들과 내리꽂히는 선들의 관계 속에는, 청색들과 갈색들로 이루어진 녹색 동굴을 품은 산울타리의 매스 속에는, 무엇인가 내내 마음에 머물던 것이 있었다. (본문 206~207면)

그림을 그리는 것은 단순히 아름다운 외관을 재현하는 것이 아니라, 그 외관 너머 잡다한 요소들 사이의 관계에서 일별되는 어떤 본질에 도달하는 작업이다. 램지 부인의 진짜 모습은 그녀의 전설적인 미모보다는 〈아름다움이 잊게 만드는 사소한 동요, 문득 떠오르는 홍조나 창백함, 묘한 뒤틀림, 빛이나 그늘 같은 것〉 속에, 〈사냥꾼 모자를 눌러쓰거나 잔디밭을 가로질러 달려가거나 정원사 케네디를 나무랄 때〉의 표정처럼 〈어떤 얼굴을 잠깐 알아볼 수 없게 하지만 그러면서도 한번 보면 그 후로는 사라지지 않는 특성〉 속에 있다. 램지 부인이 한 일이 〈예술 작품〉에 비견되는 것도 그것이 바로 그처럼 부조화한 부분들 사이의 조화를 이룩하고 그럼으로써 그 너머의 질서에 도달하는 것, 순간을 넘어 영원에 도달하는 것이었기 때문이다.

이것, 저것, 그리고 또 저것. 그녀 자신과 탠슬리, 그리고 부서지는 파도. 램지 부인이 그런 것들을 한데 모았고, 램지 부인이 〈인생이 여기 멈출지어다〉라고 말했고, 램지 부인이 그 순간을 무엇인가 영속적인 것으로 만들었으니 (릴리 자신이 또 다른 차원에서 순간을 영속화하려 애쓰듯이) — 그런 거야말로 계시인 셈이었다. 혼돈의 와중에 형태가 있으니, 이 끝없이 흘러 지나가는 것이 (……) 문득 정지하는 것이었다. 인생이 여기 멈출지어다, 램지 부인은 말했다. 「램지 부인! 램지 부인!」 그녀는 거듭 불러보았다. 그 모든 것이 부인 덕분이었다. (본문 212면)

현실의 외관은 잡다하고 모순투성이다. 램지 부인에 대한 찬탄은 크나큰 부재를 남겨 놓은 데 대한 원망과 갈마들고, 부인이 찬미해 마지않던 결혼의 이상은 민타와 폴의 애정 없는 결혼 생활로 반증된다. 램지 씨에 대한 분노는 한없는 연민과 교차한다. 그 모든 것을 어떻게 다 조화시킬 것인가?

그녀는 어느 한 가지가 아니라 온갖 것을 다 말하고 싶었다. 생각을 쪼개고 해체하는 낱낱의 말로는 아무것도 말할 수가 없었다. 〈삶에 대해, 죽음에 대해, 램지 부인에 대해〉 — 아니, 아무와도 아무것도 말할 수가 없다고 그녀는 생각했다. 그 순간의 급박함은 항상 표적을 벗어나고 만다. 말들은 떨리며 빗나가 과녁에서 몇 인치쯤 처진 곳에 박혀 버리다 그래서 포기하게 되고, 그래서 생각은 도로 가라앉아 버리고 (……) (본문 234면)

그림을 그리는 것은 그처럼 〈혼돈의 와중에 있는 형태〉를 멈춰 세우고, 〈삶의 유동성에서 벗어나〉 어떤 〈다른 것, 진실, 실재〉를 향해 손을 뻗치는 일이며, 그러자면 〈그림 속으로, 과거 속으로, 터널을 파 들어가기를 계속〉해야 한다. 제1부에서 릴리의 그림이 〈33년 간의 잔재〉였듯이, 제3부에서도 그녀는 〈물감에 붓을 담그면서, 실은 거기 있는 과거에 붓을 담그는 것〉이다. 즉, 그림은 자기 자신과 사람들과 과거를,

〈어느 한 가지가 아니라 온갖 것을〉 알고 이해하고 표현하는 행위이다.

그러기 위해 중요한 것은 〈거리〉이다. 사물을 잘 보기 위해서는 〈캔버스가 한눈에 들어오게끔〉 한 발 물러서서 보아야 하는 것이다.

바다는 얼룩 한 점 없구나, 릴리 브리스코는 여전히 만을 내려다보며 서서 생각했다. 만 전체에 비단을 펼친 듯 잔잔한 바다였다. 거리에는 비상한 힘이 있어서, 그들은 그 안에 삼켜졌고, 영영 가버렸고, 사물의 본질에 속하게 되었다고 느껴졌다. 너무나도 조용하고 고요했다. 증기선은 사라져 버리고, 커다란 연기 자락만이 공중에 남아 이별을 고하는 깃발처럼 구슬프게 드리웠다. (본문 247면)

그러니까 그토록 많은 것이, 하고 릴리는 얼룩 하나 없는 바다, 너무나 잔잔해서 돛도 구름도 그 푸른 수면에 박혀 있는 것만 같은 바다를 바라보며 생각했다. 그토록 많은 것이 거리에 달려 있어. 사람들이 가까이 있는지 멀리 있는지 하는 것에. 램지 씨에 대한 그녀의 감정도 그가 만을 가로질러 멀어져 갈수록 달라지는 것이었다. 그것은 점점 더 길쭉하게 뻗쳐 나가는 듯했고, 그는 점점 더 아득하게 느껴졌다. 그와 그의 아이들도 그 푸른 물빛에, 그 거리에 삼켜지는 듯했다. (본문 251면)

세월의 거리 이편에서 볼 때, 램지 부인과 램지 씨 사이의 그 기묘한 관계, 그녀가 그를 의존하게 만들고 그가 그녀를 주눅 들게 만드는 것 같으면서도 남들은 알 수 없는 어떤 방식으로 조화를 이루어 가던 관계는 비로소 이해가 된다. 〈램지 씨와 그림 사이의 저 칼날 같은 균형〉, 〈램지 부인을 생각할 때마다 달아나고 그림을 생각할 때마다 달아나는 것〉은 그렇게 〈푸른 물빛에, 그 거리에 삼켜지면서〉 어느 순간 전체로서, 한순간의 비전[38]으로 파악되는 것이다. 〈인생이란 왜 그리 짧은지, 왜 그리 불가해한지 묻는다면〉, 〈아름다움이 모습을 드러내고 공간이 가득 차고 저 공허한 몸짓들이 어떤 형체를 이루는〉 그런 순간의 영원성이 답이 될 것이다.

그녀는 자신의 그림을 바라보았다. 어쩌면 그것이 그의 답일 수도 있었다 — 〈당신〉이라든가 〈나〉, 〈그녀〉 같은 것은 지나가고 사라지며, 아무것도 남지 않는다. 모든 것이 변하지만, 글은, 그림은, 그렇지 않다. 그녀의 그림은 다락방에 걸리거나 둘둘 말려 소파 밑에 처박힐지도 모르지만, 설령 그런 그림이라 해도 마찬가지였다. 그렇게 시시한 그림이라 해도, 실제 저 그림이 아니라 그것이 그리고자 했던 것에 대해서는, 〈영원히 남는다〉고 말해도 좋을 것이었다. (본문 236면)

릴리의 이런 작업은 램지 씨나 램지 부인의 추구와도 유사

---

[38] *vision*. 이 작품에서 가장 번역하기 어려운 단어이다. 로저 프라이가 예술을 설명하는 데 썼다는 이 말은 대상들 간의 관계가 한눈에 들어오면서 그 너머로 수렴되는 어떤 전체적인 시각을 가리키는데, 우리말로는 도무지 일대일의 역어를 찾을 수가 없어서 문맥에 따라 적당한 표현으로 바꾸었다. 가령, 맨 마지막의 *I have had my vision*이라는 릴리의 말을 〈바로 이거야〉로 옮긴 것도 그래서이다.

한 것으로 제시된다. 그녀는 램지 씨의 끝없는 철학 탐구와도 같이 〈밖으로 더 밖으로, 멀리 더 멀리, 그렇게 나아가다 보면 마침내 좁다란 널판 위에 홀로 서서 바다를 굽어보는 듯한 순간을 만나게〉되며, 램지 부인이 일상의 무질서한 요소들로 조화와 통일을 이룩하듯이 〈혼돈의 와중에 있는 형태〉를, 〈끝없이 흘러 지나가는 것〉을 그런 예외적인 순간의 비전 안에 포착함으로써 그 너머의 실재에, 영원에 도달하려 한다. 뿐만 아니라 그것은, 앞서도 지적했듯이, 울프 자신의 글쓰기에 대한 비유이기도 하다. 릴리가 10년이라는 세월의 거리를 두고 램지 부인에 대한 잡다하고 모순된 인상들을 그림의 질서 안에 통합하듯이, 울프 역시 세월의 이편에서 어린 시절 추억의 편린들을 재구성함으로써 부모의 오롯한 초상을 그려 내고 인생 자체에 대한 비전을 제시하는 것이다. 그리하여 릴리가 그림을 완성하고 붓을 놓는 데서 작품도 마감한다.

재빨리, 마치 무엇인가 문득 생각난 것처럼, 그녀는 캔버스를 향해 돌아섰다. 저기 있었다 — 그녀의 그림이. 그렇다, 녹색과 청색으로, 가로세로 달리는 선들로, 무엇인가에 대한 시도의 흔적인 그림이. 아마 다락방에나 걸리겠지, 하고 그녀는 생각했다. 없애 버릴지도 몰라. 하지만 그게 무슨 상관이람? 그녀는 다시 붓을 집어 들며 생각했다. 그녀는 층계를 바라보았다. 비어 있었다. 캔버스를 바라보았다. 분명치가 않았다. 갑자기 강렬하게, 마치 한순간 그것을 분명히 본 것처럼, 그녀는 거기 한복판에 선을 그었다. 됐다, 완성이다. 그래, 그녀는 극도로 지쳐서 붓을

내려놓으며 생각했다. 바로 이거야 *I have had my vision.* (본문 274면)

그렇다면 작품의 제목이 된 〈등대〉란 무엇을 말하는 것인가? 제1부에서 제임스에게 등대가 〈그토록 기대했던, 벌써 몇 년째 바라 온 것만 같은, 멋진 곳〉이며, 날씨가 아이의 소원과는 다르리라 말하는 램지 씨가 〈사실들은 내 멋대로 바꿀 수 있는 것이 아니며, 우리의 가장 아름다운 희망들이 무산되고 빈약한 조각배들이 암흑 속으로 가라앉아 가는 저 이상향으로의 여행〉 운운하는 것을 보면, 등대란 어떤 동경의 대상이요 이상향을 가리키는 것 같다. 하지만 램지 부인이 혼자만의 고즈넉한 시간을 맞이할 때 그녀의 내면을 비추는 등대의 불빛은 일상적인 일들 너머에서 자신을 돌아보는 내성의 시선으로 다가오고, 제2부의 빈집을 비추는 그 불빛은 세월 그 자체의 눈빛이자 그 너머의 항구적인 것을 나타낸다. 그런가 하면 제3부에서 램지 씨가 죽은 아내를 기리며 찾아가는 등대는 또한 생의 마지막을 향해 가는 여행의 목적지로 죽음 같기도 하고, 제임스가 그토록 오랜 세월 바라보았던 등대가 〈헐벗은 바위 위의 삭막한 탑〉이라는 사실을 발견하고 〈인생이란 꼭 저 등대 같은 것〉이라고 할 때는 인생에 대한 비유인가 싶기도 하다. 하지만 제임스의 말대로 〈어떤 사물도 오로지 한 가지일 수만은 없는〉 것이다. 등대는 잡히지 않는 모든 것이자 세월이며 인생을 바라보는 작가의 눈이다. 작가가 작품을 쓰는 도정 그 자체가 또 하나의 등대행이라 할 것이다.

＊

 버지니아 울프는 소설에 의식의 흐름이니 내적 독백이니 하는 실험적 기법을 도입한 작가요 정신병을 앓았고 자살로 생을 마감했다는 사실 때문에, 지적이고 난해하며 자기만의 세계에 침잠했던 우울하고 불안한 인물이리라는 선입견이 널리 퍼져 있는 것 같다. 하지만 『등대로』를 번역하면서 참조했던 그녀의 자전적 기록들과 일기를 보면 울프는 그런 이미지와는 사뭇 다르게 감수성이 풍부하고 발랄한 여성이었으며, 특히 『등대로』에는 작가 자신도 지나치게 〈센티멘털〉해질까 우려했을 만큼 부모에 대한 애틋한 마음이 표현되어 있다. 작가의 인생과 문학에 대한 생각뿐 아니라 그녀 자신의 삶이 담겨 있는 이 작품이 버지니아 울프에 대한 이해를 좀 더 깊게 해주었으면 한다. 번역 대본으로는 Harcourt판을 썼으나 Penguin판을 참조하여 보완하면서, 미국판과 영국판이 차이나는 부분에서는 대체로 영국판을 택했다. (영국판과 미국판은 같은 날 출간되었지만 호가스와 하코트로 가는 교정지를 각기 따로 작업하느라 약간의 차이가 있다. 하코트에 교정지를 보낸 날짜로 미루어 보아 1927년 작가가 원했던 결정본은 영국본이라 보는 것이 일반적이다.) 불역판(folio, 1996) 주석들이 충실하여 많은 도움이 되었다.

최애리

버지니아 울프 연보

1878년   레슬리 스티븐(1832~1904)과 줄리아 프린셉 덕워스(1846~1895)가 결혼함. 각기 배우자와 사별한 이전의 결혼에서, 레슬리는 딸 로라(1870~1945)를, 줄리아는 조지(1868~1934), 스텔라(1869~1897), 제럴드(1870~1937) 덕워스 남매를 둠.

1879년   버네사 스티븐(~1961) 출생.

1880년   토비 스티븐(~1906) 출생.

1882년 출생   1월 25일 애들린 버지니아 스티븐Adeline Virginia Stephen 출생. 레슬리, 『국가 인명 사전*Dictionary of National Biography*』의 편집자로 일하기 시작함.

1883년 1세   에이드리언 레슬리 스티븐(~1948) 출생.

1885년 3세   레슬리 스티븐, 『국가 인명 사전』 제1권을 출간함.

1891년 9세   레슬리 스티븐, 『국가 인명 사전』 편집자직을 사임함. 로라, 정신 병원에 입원함.

1895년 13세   줄리아 스티븐 사망.

1896년 14세   버네사, 회화 수업을 받기 시작함.

1897년 15세   버지니아, 킹스 칼리지에서 그리스어와 역사 수업을 청강함. 규칙적으로 일기를 쓰기 시작함. 4월 스텔라 덕워스, 잭 힐스와 결혼함. 7월 스텔라 사망. 버지니아, 최초의 신경 쇠약 증세를 보임. 제럴드 덕워스, 출판사를 설립함.

1899년 17세 버지니아, 클라라 페이터로부터 라틴어와 그리스어를 배움. 토비, 케임브리지 대학의 트리니티 칼리지에 입학하여 리턴 스트레이치, 레너드 울프(1880~1969), 클라이브 벨(1881~1964) 등과 함께 학교에 다님.

1901년 19세 버네사, 로열 아카데미 스쿨에 입학함.

1902년 20세 버지니아, 재닛 케이스로부터 고전을 배움. 에이드리언, 케임브리지 대학의 트리니티 칼리지에 입학함.

1904년 22세 레슬리 스티븐 사망. 버지니아, 최초의 자살 기도. 조지 덕워스 결혼. 스티븐 4남매와 블룸즈버리 구역의 고든 스퀘어 46번지로 이사함. 레너드 울프가 실론으로 가기 전에 찾아옴. 버지니아, 이탈리아와 프랑스를 여행함. 「가디언」에 첫 기고를 함.

1905년 23세 버지니아, 몰리 칼리지의 주간 대중 교양 강좌에서 가르침. 토비, 케임브리지의 친구들을 집에 초대함. 〈블룸즈버리 그룹〉이 시작됨. 버지니아, 에이드리언과 함께 포르투갈과 스페인을 여행함.

1906년 24세 4남매, 그리스 여행함. 버네사와 토비, 티푸스 발병. 11월 20일 토비 사망. 11월 22일 버네사, 클라이브 벨의 청혼을 수락함.

1907년 25세 버네사가 결혼함. 버지니아, 에이드리언과 함께 피츠로이 스퀘어로 이사함.

1908년 26세 버네사의 장남 줄리언 출생. 버지니아, 버네사 부부와 함께 이탈리아를 여행함.

1909년 27세 버지니아, 캐럴라인 에밀리아 고모로부터 2,500파운드의 유산을 상속받음. 리턴 스트레이치의 청혼. 상호 동의로 취소. 버지니아, 오톨라인 모렐과 처음 만남.

1910년 28세　버지니아, 여성 참정권 운동에 참여함. 버네사의 차남 쿠엔틴(~1996) 출생.

1911년 29세　버지니아, 서식스 지방의 리틀 탈런드 하우스를 임대함. 레너드, 실론에서 귀국. 11월 버지니아, 에이드리언, 레너드, 존 메이너드 케인스(1883~1946), 덩컨 그랜트(1885~1978)가 런던의 브런즈윅 스퀘어에 있는 집을 공동 임대함.

1912년 30세　버지니아, 서식스 지방의 애섬 하우스를 임대함. 8월 10일 레너드와 결혼함. 울프 부부, 런던의 클리퍼드 인으로 이사함.

1913년 31세　버지니아, 첫 소설 『출항*The Voyage Out*』의 원고를 제럴드 덕워스에게 넘김. 7월 버지니아, 요양소에 들어감. 9월 자살 시도.

1914년 32세　제1차 세계 대전 발발.

1915년 33세　『출항』 출간. 4월 울프 부부, 리치먼드의 호가스 하우스로 이사함. 버지니아, 다시 규칙적으로 일기 쓰기를 시작함.

1917년 35세　인쇄기 구입. 호가스 출판사 설립. 여기서 최초로 출간한 작품은 부부 합작의 『두 이야기*Two Stories*』.

1918년 36세　버지니아, T. S. 엘리엇(1888~1965)을 만남. 버네사의 딸 앤절리카 출생.

1919년 37세　울프 부부, 서식스 지방의 멍크스 하우스를 매입함. 두 번째 소설 『밤과 낮*Night and Day*』이 덕워스의 출판사에서 출간됨. 「현대 소설론Modern Novels」(1925년 〈Modern Fiction〉으로 개정)이 『타임스 리터러리 서플리먼트*Times Literary Supplement*』에 게재됨.

1920년 38세　『출항』과 『밤과 낮』이 미국에서 출간됨.

1921년 39세　단편집 『월요일이나 화요일*Monday or Tuesday*』이 호가스 출판사에서 출간됨. 이후로 영국 내에서 그녀의 작품은 모두 여기서 출간됨. 이 단편집은 미국 하코트 브레이스에서 출간되었고, 이후로 이 출판사가 미국 내에서 그녀의 작품을 출간하게 됨.

1922년 ⁴⁰세   세 번째 소설 『제이콥의 방*Jacob's Room*』이 출간됨. 비타 색빌웨스트(1892~1962)와 처음 만남. 1921년과 1922년에 버지니아가 일으킨 심각한 발작으로 울프 부부, 리치먼드로 이사함. 1923년에 건강 호전. 1924년 초에 런던으로 돌아옴.

1923년 ⁴¹세   울프 부부, 스페인 여행 후 파리를 들러 귀국함. 호가스 출판사에서 T. S. 엘리엇의 『황무지』가 출간됨.

1924년 ⁴²세   울프 부부, 태비스톡 스퀘어로 이사. 케임브리지 대학의 이단 협회에서 〈허구의 인물Character in Fiction〉이라는 제목으로 강의함.

1925년 ⁴³세   네 번째 소설 『댈러웨이 부인*Mrs. Dalloway*』과 평론집 『일반 독자*The Common Reader*』가 출간됨. 아마도 이 무렵(4월)에 「댈러웨이 부인의 파티」 단편들 쓴 듯.

1926년 ⁴⁴세   헤이스 코트 스쿨에서 〈책을 어떻게 읽을 것인가?How Should One Read a Book?〉라는 제목으로 강의함.

1927년 ⁴⁵세   다섯 번째 소설 『등대로*To the Lighthouse*』가 출간됨. 울프 부부, 첫 자동차를 구입함.

1928년 ⁴⁶세   여섯 번째 소설 『올랜도*Orlando: A Biography*』가 출간됨. 10월 케임브리지 대학에서 두 차례 강의를 함. 그중 하나가 『자기만의 방*A Room of One's Own*』의 기초가 됨. 『등대로』로 페미나 문학상을 수상함.

1929년 ⁴⁷세   『자기만의 방』이 출간됨. 『포럼』지에 「여성과 허구Women and Fiction」를 기고함.

1931년 ⁴⁹세   일곱 번째 소설 『파도*The Waves*』가 출간됨. 여성협회에서 〈여성을 위한 직업들Professions for Women〉로 강연함.

1932년 ⁵⁰세   『일반 독자』 제2권이 출간됨. 케임브리지 대학에서 1933년 클라크 강연의 연사로 초빙되었으나 사절함.

1933년 51세 여성 시인 엘리자베스 브라우닝의 전기 『플러시, 전기 Flush, A Biography』를 출간함. 울프 부부, 자동차로 이탈리아 여행함.

1934년 52세 오톨라인 모렐의 집에서 W. B. 예이츠를 만남. 조지 덕워스 사망. 로저 프라이 사망.

1935년 53세 울프 부부, 독일을 여행함. 이탈리아와 프랑스를 거쳐 귀국함.

1937년 55세 여덟 번째 소설 『세월 The Years』이 출간됨. 조카 줄리언 벨이 스페인 내전에서 전사함.

1938년 56세 평론 『3기니 Three Guineas』가 출간됨.

1939년 57세 울프 부부, 런던으로 망명한 지그문트 프로이트를 방문함. 울프 부부, 메클렌버그 스퀘어로 이사함.

1940년 58세 『로저 프라이 전기 Roger Fry: A Biography』가 출간됨.

1941년 59세 마지막 소설 『막간 Between the Acts』을 탈고함. 3월 28일 버지니아, 서식스의 우즈 강에서 자살.

열린책들 세계문학 212 등대로

옮긴이 최애리 서울대학교 불어불문학과 및 동 대학원을 졸업하고, 중세 아서왕 문학 특히 그라알(聖杯) 소설들에 대한 연구로 박사 학위를 받았다. 크레티앵 드 트루아의 『그라알 이야기』, 크리스틴 드 피장의 『여성들의 도시』 등 중세 작품들과 자크 르 고프의 『연옥의 탄생』, 조르주 뒤비의 『중세의 결혼』, 슐람미스 샤하르의 『제4신분: 중세 여성의 역사』 등 서양 중세사 관련 서적들을 다수 번역했다. 그 밖에 피에르 그리말의 『그리스 로마 신화 사전』, 버지니아 울프의 『댈러웨이 부인』, 프랑수아 줄리앙의 『무미 예찬』, 조르주 심농의 『타인의 목』 등 여러 방면의 역서가 있다.

지은이 버지니아 울프 **옮긴이** 최애리 **발행인** 홍예빈·홍유진
발행처 주식회사 열린책들 **주소** 경기도 파주시 문발로 253 파주출판도시
전화 031-955-4000 **팩스** 031-955-4004 **홈페이지** www.openbooks.co.kr
Copyright (C) 주식회사 열린책들, 2013, *Printed in Korea*.
ISBN 978-89-329-1212-7 04840 **ISBN** 978-89-329-1499-2 (세트)
발행일 2013년 6월 10일 세계문학판 1쇄 2021년 12월 30일 세계문학판 6쇄

이 도서의 국립중앙도서관 출판예정도서목록(CIP)은 서지정보유통지원시스템 홈페이지(http://seoji.nl.go.kr)와 국가자료공동목록시스템(http://www.nl.go.kr/kolisnet)에서 이용하실 수 있습니다.(CIP제어번호:CIP2013007136)

열린책들 세계문학
Open Books World Literature

001 **죄와 벌** 표도르 도스또예프스끼 장편소설 | 홍대화 옮김 | 전2권 | 각 408, 512면

003 **최초의 인간** 알베르 카뮈 장편소설 | 김화영 옮김 | 392면

004 **소설** 제임스 미치너 장편소설 | 윤희기 옮김 | 전2권 | 각 280, 368면

006 **개를 데리고 다니는 부인** 안똔 체호프 소설선집 | 오종우 옮김 | 368면

007 **우주 만화** 이탈로 칼비노 단편집 | 김운찬 옮김 | 416면

008 **댈러웨이 부인** 버지니아 울프 장편소설 | 최애리 옮김 | 296면

009 **어머니** 막심 고리끼 장편소설 | 최윤락 옮김 | 544면

010 **변신** 프란츠 카프카 중단편집 | 홍성광 옮김 | 464면

011 **전도서에 바치는 장미** 로저 젤라즈니 중단편집 | 김상훈 옮김 | 432면

012 **대위의 딸** 알렉산드르 뿌쉬낀 장편소설 | 석영중 옮김 | 240면

013 **바다의 침묵** 베르코르 소설선집 | 이상해 옮김 | 256면

014 **원수들, 사랑 이야기** 아이작 싱어 장편소설 | 김진준 옮김 | 320면

015 **백치** 표도르 도스또예프스끼 장편소설 | 김근식 옮김 | 전2권 | 각 504, 528면

017 **1984년** 조지 오웰 장편소설 | 박경서 옮김 | 392면

019 **이상한 나라의 앨리스** 루이스 캐럴 환상동화 | 머빈 피크 그림 | 최용준 옮김 | 336면

020 **베네치아에서의 죽음** 토마스 만 중단편집 | 홍성광 옮김 | 432면

021 **그리스인 조르바** 니코스 카잔차키스 장편소설 | 이윤기 옮김 | 488면

022 **벚꽃 동산** 안똔 체호프 희곡선집 | 오종우 옮김 | 336면

023 **연애 소설 읽는 노인** 루이스 세풀베다 장편소설 | 정창 옮김 | 192면

024 **젊은 사자들** 어윈 쇼 장편소설 | 정영문 옮김 | 전2권 | 각 416, 408면

026 **젊은 베르테르의 슬픔** 요한 볼프강 폰 괴테 장편소설 | 김인순 옮김 | 240면

027 **시라노** 에드몽 로스탕 희곡 | 이상해 옮김 | 256면

028 **전망 좋은 방** E. M. 포스터 장편소설 | 고정아 옮김 | 352면

029 **까라마조프 씨네 형제들** 표도르 도스또예프스끼 장편소설 | 이대우 옮김 | 전3권 | 각 496, 496, 460면

032 **프랑스 중위의 여자** 존 파울즈 장편소설 | 김석희 옮김 | 전2권 | 각 344면

034 **소립자** 미셸 우엘벡 장편소설 | 이세욱 옮김 | 448면

035 **영혼의 자서전** 니코스 카잔차키스 자서전 | 안정효 옮김 | 전2권 | 각 352, 408면

037 **우리들** 예브게니 자먀찐 장편소설 | 석영중 옮김 | 320면

038 **뉴욕 3부작** 폴 오스터 장편소설 | 황보석 옮김 | 480면

039 **닥터 지바고** 보리스 빠스쩨르나고 장편소설 | 박형규 옮김 | 전2권 | 각 400, 512면

041 **고리오 영감** 오노레 드 발자크 장편소설 | 임희근 옮김 | 456면

042 **뿌리** 알렉스 헤일리 장편소설 | 안정효 옮김 | 전2권 | 각 400, 448면

044 **백년보다 긴 하루** 친기즈 아이뜨마또프 장편소설 | 황보석 옮김 | 560면

045 **최후의 세계** 크리스토프 란스마이어 장편소설 | 장희권 옮김 | 264면

046 **추운 나라에서 돌아온 스파이** 존 르카레 장편소설 | 김석희 옮김 | 368면

047 **산도칸 – 몸프라쳄의 호랑이** 에밀리오 살가리 장편소설 | 유향란 옮김 | 428면

048 **기적의 시대** 보리슬라프 페키치 장편소설 | 이윤기 옮김 | 560면

049 **그리고 죽음** 짐 크레이스 장편소설 | 김석희 옮김 | 224면

050 **세설** 다니자키 준이치로 장편소설 | 송태욱 옮김 | 전2권 | 각 480면

052 **세상이 끝날 때까지 아직 10억 년** 스뜨루가츠끼 형제 장편소설 | 석영중 옮김 | 224면

053 **동물 농장** 조지 오웰 장편소설 | 박경서 옮김 | 208면

054 **캉디드 혹은 낙관주의** 볼테르 장편소설 | 이봉지 옮김 | 232면

055 **도적 떼** 프리드리히 폰 실러 희곡 | 김인순 옮김 | 264면

056 **플로베르의 앵무새** 줄리언 반스 장편소설 | 신재실 옮김 | 320면

057 **악령** 표도르 도스또예프스끼 장편소설 | 박혜경 옮김 | 전3권 | 각 328, 408, 528면

060 **의심스러운 싸움** 존 스타인벡 장편소설 | 윤희기 옮김 | 340면

061 **몽유병자들** 헤르만 브로흐 장편소설 | 김경연 옮김 | 전2권 | 각 568, 544면

063 **몰타의 매** 대실 해밋 장편소설 | 고정아 옮김 | 304면

064 **마야꼬프스끼 선집** 블라지미르 마야꼬프스끼 선집 | 석영중 옮김 | 384면

065 **드라큘라** 브램 스토커 장편소설 | 이세욱 옮김 | 전2권 | 각 340, 344면

067 **서부 전선 이상 없다** 에리히 마리아 레마르크 장편소설 | 홍성광 옮김 | 336면

068 **적과 흑** 스탕달 장편소설 | 임미경 옮김 | 전2권 | 각 432, 368면

070 **지상에서 영원으로** 제임스 존스 장편소설 | 이종인 옮김 | 전3권 | 각 396, 380, 496면

073 **파우스트** 요한 볼프강 폰 괴테 희곡 | 김인순 옮김 | 568면

074 **쾌걸 조로** 존스턴 매컬리 장편소설 | 김훈 옮김 | 316면

075 **거장과 마르가리따** 미하일 불가꼬프 장편소설 | 홍대화 옮김 | 전2권 | 각 364, 328면

077 **순수의 시대** 이디스 워튼 장편소설 | 고정아 옮김 | 448면

078 **검의 대가** 아르투로 페레스 레베르테 장편소설 | 김수진 옮김 | 384면

079 **예브게니 오네긴** 알렉산드르 뿌쉬낀 운문소설 | 석영중 옮김 | 328면
080 **장미의 이름** 움베르토 에코 장편소설 | 이윤기 옮김 | 전2권 | 각 440, 448면
082 **향수** 파트리크 쥐스킨트 장편소설 | 강명순 옮김 | 384면
083 **여자를 안다는 것** 아모스 오즈 장편소설 | 최창모 옮김 | 280면
084 **나는 고양이로소이다** 나쓰메 소세키 장편소설 | 김난주 옮김 | 544면
085 **웃는 남자** 빅토르 위고 장편소설 | 이형식 옮김 | 전2권 | 각 472, 496면
087 **아웃 오브 아프리카** 카렌 블릭센 장편소설 | 민승남 옮김 | 480면
088 **무엇을 할 것인가** 니꼴라이 체르니셰프스끼 장편소설 | 서정록 옮김 | 전2권 | 각 360, 404면
090 **도나 플로르와 그녀의 두 남편** 조르지 아마두 장편소설 | 오숙은 옮김 | 전2권 | 각 408, 308면
092 **미사고의 숲** 로버트 홀드스톡 장편소설 | 김상훈 옮김 | 424면
093 **신곡** 단테 알리기에리 장편서사시 | 김운찬 옮김 | 전3권 | 각 292, 296, 328면
096 **교수** 샬럿 브론테 장편소설 | 배미영 옮김 | 368면
097 **노름꾼** 표도르 도스또예프스끼 장편소설 | 이재필 옮김 | 320면
098 **하워즈 엔드** E. M. 포스터 장편소설 | 고정아 옮김 | 512면
099 **최후의 유혹** 니코스 카잔차키스 장편소설 | 안정효 옮김 | 전2권 | 각 408면
101 **키리냐가** 마이크 레스닉 장편소설 | 최용준 옮김 | 464면
102 **바스커빌가의 개** 아서 코넌 도일 장편소설 | 조영학 옮김 | 264면
103 **버마 시절** 조지 오웰 장편소설 | 박경서 옮김 | 408면
104 **10 1/2장으로 쓴 세계 역사** 줄리언 반스 장편소설 | 신재실 옮김 | 464면
105 **죽음의 집의 기록** 표도르 도스또예프스끼 장편소설 | 이덕형 옮김 | 528면
106 **소유** 앤토니어 수전 바이어트 장편소설 | 윤희기 옮김 | 전2권 | 각 440, 488면
108 **미성년** 표도르 도스또예프스끼 장편소설 | 이상룡 옮김 | 전2권 | 각 512, 544면
110 **성 앙투안느의 유혹** 귀스타브 플로베르 희곡소설 | 김용은 옮김 | 584면
111 **밤으로의 긴 여로** 유진 오닐 희곡 | 강유나 옮김 | 240면
112 **마법사** 존 파울즈 장편소설 | 정영문 옮김 | 전2권 | 각 512, 552면
114 **스쩨빤치꼬보 마을 사람들** 표도르 도스또예프스끼 장편소설 | 변현태 옮김 | 416면
115 **플랑드르 거장의 그림** 아르투로 페레스 레베르테 장편소설 | 정창 옮김 | 512면
116 **분신** 표도르 도스또예프스끼 장편소설 | 석영중 옮김 | 288면
117 **가난한 사람들** 표도르 도스또예프스끼 장편소설 | 석영중 옮김 | 256면
118 **인형의 집** 헨리크 입센 희곡 | 김창화 옮김 | 272면
119 **영원한 남편** 표도르 도스또예프스끼 장편소설 | 정명자 외 옮김 | 448면

120 **알코올** 기욤 아폴리네르 시집 | 황현산 옮김 | 352면

121 **지하로부터의 수기** 표도르 도스또예프스끼 장편소설 | 계동준 옮김 | 256면

122 **어느 작가의 오후** 페터 한트케 중편소설 | 홍성광 옮김 | 160면

123 **아저씨의 꿈** 표도르 도스또예프스끼 장편소설 | 박종소 옮김 | 312면

124 **네또츠까 네즈바노바** 표도르 도스또예프스끼 장편소설 | 박재만 옮김 | 316면

125 **곤두박질** 마이클 프레인 장편소설 | 최용준 옮김 | 528면

126 **백야 외** 표도르 도스또예프스끼 소설선집 | 석영중 외 옮김 | 408면

127 **살라미나의 병사들** 하비에르 세르카스 장편소설 | 김창민 옮김 | 304면

128 **뻬쩨르부르그 연대기 외** 표도르 도스또예프스끼 소설선집 | 이항재 옮김 | 296면

129 **상처받은 사람들** 표도르 도스또예프스끼 장편소설 | 윤우섭 옮김 | 전2권 | 각 296, 392면

131 **악어 외** 표도르 도스또예프스끼 소설선집 | 박혜경 외 옮김 | 312면

132 **허클베리 핀의 모험** 마크 트웨인 장편소설 | 윤교찬 옮김 | 416면

133 **부활** 레프 똘스또이 장편소설 | 이대우 옮김 | 전2권 | 각 308, 416면

135 **보물섬** 로버트 루이스 스티븐슨 장편소설 | 머빈 피크 그림 | 최용준 옮김 | 360면

136 **천일야화** 앙투안 갈랑 엮음 | 임호경 옮김 | 전6권 | 각 336, 328, 372, 392, 344, 320면

142 **아버지와 아들** 이반 뚜르게네프 장편소설 | 이상원 옮김 | 328면

143 **오만과 편견** 제인 오스틴 장편소설 | 원유경 옮김 | 480면

144 **천로 역정** 존 버니언 우화소설 | 이동일 옮김 | 432면

145 **대주교에게 죽음이 오다** 윌라 캐더 장편소설 | 윤명옥 옮김 | 352면

146 **권력과 영광** 그레이엄 그린 장편소설 | 김연수 옮김 | 384면

147 **80일간의 세계 일주** 쥘 베른 장편소설 | 고정아 옮김 | 352면

148 **바람과 함께 사라지다** 마거릿 미첼 장편소설 | 안정효 옮김 | 전3권 | 각 616, 640, 640면

151 **기탄잘리** 라빈드라나트 타고르 시집 | 장경렬 옮김 | 224면

152 **도리언 그레이의 초상** 오스카 와일드 장편소설 | 윤희기 옮김 | 384면

153 **레우코와의 대화** 체사레 파베세 희곡소설 | 김운찬 옮김 | 280면

154 **햄릿** 윌리엄 셰익스피어 희곡 | 박우수 옮김 | 256면

155 **맥베스** 윌리엄 셰익스피어 희곡 | 권오숙 옮김 | 176면

156 **아들과 연인** 데이비드 허버트 로런스 장편소설 | 최희섭 옮김 | 전2권 | 각 464, 432면

158 **그리고 아무 말도 하지 않았다** 하인리히 뵐 장편소설 | 홍성광 옮김 | 272면

159 **미덕의 불운** 싸드 장편소설 | 이형식 옮김 | 248면

160 **프랑켄슈타인** 메리 W. 셸리 장편소설 | 오숙은 옮김 | 320면

161 **위대한 개츠비** 프랜시스 스콧 피츠제럴드 장편소설 | 한애경 옮김 | 280면

162 **아Q정전** 루쉰 중단편집 | 김태성 옮김 | 320면

163 **로빈슨 크루소** 대니얼 디포 장편소설 | 류경희 옮김 | 456면

164 **타임머신** 허버트 조지 웰스 소설선집 | 김석희 옮김 | 304면

165 **제인 에어** 샬럿 브론테 장편소설 | 이미선 옮김 | 전2권 | 각 392, 384면

167 **풀잎** 월트 휘트먼 시집 | 허현숙 옮김 | 280면

168 **표류자들의 집** 기예르모 로살레스 장편소설 | 최유정 옮김 | 216면

169 **배빗** 싱클레어 루이스 장편소설 | 이종인 옮김 | 520면

170 **이토록 긴 편지** 마리아마 바 장편소설 | 백선희 옮김 | 192면

171 **느릅나무 아래 욕망** 유진 오닐 희곡 | 손동호 옮김 | 168면

172 **이방인** 알베르 카뮈 장편소설 | 김예령 옮김 | 208면

173 **미라마르** 나기브 마푸즈 장편소설 | 허진 옮김 | 288면

174 **지킬 박사와 하이드 씨** 로버트 루이스 스티븐슨 소설선집 | 조영학 옮김 | 320면

175 **루진** 이반 뚜르게네프 장편소설 | 이항재 옮김 | 264면

176 **피그말리온** 조지 버나드 쇼 희곡 | 김소임 옮김 | 256면

177 **목로주점** 에밀 졸라 장편소설 | 유기환 옮김 | 전2권 | 각 336면

179 **엠마** 제인 오스틴 장편소설 | 이미애 옮김 | 전2권 | 각 336, 360면

181 **비숍 살인 사건** S. S. 밴 다인 장편소설 | 최인자 옮김 | 464면

182 **우신예찬** 에라스무스 풍자문 | 김남우 옮김 | 296면

183 **하자르 사전** 밀로라드 파비치 장편소설 | 신현철 옮김 | 488면

184 **테스** 토머스 하디 장편소설 | 김문숙 옮김 | 전2권 | 각 392, 336면

186 **투명 인간** 허버트 조지 웰스 장편소설 | 김석희 옮김 | 288면

187 **93년** 빅토르 위고 장편소설 | 이형식 옮김 | 전2권 | 각 288, 360면

189 **젊은 예술가의 초상** 제임스 조이스 장편소설 | 성은애 옮김 | 384면

190 **소네트집** 윌리엄 셰익스피어 연작시집 | 박우수 옮김 | 200면

191 **메뚜기의 날** 너새니얼 웨스트 장편소설 | 김진준 옮김 | 280면

192 **나사의 회전** 헨리 제임스 중편소설 | 이승은 옮김 | 256면

193 **오셀로** 윌리엄 셰익스피어 희곡 | 권오숙 옮김 | 216면

194 **소송** 프란츠 카프카 장편소설 | 김재혁 옮김 | 376면

195 **나의 안토니아** 윌라 캐더 장편소설 | 전경자 옮김 | 368면

196 **자성록** 마르쿠스 아우렐리우스 명상록 | 박민수 옮김 | 240면

197 **오레스테이아** 아이스킬로스 비극 | 두행숙 옮김 | 336면
198 **노인과 바다** 어니스트 헤밍웨이 소설선집 | 이종인 옮김 | 320면
199 **무기여 잘 있거라** 어니스트 헤밍웨이 장편소설 | 이종인 옮김 | 464면
200 **서푼짜리 오페라** 베르톨트 브레히트 희곡선집 | 이은희 옮김 | 320면
201 **리어 왕** 윌리엄 셰익스피어 희곡 | 박우수 옮김 | 224면
202 **주홍 글자** 너새니얼 호손 장편소설 | 곽영미 옮김 | 360면
203 **모히칸족의 최후** 제임스 페니모어 쿠퍼 장편소설 | 이나경 옮김 | 512면
204 **곤충 극장** 카렐 차페크 희곡선집 | 김선형 옮김 | 360면
205 **누구를 위하여 종은 울리나** 어니스트 헤밍웨이 장편소설 | 이종인 옮김 | 전2권 | 각 416, 400면
207 **타르튀프** 몰리에르 희곡선집 | 신은영 옮김 | 416면
208 **유토피아** 토머스 모어 소설 | 전경자 옮김 | 288면
209 **인간과 초인** 조지 버나드 쇼 희곡 | 이후지 옮김 | 320면
210 **페드르와 이폴리트** 장 라신 희곡 | 신정아 옮김 | 200면
211 **말테의 수기** 라이너 마리아 릴케 장편소설 | 안문영 옮김 | 320면
212 **등대로** 버지니아 울프 장편소설 | 최애리 옮김 | 328면
213 **개의 심장** 미하일 불가꼬프 중편소설집 | 정연호 옮김 | 352면
214 **모비 딕** 허먼 멜빌 장편소설 | 강수정 옮김 | 전2권 | 각 464, 488면
216 **더블린 사람들** 제임스 조이스 단편소설집 | 이강훈 옮김 | 336면
217 **마의 산** 토마스 만 장편소설 | 윤순식 옮김 | 전3권 | 각 496, 488, 512면
220 **비극의 탄생** 프리드리히 니체 | 김남우 옮김 | 320면
221 **위대한 유산** 찰스 디킨스 장편소설 | 류경희 옮김 | 전2권 | 각 432, 448면
223 **사람은 무엇으로 사는가** 레프 똘스또이 소설선집 | 윤새라 옮김 | 464면
224 **자살 클럽** 로버트 루이스 스티븐슨 소설선집 | 임종기 옮김 | 272면
225 **채털리 부인의 연인** 데이비드 허버트 로런스 장편소설 | 이미선 옮김 | 전2권 | 각 336, 328면
227 **데미안** 헤르만 헤세 장편소설 | 김인순 옮김 | 264면
228 **두이노의 비가** 라이너 마리아 릴케 시선집 | 손재준 옮김 | 504면
229 **페스트** 알베르 카뮈 장편소설 | 최윤주 옮김 | 432면
230 **여인의 초상** 헨리 제임스 장편소설 | 정상준 옮김 | 전2권 | 각 520, 544면
232 **성** 프란츠 카프카 장편소설 | 이재황 옮김 | 560면
233 **차라투스트라는 이렇게 말했다** 프리드리히 니체 산문시 | 김인순 옮김 | 464면
234 **노래의 책** 하인리히 하이네 시집 | 이재영 옮김 | 384면

235 **변신 이야기** 오비디우스 서사시 | 이종인 옮김 | 632면

236 **안나 까레니나** 레프 똘스또이 장편소설 | 이명현 옮김 | 전2권 | 각 800, 736면

238 **이반 일리치의 죽음 · 광인의 수기** 레프 똘스또이 중단편집 | 석영중 · 정지원 옮김 | 232면

239 **수레바퀴 아래서** 헤르만 헤세 장편소설 | 강명순 옮김 | 272면

240 **피터 팬** J. M. 배리 장편소설 | 최용준 옮김 | 272면

241 **정글 북** 러디어드 키플링 중단편집 | 오숙은 옮김 | 272면

242 **한여름 밤의 꿈** 윌리엄 셰익스피어 희곡 | 박우수 옮김 | 160면

243 **좁은 문** 앙드레 지드 장편소설 | 김화영 옮김 | 264면

244 **모리스** E. M. 포스터 장편소설 | 고정아 옮김 | 408면

245 **브라운 신부의 순진** 길버트 키스 체스터턴 단편집 | 이상원 옮김 | 336면

246 **각성** 케이트 쇼팽 장편소설 | 한애경 옮김 | 272면

247 **뷔히너 전집** 게오르크 뷔히너 지음 | 박종대 옮김 | 400면

248 **디미트리오스의 가면** 에릭 앰블러 장편소설 | 최용준 옮김 | 424면

249 **베르가모의 페스트 외** 옌스 페테르 야콥센 중단편 전집 | 박종대 옮김 | 208면

250 **폭풍우** 윌리엄 셰익스피어 희곡 | 박우수 옮김 | 176면

251 **어센든, 영국 정보부 요원** 서머싯 몸 연작 소설집 | 이민아 옮김 | 416면

252 **기나긴 이별** 레이먼드 챈들러 장편소설 | 김진준 옮김 | 600면

253 **인도로 가는 길** E. M. 포스터 장편소설 | 민승남 옮김 | 552면

254 **올랜도** 버지니아 울프 장편소설 | 이미애 옮김 | 376면

255 **시지프 신화** 알베르 카뮈 지음 | 박언주 옮김 | 264면

256 **조지 오웰 산문선** 조지 오웰 지음 | 허진 옮김 | 424면

257 **로미오와 줄리엣** 윌리엄 셰익스피어 희곡 | 도해자 옮김 | 200면

258 **수용소군도** 알렉산드르 솔제니찐 기록문학 | 김학수 옮김 | 전6권 | 각 460면 내외

264 **스웨덴 기사** 레오 페루츠 장편소설 | 강명순 옮김 | 336면

265 **유리 열쇠** 대실 해밋 장편소설 | 홍성영 옮김 | 328면

266 **로드 짐** 조지프 콘래드 장편소설 | 최용준 옮김 | 608면

267 **푸코의 진자** 움베르토 에코 장편소설 | 이윤기 옮김 | 전3권 | 각 392, 384, 416면

270 **공포로의 여행** 에릭 앰블러 장편소설 | 최용준 옮김 | 376면

271 **심판의 날의 거장** 레오 페루츠 장편소설 | 신동화 옮김 | 264면

272 **에드거 앨런 포 단편선** 에드거 앨런 포 지음 | 김석희 옮김 | 392면

273 **수전노 외** 몰리에르 희곡선집 | 신정아 옮김 | 424면

274 **모파상 단편선** 기 드 모파상 지음 | 임미경 옮김 | 400면
275 **평범한 인생** 카렐 차페크 장편소설 | 송순섭 옮김 | 280면

각 권 8,800~15,800원